También por Tina Folsom

La Mortal Amada de Samson (Vampiros de Scanguards #1)
La Revoltosa de Amaury (Vampiros de Scanguards #2)
La Compañera de Gabriel (Vampiros de Scanguards #3)
El Refugio de Yvette (Vampiros de Scanguards #4)
La Redención de Zane (Vampiros de Scanguards #5)
El Eterno Amor de Quinn (Vampiros de Scanguards #5)

Un Toque Griego (Fuera del Olimpo #1)
Un Aroma a Griego (Fuera del Olimpo #2)

Amante al Descubierto (Guardianes Invisibles #1)

La Compañera de Gabriel

(Vampiros de Scanguards - Libro 3)

Tina Folsom

Prólogo

Philadelphia, 1863

Vestido solamente con sus calzoncillos largos, Gabriel miró a la mujer que estaba frente a él en su camisón virginal. Los bordes de encaje en el cuello y en las mangas, solo acentuaban más su inocencia. Temprano en el día, el ministro los había declarado marido y mujer ante Dios, pero ahora era el momento de hacer a Jane verdaderamente suya.

Esa era su noche de bodas, una noche que había anticipado con el afán de un joven deseoso de comenzar su propia familia. A excepción de unos cuantos besos, no había tenido relaciones íntimas con Jane. Su estricta crianza religiosa, le había exigido esperar para tocarla hasta casarse. Él había esperado, no sólo porque la amaba de verdad con todo su corazón, sino también porque él tenía sus propias inhibiciones sobre hacer el amor.

Jane dio un paso tentativo hacia él. Gabriel completó el paso. Sus brazos serpentearon alrededor de su espalda y la atrajo hacia sí. La tela bajo su mano se sentía suave y tan delgada, que parecía estar tocando su piel desnuda. Cuando acercó sus labios hacia los de ella, aspiró su perfume, una mezcla de rosas y jazmines como las flores de su bouquet de bodas. Por debajo del mismo estaba su propio aroma personal, el olor embriagador de Jane, un olor que le había hecho marearse cuando por primera vez lo había sentido. Él había estado duro y listo desde entonces.

—Mi esposa—, le susurró Gabriel. Las palabras se sentían bien mientras salían de sus labios, chocando con su dulce aliento. Con un suave gemido, la besó con toda la pasión que había estado conteniendo, esperando que ella se convirtiera en su esposa. El cuerpo de ella se aferró al suyo, con más ganas de las que había anticipado, cediendo a su contacto, imprimiendo en él el amor que había intuido en sus ojos, mucho antes de que hubiese pedido su mano en matrimonio.

Sin interrumpir el beso, él desató las cintas en la parte delantera de su camisón, y luego deslizó el vestido por sus hombros y lo dejó caer al suelo. Con un suave sonido, cayó sobre sus pies. Nunca más necesitaría un camisón: él la calentaría cada noche a partir de ahora. Su ágil cuerpo se estremecía, pero le hizo darse cuenta de que no era por el frío. No, ella estaba tan excitada como él.

Gabriel soltó sus labios y la miró. Pequeños pechos redondos, con duros y oscuros pezones, se mantenían firmes. Sus caderas eran anchas, su piel suave y sensible a sus toques. Cuando él la levantó en sus brazos y la llevó a la cama que compartirían por el resto de sus vidas, su deseo por ella creció.

Sus calzoncillos largos estaban tan apretados, que casi no podía respirar, pero ahora su pene se había expandido aún más, impaciente por atravesarla. La puso sobre la cama y la miraba, mientras abría los botones de su bragueta con manos temblorosas, el corazón latía en su garganta. La transpiración resbalaba por su frente. Durante todo ese tiempo, su ansiedad aumentaba. Mientras se desnudaba, la amorosa mirada de Jane se alejó de su cara dirigiéndose a la parte inferior de su cuerpo. Entonces su expresión cambió de repente. Era lo que, en secreto, más había temido.

—¡Oh, Dios, no! — Ella se enderezó, mientras su mirada seguía fija en su ingle, el horror distorsionaba sus rasgos faciales. —*¡Aléjate de mí!* — Gritó ella y saltó de la cama al otro lado.

—Jane, por favor, déjame explicarte—, le rogó y fue tras ella, mientras corría hacia la puerta. Él debía haberla preparado para eso, pero ya era demasiado tarde. Había tenido la esperanza, de que, si él era amable y paciente con ella, tal vez lo aceptaría.

Él la alcanzó en la cocina.

—¡Eres un monstruo, aléjate de mí!

Gabriel la tomó del brazo y la detuvo antes que corriera otra vez. —Por favor, Jane, mi amor, escúchame—. Si tan sólo le diera una oportunidad, podría demostrarle que en su interior no era un monstruo, que dentro de él estaba el hombre que la amaba.

Con sus salvajes ojos, Jane miró frenéticamente alrededor de la cocina, antes de luchar por liberarse de su agarre y darse la vuelta.

—¡No vuelvas a tocarme otra vez!

—¡Jane! — Tenía que tratar de calmarla y de que lo escuchara. Su futuro dependía de eso.

Cuando se volvió hacia él, lo único que vio fueron sus ojos horrorizados. Era demasiado tarde, vio el reluciente cuchillo en su mano… Demasiado tarde para darse la vuelta y evitar que el filo hiriera su rostro. Pero lo que dolía más que la herida punzante en su rostro, era ver a su propia esposa apartándose de él con horror.

—¡Ahora, las mujeres se apartarán de ti como deberían, eres un monstruo, Gabriel, eres una criatura del diablo!

La cicatriz que le dejaría en su hermoso rostro, empezaba desde la barbilla hasta la parte superior de la oreja derecha, y sería un recordatorio constante de lo que era: un monstruo, un fenómeno en el mejor de los casos, indigno de ser amado por una mujer.

1

San Francisco, hoy.

El *clic-clac* de sus tacones, hacía eco en los edificios. Maya apenas podía ver el pavimento a través de la niebla, que colgaba como una espesa bruma en el aire de la noche, ampliando cada sonido.

Un susurro proveniente de algún lugar detrás de ella, le hizo acelerar más sus ya apresurados pasos. Sintió un fuerte escalofrío como si una mano helada pasara por ella tocando su piel. Ella odiaba la oscuridad, y eran en noches como estas, cuando ella maldecía el estar de turno en su servicio. La oscuridad siempre la había asustado, y últimamente lo hacía aún más.

Ella abrió su bolso mientras se acercaba al edificio de apartamentos de tres pisos, en el que había estado viviendo durante los últimos dos años. Con dedos temblorosos, buscaba las llaves de su casa. En el momento en que sintió el frío metal en la palma de su húmeda mano, se sintió mejor. En unos segundos, ella estaría de vuelta en la cama y tendría un par de horas de sueño, antes de que su siguiente turno comenzara. Pero lo más importante, era que iba a estar de vuelta en la seguridad de sus propias cuatro paredes.

Cuando se volvió hacia las escaleras que conducían a la pesada puerta de entrada, se dio cuenta de la oscuridad en el vestíbulo. Ella levantó la mirada. El foco de luz sobre la puerta, debió haberse quemado. Un par de horas antes había estado alumbrando. Lo puso en su lista mental de cosas para informarle al propietario del edificio.

Maya buscó el pasamanos a ciegas y se agarró de él, contando los escalones mientras subía.

Ella nunca llegó a la puerta.

—Maya.

Se quedó sin aliento cuando ella giró sobre sus talones. Sumida en la oscuridad y la niebla, no podía distinguir su rostro. No necesitaba saberlo... ella conocía su voz. Sabía quién era. Casi la paralizó. Su corazón martilleaba en su garganta, mientras el miedo aumentaba dentro de sus entrañas.

—¡No! —, gritó ella y se apresuró hacia la puerta, con la esperanza contra toda probabilidad de poder escapar.

Había vuelto, como se lo había prometido.

Puso su mano en su hombro y le dio vuelta hacia él. Pero en lugar de su rostro, en todo lo que podía concentrarse, era en el blanco de sus dientes puntiagudos.

—Serás mía.

La amenaza fue lo último que oyó, antes de sentir que sus colmillos afilados rompieran su piel y se hundieran en su cuello. A medida que la sangre salía, también lo hacían los recuerdos de las últimas semanas.

~ ~ ~

—¿Ya ha intentado la cirugía? — El Dr. Drake preguntó, sin levantar la vista de la libreta de notas.

Gabriel lanzó un resoplido frustrado y se sacudió una imaginaria partícula de polvo de sus jeans. —No funcionó.

—Ya veo—. Carraspeó la garganta. —Sr. Giles, ¿ha tenido esto... —, el doctor se estremeció e hizo un movimiento indescriptible con la mano — eh... ¿toda su vida? ¿Incluso cuando era humano?

Gabriel cerró los ojos por un segundo. Después de la pubertad, no había un solo día en su memoria de vida, que no hubiera tenido ese problema. Todo había sido normal cuando era un niño pequeño, pero en el momento en que sus hormonas habían comenzado su apogeo, su vida había cambiado. Aún como ser humano, había sido un marginado.

Sintió que la cicatriz palpitaba en su cara, recordando el momento en que la había recibido y se sacudió para alejarse de sus recuerdos. Hacía tiempo que el dolor físico había disminuido, pero el dolor emocional estaba tan vivo como siempre. —Lo tenía mucho antes de convertirme en vampiro. En aquel entonces, nadie pensaba en la cirugía. Demonios, una infección probablemente me habría matado—. Si hubiera sabido cómo sería su vida, él mismo se habría clavado un cuchillo, aunque es fácil ser sabio después del hecho.

—De todos modos, como usted probablemente sabe mejor que yo, mi cuerpo se regenera mientras duermo y cura lo que percibe como una herida. Así que no, la cirugía no ha funcionado.

—¿Supongo que esto ha causado problemas con su vida sexual?

Gabriel se apretó más atrás contra el respaldo de la silla frente al Dr. Drake, después de haber ignorado el ataúd-sofá con un estremecimiento interno al ingresar al consultorio. Su amigo Amaury, le había advertido acerca de la elección de mobiliario del médico. Sin embargo, el ataúd que había sido transformado en una reposera al remover un panel lateral, le daba escalofríos. Ningún vampiro que se apreciara querría ser atrapado muerto en ella. Un juego de palabras.

—¿Cuál vida sexual? — murmuró en voz baja. Pero, por supuesto, el oído superior de vampiro del doctor, le aseguró que las palabras no se le habrían escapado.

La mirada sorprendida de Drake, lo confirmó. —¿Quieres decir que...?

Gabriel sabía exactamente lo que el hombre estaba preguntando. —Excepto por alguna ocasional prostituta desesperada, a la cual tengo que pagar sumas extravagantes de dinero para que me preste sus servicios, no tengo vida sexual.

Él bajó la mirada, sin querer ver la lástima en los ojos del médico. Estaba allí para pedir ayuda, no para ser digno de lástima. Aun así, tenía que impresionar al hombre lo suficiente para que viera lo importante que era para él. —No he conocido a una mujer que no haya retrocedido de miedo al ver mi cuerpo desnudo. Me llaman monstruo, fenómeno en el mejor de los casos… y ellas son las más buenas—. Hizo una pausa, se estremeció mientras recordaba todos los nombres con los que había sido llamado.

—Doctor, yo nunca he tenido una mujer en mis brazos que quiera estar conmigo—. Sí, él había cogido mujeres… rameras… pero nunca había hecho el amor con una mujer. Nunca había sentido el amor o la ternura de una mujer, la intimidad o el despertar en sus brazos.

—¿Cómo espera que yo lo ayude? Como usted mismo lo ha dicho, la cirugía no lo ha ayudado, y yo sólo soy un psiquiatra. Yo trabajo con la mente de la gente, no con sus cuerpos—. La voz de Drake estaba infundida con rechazo, cada sílaba de la misma. —¿Por qué no utilizas el control de la mente en las mujeres humanas? De todas maneras, no lo sabrán.

Tendría que haberlo esperado. Gabriel le dio una mirada fulminante. —Yo no soy un completo idiota, doctor. No voy a usar a las mujeres de esa manera—. Hizo una pausa antes de continuar, controlando su enojo por la deshonrosa sugerencia. —Usted ayudó a mis amigos.

—Tanto los problemas del Sr. Woodford como los problemas del Sr. LeSang, eran diferentes, no...— buscó las palabras adecuadas —físicos como el suyo.

El pecho de Gabriel se contrajo. Sí, físico. Y un vampiro no puede alterar su forma física. Estaba escrito en piedra. Esa era la razón exacta, por la que su rostro estaba marcado por una cicatriz, que se extendía desde la barbilla hasta la parte superior de la oreja derecha. Había recibido la herida cuando él era un ser humano. Si hubiera sido herido siendo un vampiro, nunca habría tenido una cicatriz, y su rostro estaría intacto.

Dos golpes en su contra, para empezar una cicatriz horrible que ahuyentaba a muchas mujeres, y para terminar cuando se bajaba los pantalones… él se estremeció y miró nuevamente al doctor, que pacientemente esperaba sentado en su silla.

—Los dos me afirmaron que utilizaba métodos poco ortodoxos—, Gabriel le puso un anzuelo.

El Dr. Drake se encogió de hombros sin comprometerse. —Lo que unos llaman poco ortodoxo, otros lo considerarían como natural.

Esa fue una no respuesta si es que hubo alguna. Sutiles pistas, no le darían a Gabriel la información que buscaba. Se aclaró la garganta y se movió hacia adelante en su silla.

—Amaury mencionó que usted tenía ciertas conexiones—. Hizo hincapié en la palabra "conexiones" de tal manera, que el médico no pudiera confundir a lo que él se refería.

El enderezamiento casi imperceptible en el cuerpo del médico se le habría escapado a la mayoría, pero no a Gabriel. Drake había entendido muy bien lo que estaba buscando.

Los labios del doctor se apretaron. —Tal vez pueda referirte a otro médico entre mis conexiones que podría ser capaz de ayudarte más que yo. Nadie aquí en San Francisco, por supuesto, ya que sigo siendo el único vampiro con capacitación médica aquí —, confesó.

Gabriel no estaba sorprendido por la revelación: ya que los vampiros no eran susceptibles a las enfermedades humanas, muy pocos se convertían en médicos. Teniendo en cuenta que San Francisco tenía una población de vampiros menor a mil, era de mucha suerte tener al menos un médico profesional dentro de los límites de la ciudad.

—Veo que estamos de acuerdo en que no somos una buena combinación—, prosiguió el doctor.

Gabriel sabía que tenía que actuar ahora, antes de que el médico lo rechazara por completo. Cuando Drake se trasladó a su tarjetero giratorio en su escritorio, Gabriel se levantó de su silla.

—Yo no creo que eso sea necesario…

—Bueno, entonces, fue un placer conocerte—. El médico estiró su mano, su relajada cara mostraba ahora alivio.

Con un ligero movimiento de su cabeza, Gabriel rechazó el gesto. —Dudo que el tarjetero contenga el nombre de la persona que estoy buscando, de todos modos. ¿Estoy en lo cierto? — Mantenía una cierta malicia en su voz, sin tener intención de enajenar al hombre. En cambio, sus labios dejaron asomar una media sonrisa.

Un destello en los ojos azules de Drake, confirmó que sabía exactamente de lo que Gabriel estaba hablando. Ya era hora de traer a los peces gordos. —Soy un hombre muy rico. Puedo pagar todo lo que usted quiera—, ofreció Gabriel. En sus casi ciento cincuenta años como vampiro, había amasado una fortuna.

La ceja levantada del doctor, indicaba interés. Hubo un titubeo en el movimiento de Drake, pero segundos más tarde le señaló las sillas. Ambos se sentaron nuevamente.

—¿Qué le hace pensar que estoy interesado en su oferta?

—Si no fuera así, no estaríamos sentados.

El médico asintió con la cabeza. —Su amigo Amaury habla muy bien de usted. Confío en que él está bien ahora.

Si Drake quería charlar, Gabriel le daría gusto, pero no por mucho tiempo. —Sí, la maldición se ha roto. Tengo entendido que uno de sus conocidos fue el instrumento para averiguar cómo podría ser revertida la maldición.

—Tal vez. Pero comprender cómo solucionar algo y hacerlo, son dos cosas diferentes. Y como yo lo veo, Amaury y Nina revirtieron su maldición por sí solos. Sin necesitar la ayuda de nadie.

—¿Hay alguna diferencia en mi caso?

El doctor se encogió de hombros, un gesto del cual Gabriel ya se estaba cansando. —No sé. Puede haber una explicación perfectamente plausible para su dolencia.

Gabriel negó con la cabeza. —Vamos a cortar por lo sano, Drake. No es una enfermedad. ¿Qué explicación aceptable voy a darle a una mujer que me ve desnudo?

—Sr. Giles…

—Por lo menos llámame Gabriel. Creo que hemos pasado la etapa de Sr. Giles.

—Gabriel, entiendo tu situación.

Gabriel sintió como el calor de su ira se elevaba por su pecho revolviéndose, algo que era cada vez más común, mientras se ocupaba de su situación. —¿La entiende? ¿Realmente entiende lo que se siente el ver el asco y el miedo en los ojos de una mujer con la que se quiere hacer el amor? — Gabriel tragó con esfuerzo. Nunca había hecho el amor con una mujer, en realidad, nunca hizo el amor. El sexo con prostitutas no era amor. Claro, él podría usar el control mental como el médico le había sugerido, y atraer a una mujer confiada a su cama y hacer con ella lo que quisiera, pero había jurado nunca llegar tan bajo. Y nunca había roto esa promesa.

—Has hablado de un pago—, oyó decir a Drake.

Por fin, había una luz al final del túnel. —Di un precio, y te enviaré el dinero a tu cuenta en cuestión de horas.

Drake negó con la cabeza. —No estoy interesado en el dinero. Entiendo que tienes un don.

Gabriel se irguió en su silla. ¿Cuánto sabía el doctor acerca de él? Él sabía que Amaury nunca revelaría ninguno de sus secretos. —No estoy seguro de entender…

—Gabriel, no me tomes por tonto. Así como averiguaste acerca de mí, yo también lo he hecho acerca de ti. Tengo entendido que eres capaz de desbloquear los recuerdos. ¿Te importaría explicarme tu don?

No en particular. Pero al parecer no tenía otra opción. —Veo en las mentes de las personas y puedo ahondar en sus recuerdos. Yo veo lo que han visto.

—¿Esto significa que puedes mirar en mis recuerdos y encontrar a la persona que estás buscando? —, preguntó Drake.

—Sólo veo eventos e imágenes. Así que a menos que encuentre una memoria que muestre su casa o algo por el estilo, no seré capaz de encontrarla. No leo la mente, sólo los recuerdos.

—Ya veo—. El doctor hizo una pausa. —Estoy dispuesto a darte el paradero de la persona que estás buscando, a cambio de que me dejes utilizar por una sola vez tu don.

—¿Quieres que ahonde en tus recuerdos y encuentre algo que has olvidado? — Claro, él podría hacer eso.

Drake se echó a reír. —Por supuesto que no. Tengo una memoria perfecta. Quiero que desbloquees los recuerdos de otra persona para mí.

La esperanza se evaporó. Su habilidad era sólo para ser utilizada en situaciones de emergencia o cuando la vida de alguien estaba en juego. Él no capturaría los recuerdos de una persona para su propio beneficio, sin importar lo que signifique para él. —No puedo hacer eso.

—Por supuesto que puedes. Me acabas de decir…

—Lo que quise decir es que no lo haría. Los recuerdos son privados. No voy a acceder a los recuerdos de una persona sin su permiso—. Y estaba seguro que la persona cuyos recuerdos el doctor quería revelar, no le iba a dar su consentimiento.

—Un hombre con altos valores éticos. Es una lástima.

Gabriel miró a su alrededor. —Con el dinero que estoy dispuesto a pagarte, podrías efectuar una remodelación muy ostentosa—. Y deshacerte del ataúd-sofá.

—Me gusta la forma en que luce mi consultorio. ¿A ti no? — Drake le dio al ofensivo sofá una mirada acentuada.

Gabriel supo entonces que las negociaciones habían terminado. El médico no daría su brazo a torcer, y él tampoco lo haría.

2

En el momento en que Gabriel llegó a la casa victoriana de Samson en Nob Hill, respiró profundamente. Tenía que regresar a Nueva York ahora, cuanto antes mejor. Tal vez si estaba de regreso en su entorno habitual, estaría más relajado y no esperaría lo imposible. ¿Por qué de repente había empezado a sentirse como si pudiera hacer algo acerca de su problema aquí en San Francisco, cuando él había renunciado a eso hace muchos años?, no lo sabía.

Teniendo que informarle sobre su partida a su jefe, Samson, se alegró de que lo hubiese llamado para ir a su casa cuando salió de la oficina de Drake.

Con un paso determinado, Gabriel entró en el vestíbulo, dejando atrás la neblina y la bruma. La casa estaba iluminada a pesar de lo avanzada de la hora, como lo estaría la casa de un compañero vampiro. Cobraría vida al atardecer y se apaciguaría una vez que saliera el sol. Gabriel dejó que sus ojos recorrieran todo el vestíbulo de la entrada, con sus paneles de madera oscura, sus alfombras elegantes y sus decoraciones antiguas. Le gustaba la casa de Samson, había conservado todo el encanto de la época victoriana en la cual fue construida, eliminando la sensación claustrofóbica de sus pequeñas habitaciones. Samson había abierto el espacio, para dar una sensación aireada. Sin embargo, el encanto se mantenía.

Gabriel levantó la cabeza hacia el techo. Había una conmoción arriba. Pasos pertenecientes a varios hombres se dejaban oír desde el pasillo en la segunda planta. Un momento después, Samson bajó por las escaleras.

En primer lugar, las piernas largas de Samson se dejaron ver mientras se apresuraba por las escaleras de caoba original. Luego todo su cuerpo quedó a la vista. Su pelo negro azabache, estaba en marcado contraste con el color de sus ojos avellana. Con más de un metro noventa de alto y buena complexión, era una figura impresionante. Su aguda inteligencia y su fuerza, le habían ganado la admiración y el respeto tanto de sus colegas como de sus amigos. Su decisión y determinación eran lo que lo distinguía: Samson era el jefe. Y Gabriel estaba orgulloso de ser su segundo al mando.

Cuando Samson se dio cuenta de la llegada de Gabriel, levantó la mano en señal de saludo. —Gracias por venir tan rápido.

Detrás de él, dos hombres bajaban las escaleras. Gabriel reconoció a uno de ellos como Eddie, ahora cuñado de Amaury, que trabajaba como guardaespaldas de la empresa de seguridad de Samson, Scanguards. Sin embargo, no había razón para que él estuviera en la residencia privada de Samson, a menos que hubiera un evento social planificado.

Samson se dirigió a los dos hombres. —Ya tienen sus órdenes, y ni una palabra a nadie por ahora.

Los dos gruñeron en acuerdo y, con una inclinación de cabeza a Gabriel, se dirigieron hacia la puerta.

—¿Qué están…? — comenzó Gabriel.

—Tenemos una situación—. La mirada en la cara de Samson era grave. —Ven, tenemos que hablar.

Samson le hizo un gesto hacia la sala de estar, decorada con muebles auténticos de la época victoriana. Gabriel lo siguió con una extraña sensación de presentimiento en el estomago. Su jefe y amigo de muchos años, siempre había tenido una actitud calmada, pero esta noche estaba diferente. Su pelo negro estaba erizado, los ojos preocupados, y las líneas en su cara lo decían todo.

Samson se detuvo delante de la chimenea y se volvió hacia Gabriel. Incluso en junio, la chimenea estaba encendida para proporcionar calor y atenuar la niebla de la noche. — Sé que estás ansioso por volver a Nueva York.

—Estaba pensando en tomar el avión a….— interrumpió Gabriel.

—Lo siento, Gabriel, pero voy a tener que abusar de mi rango sobre ti. Te necesito aquí. No te puedes ir—. El anuncio de Samson, lo sorprendió totalmente.

—¿Qué?

—Yo sé que quieres irte a casa, pero necesito que te hagas cargo de esta situación por mí. Ricky no me es útil en este momento. Desde que Holly rompió con él el mes pasado, no es el mismo—. Samson pasó su mano por el pelo. Ricky era la contraparte de Gabriel en San Francisco, el Director de Operaciones. Gabriel no dijo ni una palabra. Algo andaba mal, muy mal, si Samson consideraba que era más importante que él se quedara en San Francisco, en lugar de regresar a su trabajo en Nueva York.

—Esto es demasiado importante. Créeme, me hubiera gustado que Amaury se hiciera cargo de esto, pero él y Nina necesitan un tiempo juntos. Está prácticamente en su luna de miel, encerrados en su casa. No puedo hacerle eso a él en este momento.

Gabriel asintió con la cabeza. —¿Qué ocurre?

—Siéntate.

Gabriel se sentó y esperó hasta que Samson hiciera lo mismo. —Nunca te he visto así.

Samson soltó una risa amarga. —Creo que mi responsabilidad como esposo y futuro padre, no va de la mano con tener un vampiro recién convertido en la casa.

—¿Un vampiro recién convertido? — Esto era realmente un shock. Un vampiro recién convertido era un peligro, incapaz de controlar sus impulsos, dispuesto a atacar a cualquiera. El que Samson estuviera inquieto, tenía mucho sentido. Su esposa Delilah era un ser humano y estaba embarazada de su primer hijo. Ella sería un blanco principal para cualquier nuevo vampiro.

—Ella fue atacada esta noche.

—¿Delilah? ¿Delilah fue atacada? — Gabriel sintió la adrenalina disparándose a través de sus venas.

—No, no. Gracias a Dios. Delilah está muy bien. No. Esta mujer "un ser humano" fue atacada y se convirtió. Los dos guardaespaldas que acaban de salir: Eddie y James, ahuyentaron a su atacante y llegaron a ayudarla. Sus ojos ya se habían vuelto negros, así que sabían que el proceso se había iniciado.

Los ojos de un humano convirtiéndose eran completamente negros sin ningún rastro de blanco, era una clara señal de la transformación. Sólo una vez terminado el cambio, los ojos regresaban a la normalidad.

—Ellos la trajeron aquí, hace media hora—, continuó Samson. —Debe haber sido atacada en el camino hacia su casa. Tenemos que encontrar a su agresor y matarlo.

Gabriel entendió. —Un sinvergüenza. Mientras él esté ahí afuera, es un peligro para todo el mundo y sobre todo si sabe que la estamos protegiendo.

Gabriel y sus colegas despreciaban a los vampiros que convertían a humanos inocentes, en contra de su voluntad. Se trataba de una infracción grave en su sociedad… de hecho, un delito… condenable con la muerte. La vida de un vampiro no era fácil… Gabriel más que todos los demás, lo sabía a ciencia cierta. Por lo tanto, creía en la protección del derecho de un ser humano para elegir, y no forzaría a tomar esa vida a nadie. Había que castigar a cualquiera que violara ese derecho.

—Sí. Es por eso que te necesito. Necesito a alguien en quien pueda confiar.

—¿Qué tenemos? — Gabriel era todo oídos ahora. Ese era su trabajo. Eso era lo que hacía mejor. Un caso en el cual abocarse, y olvidarse de sus pensamientos sobre su problema personal, era lo que necesitaba. —¿Se sabe quién es la mujer?

—Ella es médico. Trabaja en el Centro Médico de la UCSF. Encontramos su documento de identidad. Su nombre es Maya Johnson, treinta y dos años, vive en Noe Valley. No hemos podido preguntarle nada todavía. Cuando Eddie y James la trajeron, estaba inconsciente. Espero que nos pueda dar una descripción del vampiro que la atacó cuando despierte. Mientras tanto, voy a mantener en silencio este tema. Podría ser cualquiera. Hasta que sepamos quién podría estar detrás de esto, no quiero que nadie sepa que ella está aquí.

—Eso es inteligente—, coincidió Gabriel. Hasta que pudieran hablar con ella, tenían que ir a lo seguro. Por supuesto, asumiendo que ella les pudiera decir algo. —Sabes que ella será presa del pánico cuando se despierte—. No sólo estará traumatizada por el ataque, sino que una vez que se dé cuenta en lo que se ha convertido, ella *en verdad* entrará en pánico.

Samson cerró los ojos y asintió con la cabeza. —Puedo imaginármelo muy bien.

—¿Deberíamos traer a alguien más para ayudarla a pasar por esto? — Gabriel sabía que no era la persona adecuada para guiar a una mujer a través de una transición que cambiaría su vida, como lo era convertirse en un vampiro. Él no era bueno con las mujeres.

—Ya he enviado por Drake. Él sabrá qué hacer. Tal vez pueda calmarla cuando empiece a ponerse histérica.

Teniendo en cuenta sus propias interacciones con Drake, Gabriel dudó que el hombre lo hiciera mejor que él. Pero no iba a contradecir a Samson, que tenía claramente al médico en alta estima.

—Sí, esperemos que pueda. ¿No deberíamos tener una mujer aquí cuándo se despierte? Tener un montón de vampiros de más de un metro noventa algo sorprendidos frente a ella cuando despierte, podría ser un poco intimidante—. Gabriel miró a los ojos de Samson. No tenía ningún interés en ser el que le diera la mala noticia. Tampoco era tímido en delegar las cosas que él no tenía por qué hacer. Era mejor si una mujer, una persona con un poco más de sensibilidad, hiciera el trabajo.

—No será Delilah. No quiero que de ninguna forma esté cerca de la mujer. Tú sabes tan bien como yo lo que un vampiro recién convertido es capaz de hacer. Ella no será capaz de controlar su fuerza, incluso aunque no quiera herir a nadie.

Gabriel levantó la mano. —Yo no estaba pensando en Delilah. Yvette no ha viajado a Nueva York todavía. Le di un par de días libres para hacer un poco de turismo—. Yvette era una buena guardaespaldas y, a pesar de que ella pudiera actuar un poco escrupulosa, era seria y tenía un fuerte sentido del bien y del mal. Estaba seguro de que las dos mujeres, se llevarían bien al instante.

Samson soltó un suspiro. —Por supuesto. Yvette. Esa es una buena idea.

Pesados pasos se escucharon en la escalera. Un momento después, Carl, el mayordomo de confianza de Samson, se precipitó en la habitación. Era un hombre corpulento, de gruesa cintura y tenía alrededor de cincuenta años. Como siempre, llevaba puesto un traje oscuro formal. De hecho, Gabriel nunca lo había visto con ninguna otra cosa, y estaba seguro de que el hombre no tenía ni un solo par de jeans.

—Sr. Woodford, la mujer está empeorando.

—El Dr. Drake ya está en camino. No hay nada que podamos hacer hasta que llegue aquí. No deberías dejarla sola—, dijo Samson.

—La señorita Delilah está con ella—, respondió Carl.

Samson y Gabriel se levantaron.

El pánico golpeó la cara de Samson mientras subía corriendo las escaleras. Gabriel corrió tras él e irrumpió en la habitación de invitados.

—¡Delilah! — La voz de Samson estaba llena de alarma.

La menuda mujer de Samson estaba sentada en el borde de la cama y secaba la cara de la mujer con un paño húmedo. —Samson, por favor, estoy tratando de todo para que ella se sienta cómoda. Cuando entras gritando así en la habitación, no ayuda—. El regaño de Delilah era suave. Su cabello largo y oscuro, caía en su cara, mientras se inclinaba hacia la mujer. A pesar de que estaba embarazada, su cuerpo no mostraba ninguna protuberancia todavía. Según Samson, sólo tenía tres meses de embarazo, lo que significaba que había quedado embarazada casi inmediatamente después de que la pareja había hecho el vínculo de sangre, después del Año Nuevo Chino.

—No deberías estar aquí en absoluto. No sabemos cómo va a reaccionar. Es muy peligroso para ti—. Samson puso sus manos sobre sus hombros y la ayudó a levantarse y alejarse de la cama. —Por favor, cariño, estás quitándome décadas de vida haciendo esto—. Miró sobre su hombro a Gabriel, haciéndole un gesto para acercarse hacia la cama. —¿Gabriel te importaría?

¿Samson quería hacerlo jugar a la enfermera? Eso no era parte del trato. Él iba a investigar quién le había hecho esto a ella, incluso le daría su protección si ella todavía estuviera en peligro, pero bajo ninguna circunstancia se sentaría junto a la cama de la mujer y sería su enfermero.

Lo mejor era decírselo a su jefe en esos momentos. Ser la niñera de una mujer vampiro recién convertida, no era lo que necesitaba en esos momentos, especialmente cuando no esperaba interactuar realmente con ella, en un nivel tan íntimo. Estaría más que dispuesto a realizar algunos interrogatorios, seguro, pero no eso, no se sentaría junto a su cama a cuidarla.

Demonios, él no tenía idea de qué hacer. Su conocimiento del cuerpo de una mujer se limitaba a algunas rápidas interacciones sexuales y muchas películas porno no tan apresuradas. Sin duda, nadie podía esperar que cuidara de una mujer vampiro. ¿Dónde diablos estaba Drake? ¿No debería estar ahí?

Gabriel se volvió hacia Samson, que llevaba a Delilah hacia la puerta, listo para rechazar el trabajo que se esperaba de él. Sin embargo, un gemido de la mujer en la cama, le hizo mirar en su dirección.

Su aliento se quedó atrapado en su pecho cuando la vio por primera vez.

Gabriel oyó cerrarse la puerta y supo que estaba solo con ella.

La mujer yacía sobre las sábanas, la ropa manchada de sangre. Llevaba pantalones y una camiseta, una bata blanca de médico encima. En letras rojas, su nombre estaba bordado por encima del bolsillo de su pecho: Doctora Maya Johnson, Urología.

La cara de Maya estaba pálida y parecía aún más pálida por el enmarcado de su pelo oscuro hasta los hombros. No era perfectamente lacio, caía en grandes ondas que parecían acariciar su rostro. Sus ojos estaban cerrados, gruesas pestañas oscuras los protegían. Se preguntó de qué color serían sus ojos, una vez que regresaran a su estado normal. Su piel tenía un tinte de oliva haciéndola parecer Latinoamericana, del Mediterráneo, o del Medio Oriente.

Ella tenía contusiones y cortes en la cara, principalmente alrededor de los labios que eran perfectamente gruesos y curvos. Había luchado con su agresor, lo supo al instante. En cuestión de horas, sus heridas habrían desaparecido, su cuerpo ya vampiro se curaría a sí mismo, mientras dormía.

Sólo podía imaginar el dolor que había sufrido y el horror cuando se diera cuenta de lo que estaba pasándole. Había muerto esa noche a manos de un rufián, y él la había traído de regreso desde el borde del abismo. Ella había tenido que experimentar la muerte, para ganar una nueva vida. ¿Qué tan dolorosa había sido su muerte?

Gabriel sabía que la transformación de todos los vampiros era diferente. Muchos tenían recuerdos horribles del suceso, cosas que nadie hablaba. Y los recuerdos de esta mujer serían terribles… Ser convertida en contra de su voluntad, sería traumático. Sus heridas lo atestiguaban.

Gabriel miró más allá de las lesiones y la fealdad de la herida por la mordedura en el cuello. Estaba claro que habían interrumpido al rufián, ya que no había tenido la oportunidad de cerrar la herida con su saliva. Necesitaría más tiempo para cerrarse sin eso. Si hubiera lamido la herida de la mordida, ya ni siquiera sería visible.

Gabriel sólo vio a la mujer por debajo de las lesiones: la curva sensual de su nariz, las líneas fuertes de sus pómulos, y la gracia de su cuello. Su figura esbelta bien podría haber estado descubierta, ya que casi podía imaginar cómo se vería su cuerpo desnudo.

Elegantes dedos largos se extendían de sus manos delgadas, manos que quería sentir en su propia piel acariciándolo. Piernas largas, que él quería que ella envolviera alrededor de su cintura mientras le hacía el amor. Pechos rellenos que podría mamar mientras besaba cada centímetro de su cuerpo. Labios rojos que saborearía con los suyos.

Había algo tan apasionante en su aroma, algo tan extraño, pero tan familiar al mismo tiempo. No había otro aroma que pudiera comparársele. Rico y profundo, lo envolvía, cubriéndolo como un capullo en un aura de calidez y suavidad. Cada célula de su cuerpo respondía a su llamada.

Ella era perfecta.

<h1 style="text-align:center">3</h1>

Todo lo que Gabriel podía hacer, era mirar a Maya. Asumiendo una voluntad propia, sus piernas lo llevaron hacia su lado, donde se sentó a la orilla de la cama.

Se inclinó sobre ella y escuchó su corazón. Era lento, demasiado lento. Los latidos del corazón de un vampiro, eran casi el doble de lo normal de un ser humano, sin embargo, el corazón de esta mujer apenas lograba llegar a un latido del corazón humano normal. La preocupación se propagó dentro de él, mientras se daba cuenta de la poca profundidad de su respiración. No le hacía falta ser médico para saber que algo andaba mal.

Gabriel puso la palma de la mano sobre su frente y sintió lo frío y húmedo de su piel. Se tragó su aliento. Sus síntomas le recordaban su propia transformación, y cómo casi se había muerto por segunda vez. Su padre había estado confundido por los acontecimientos, pero nunca había sido capaz de explicárselo. Había sido como si su cuerpo hubiera rechazado la idea de convertirse en un vampiro. Al igual que ella estaba haciéndolo. Buscando la muerte en su lugar.

Él no lo permitiría.

—No—, le susurró Gabriel. —No voy a dejarte morir. ¿Me oyes? Tú vas a vivir.

Él le acarició su frío rostro con el dorso de la mano. No hubo respuesta de ella. Él le tomó la mano y apretó sus delicados dedos en su gran mano. Estaban como hielo. La sangre no estaba circulando en sus extremidades.

Horrorizado, Gabriel se dio cuenta de que su cuerpo ya había comenzado a dejar de funcionar. Frenéticamente, le frotó los dedos entre sus manos, tratando de generar calor.

—¡Carl! — gritó. Unos pesados pasos subieron las escaleras. Un momento después, la puerta se abrió y Carl intervino.

—¿Usted me llamó Gabriel?

—¿Dónde está ese maldito doctor? — Gabriel no apartaba los ojos de Maya.

—Está en camino.

—Ayúdame. Toma sus pies y frótalos.

—Mmm…

Gabriel dio a Carl una mirada molesta. —¡Ya!

Carl entró en acción. Mientras él trabajaba en sus pies, Gabriel continuaba dando masaje a sus manos, frotando sus largos y elegantes dedos entre sus palmas de gran tamaño.

—¿Qué estamos haciendo? —, preguntó Carl.

—Tratando de hacer que la sangre fluya.

—La transformación no está funcionando, ¿verdad?

El mayordomo había expresado, lo que Gabriel no quería reconocer. Él cerró los ojos y sacó todos los pensamientos negativos de su mente. —Lo hará. Tiene que hacerlo—. Le tocó la cara otra vez, pero aun así estaba tan fría como lo había estado minutos antes.

—Tenemos que ayudar a su cuerpo a hacer el trabajo.

Gabriel se movió y miró a Carl, que le daba un torpe masaje en los pies. Si había alguien más inepto con las mujeres que él mismo, tenía que ser Carl. Apenas le estaba tocando los dedos del pie. —Déjame hacer eso. Toma sus manos en mi lugar.

Él empujó a Carl a un lado y tomó los pies de Maya en sus manos. Necesitaba conseguir que su sangre circulara, para hacerla llegar a cada célula de su cuerpo y completar la transformación. La transformación era un proceso químico complicado, pero normalmente el cuerpo sabía qué hacer. Al parecer las células de Maya, o bien no entendían las instrucciones que estaban recibiendo, o se negaban a cumplirlas.

La piel de sus pies era suave y tersa, las uñas de los pies muy bien formadas y cuidadas. Esmalte color rubí las adornaban. Gabriel notó cómo el color de su propia piel prácticamente igualaba al de ella, aunque la textura no podía ser más diferente. Sus manos callosas no se parecían en nada a su suavidad. Gabriel nunca había visto unos pies más besables. No, no podía dejar que una mujer tan perfecta como ella, muriese.

Con una determinación renovada, masajeó sus pies con las manos, frotando hacia arriba y abajo de su planta del pie, frotándolos, luego acariciándola hasta los tobillos, y luego hacia abajo otra vez. No estaba seguro de cuánto tiempo había estado haciendo eso, hasta que finalmente escuchó unas voces desde abajo.

Drake había llegado. Oyó fragmentos de las explicaciones que Samson le daba, mientras se precipitaba por las escaleras. Un momento después, irrumpieron en el dormitorio.

—Ya era hora—, gruñó Gabriel.

Carl apartó las manos de Maya al instante y se apartó de la cama, claramente aliviado de ser liberado de su obligación. —Confío en que no me necesitan más, ahora que el médico está aquí.

Sin esperar respuesta, se fue de la habitación.

—No estoy seguro de cuánta ayuda puedo ser. Soy psiquiatra, no médico —, la explicación de Drake no era necesaria. Tanto Samson como Gabriel, estaban plenamente conscientes de las credenciales del hombre o de la falta de ellas en su práctica de la medicina real.

—Eso es lo mejor que podemos hacer—, insistió Samson. —El médico vampiro más cercano se encuentra en Los Ángeles. No tenemos tiempo para traerlo hasta aquí.

—Muy bien, pero quiero que firmen una renuncia de que no seré demandado, si no consigo ayudarla. No puedo ser responsable si…

Gabriel tomó a Drake por el cuello, y lo cortó a mitad de la frase. —Si no dejas de balbucear, no tendrás que preocuparte acerca de una demanda, porque no vas a estar presente para comparecer ante el tribunal. ¿Estamos claros en eso?

—¡Gabriel! — la reprimenda de Samson, desvaneció la tensión en la sala.

Gabriel soltó al médico, quien le dio una mirada agria.

—Bien—. Con un movimiento corto y rápido, Drake se acercó a la cama y miró a la mujer. Gabriel observaba todos sus movimientos, por alguna razón sentía un inexplicable sentimiento de protección hacia ella. ¿Y por qué no habría de hacerlo, ya que Samson le había asignado este caso? Era justo como en los viejos tiempos, cuando había empezado a trabajar para la compañía de Samson como un guardaespaldas, mucho antes de que él hubiera recorrido todo el camino hasta su actual posición de poder, como el número dos en Scanguards. Se limitaba a actuar como su guardaespaldas. Solo que nunca había cuidado un cuerpo tan perfecto como el de ella.

Drake levantó un párpado y luego el otro para observar las pupilas de Maya, antes de que abriera y separara sus labios, para examinar sus dientes. Deslizó su dedo a lo largo de sus dientes superiores, para sentirlos.

—Mmm.

—¿Qué pasa? —, preguntó Gabriel, impaciente por escuchar la evaluación del médico.

Drake se volvió hacia él y Samson. —Sus colmillos no están creciendo, y el blanco de sus ojos no está volviendo. Samson, dijiste que tus hombres que la habían encontrado creyeron que habían interrumpido al vampiro que estaba haciendo esto.

Samson asintió con la cabeza. —Sí, vieron a alguien salir corriendo, pero no fueron lo suficientemente rápidos como para atraparlo. Ellos estaban más preocupados por ponerla a ella primero a salvo.

—Tiene sentido. Creo que no pudo terminar. Se fue a tan sólo la mitad del proceso. Probablemente recibió muy poca sangre de vampiro. Su cuerpo humano está luchando. Y su lado vampiro no es lo suficientemente fuerte. No es suficiente para convertirla, pero sí para que la posibilidad de seguir siendo una humana, sea imposible. Tienes que tomar una decisión.

—¿Una decisión? — Gabriel preguntó, entonces sintió las miradas del médico y de Samson sobre él. ¿Se darían cuenta que tenía más de un interés pasajero en ella?

—Convertirla totalmente o dejarla morir.

Gabriel se quedó sin aliento. Dio un paso hacia el médico, dispuesto a estrangularlo. —¿Vas a dejarla morir? — Antes de que pudiera poner las manos sobre Drake, Samson puso una mano sobre el hombro de Gabriel.

—Gabriel. Detente.

Se dio la vuelta para hacer frente a Samson. —No puedes dejar que se muera—. A pesar de que él lo dijo, sabía que lo que estaba planeando hacer, estaba en contra de sus propias creencias: dar a un ser humano una elección. Pero él no estaba pensando en darle esa opción. Maldición, ella no estaba consciente para hacer esa elección por sí misma.

Samson le dio una sonrisa triste. —Entonces ella tiene que ser convertida completamente. ¿De verdad quieres esa responsabilidad?

Gabriel tragó. —¿Preferirías lidiar con la culpa de dejarla morir? — Él prefería enfrentar la culpa de saber que la mantendría con vida como vampiro.

—Convertirla significaría imponer tu voluntad sobre la de ella—. Como si Gabriel no supiera eso.

Samson continuó, —El rufián ya la ha dejado sin decisiones. ¿Vas a hacer lo mismo? ¿Estás preparado para tomar esa decisión por ella? ¿Qué pasa si ella se quisiera morir?

—¿Y si ella prefiriera vivir? —, respondió Gabriel.

¿Qué pasa si yo quiero que ella viva?

—¿De verdad quieres jugar a ser Dios?

Aunque sabía que Samson era un hombre que creía en Dios, Gabriel había perdido la fe hace mucho tiempo. Pero nunca había perdido su sentido de lo correcto e incorrecto, lo bueno y lo malo. Dejarla morir ahora estaba mal. —Estoy preparado para jugar a ser el diablo si eso significa que ella va a vivir—. La decisión de Gabriel era clara: bajo ninguna circunstancia iba a dejarla morir. ¡Pase lo que pase! Si lo odiaba por eso más adelante, que así fuera, pero mientras ella no pudiera tomar una decisión, él lo haría por ella. Y esperaba que estuviera de acuerdo con él al final.

Samson asintió con resignación en respuesta. —Drake, ¿qué sugieres?

Drake se aclaró la garganta. —Ella tendrá que ser alimentada con más sangre de vampiro.

—¿Cuánto? —, preguntó Gabriel, a pesar de que no importaba. Él le daría todo lo que necesitara. Cuantos litros de su sangre ella quisiera, él lo proveería feliz.

—No lo sé todavía. Me temo que tendremos que improvisar—. El doctor se encogió de hombros.

Gabriel se desabrochó la manga izquierda y empujó la tela hacia su codo. —Estoy listo.

—¿Cuándo te alimentaste por última vez? —, preguntó el médico, con la preocupación grabada en su rostro. De repente, él estaba muy enfocado, su actitud impertinente se había evaporado.

—Hace unas horas.

—Bien—. Él guio con la mano a Gabriel, al otro lado de la cama. —Métete a la cama y siéntate a su lado. Necesito que abras tu vena. Voy a mantener su boca abierta, y tú tendrás que empezar a gotear la sangre en ella.

Gabriel asintió con la cabeza e hizo lo que el doctor le dijo. Se sentó a su lado en la cama. Por su voluntad sus colmillos se extendieron y atravesó su propia muñeca con ellos. Las gotas de sangre aparecieron al instante.

En el fondo, escuchó la puerta abrirse y cerrarse. Samson había decidido, evidentemente, no quedarse a ver. A Gabriel no le importaba, no necesitaba la aprobación de su jefe. Esta era su decisión. Su caso. Pero Gabriel sabía muy bien que esto no era solo un caso para él, esta mujer significaba más. No sabía por qué, pero confiaba en su instinto para saber lo que tenía que hacer. Y su instinto nunca le había fallado.

Mantenerla viva era su misión ahora.

~ ~ ~

Maya estaba fría. Un escalofrío sacudió su silueta. Ella trató de acurrucarse para conservar el calor de su cuerpo, pero todos sus músculos se sentían rígidos y no respondían a la demanda de su cerebro. Se sentía paralizada. Cuando sintió un movimiento a su lado, se dio cuenta de que yacía en una cama. A medida que el colchón se movía al lado suyo, el calor llegaba hasta ella. Quien fuera "o lo que fuera" que estuviera al lado suyo, la proveía de su calor, y ella lo deseaba.

Tratando de mover la piedra de molino que presionaba su pecho, ella luchó contra la pesadez de su cuerpo y se dio vuelta muy ligeramente a sí misma hacia la izquierda. Como si la fuente de calor supiera lo que quería, se acercó más, y un momento después se apretó contra su costado. De repente, el calor la inundó, y dejó escapar un suspiro de satisfacción.

Pero en el momento en que trató de tomar una respiración profunda, sus pulmones punzaban por el esfuerzo, y un rayo de dolor atravesó su cuerpo. La presión se acumulaba en sus pulmones, ya que eran incapaces de expulsar el dióxido de carbono. Se sentía como ahogada.

Ella abrió la boca para obligarse a toser, para expulsar el aire utilizado, pero antes de que pudiera hacerlo, sintió que una mano en su boca la mantenía abierta. A continuación, las gotas de un tibio líquido golpeaban en su lengua. Ella quería gritar. Pero todo lo que podía hacer era tragar, antes de que el líquido fuera a ahogarla.

Mientras más ingería, más líquido entraba en su boca. Ella no podía sentir el gusto, pero sabía que no era agua. Era más espesa, casi cremosa. Y para su sorpresa, había aliviado la presión de su pecho. Luego supo que era medicina. Alguien le estaba dando la medicina. Así que la abrió más y se arqueó hacia la fuente del líquido.

—Despacio, despacio—, advirtió una voz profunda.

Con suavidad le tocó los labios. Era una piel caliente y de ella salía el líquido que aliviaba el dolor de su cuerpo. No le importaba lo que era, no quería ni siquiera especular. Lo único que sabía era que estaba ayudándola. Con avidez, chupaba con ganas de más y más, antes de que alguien se lo negara y detuviera el flujo. Tenía que conseguir lo suficiente, antes de que no hubiera más.

Cuanto más bebía, más consciente se hizo de su propio cuerpo y de la fuente de calor junto a ella, la forma en que la acunaba, que la protegía. Ahora que el ardor en su cuerpo comenzaba a disminuir, reconoció la fuente de calor como el cuerpo de un hombre, el cuerpo de un hombre *muy grande.* ¿Quién era él?

Los párpados le pesaban como una puerta de hierro; sin embargo, trató de levantarlos. Ella logró levantarlos lo suficiente, como para ver la forma del hombre a su lado, el hombre de cuya muñeca, aún estaba bebiendo.

La conmoción corrió por ella. Él no le había dado una medicina… ¡la había alimentado con su sangre!

Maya trató de apartarse de él, pero su cuerpo no le obedecía. Se quedó cerca de su amplio pecho que la calentaba y de su muñeca, que la alimentaba. Se obligó a levantar los párpados más, para poder mirar su cara y deseó no haberlo hecho.

Con horror, se quedó mirando su rostro desfigurado por una fea cicatriz desde la barbilla hasta la oreja. A esta corta distancia, palpitaba amenazadoramente.

Su largo cabello castaño estaba peinado hacia atrás amarrado en una cola. Algunos mechones luchaban por soltarse y enmarcaban su cara cuadrada.

Cerró los ojos con fuerza. No…Ella *no* estaba acostada en la cama siendo alimentada con sangre por un monstruo. Tenía que ser un extraño sueño… no había otra explicación. Más de ochenta horas de trabajo a la semana, podrían hacerle eso a cualquiera. Largos turnos, luego noches de llamadas tras llamadas, llevarían a cualquiera hasta el extremo de un total y completo agotamiento. No sería la primera vez que le pasara a ella.

Durante su residencia de tres años, había sufrido colapsos un par de veces y había necesitado veinticuatro horas de sueño para recuperarse. Se reportaría como enferma por la mañana. Sí, su cuerpo estaba definitivamente diciéndole que necesitaba descansar.

Si estaba imaginando monstruos chupadores de sangre, era mejor tomarse un poco de tiempo para descansar.

Ella suspiró profundamente. Ahora que había tomado la decisión de tomar un día libre, de pronto se sentía mejor… Desde luego no podía ser, porque todavía sentía el cuerpo caliente del hombre con las cicatrices, apretándose contra ella. Ningún monstruo tendría este tipo de efecto calmante en ella. Y para el caso, tal vez ya era hora de cambiar de alquiler de películas de terror a comedias románticas en su lugar, ya que era obvio que no podía manejarlas.

Si hubiera visto una comedia romántica el fin de semana en lugar de la última película de terror de bajo presupuesto, sin duda el hombre en su sueño habría sido hermoso y no tan horriblemente desfigurado. Maya se estremeció ante el recuerdo de la cara del hombre.

4

—¿Cómo está? — dijo la voz de Samson desde la puerta.

Gabriel levantó la vista del cuerpo dormido de Maya y le indicó a Samson que se acercara. Él había tomado la decisión de dejarla con ropa, pues estaba muy preocupado de que una vez que se despertara y se encontrara desnuda, su pánico podría ser aún mayor. Ella ya tendría suficiente a que hacer frente… la idea de un extraño viéndola desnuda, no ayudaría en esa situación. —Ella ahora tiene una oportunidad.

—Pareces cansado. Te he traído un poco de sangre. Es necesario que te repongas—. Samson le dio dos botellas de líquido rojo.

Gabriel miró las etiquetas *"0-negativo"* y dio un gruñido agradecido. —De la buena.

—Sólo lo mejor para mi gente. Oye, quería pedirte disculpas por lo sucedido anteriormente. Pero sabes lo que pienso acerca de la creación de nuevos vampiros en contra de su voluntad, y pensé que sentías lo mismo.

Gabriel lo miró y vio la preocupación en los ojos de su jefe. —Y así es. Pero hay veces en que no tenemos otra opción acerca de qué hacer. Es una vida… de cualquier forma. Lo que hará con ella, va a ser su elección. Pero al menos tendrá una opción.

Gabriel abrió la botella y bebió un buen trago. El líquido espeso revistió su garganta. Maldición, se sentía bien. Se había sentido agotado. Maya había tomado casi un litro de él, pero no había tenido el corazón para detenerla. El médico le había advertido, pero sabía que su instinto le diría cuánto necesitaba. Cuando por fin lo había soltado, volvió a caer en un profundo sueño. Su respiración era mejor ahora, y los latidos del corazón se habían acelerado. Las señales eran buenas.

—Tienes razón—, asintió su jefe. —Gabriel, quiero que hagas algo por mí.

Gabriel lo miró directo a los ojos. —¿Qué es?

—He decidido tomar con Delilah, unas cortas vacaciones hasta que Maya esté más estable. Llámenme demasiado cauteloso, pero nunca me perdonaría si ella fuera atacada porque Maya no pueda controlar sus impulsos todavía. Después de todo, Delilah es el único ser humano en la casa, y Maya se sentirá atraída por su sangre.

Hubo una pequeña pausa, y Gabriel notó cómo una suave sonrisa se deslizaba en los labios de Samson. Con un brillo en sus ojos, Samson continuó, —y yo, por sobre toda la gente, sé lo tentadora que es su sangre.

—Eres un afortunado hijo de puta, Samson—. Gabriel sonrió y por un momento olvidó todos sus problemas. Era bueno ver a su amigo tan feliz.

—Sí, yo lo sé. Quiero que te quedes aquí, Carl está arreglando el dormitorio principal para ti. Nos llevaremos a Oliver con nosotros.

—¿Te estás llevando un guardaespaldas humano? — Oliver, un ser humano, era el asistente personal de Samson y se hacía cargo de todas sus necesidades durante el día.

—Para Delilah. Estoy seguro de que querrá ver algunos lugares durante el día mientras me tengo que quedar en casa. Yo no quiero privarla de la ocasión. Oliver la mantendrá a salvo.

—Entiendo.

Samson se volvió hacia la cama. —Maya necesita ser vigilada las veinticuatro horas, los siete días de la semana. Thomas, Zane, e Yvette van a estar aquí para ayudarte. Enviaré a Quinn de regreso a Nueva York. Estará al frente de la oficina central, durante tu ausencia.

Gabriel no tenía objeciones en cuanto a que Quinn se hiciera cargo de la oficina en Nueva York, otro nombre, sin embargo, lo alarmó. —¿Estás seguro de Zane?

—Él es tu mejor hombre. Ya sabes cómo mantenerlo a raya.

Samson tenía razón, pero tener a Zane cerca de Maya, hacía que Gabriel se sintiera incómodo. No podía precisar por qué. Zane era la máquina más maligna de lucha que había conocido, y tenerlo a su lado, significaba tener la mejor protección disponible.

—También he alertado a Amaury, y él se ofreció a ayudar, aunque estoy seguro de que preferiría hacer otra cosa.

Gabriel sonrió. —Voy a evitar llamarlo para esto… Prefiero no estar en el extremo receptor de la ira de Nina. Esa mujer sí sabe para qué tiene la boca.

Samson se echó a reír. —Y ella la necesita para domar a Amaury. Pero honestamente, si tú lo necesitas, llámalo. Estoy seguro que tiene maneras de calmar a Nina, cuando se pone demasiado salvaje.

Gabriel no quería pensar en ello, ya que de seguro las maneras de manejarla de Amaury, implicaba una maratón de sudoroso sexo… no era una imagen que necesitara en esos momentos. No con la mujer más perfecta a escasos centímetros de él… indefensa y vulnerable. La ingle se le endurecía con el recuerdo de cómo su cuerpo se sentía presionado al suyo, cuando él la había alimentado.

—¿Estás bien? — le preguntó Samson.

Gabriel se movió en su silla para ocultar su creciente erección. —Por supuesto. Yo me ocuparé de las cosas. Una vez que se haya despertado y aceptado el cambio, voy a averiguar lo que le pasó. Tal vez nos pueda dar una descripción del tipo. Tiene que haber visto algo.

—Bien. Carl estará aquí cuando lo necesites, y Drake se supone que debe pasar todas las noches, para ver cómo sigue. Precisamente llamó hace unos minutos.

Gabriel levantó las cejas en signo de interrogación. No sentía culpa por haber sido tan duro antes con el médico. —¿Qué quería?

—Se olvidó de decirte qué hacer, cuando ella se despierte. Necesitará obtener sangre humana en las próximas seis horas de haberse despertado o su sed será demasiado para ella y a su vez la volverá loca. Dudo que sea un problema alimentarla... ella estará muerta de hambre, y sus instintos en las primeras horas serán tan fuertes, que no serás capaz de mantenerla alejada de la sangre. Te sugiero darle de la embotellada. Funcionó bien para Carl.

Gabriel asintió con la cabeza. —¿Está la despensa surtida?

—He enviado a Carl por más provisiones, pero hay mucho para ti y para ella.

Un sonido proveniente de abajo, los obligó a ambos a mirar hacia la puerta.

—Y otra cosa—, añadió Samson, —mantén a Ricky fuera de ella. Creo que la ruptura con Holly realmente lo está golpeando fuerte. Francamente, me sorprendió un poco cuando me dijo que ella había roto con él. Siempre pensé que ella era la que se esforzaba realmente por la relación.

—Quién diría, nunca se sabe lo que pasa en el interior de una persona—, coincidió Gabriel.

—De todos modos, he instruido a todo el mundo que le den un poco de espacio. Los muchachos sólo recibirán órdenes de ti.

—Entendido.

Se escucharon voces que provenían de la primera planta. Con un movimiento de su cabeza, Samson señaló las escaleras. —Parece que tenemos compañía. Vamos a ponerlos al tanto.

~ ~ ~

Las voces en su sueño no desaparecieron por completo. Si bien parecían haber dejado su área inmediata, Maya todavía podía oírlos de lejos. Ella se rio en su sueño, se sentía como la mujer biónica, que podía escuchar a la gente hablando a casi 200 metros de distancia. ¿Qué tan divertido sería eso? Ella sería capaz de escuchar lo que sus pacientes dijeran, antes de entrar en la sala de examen.

No podía recordar cuándo había llamado para excusarse por estar enferma y hacerles saber a sus colegas que tenían que cubrirla, pero estaba segura de que lo había hecho. Debía de haberlo hecho... era una persona responsable y nunca defraudaría a sus colegas.

Las voces iban y venían, las puertas se abrían y cerraban. Oyó el arranque de los motores de los autos y las puertas del garaje abrirse y cerrarse. Pasos por todas partes en ese piso y en el de abajo, como si un ejército estuviera pisoteando a través de su edificio de apartamentos. Tendría que presentar una queja ante el dueño sobre sus vecinos ruidosos. ¿No podían simplemente calmarse y dejar que durmiera?

Se dejó caer más profundamente en su sueño. Una mano cálida le acarició la mejilla y le apartó el pelo de su cara. Se sentía segura. Palabras de aliento que olvidaba tan pronto como las escuchaba resonaban en su cabeza. Alguien le habló en voz baja, susurrando, casi respirando las palabras en su oído. Las palabras la calmaban.

Un sueño llevaba al siguiente y al siguiente. Y con cada sueño se hacía más consciente.

El cuerpo de Maya se sentía descansado y extrañamente rejuvenecido, casi como si hubiera pasado veinticuatro horas en un spa de lujo. Su cama se sentía más cómoda de lo que nunca antes había sido. El colchón era más suave, las sábanas más frescas. Y más grande... de alguna manera su cama le parecía más grande a ella, demasiado grande para su pequeña habitación, donde todo lo que había sido capaz de encajar, era una cama matrimonial para aún tener espacio para su tocador.

Maya llevó sus brazos a sus costados y aún no alcanzaba el borde de la cama. ¿Estaba soñando? Tal vez ni siquiera estaba despierta.

Con más esfuerzo de lo que esperaba, abrió los ojos.

Un grito atravesó el silencio, y con horror se dio cuenta de que era el suyo.

5

Su grito ensordecedor, hizo que el hombre inclinado sobre ella, se sacudiera hacia atrás.

La cabeza del extraño de más de un metro noventa era calva, y su rostro sólo podía ser descrito como frío y malvado. Si eso no garantizaba que Maya supiera que era un mal tipo, entonces lo era el hecho de que él estaba rondando sobre su cama, en su apartamento.

Desesperada, ella se estiró hacia la derecha para tomar el bate de béisbol que mantenía junto a su cama y encontró… nada. Giró la cabeza hacia el intruso.

Y su corazón se detuvo.

¡Esa no era su habitación! ¡No estaba en su apartamento!

¡Había sido secuestrada!

Con la siguiente respiración, pudo articular palabra nuevamente y gritó tan fuerte como pudo. —*¡Ayuda! ¡Que alguien me ayude!*

Se apartó de la cama, poniéndola entre el tipo calvo y ella como una barrera. —¡Aléjate de mí! ¡Déjame en paz, enfermo hijo de puta!

Sus ojos recorrieron la habitación. Estaba amueblada suntuosamente, lo que la sorprendió. ¿Acaso no mantenían a las víctimas de secuestro en oscuros y lúgubres sótanos, con sólo una cama y una silla? Esa habitación era todo lo contrario.

¡Perfecto! Había sido secuestrada por un hijo de puta enfermo y rico. Al menos alguien más sólo querría dinero, "lo cual ella no tenía", pero este hombre, ¿quién sabía lo que *él* quería?

Ella lo miró fijamente. No se había movido desde que inició su grito, claramente disfrutaba de su miedo. Maya se limpió las manos sudorosas en el pantalón y el alivio llegó cuando se dio cuenta que todavía llevaba su ropa. De hecho, ella estaba vestida como si acabara de llegar del hospital. Por las manchas de sangre en su ropa, pensó que la habían llamado a la sala de emergencia para una consulta. ¿Acaso ella nunca había llegado a casa?

Antes de que pudiera pensar nada más, la puerta de la habitación se abrió y tres personas irrumpieron. Bien, ahora estaba en inferioridad numérica.

—Zane, ¿qué mierda haces aquí? — dijo una voz extrañamente familiar. Su mirada se concentró en el hombre que había hablado. Ella casi se atragantó con el siguiente aliento.

Mientras él se acercaba al hombre que había llamado Zane, Maya pudo ver claramente la gran cicatriz en el lado derecho de su cara.

Él era el monstruo de su sueño. Era real. Y estaba allí.

Él atacó al calvo, llevándolo lejos de la cama.

—Déjame en paz, Gabriel. Sólo quería ver cómo se veía—, Zane se defendió y se liberó de las manos del otro hombre. —No seas tan aguafiestas.

—¡Fuera! — gritó el hombre de la cicatriz. La autoridad de su voz era innegable.

Con otro encogimiento de hombros, el hombre calvo salió de la habitación según se le había ordenado. Recién entonces, el hombre que se llamaba Gabriel, se volvió hacia ella.

—Lo siento. Zane no debería haber estado aquí. No estábamos seguros de cuándo despertarías—, dijo su voz una octava más profunda, y aún así más suave que antes.

Voz suave o no, él dio unos pasos hacia ella… lo cual era algo que Maya no podía permitir. Recorrió la zona en busca de un arma. —Alto ahí, amigo—, le advirtió y cogió el candelabro de hierro forjado de la mesita de noche, lista para lanzárselo si se acercaba más. Se sintió aliviada al ver que cedió. Esto le dio un momento para evaluar qué clase de peligro representaba.

Era casi tan alto como el calvo, pero no tan delgado. Sus hombros eran más amplios, su silueta más musculosa. Su pelo largo y oscuro, amarrada en una cola, le suavizaba un poco su cara cuadrada, pero la cicatriz que marcaba uno de los lados de su cara, alejaba toda esa suavidad. Sí, era peligroso, estaba segura. Ella miró sus fuertes brazos, sus manos grandes, y sabía que esas manos podrían estrangularla, si realmente quería hacerle daño. Ella no tendría ninguna posibilidad, igual que una bola de nieve en el infierno. Todo lo que tenía era su intrepidez. Y era experta en engaños.

—¿Dónde estoy y quién eres tú? Habla rápido… no soy muy paciente.

Maya miró más allá de Cara Cortada, a las otras dos personas que habían entrado detrás de él. Una mujer y un hombre. El hombre era igual de alto y parecía como si hiciera ejercicio. Lo que hacía que su figura fuera realmente impresionante e intimidante era el hecho que vestía de cuero negro. Era evidente que era un motociclista, posiblemente un miembro de una pandilla. La mujer era tan bella como podía ser. Pelo corto, negro, piel de porcelana, labios carnosos, una figura de muñeca Barbie… Parecía una modelo… cuerpo perfecto, y una cara perfecta, a pesar de que tenía un ceño fruncido cerca de su boca.

—Yo soy Gabriel. Mis colegas aquí—, Gabriel hizo un gesto hacia el hombre y la mujer, —son Yvette y Thomas.

Mientras él volvía su rostro hacia un lado, Maya vio a su mitad sin marcas durante unos segundos y se dio cuenta que no había nada desagradable en él. Su lado izquierdo estaba perfectamente esculpido: pómulos salientes, un fuerte mentón cuadrado, una nariz larga y recta, y luego esos *ojos*… Rodeado de largas pestañas oscuras, que parecían ser tan oscuras como el chocolate, sin embargo, unos puntos de luz brillaban en ellos. Cuando ella bajó la mirada, se centró en sus labios. Rellenos y ligeramente separados, se veían sensuales. Antes de que pudiera apartar la mirada, él volvió la cabeza hacia ella.

Ahora que veía los dos lados juntos otra vez, el marcado y el perfecto, tenía que admitir que no se veía como el monstruo que había formado en su mente. Claramente, la gran cicatriz había destruido su hermoso rostro, pero le había dado algo más: un rostro con carácter.

Gabriel de repente se movió y parecía como si quisiera acercarse nuevamente. Pero ella levantó instantáneamente el candelabro sobre su cabeza.

Él levantó las manos en señal de derrota. —No iré más cerca. No quiero hacerte nada malo.

—¿Cómo llegué aquí? —, preguntó Maya, haciendo caso omiso de su comentario.

—¿No recuerdas nada?

Hurgó en su memoria, pero no podía entender de lo que estaba hablando. Así que tomó al toro por las astas. —Ustedes me secuestraron, ¿no? ¿Qué es lo que tú quieres? ¿Dinero? — Ellos podrían recibir unos cuantos cientos de dólares que tenía en su cuenta de ahorros. Si querían más, tendrían que esperar el día del próximo pago el siguiente mes. El terminar de pagar su préstamo para estudiantes, había consumido todos sus ahorros.

La mujer, Yvette, sacudió la cabeza y se rio entre dientes. —Esto va a tomar un tiempo, Gabriel. ¿Por qué no te dejo a ti para que hables con ella?

—Yvette—, contestó Gabriel. —No vas a salirte de ésta. Samson te asignó a ayudarme, así que ayudarás.

La boca de Yvette se torció en una delgada línea. Al parecer, quien quiera que ese Samson fuera, tenía poder sobre ella. Maya se guardó ese dato... tal vez podría utilizar eso para obtener ventaja posteriormente. Cuanto más se enterará de sus secuestradores, mejor.

Maya miró hacia ambos, entre Gabriel e Yvette, tratando de entender lo que había querido decir con sus palabras. ¿En qué se suponía que le ayudaría? ¿Sujetándola? ¿Atándola? No, probablemente no... Ellos habían tenido esa oportunidad mientras ella estaba inconsciente. ¿Qué demonios estaban tratando de hacerle?

—Fuiste atacada—, comenzó finalmente Gabriel.

—Me di cuenta de eso yo sola. Así que, ¿qué quieres? —Maya respondió. Sabía que estaba en inferioridad numérica, por lo que pensaba que, sólo estando tranquila, podría salir de esa situación.

—No somos los que te atacaron—, afirmó Gabriel.

Maya dio un pequeño resoplido. Como si fuera tan crédula. Tal vez tenía suerte y estos tres criminales eran demasiado tontos para tener un plan decente. Probablemente podría ser más astuta que ellos. De seguro la mujer, que se consiguió todo en el departamento de belleza, había sido estafada con células cerebrales. Y el motociclista: puede saber acerca de motos, ¿pero tenía alguna otra habilidad? Ella no estaba muy segura de cómo evaluar a Gabriel, que parecía estar a cargo, pero...

—Él está diciendo la verdad—, continuó Thomas en lugar de Gabriel. —Dos de nuestros guardaespaldas te encontraron después de que fuiste atacada. Te trajeron aquí para que nos hiciéramos cargo de ti.

Maya dio un paso atrás. ¿Guardaespaldas? ¿Estos tipos tenían guardaespaldas? Eso sólo podía significar que eran de la mafia, probablemente rusa. Tener que *hacerse cargo de ella*... sí, sonaba igual que la mafia. Esto lo cambiaba todo. No estaba tratando con unos pocos criminales de mala muerte que buscaban un poco de dinero. Ella estaba lidiando con la mafia, la Cosa Nostra, o como quiera que se llamen en estos días.

Las rodillas de Maya empezaron a temblarle. Si había visto algo que ellos no querían que ella viera, si había sido testigo de algo, era como si estuviera muerta. Tal vez uno de sus pacientes le había dicho algo a ella que implicaba a estos hombres en un delito, y pensaron que lo mejor era encargarse de ella. Leía los periódicos. Sabía lo que los tipos como estos eran capaces de hacer.

—No me acuerdo de haber sido atacada. ¿Qué han hecho, drogarme?

Gabriel negó con la cabeza. —No te drogamos. Pero si no recuerdas nada de eso, significa que el hombre que te atacó, podría haber borrado tu memoria.

—¿Borrado mi memoria? Por favor, no trates de hacerme tragar esa ridícula porquería. No soy estúpida—. Levantó la barbilla con una muestra de valentía que no poseía. Pero quería respuestas, sin importar si le gustaba lo que oía o no. —Sólo dime lo que quieres y vamos a terminar con esto—. Si ella podía odiar una cosa, era la incertidumbre. Una vez que supiera lo que estaba pasando, por lo menos podría formular un plan. Era buena para hacer planes.

Yvette se adelantó y se puso junto a Gabriel. —Fuiste atacada por un vampiro.

Por un segundo, el corazón de Maya se detuvo. Luego dejó escapar un suspiro. Esta era una gran broma. Tenía que serlo. Nadie en su sano juicio, ni siquiera a un delincuente, se le podría ocurrir una explicación tan inverosímil y esperar que le creyesen. Ella miró a su alrededor. —Bueno, ¿dónde está la cámara? Esto estará en YouTube, ¿no es cierto? ¿Quién te puso en esto? ¿Fue Paulette? — Su colega podría ser una total bromista. Tendría que hablar con ella por esta broma de mal gusto.

Por desgracia, nadie se reía. En cambio, Gabriel dio un paso hacia ella. —El vampiro que te atacó... comenzó el proceso de hacerte una de nosotros. Todos nosotros somos vampiros, pero estamos aquí para ayudarte.

Ninguna de sus palabras tenía sentido. Todos ellos, se deben haber escapado de la sala de psiquiatría. Lamentó no haber escuchado más a su instructor de psiquiatría, sobre la forma de tratar con locos. Desafortunadamente, su interés médico, la había llevado más hacia la forma en que funcionaba el cuerpo, en lugar de la mente.

—Los vampiros no existen, tontos. Han estado viendo demasiadas películas malas.

—Yo puedo demostrártelo—, afirmó Gabriel.

—¿Ah, sí? ¿Qué, te vas a poner algunos colmillos falsos?

Él negó con la cabeza y dio otro paso más cerca, demasiado cerca para su gusto.

Maya lanzó el candelero y se sorprendió por la fuerza de su propio movimiento. Con un movimiento que era más rápido de lo que podía seguir el ojo, Gabriel lo agarró y lo colocó en la silla a su lado. Sorprendida, Maya lo miró. Bueno, él era rápido. No tenía por qué significar nada. Sólo significaba que no tenía la oportunidad de derrotarlo.

—Por favor, no hagas eso—, le dijo con una tranquila voz. —Yo no soy el enemigo.

Maya dejó escapar una risa amarga.

—Tal vez deberías darle una demostración—, sugirió Thomas.

—No. No quiero asustarla más de lo que ya está—, respondió Gabriel.

—No, no, por favor, dame una demostración—, se burló Maya. —Tengo que ver lo que ustedes los *vampiros* hacen.

Cuando ninguno de los tres llamados "vampiros", se movió ni hizo nada para demostrar que en realidad eran vampiros, ella sabía que había acabado con sus mentiras.

Ahora estaba convencida de que eso era todo un gran montaje. Sus colegas del hospital, probablemente se habían confabulado y contrataron a unos cuantos actores para hacerle una broma. ¿No le habían dicho hace sólo unas cuantas semanas que estaba trabajando muy duro y necesitaba relajarse?

—Ya me parecía. Ahora, díganme cómo puedo salir de aquí. ¿O es que esperan una propina?

—¿Propina? — Gabriel le dirigió una mirada inquisitiva.

—Por su actuación. Francamente, al principio pensé que ustedes eran de la mafia. Deberían haberse quedado con ese título. Guardaespaldas, haciéndose cargo de las cosas… esas eran buenas líneas. Hubiera sido más creíble. Pero vampiros. ¿En serio? Sinceramente, no es que tenga nada en contra de sus habilidades de actuación, pero ese es un papel difícil de lograr.

Los tres la miraron como si fuera una loca con permiso del psiquiátrico. Se sentían casi culpables por haberle echado a perder su diversión.

—En verdad, fueron buenos. Pero lo de vampiros fue demasiado exagerado. Lo siento. Oye, ¿qué hora es? Espero que no me hagan llegar tarde a mi próximo turno.

Maya miró a su alrededor tratando de encontrar sus zapatos.

—Es la negación—, se oyó decir a Yvette.

—Es evidente—, coincidió Thomas.

—No sé cómo explicarte esto, sin que tengas miedo, pero te juro, estoy tratando—, dijo Gabriel.

El aliento de Maya se detuvo cuando vio un movimiento al lado de él.

Yvette había agarrado el candelero de la silla. —¡Atrápalo! — Más rápido de lo que el ojo pudiera procesar, Yvette lo arrojó hacia ella.

—¡No! — Gritó Gabriel, pero un momento después, Maya se encontró tomando el candelero sin ningún esfuerzo. Ella se quedó mirando el objeto en sus manos y no podía explicarse cómo lo había atrapado, cuando apenas lo había visto venir hacia ella.

Nunca había sido una jugadora de béisbol… su coordinación ojo-mano era muy mala para eso. ¿Y ahora ella había atrapado rápidamente un candelero que voló hacia ella a la velocidad de un coche? ¿Cómo había sucedido? ¿Y cómo la mujer lo había *tirado* en forma tan veloz, en primer lugar?

Gabriel se volvió hacia la mujer. —Podías haberle hecho daño—, su voz era áspera y con regaño.

—Sus reflejos son mucho más agudos que los de un ser humano—. Yvette simplemente se encogió de hombros, y luego miró a Maya. —Todos tus sentidos se han mejorado. Eres más fuerte. Sabía que ibas a atraparlo… es un reflejo.

—La próxima vez, háblalo conmigo antes. ¿Nos entendemos? —Susurró Gabriel a Yvette, mientras ella cruzaba los brazos sobre su pecho y hacía caso omiso de la reprimenda.

Maya negó con la cabeza. —Se trata de un truco—. No tenía idea de cómo lo había hecho, pero no había manera de que pudiera haber atrapado el candelero por su cuenta. Algo estaba mal con ella. Podía sentirlo. Con esfuerzo, alejó las dudas que aumentaban. No se dejaría engañar por ellos.

Puso el candelero en la pequeña mesita antigua. La frágil pieza de madera, se astilló por la fuerza con la que había dejado caer el objeto. Sorprendida, ella lo miró. ¿Había calculado mal su propia fuerza?

—¿Lo crees ahora? —, preguntó Gabriel.

—¡No! — Esto no probaba nada. Tal vez la mesita era un diseño barato, derrumbándose con el más mínimo impacto.

—Ahora, ve al baño—. Señaló hacia una puerta cerca de la chimenea. —Hay un espejo sobre el lavabo. Mírate en él y dime lo que ves.

Maya vaciló. Las dudas habían comenzado a generarse en su interior. No tenía nada que perder con mirarse en un espejo, ¿verdad? Sin perder de vista a Gabriel o a los otros dos, con cautela se acercó a la puerta del baño. La abrió y miró adentro. Un cuarto de baño de mármol blanco le daba la bienvenida. Era mucho más lujoso de lo que ella estaba acostumbrada.

—Voy a estarte esperando aquí—, dijo Gabriel.

Maya entró en el cuarto de baño, pero mantenía un ojo en la puerta. Cuando se acercó al lavabo, se miró en el espejo que estaba encima. Se detuvo justo enfrente, pero no había reflejo de sí misma. Echo una mirada nuevamente, y luego se inclinó hacia delante para inspeccionar el espejo más de cerca. Nada.

—Otro de sus trucos, ya veo—, comentó. Había oído hablar de accesorios de utilería como éste en películas: espejos que no eran realmente espejos, para que la luz del cine no se reflejara de nuevo en la cámara.

—No es un truco. Los vampiros no tienen reflejo. Nuestras auras transmiten una frecuencia que el espejo no puede procesar. Por lo tanto, no refleja nada.

—Supongo que eso significa que no aparecen en las fotos tampoco— se burló ella.

—De hecho, sí, pero si utilizan una cámara digital—, fue su respuesta desde el dormitorio.

—Mentiras—, respondió ella. —No sé a dónde van con todo esto, pero lo que están tratando de hacer, no funciona.

—Toma cualquier cosa en el cuarto de baño, una toalla, jabón, cualquier cosa que puedas encontrar, y ponlas frente al espejo.

Ella resopló. No tenía intención de seguir su sugerencia estúpida. ¿Qué probaría?

—Hazlo—, ordenó Gabriel con una voz que no admitía negativa.

Bien, lo haría y entonces podría salir de ahí y le diría que probara sus trucos idiotas con otra persona. Ella ya había tenido suficiente de esto. Ya no era gracioso. De hecho, no había sido divertido desde el principio.

Con un gesto de impaciencia, Maya agarró el cepillo del mostrador de mármol blanco y lo sostuvo frente al espejo. Parecía sostenido por una mano invisible. Ella lo movía, y el objeto se movía en el espejo. El espejo funcionaba. Ahora que veía más de cerca, se dio cuenta que se reflejaba todo lo que estaba detrás de ella, la ducha, el baño, las toallas en el toallero. Todo… excepto a sí misma.

Con un fuerte ruido metálico, el cepillo aterrizó en el lavabo.

Maya abrió la boca, pero no salió ningún sonido. No gritó, no había palabras.

Sus pulmones luchaban por aire, mientras su cerebro procesaba la noticia. Levantó las manos y las miró fijamente. Eran visibles, ella podía verse, tocarse, pero el espejo no mostraba nada. Como si no existiera.

¿Qué era ella?

~ ~ ~

Con el sonido de su grito, Gabriel sabía que la verdad había llegado por fin, comenzando con sollozos sólo un momento después.

Se dio la vuelta para hacer frente a sus colegas. —Déjennos. Yo me encargo de esto.

Thomas parecía aliviado. —Estaré abajo si me necesitas.

Yvette sólo levantó una ceja. Pero en cuestión de segundos, los dos salieron de la habitación.

Ahora estaba solo con los sollozos de Maya y su propio dolor. Podía imaginarse muy bien lo que estaba pasando, pero eso era más que empatía. Nunca había sentido el dolor de otra persona con tanta intensidad. Sólo los espíritus afines entre sí, sentían el dolor de esa manera. ¿Entonces por qué su corazón sufría por ella cuando apenas la conocía?

Decidido a ayudarla, él entró en el cuarto de baño. Como un pequeño bulto, ella estaba agachada frente a la bañera, con los brazos alrededor de sus piernas, la cabeza hundida entre sus rodillas. Con dos zancadas, estaba a su lado y la levantó en sus brazos.

Ella no puso ninguna resistencia. Toda la lucha se le había agotado. La mujer, que tan valientemente los había enfrentado pensando que eran Dios sabe qué especie de criminales, se había derrumbado.

Gabriel la acunó contra su pecho y se la llevó al dormitorio, donde se sentó en el sillón frente a la chimenea. Él la mantuvo en su regazo y le acarició la mano sobre su espalda con movimientos largos y suaves.

—No estás sola. Nosotros nos encargaremos de ti—. *Él* se haría cargo de ella. Quería esa responsabilidad para sí mismo. Se aseguraría que nunca más llorara de nuevo. Había tomado la decisión de mantenerla con vida, y por ende adquirido esa responsabilidad. Pero eso era más que una responsabilidad para él. *Quería* cuidar de ella.

Con cada respiración que daba, nuevos sollozos salían de su pecho. Sus lágrimas empaparon su camisa blanca, mientras se aferraba a él como una mujer ahogándose.

Gabriel no tenía experiencia con las lágrimas de las mujeres, pero no lo hizo alejarse de ella. Tenía todo el derecho a llorar. Toda su vida había sido arrancada de raíz. Nada sería lo mismo. Todas las elecciones habían sido apartadas de ella, y ni siquiera sabía la mitad todavía. No sólo tendría que beber sangre humana y permanecer fuera de la luz del día, sino también su vida como una mujer humana, había cambiado de manera irrevocable con la fatal mordedura. Lo menos que podía hacer era consolarla y darle todo lo que necesitara.

—¿Por qué? — Sollozó, tomando una gran bocanada de aire en sus pulmones.

Gabriel le acarició la mano sobre su sedoso y suave cabello, y le dio un ligero beso en la cabeza. —No sé, cariño. Pero te prometo, vamos a castigar a quien te hizo esto.

No estaba seguro de que ella le hubiera escuchado con el continuo llanto. Pero esperaba que su voz la calmara, así que continuó hablando con ella, susurrándole palabras sin sentido para ella, aunque sólo fuera para asegurarle que él estaba ahí, que le importaba a alguien. Palabra tras palabra salía de su boca, suaves palabras llenas de emoción. No entendía de dónde venían. Nunca había sido un hombre de muchas palabras, y nunca había tenido la ocasión de pronunciar cosas dulces a una mujer.

Sus manos recorrían libremente su espalda, su cabello, incluso las piernas, y ella no lo rechazó. Todo lo que hacía era calmarla, mostrarle ternura y cariño, porque sabía que ella lo necesitaba en ese momento, mientras todo su mundo se había roto en mil pedazos. Él no le permitiría llevar ese dolor en los hombros por sí misma. Llevaría la carga con ella, tanto como se lo permitiera.

—No descansaré hasta que se haga justicia—, prometió Gabriel, y no sólo a ella, sino a sí mismo. Un vampiro rufián le había hecho daño, y tendría que pagar por ello. No debería permitirse hacerle daño a una mujer como Maya, una criatura tan perfecta, que él no debería atreverse a desearla.

Pero lo hacía.

Sosteniéndola en sus brazos, sintiendo su dulce trasero en su regazo y la cabeza hundida en su pecho, era la sensación más divina que jamás había experimentado. Se sentía pequeña contra su cuerpo, tan vulnerable, a pesar de que ahora como un vampiro, era físicamente más fuerte de lo que alguna vez ella hubiera sido como un ser humano. Sería muy poco lo que ahora podría lastimarla físicamente: su corazón era otro asunto.

—¿Qué voy a hacer? — De repente se lamentó.

Él frotó su espalda con suavidad, tratando de asegurarle que todo saldría bien. — Vamos a solucionarlo juntos. Yo estaré contigo hasta el final.

Gabriel quería que confiara en él. Él, el extraño que había mirado con horror cuando despertó. Su mirada no se le había escapado. Sus ojos se habían agrandado con el miedo y conmoción, cuando había visto su cicatriz. Había sido incapaz de apartar la vista, y él había visto esa mirada muchas veces antes. Pero el ser examinado por ella de esa manera había dolido muy adentro. ¿Había realmente esperado que ella lo mirara de otra manera? ¿Realmente había pensado que sería capaz de mirarlo más allá de la desfiguración física y ver su interior?

Gabriel sabía que era peligroso soñar. Si se permitía tener esa esperanza, correría el riesgo de una lesión más grave que lo que un cuchillo pudiera causar. Era mejor olvidarse de los sentimientos que esta mujer despertaba en él, el deseo que ella invocaba, la lujuria que desataba. Él le ayudaría a salir de esto... sin importar lo que fuera necesario. Si veía más que sólo un mentor en él, sería dudoso, y no debería importarle. Lo necesitaba, y él quería estar ahí para ella... de cualquier manera en que ella lo deseara.

Maya se movió en su regazo y al instante lo hizo tomar conciencia de la opresión en sus pantalones. Simplemente sostenerla en sus brazos, lo había puesto duro. Se maldijo por su respuesta inapropiada. La última cosa que esta mujer necesitaba ahora, era un vampiro caliente. Pero maldita sea, estaba excitado.

Él respiró hondo y trató de concentrarse en tratar de bajar su erección, pero con el aire aspiró su dulce aroma. Casi lo deshizo. Su esencia era pura y tentadora. Con un suspiro, enterró su mano en su cabello y se entregó a los deseos de su cuerpo. Sólo por un momento, se permitiría sentir antes de que él tuviera que enterrar sus deseos en los rincones más profundos de su corazón.

Si él le había hecho inclinar su cabeza hacia él, o si ella lo había hecho por sí misma, no lo sabía. Pero cuando su rostro estuvo frente a él y los grandes ojos empapados de lágrimas lo miraron, el tiempo se detuvo. Vio un destello de color rojo en ellos e instantáneamente supo, que su lado vampiro se había apoderado de ella. Entonces vio la pasión en su interior, el asombro en sus ojos. En el momento en que sus labios se entreabrieron, él estaba perdido.

Sin prisa, Gabriel rozó sus labios contra los suyos, esperando que ella se echara hacia atrás en el último minuto. En cambio, ella aceptó sus labios, incluso los mordió. No hizo nada para forzarla, sólo se mantuvo quieto para saborear la dulzura de su boca. Cuando sintió que su lengua se deslizó por su labio superior, inclinó su boca y se hizo cargo.

Sabía que no era de los que daban los mejores besos del mundo. De seguro no había tenido mucha experiencia… las prostitutas, en general, no besaban mucho, y la mayoría de las otras mujeres habían rehuido de él, rechazándolo por su rostro. Sin embargo, con este beso observó cuidadosamente para detectar señales de su cuerpo, esperando que le guiara para hacer lo que ella quisiera.

Los labios de Maya se abrieron más ampliamente, y él lo tomó como una invitación a explorarla con su lengua. Lentamente se deslizó en su boca, probándola y acariciándola. Le dio su aprobación con un suave suspiro, y lo hizo de nuevo, acarició la lengua contra la suya. Su sabor era mucho más dulce que su olor.

Quería más de ella, la atrajo más cerca y profundizó su beso. Cuando sintió sus manos por su cuello y en su pelo, sabía que ella quería más también. Nunca había tenido una mujer que respondiera a él con tanta pasión. Su corazón latía más rápido, y sentía el torrente de sangre bombear por sus venas.

Maya le dio un beso con tanto entusiasmo, que se preguntó si había interpretado correctamente su reacción inicial a él. ¿Lo había realmente mirado con horror en sus ojos? ¿Era el beso la manera de ella de lidiar con la noticia con la que se había enfrentado? E incluso si eso fuera cierto, ¿por qué no se permitía a sí mismo disfrutar de esos breves momentos de alegría? ¿Los disfrutaría más incluso aceptando que nunca más pasaría, que esto era todo lo que le daría?

Al darse cuenta de que esta podría ser la única vez que él la saborearía, se adentró más en su boca con el fervor de un bárbaro en una invasión. Si él esperaba que se alejara, se habría decepcionado, porque igualaba su ferocidad con la suya. Su lengua se batía en duelo con la de él, alternativamente acariciándolo, luego retirándose para que él viniera tras de ella. Por Dios, la mujer podía besar. Sólo entonces se dio cuenta realmente, de lo que se había perdido en toda su vida.

Ella era como fuego en sus brazos, chispeando, quemando, y consumiéndose. Nada se comparaba. Nunca había imaginado que se toparía con una mujer con tanta pasión en su interior. Una pasión que parecía más que dispuesta a compartir con él.

Él quería esto, lo quería más de lo que jamás hubiera querido otra cosa en su vida. Incluso más de lo que hubiera querido con Jane hace muchos años… y eso lo sorprendió. La apretó más hacia él, y si hubiera sido humana, fácilmente podría haberla aplastado con la fuerza con que la abrazó. Se dio cuenta demasiado tarde del cambio en ella. Gabriel se alejó justo cuando ella se empujó contra él para liberarse.

Luego probó su propia sangre en los labios.

Maya lo había mordido.

6

Maya se quedó mirando la sangre en los labios de Gabriel, y todo en lo que podía pensar era en lamérsela y tragársela. El olor de su sangre asaltó sus sentidos, y reconoció de manera irrevocable, que estaba sedienta… sedienta de sangre. Mientras nunca le había afectado cuando se trataba de sangre… como médico desde luego no podía permitirse ese lujo… a ella nunca le había gustado el olor, y mucho menos sentir el tipo de deseo inexplicable que sentía por la sangre de Gabriel.

Confundida, Maya se retiró fuera de su regazo.

No podía explicarse por qué lo había besado, al mismo hombre que la había asustado la primera vez que lo había visto, que por su deformidad había rechazado. Cuando ella lo miró ahora, sin embargo, no sentía repugnancia. Sólo una profunda atracción hacia él.

Gabriel se levantó y la miró con una expresión indescifrable en el rostro. —Maya, lo sien...— ¿Había pesar en su voz, o era vergüenza?

Dio un paso atrás y se alejó de él, antes de que pudiera nuevamente saltar sobre él y tomar de su sangre. Quería hacerle tantas preguntas, pero en su estado actual, no podía garantizar el poder mantener sus manos lejos de él. Y aparte de su frágil ego, lo último que necesitaba ahora, era otra situación embarazosa como la que acababa de suceder. —Fue mi culpa. No volverá a suceder—. Todo lo que había hecho era consolarla, y ella le había mordido en el proceso. ¿Cómo había sido tan ingrata?

Miró hacia la puerta del baño, buscando una vía de escape para estar a solas con sus pensamientos y alejarse de su tentador aroma. Si se quedaba en su presencia por más tiempo, ella sucumbiría al deseo y lo mutilaría como un tigre hambriento. —Necesito tomar una ducha.

Gabriel se aclaró la garganta. —Voy a decirle a Yvette que te traiga ropa limpia—. Ella oyó sus pasos cruzando la habitación, y segundos después la puerta se cerró detrás de él. Estaba sola… Más sola de lo que había estado en toda su vida.

Cuando estaba bajo la ducha, las gotas de agua caliente corrían por su cuerpo como si pudieran limpiarle de la terrible noticia que había recibido. Esperaba con toda esperanza, que todavía estuviera en un sueño… un completo y alocado sueño que no tenía sentido… y que su vida fuera aún la misma: era un médico, uno bastante decente, con aspiraciones de avanzar en su carrera hacia la investigación médica y con deseos de hacer una diferencia.

Su investigación en el campo de la sexualidad humana, o más preciso, en las disfunciones sexuales tanto en los hombres como en las mujeres, iba bien. Ella estaba en el proceso de abrir nuevos caminos, y las posibilidades de ganar un gran subsidio federal para apoyar su trabajo, eran altos. No podía flaquear ahora. Esto era la obra de su vida.

Maya tocó sus brazos y piernas, y no podía sentir la diferencia en ellos. Se sentían tan humanos como antes. Y su color de piel era el mismo. ¿No se suponía que los vampiros eran todos pálidos, porque no podían soportar los rayos del sol? ¿O su color se desvanecería con el tiempo?

Maya fijó su vista en la puerta de vidrio de la ducha y vio pequeños arroyos de agua descender a lo largo del mármol blanco por debajo. No había ningún reflejo de ella en el vidrio. ¿Era suficiente para probar que era un vampiro? ¿No habría otra explicación? Como científico de investigación, ella sabía que no debía precipitarse a sacar conclusiones o tomar las declaraciones de otras personas, como hechos. Tendría que hacer frente a toda esta situación, de la misma manera que con su investigación: con la lógica, no con emoción.

Su estómago rugía, recordándole lo hambrienta que estaba. Pero en vez de que su boca se le hiciera agua por un gran filete, sólo visualizaba la sangre en el labio de Gabriel. Ella había visto la impresión en sus ojos, cuando se había dado cuenta de que ella lo había mordido. Gabriel la había mirado fijamente como si se hubiera vuelto loca. Y tal vez lo había hecho, pero ella anhelaba su sangre. Aún ahora, el recuerdo de su olor la hacía babear.

Abrió su boca y dejó que sus dedos se deslizaran sobre sus dientes superiores. Seguían siendo los mismos, sólo había..., uno de los incisivos que se sentía puntiagudo. Se frotó contra ellos, tratando de ver si alguien había pegado un poco de plástico para hacerlo puntiagudo, pero no pudo detectar nada malo… el diente estaba intacto. ¿De verdad tenía colmillos? Tal vez el diente había sido siempre así y nunca se había dado cuenta realmente.

Tocó con el dedo a los dientes por el otro lado de la boca, y sintió la misma estructura. Pero el filo no era suficiente como para calificarlo como un colmillo. Recordó no haber visto colmillos a Gabriel o a ninguno de sus amigos. ¿Podría ser que los colmillos no siempre se mostraban y sólo salían cuando los necesitaba?

Maya cerró los ojos y pensó en su hambre, visualizó una vez más la sangre de Gabriel. Para su sorpresa, sintió una tensión en la mandíbula. Algo estaba pasando. Poco a poco, los dos incisivos se alargaron y mostraron puntas afiladas. Sus ojos se abrieron. ¡Esto no podía estar pasando! No, tenía que haber otra explicación.

¿Era realmente un vampiro?

Ella tenía los colmillos, colmillos para morder a las personas, colmillos que ya había utilizado para morder a Gabriel. ¿No era eso prueba suficiente? Ella lo había mordido, probado su sangre y le había gustado… no, le había encantado. ¿Qué clase de criatura haría tal cosa sino un vampiro?

Maya trataba de no pensar acerca de lo que la había llevado a morderlo, pero era difícil no recordar el beso que habían compartido. Bueno, tal vez compartir no era la palabra correcta... básicamente se había arrojado sobre él, como una adolescente hambrienta de atención.

Ella siempre había sido agresiva a la hora de las citas y el sexo, pero la forma en que había actuado con Gabriel, había sido puramente arbitraria. Sus brazos habían sido lo suficientemente suaves como para confortarla y consolar a un niño, sin embargo, había reaccionado con lujuria y pasión. Recordó cómo su beso había sido con dudas, cómo de mala gana, había accedido a sus avances. Pero cuanto más se había frenado, más se había ido detrás de él, apretándose contra su musculoso cuerpo como una perra en celo.

Las lágrimas que había derramado en sus brazos, le habían enseñado una cosa: que no estaba muerta. Lo que sea que fuera ahora... vampiro o no... su corazón dolía tanto como el de un ser humano, y sus emociones eran tan profundas como siempre, si no es que más.

Lo que resultara de su nueva vida, no lo sabía, ni siquiera lo quería adivinar en este momento. ¿Qué iba a decirle a su familia? Pensaba en sus padres. Ella era hija única. ¿Por cuánto tiempo sería capaz de esconderles lo que le había pasado? Se preguntó si sería un peligro para ellos, si los atacaría cuando tuviera hambre, como ella había prácticamente atacado a Gabriel.

¿Tendría que permanecer lejos de sus padres para mantenerlos a salvo? ¿Nunca los volvería a ver? Ella no podía hacer eso. Amaba a sus padres. Ellos le habían dado todas las oportunidades en la vida, apoyándola en todos sus esfuerzos. No podía divorciarse de ellos. El solo pensarlo dolía demasiado.

¿Y su trabajo? Si ella era realmente un vampiro, podría darle un beso de despedida a su trabajo, no podría seguir siendo un médico si al ver la sangre tendría hambre y le haría pensar en la cena. Con sólo recordar las pocas gotas de sangre en los labios de Gabriel, se le hacía agua la boca. Nunca había olido algo tan delicioso. Su estómago gruñía ante la idea. Oh Dios, cómo quería sangre. Esto era más grave que cualquiera de los antojos que había tenido antes con el chocolate.

Además, ¿quién querría un médico que sólo podía trabajar cuando era de noche? No sería capaz de servir a sus pacientes cuando la necesitaran. Tendría que esconder lo que era. Por supuesto nadie querría acercarse a ella, una vez que supieran que era un vampiro. Maldición, ni ella misma querría acercarse. No podía culpar a nadie más.

Ellos la verían como un monstruo que haría daño a las personas. ¿Y no era eso lo que tendría que hacer? En lugar de ayudar a la gente, tendría que cazar y alimentarse de ellos. Un escalofrío helado le recorrió por toda la espalda con el perturbador pensamiento. Probablemente esa era la intención que había tenido Gabriel, cuando le había susurrado que él se ocuparía de ella y le enseñaría todo lo que necesitara saber. ¿Le enseñaría a morder a los humanos?

Frustrada, Maya golpeó su puño contra la pared de azulejos. En ese instante, éste se agrietó. Aturdida sacó el puño hacia atrás. Con horror se quedó fijamente viendo la pieza, y luego a su puño. No sintió dolor cuando claramente el impacto debería haberla lastimado un poco. Era demasiado fuerte. Ella fácilmente podía herir a alguien sin querer, sin saber lo que estaba haciendo. No, nunca podría ver a sus padres de nuevo… ¿qué tal si aplastaba a su madre sólo con abrazarla?

Contuvo sus lágrimas, no quería desmoronarse de nuevo. De alguna manera tenía que lidiar con eso, adaptarse a su nueva vida. Gabriel y sus amigos parecían estar bajo control. Por lo tanto, de alguna manera tendría que lograr hacer frente a su suerte. No había ninguna razón por la que no pudiese hacerlo. Ella sabía muy bien que dolería, que la transición no sería fácil, pero ella era una mujer fuerte. De alguna manera tenía que intentarlo.

Maya tragó saliva. Tenía que olvidar lo que había sido su vida anterior. Cuanto más llorara, más difícil sería establecerse en esta nueva vida. Trató de animarse al recordar que el ataque… del cual no tenía ningún recuerdo… podría haberla matado.

Por más que lo intentaba, sin embargo, no podía recordar lo que había sucedido. Lo único que recordaba era el sonido de sus tacones sobre el pavimento, la espesa niebla de la noche, la oscuridad. Incluso recordándolo, un escalofrío le recorrió la columna vertebral a pesar de que el agua de la ducha estaba caliente. ¿Por qué no podía recordarlo? ¿Había estado tan traumatizada por el ataque, que su mente había bloqueado los recuerdos sobre ello?

Había oído hablar de los pacientes que habían perdido temporalmente la memoria luego de un evento traumático. ¿Era eso lo que le había sucedido? Cerró sus ojos y obligó de nuevo a su mente a recordar esa noche. Había estacionado el coche, entonces ella había entrado al edificio de su apartamento. Y luego, nada. Sólo niebla, oscuridad… una luz quemada. Maya se concentró y volvió a intentarlo hasta que su hombro se tensó, se dio la vuelta y abrió los ojos. El blanco de los azulejos era todo lo que vio.

Tomó la llave del agua y la cerró. Era inútil esforzarse demasiado. Las cosas regresarían a ella cuando estuviera lista, estaba segura. Iría un día a la vez. O tal vez era una *noche* a la vez: el día probablemente estaría fuera de su alcance de ahora en adelante.

Tenía preguntas, cientos de ellas, y sería mejor que alguien se las respondiera muy pronto.

A medida que se secaba, oyó la puerta del dormitorio abrirse y unos ligeros pasos hacían eco en la habitación. Un olor cayó en sus fosas nasales: no era Gabriel. Ella habría reconocido su olor en cualquier lugar. Era extraño y fascinante como su sentido del olfato, así como su sentido del oído, eran mucho más fuertes ahora.

Maya envolvió la toalla alrededor de su torso y entró en el dormitorio.

Yvette estaba al lado de la cama y puso unas piezas de ropa sobre ella. Sin volverse, habló. —Eres casi de la misma talla que Delilah. Estoy segura que no le importará si usas algunas de sus cosas.

—Gracias. ¿Yvette?

La mujer se volvió y Maya tuvo otra oportunidad de admirar su belleza. Su aspecto de modelo, disminuía sólo por la mirada ligeramente amarga en su cara. —¿Sí?

Maya pasó de un pie al otro. —Tengo sed—. Se sentía como si acabara de confesar que necesitaba una inyección de heroína. Y para sus propios ojos era precisamente eso: algo prohibido y oscuro.

En vez de darle una mirada de disgusto, Yvette le sonrió. Maya podría imaginarse fácilmente, cómo los hombres acudían a ella cuando encendía su encanto. —Eso es de esperarse. Te he traído un par de botellas.

¿Botellas de qué? —Quiero decir, al menos eso creo... que quiero un poco de sangre.

—Lo sé. Ahí están—. Yvette señaló hacia la mesita de noche. En ella, había dos botellas con contenido irreconocible.

Maya se acercó. Mientras se acercaba, leyó las etiquetas. Lo único impreso en ellas era *O-positivo.* ¿Era eso lo que ella pensaba que era? —Es eso...

Yvette respondió antes de que ella tuviera oportunidad de finalizar sus pensamientos. —Sangre humana. En realidad, no todos nosotros salimos a morder humanos. Hemos evolucionado.

¿Bebían la sangre de las botellas? ¿No mordían? Por primera vez desde que había despertado, una sensación de alivio se propagó dentro de ella. No se convertiría en un animal que atacara a seres humanos.

—¿No muerden a la gente?

—No, no para comer de todos modos.

Maya decidió que Yvette no le explicara su comentario. Pensando en su beso con Gabriel, su instinto le decía que morder, no estaba reservado para el propósito de alimentarse solamente. Y ahora no quería pensar más en lo que había sucedido con Gabriel.

Tomó una de las botellas y desenroscó la tapa. Ella olió y sintió el olor metálico. Su estómago se retorció. El olor no tenía nada que ver con la sangre de Gabriel. Eso no era lo que quería su cuerpo.

—Huele horrible—, comentó.

—¿Horrible? — El tono incrédulo de Yvette se pausó. —Pensé que tenías sed.

Maya asintió con la cabeza. —Me muero de hambre. Pero esto no es lo que quiero—. La sangre de Gabriel olía deliciosa, y el paquete atractivo en el que había venido... bueno, ella no quería ni pensar en él o correría hacia abajo y trataría de encontrarlo para conseguir lo que quería.

Yvette negó con la cabeza. —Todos bebemos de esta. Es de primera calidad; Samson sólo compra lo mejor. Bebe.

Maya llevó la botella a sus labios. En el momento en que la sangre tocó su lengua, prácticamente la amordazó. Trató de tragar, pero no pudo sostener el repulsivo líquido en su garganta. Escupió.

—Es espantoso.

Una mirada de asombro se dibujó en el rostro de Yvette. —Pero tú *tienes* que beber sangre humana: sin ella, no podrás sobrevivir. Todos nos alimentamos una vez al día, a veces más a menudo, si estamos lesionados o se gasta más energías.

Maya aún tenía el vil sabor de la sangre en su boca. Todo lo que podía pensar era en deshacerse de eso. No le importaba lo que hicieran los demás… ella no iba a beber ese líquido asqueroso. —Voy a vomitar.

Ella corrió al baño y abrió la llave del agua para limpiar ese sabor de su boca. Cuando se volvió, vio a Yvette en la puerta.

—Tal vez se equivocaron. Tal vez no me convertí.

Yvette negó con la cabeza. —Las señales están ahí. Y, además, puedo sentir tu aura.

Maya no le entendía. ¿Qué tipo de adicto a la nueva era, era ella? —¿Qué aura?

—Cada vampiro tiene una cierta aura inconfundible. Sólo otros vampiros o criaturas sobrenaturales lo pueden ver. Es la forma en que se reconocen entre sí.

—No lo entiendo—. Ella no podía ver ningún aura.

—Tú lo harás. Estás débil en este momento porque no te has alimentado aún. Una vez que te hayas recuperado, poco a poco encontrarás tus nuevos sentidos. Así que come o voy a llamar al doctor y decirle que algo anda mal contigo —, dijo Yvette.

Eso era todo lo que necesitaba Maya: no sólo era un vampiro, no, ahora algo andaba mal con ella. No lo podía aceptar. —Déjame intentarlo otra vez.

Cuando Yvette le entregó la botella abierta, Maya contuvo el aliento. Tal vez si no respiraba el aroma, sería capaz de tragar. Una vez más, puso la botella en sus labios y bebió un trago. Un segundo más tarde, arrojó el líquido rojo en el mostrador de mármol blanco y sobre el inmaculado espejo. Las gotitas en el espejo, creaban pequeños ríos y corrían hacia el mostrador, creando un patrón inquietante de cadenas largas con intención de atraparla y atarla. Como una red en la que se sentía capturada.

—Voy a llamar al doctor—, fue el único comentario de Yvette.

Maya se apoyó en el mostrador. —Tal vez necesito sangre humana real.

—Esta *es* sangre humana. Está fresca, está embotellada. No hay nada malo con ella—. Como para demostrarlo, Yvette tomó un sorbo y lo ingirió. —¿Ves?

No había forma de negarlo. Yvette bebía la sangre sin problemas.

—Tal vez yo soy alérgica. ¿Hay alguna otra marca? — Incluso como humana, ella tenía ciertas alergias a algunos alimentos, así que quizás eso era todo lo que pasaba: una alergia a un tipo de sangre.

—¿Alérgica? Imposible. Nunca he oído hablar de un vampiro que fuese alérgico a la sangre—. La negación de Yvette se produjo sin ninguna duda.

—¿Es la única sangre que hay? —, preguntó Maya desesperada. Ella se moría de hambre, y su cuerpo le decía que necesitaba algo para comer, beber, o como lo llamen los vampiros.

—Samson mantiene algunos O-negativo en alguna parte. Déjame ver con Carl—. Ella se dirigió hacia la puerta. —Vístete, mientras tanto.

Al momento que Yvette salió de la habitación, Maya se puso la ropa que le había traído. Quienquiera que fuera Delilah, Yvette había tenido razón. La talla de Delilah era casi la misma que la de ella. Los jeans desteñidos le quedaban casi perfectos, y la suave camiseta roja se esculpía alrededor de sus tonificados bíceps.

Para cuando terminó de vestirse, Yvette estaba de regreso con otra botella. Maya leyó la etiqueta cuando la tomó: *O-negativo*. Rezó para que esa tuviera mejor sabor que la botella anterior y desenroscó la tapa. El olor era aún más asqueroso del que había escupido sólo unos minutos antes. ¿Esperaba que bebiera *eso*? ¡Nadie en su sano juicio podría beber esa cosa horrible!

Empujó la botella de vuelta en la mano de Yvette. —No puedo. Esta es incluso peor que la otra.

Yvette le dio otra mirada escéptica. —Esta es la mejor sangre que hay. ¿Tienes alguna idea de lo caro que es conseguir la O-negativo? Es como una botella del mejor champagne.

—No me importa lo que cueste. No me gusta —, espetó Maya. — ¿Por qué no te la tomas *tú*?

Yvette levantó una ceja. —Creo que lo haré. La botella está abierta. No tiene sentido desperdiciar lo bueno.

El estómago de Maya volvió a gruñir, y se abrazó tratando de contrarrestar el hambre. —Quizás no soy un vampiro.

Yvette chasqueó la lengua. —Sé que es algo difícil llegar a entenderlo, pero la negación no te llevará a ninguna parte. Eres un vampiro, al igual que el resto de nosotros. Acostúmbrate a eso.

—Pero entonces ¿por qué no puedo… beber sangre humana? No puede estar bien. ¿Alguna vez has oído hablar de un vampiro que no beba sangre humana?

Yvette frunció los labios. —Yo no, pero tal vez el doctor sepa. Vamos abajo y esperémoslo.

—¿Cuál es su especialidad, el vampirismo?

Yvette se encogió de hombros. —Me temo que todo lo que tenemos por aquí es un psiquiatra. Por estos lugares es un poco calmado. En Nueva York, podríamos encontrar un médico real, pero en San Francisco, él es el único.

—Hay un montón de médicos en San Francisco.

Yvette le dirigió una mirada significativa. —Seguro que los hay, pero no uno que sea un vampiro.

Por supuesto, Yvette estaba en lo cierto. Maya no podía ir a un médico de verdad. ¿Cómo diablos iba a explicar su sed de sangre, por un lado, pero la negativa de su cuerpo para beberla, por el otro? Tenía que ver a un doctor vampiro. Cómo un psiquiatra pudiera ayudarla, no se lo podía imaginar, a menos que pudiera hipnotizarla para que se tomara esas cosas horribles. Tal vez eso era a lo que quería llegar Yvette.

Por supuesto, él debería haber oído hablar de casos como el suyo. Si no, su propia teoría tenía mucho más sentido: no podía ser un vampiro de verdad, si ella no quería beber sangre humana. Lo habían interpretado todo mal... ella no se había convertido. Todavía era una humana. Tal vez su fuerza monstruosa y la falta de reflexión, era sólo temporal. Todavía había esperanza de que esta pesadilla de la que todavía no despertaba, terminara.

7

Gabriel pisó el pedal del acelerador hasta el fondo y cruzó el puente Golden Gate en el Audi R8 de Samson, a una velocidad de cerca de ciento cincuenta kilómetros por hora. El tráfico era ligero, y una ocasión como ésta, no se presentaba muy a menudo. Además, correr con el auto deportivo de Samson, era la salida perfecta para su frustración.

El beso con Maya le había dado vueltas a su mundo. Si no lo hubiera mordido accidentalmente… y él estaba seguro de que había sido un accidente, ya que ella todavía ignoraba su verdadera fuerza… no estaba seguro de dónde las cosas se hubieran detenido. Bueno, él estaba mintiéndose a sí mismo. Sabía exactamente dónde habría terminado: con él cogiéndola hasta que ella usara su nueva fuerza para luchar contra él. Hasta que ella viera su cuerpo desnudo y lo llamara monstruo.

Gabriel salió de la autopista y se dirigió por el camino empinado a Sausalito, el una vez, enclave de los artistas, donde estos días ningún artista que estuviera luchando por abrirse camino, podría pagar la renta o los altos precios de las casas. Se había convertido en un centro exclusivo para ricos. No era de extrañarse: las vistas de la ciudad eran impresionantes.

Miró a su derecha las brillantes luces. No extrañaba la luz del día. De hecho, daba la bienvenida a la ausencia del sol en su vida. Las noches podían ser hermosas. Ocultaban la fealdad del mundo y sólo mostraban las cosas que brillaban y resplandecían. En las sombras de la noche, podía ocultar el lado feo de su rostro y ser respetado por el hombre que era, no el monstruo que algunos percibían que era. Por la noche, podía pretender ser un hombre común y corriente con deseos y sueños normales: una esposa cariñosa, una familia, un hogar acogedor. Él sabía que sería un buen esposo, amable y cariñoso, si sólo se le diera una oportunidad.

Pero en todos los años desde su transformación, nunca había conocido a una mujer que no lo hubiera mirado con horror. Ni siquiera había intentado hacer avances con alguna de ellas por miedo al rechazo. Como ser humano, había tratado lo suficiente con el rechazo, el cual había destruido un lado de su rostro. A pesar de lo que Jane había hecho con él, en el fondo sabía que no podía culparla. Él debería haberla preparado para lo que vería.

Gabriel parpadeó para olvidarse del espantoso recuerdo de su noche de bodas y miró hacia las señales del tráfico. Estaba en el otro extremo de Sausalito y había dejado el centro de la pintoresca ciudad detrás de él. A su derecha, estaba la bahía y una pequeña colonia de casas flotantes. Disminuyó la velocidad, buscando el desvío correcto. Pasado el muelle, detuvo el Audi y apagó el motor.

La casa flotante de la bruja, era la última en el amarre.

Había acudido de nuevo a Drake, después del beso con Maya, y había hecho un pacto con el malvado, dándole al doctor lo que quería: el uso de su don. Se odiaba por ello, por ceder a sus más bajos impulsos, porque eso es lo que era. Porque deseaba a Maya contra toda razón. Porque tenía la esperanza contra toda esperanza, que existiría la posibilidad de que ella pudiera aceptarlo, si sólo se ocupaba de su situación. Porque su beso había despertado una esperanza.

Gabriel no estaba seguro de qué pensar sobre la conexión de Drake con una bruja, y en realidad, no quería especular. Pero era extraño, por no decir más. Los vampiros y las brujas eran enemigos acérrimos. Tener una bruja entre sus conocidos o… Dios no lo quiera… como amiga, era peligroso para un vampiro. Si los demás vampiros se enteraban de la conexión, podría ser llamado un traidor en su raza. Las repercusiones serían graves. Pero en ese momento a Gabriel no le importaba nada.

Cuando había escuchado de su viejo amigo Amaury, que una bruja había hecho algunas investigaciones sobre su propio problema, las esperanzas habían regresado para Gabriel. Ahora era el momento de ver si ella podía ayudarlo también.

Admitir sus vulnerabilidades ante una bruja era peligroso, porque sus hechizos podrían ser de gran alcance, y un vampiro tenía poca protección contra los hechizos. Pero, francamente, Gabriel no pensaba que hubiera muchas opciones.

Había intentado de todo ya, y todavía el problema no había desaparecido. Le impedía llevar a una mujer dispuesta en sus brazos y hacerle el amor. Él no quería que eso sucediera con Maya. No quería que huyera de él horrorizada. Quería que ella lo besara de nuevo para que ella pudiera vagar libremente sus manos sobre su cuerpo desnudo, para acariciarlo. Si era un todo, tal vez ella podría mirar más allá de la cicatriz externa y aceptarlo. O ¿por qué le habría besado en primer lugar?

—¡Fuera de mi propiedad vampiro! —, dijo una voz femenina en la oscuridad.

Gabriel levantó la cabeza y vio a la bruja en el balcón del nivel superior, sosteniendo una ballesta con una estaca de madera en ella. Su delgada figura se recortaba contra la luz de la luna, manteniendo su rostro en la oscuridad. Pero la visión nocturna de vampiro de Gabriel la compensó. Era suficiente para él para percibir que ella era una mujer atractiva de unos treinta años.

Gabriel entendía muy bien su hostilidad. Si ella se presentaba en casa de un vampiro, no le daría una mejor bienvenida que esa. Él no lo tomó como algo personal. —Señorita LeBlanc, fue recomendada por el Dr. Drake.

Un resoplido le indicó que a ella le importaba un comino la recomendación.

—¿Para qué?

—Tengo un problema que necesita tratarse—, confesó Gabriel.

—Deberías saberlo mejor que nadie, antes de venir con alguien de mi clase a pedir ayuda. No se puede confiar en ninguno de ustedes.

Gabriel se aventuró. —Si ese fuera el caso, no le hubiera dicho a Drake dónde encontrarla. Después de todo, él es uno de nosotros.

—¿En serio?

Él vio su cara y ceño fruncidos. ¿Qué estaba tratando de decirle? Que Drake no era de fiar, o ¿acaso no era uno de ellos? Gabriel estaba seguro de que Drake era un vampiro… Toda su aura irradiaba con una cierta frecuencia y era la forma en que los vampiros reconocían a otros vampiros. Era evidente que la bruja quería deshacerse de su juego.

—No quiero nada gratis.

—Y no voy a hacer ningún favor—, replicó ella.

—No pido ninguno. Tengo los medios para pagar—. Gabriel ya sabía que no quería dinero, porque lo había leído en su memoria… una imagen de su estado de cuenta bancaria… Cuando él le había mencionado el pago. Ella no estaba interesada en más de lo que ya tenía. Pero había que andar con cuidado. Dar otra cosa que no fuera dinero contante y sonante, podría volverse contra él un día, literalmente. Sería mejor si pudiera convencerla de que tomara el dinero.

—El dinero es frío—, respondió ella.

—Lo mismo es la soledad—. Si pudiera lograr que tomase su caso, tendría que hacerla morder el anzuelo primero.

—Si no chuparan la sangre de la gente, no estarían solos. ¿Alguna vez has pensado en eso?

—Yo no muerdo a las personas.

Ella levantó una ceja. —Ah, eres uno de los que piensan de sí mismos, como más civilizados porque beben de una botella. Eso no es una maldita diferencia para mí. Todavía es sangre humana.

—Es donada. Nadie sale herido.

—Alguien siempre sale herido—, afirmó la bruja.

Gabriel negó con la cabeza. —Nosotros pagamos por lo que tomamos. No es para nada diferente a comprar patas de gallo para tus pociones.

Ella se encogió de hombros. —A menos que tengas algo de valor para negociar, no estoy interesada en ayudarte.

—¿Ni siquiera quieres saber, en qué es que necesito ayuda?

—No podría importarme menos, vampiro. Todos tus problemas, seguro te los mereces.

—Eso es duro, incluso cuando proviene de una bruja—, respondió Gabriel, pero no se daría por vencido.

—¿No irá a salir pronto el sol? ¿Tal vez deberías irte?

—Yo siempre consigo lo que quiero—. Él le dio una intensa mirada. Nunca había intentado controlar la mente de una bruja, pero valía la pena intentarlo. Si ella no quería jugar su juego, tal vez él podía manipularla. El objetivo final, valía la pena.

—Mantente fuera de mi cabeza, vampiro. Soy más fuerte que tú. Regresa con los de tu especie. Aquí no hay nada para ti.

Sabiendo que tentándola con el dinero no iba a funcionar, así que trató de apelar a su humanidad. —¿Nunca te has sentido tan sola, que pensaste que todo el mundo te había abandonado?

Hubo una breve pausa. ¿Había llegado hasta ella? —Elegiste esa vida, vampiro.

Gabriel lo había hecho, pero fue una excepción: había elegido el vampirismo. La mayoría de los vampiros más antiguos como él fueron convertidos, muchos en contra de su voluntad. En estos días, su sociedad castigaba a los que convirtieran a seres humanos en contra de su voluntad… en los viejos tiempos, nadie protegía a los inocentes y a sus derechos.

Sólo unos cuantos de su especie habían nacido en esa vida, y esos eran los híbridos, los afortunados que podían vivir en ambos mundos, el humano y el vampiro, caminando tanto en la luz como en las sombras. —Nadie elige esta vida. Todos son arrojados de una manera u otra. ¿Elegiste tú ser una bruja? —, le respondió.

—No es tu maldito asunto, vampiro—. Ella movió la ballesta. —Ahora vuelve con tu propia especie, y déjame en paz. Yo no necesito ningún problema. No del tipo que traes contigo de todos modos. Personas como tú son malas para los negocios.

Gabriel cuadró su postura. Él no se iría. —Necesito tu ayuda—. Y a él no le gustaba rogar tampoco.

—No puedes aceptar un no por respuesta. Muy bien. Entonces, intenta esto.

Oyó la cuerda de la ballesta soltarse, y en una fracción de segundo antes de que la estaca de madera pasara silbando por el aire, el puro reflejo lo hizo saltar. Aterrizó en aguas turbias hasta la cintura, el barro y la suciedad entraban en sus botas y pantalones.

—No vuelvas, vampiro.

Gabriel vio pisar el balcón en la casa flotante, cerrando la puerta detrás de ella. Parecía que tenía que pensar en otra manera de convencer a la bruja, para que le ayudara.

8

—¡No!

Gabriel escuchó el agudo grito, en el momento en que salió del coche que acababa de estacionar fuera de la casa de Samson.

¡Maya! Alguien la estaba lastimando.

Corrió hacia la puerta, metió la llave en la cerradura y empujó la puerta una fracción de segundo antes de entrar en la casa sin ni siquiera molestarse en cerrar la puerta detrás de él. Sus botas llenas de barro dejaron un desastre en el suelo inmaculado, y su ropa aún estaba húmeda por el inesperado baño. Carl probablemente le clavaría una estaca si veía el lío que había hecho a su paso.

Otro grito salió de la cocina. —¡Suéltame!

Un momento después, Gabriel irrumpió en la habitación. La escena que se encontró no era en absoluto lo que esperaba. En lugar de un intruso desconocido, sus propios colegas Thomas y Zane, sostenían a Maya que luchaba contra la pared, mientras Yvette trataba de echar una botella de sangre en su garganta. Maya pateaba con saña, con el rostro furioso, los labios se apretaban rechazando la botella que Yvette tenía contra sus labios.

—¿Qué mierda está pasando? —, gritó Gabriel y sacó a Yvette de un tirón lejos de Maya. —Suéltenla ahora. Todos ustedes.

Ni Thomas ni Zane cumplieron.

—Ella no quiere beber—, explicó Yvette mientras dejaba correr su mirada por encima de su cuerpo, con un signo de interrogación claramente escrito en su cara mientras veía el pantalón y las botas llenas de barro.

—Dije que la soltaran, ya—. Tal vez fue la furia de su voz o el hecho de que sus colmillos habían presionado y se estaban mostrando, pero Thomas y Zane inmediatamente soltaron a Maya, quien de inmediato se acercó a él. Gabriel la tomó suavemente por los hombros con sus manos.

—¿Qué te pasó? —, preguntó Thomas.

Gabriel le dio una mirada impaciente. —No me preguntes—. No había forma de que pudiera explicar su visita a una bruja. Además, él era el jefe y a nadie le debía una explicación. Los ojos de Gabriel recorrieron el cuerpo de Maya en busca de lesiones.

—¿Estás bien?

Ella asintió con la cabeza, pero no dijo nada. En cambio, buscó refugio en su pecho como si no hubiera notado su ropa mojada y sucia. Gabriel se alegró por su confianza en él, pero se preguntaba por qué ella se sentía a gusto con él. Él era tan extraño para ella como los otros… más bien un extraño mojado.

Mientras ponía su brazo por su espalda, volvió a mirar a sus colegas.

—Explíquense—. Se dio cuenta de la mirada de Yvette centrándose en su brazo alrededor de Maya. El flash que había en sus ojos, sólo podía interpretarse como celos. Darse cuenta de eso le había tomado por sorpresa. Nunca le había dado a Yvette alguna razón para creer que él estaba ni remotamente interesado en ella, más que como un valioso colega. ¿O él se había apoyado demasiado en ella en busca de compañía y lo había interpretado mal?

—Ella escupe la sangre—, afirmó Thomas. —Llamamos al doctor, y dijo que la obligara a beber.

—¿Dónde está Drake?

—Viene en camino—, dijo Thomas.

Gabriel se alejó un poco de Maya para mirarla a la cara. —¿Es cierto que no querías beber la sangre?

—¡Es asquerosa! Su sabor es horrible. Me hace vomitar—, escupió ella.

—No estábamos mintiendo—, replicó Zane.

Gabriel le lanzó una mirada furiosa. —Y creo que fue tu idea el retenerla y obligarla a alimentarse—. Él no tenía necesidad de esperar la respuesta de Zane para saber que estaba en lo cierto. —Puedo recordarte que esta no es la Segunda Guerra Mundial, y no estás en una cámara de tortura.

Los ojos de Zane se estrecharon. Gabriel vio como las venas del cuello de su segundo al mando, se le hinchaban. Al mismo tiempo, el cuerpo de Maya se sentía tenso. Se dio cuenta al instante, que sus instintos eran agudos. Zane tenía mal genio y tenía poca paciencia. La violencia era una forma de vida para él, y tenían razón para temerle.

—Cualquier cosa que funcione—. La voz de Zane era fría y desprovista de cualquier emoción. Si él no fuera un gran luchador, Gabriel lo habría despedido años atrás. Pero era más inteligente tener a Zane luchando en su bando que en contra, al lado del enemigo. Y una vez que Zane elegía un lado, se mantenía fiel. De dónde provenía su feroz lealtad, Gabriel no lo podía adivinar, pero sabía que nunca sabría la verdadera razón.

—Si alguna vez la tocas de nuevo, te voy a matar—, advirtió Gabriel, luego pasó su mirada sobre los otros dos. —Eso va para todos ustedes. Maya está bajo mi protección personal. Si le hacen daño, se las verán conmigo.

Las miradas de asombro en las caras de sus colegas, le decían que tomaban su amenaza en serio… Como debía ser. Él nunca hacía amenazas vacías, y nunca mentía. Y era el peor jugador de póker que jamás había existido, precisamente por esa misma razón.

—Bien—. Gabriel regresó nuevamente su atención hacia Maya. Él estaba muy consciente de que aún la sostenía en sus brazos, y quizá en ese momento sintió la misma incomodidad que él había experimentado, porque de repente se apartó de su control.

—Yvette estaba tratando de forzar la sangre en mi garganta, cuando yo ya le había dicho que me estaba haciendo vomitar—, dijo Maya.

Yvette dio un paso adelante. —Le di sangre de la mejor calidad. Ella lo hace sonar como si le estuviera dando de comer sangre de animales.

—Eso no es lo que he dicho. Su sabor y su olor es lo que me enferma. No puedo beberla. ¿No lo entiendes? — Las manos de Maya se hicieron puños y los apoyó en sus caderas mirando fijamente a Yvette.

Sin querer una pelea de gatos en su guarida, Gabriel levantó la mano. —Bueno, vamos a repasar detalladamente. Yvette, ¿qué le diste?

—Nada de lo que yo misma no tomaría—. Cuando Gabriel levantó la ceja, ella continuó, —en primer lugar, le di la botella de O-positivo, incluso la de O-negativo. Tú sabes que Samson siempre tiene de las mejores. Pero ella ni siquiera bebe O-negativo. Nunca he oído hablar de tal cosa.

—Tal vez soy alérgica—, interrumpió Maya.

—Imposible—, contestó Thomas.

—Algo nunca visto—, coincidió su colega Zane. —Los vampiros no son alérgicos a la sangre.

Gabriel asintió con la cabeza. Tenía que estar de acuerdo con ellos. Nunca en su larga vida, había oído hablar de un vampiro que rechazara la sangre humana. —Maya, la inmensa sed de un vampiro recién convertido, asegura de que tú beberás cualquier sangre humana que esté disponible. Es un instinto, puro y simple.

Los otros instintos de Maya parecían estar funcionando bien, su respuesta inmediata a la agresión de Zane le había mostrado a Gabriel, que estaba totalmente adaptada a su sentido natural de conservación propia, pero por qué no se alimentaba, no podía explicarlo.

—Quizás no soy un vampiro entonces—, respondió ella.

Gabriel pasó una larga mirada sobre su cuerpo. Estaba claro que podía sentir su aura, y si eso no era suficiente para probarle a él lo que era, recordó el momento en que ella lo había mordido. Había sentido sus colmillos morderlo. No, ella era un vampiro. —Algo está mal.

~ ~ ~

Maya tragó saliva al oír las palabras de Gabriel. ¿Algo malo? Había un montón de malditas cosas que estaban mal. Para empezar, ella era un vampiro… incluso cuando ella no pudiera aceptar ese hecho… debería ahora estar en el hospital diagnosticando y curando a los pacientes. Además, ella estaba más o menos encerrada en una casa extraña, con cuatro extraños… no, eran cinco con el mayordomo… cuando debería estar en su propio pequeño apartamento. Llevaba la ropa de una mujer que nunca había conocido. ¿No era eso suficiente?

Al parecer no. Así que no se había convertido en un vampiro normal entonces… era sólo su mala suerte. En vez de anhelar sangre humana, como le dijeron que todos los vampiros recién convertidos hacían, le resultaba repugnante y se ahogaba con ella.

Pero lo que no sabían y lo que ella no quería… no podía… decirles, era que realmente lo que quería, era tomar un bocado de Gabriel. Literalmente. En el momento en que él había entrado en la cocina a rescatarla de sus incómodos amigos, había luchado en contra de su deseo de hundir sus colmillos en su brazo y alimentarse de él. Sí, alimentarse. Así era como lo llamaban.

Cuando él la había estrechado en su pecho, había inhalado profundamente su olor. Sus sentidos eran tan fuertes, que casi podía oler la sangre caliente por debajo de su piel, tan cerca para tomarla. Si sólo sus amigos salieran de la habitación, tal vez de alguna manera podía vencerlo y tomar lo que necesitaba. Y lo que necesitaba, no era sólo su sangre. Ella quería sus brazos y su cuerpo desnudo, encima o debajo de ella, de cualquier manera, que pudiera tenerlo.

Maya sacudió el pensamiento de su mente. Ella no era un animal que atacaba sin tener en cuenta a su víctima, pero por Dios, cómo quería la sangre de Gabriel, al igual que deseaba su cuerpo. ¿En qué se había convertido? ¿Era una criatura impulsada por sus necesidades nada más? ¿Acaso había perdido toda su humanidad?

Ella no quería creerlo. Su sentido del bien y del mal se encontraba todavía en su lugar. Sus miedos seguían siendo los mismos de siempre, su pasión estaba desenfrenada y lista para ser liberada en el desprevenido hombre que no le había hecho nada más que ayudarla y consolarla.

Ella miró a Gabriel. Era extraño, hace sólo pocas horas había tenido miedo de la cicatriz en su rostro. La fea cicatriz tenía aspecto amenazante. Pero todas las cosas que había dicho y hecho, habían comenzado a reemplazar su aspecto exterior. Cuando ella lo miraba ahora, no había fealdad, sólo un hombre que estaba tratando de protegerla.

¿Y cómo quería pagarle por toda su bondad? Mordiéndolo.

Ella no podía permitirse hacer eso. Tenía que salir de ese lugar. Sin decir una palabra, giró sobre sus talones y salió corriendo de la cocina.

—¿A dónde vas? — Escuchó la voz de Gabriel, detrás de ella. —¡Maya!

Pero ella no quiso escucharlo.

En el pasillo, giró hacia las escaleras. Ella necesitaba su bolso con las llaves para poder irse a casa. Antes de que pudiera poner su pie en el primer escalón, Gabriel ya estaba detrás de ella y le dio la vuelta, para que lo mirara de frente.

—¿Qué pasa? —, preguntó, con cara de preocupación y confusión.

Trató de encontrar las palabras adecuadas, pero no salió nada. ¿Cómo podía decirle lo que realmente quería? Hundir sus colmillos en su cuello, mientras ella exploraba su cuerpo desnudo con las manos, cuando lo único que él quería, era protegerla.

—Te prometo que no te harán daño nunca más. Me tienen demasiado miedo. Yo soy su jefe. Nadie te va a tocar o te obligará a hacer algo que no quieras hacer—, prometió.

Maya negó con la cabeza. Ella le creía, pero no era suficiente. —Yo no pertenezco aquí. Me voy a casa.

La boca de Gabriel se quedó boquiabierta. —No puedes irte a casa. Ese delincuente aún está por ahí. Es demasiado peligroso.

—Tengo que irme a casa. No puedo quedarme aquí con ustedes. Esta no es mi vida. Esta no soy yo—. Las lágrimas empezaban a brotar de sus ojos otra vez, pero ella las empujaba hacia atrás. —Tengo un trabajo, una vida. ¿Qué les diré a mis padres? ¿Y mis amigos? Paulette y Barbara se preocuparán mucho si no les digo donde estoy.

—Nosotros te ayudaremos a resolver las cosas. Yo te ayudaré —, insistió Gabriel.

—¿Y qué mentiras voy a inventar para ocultarles lo que soy? ¿O voy a estar muerta para todos los demás?

Su mano la acarició por encima de su brazo, en un gesto tan reconfortante que quería apoyarse en él.

—Todos tenemos que hacer una nueva vida para nosotros mismos. Nos mantenemos jóvenes, mientras que todos los demás envejecen y mueren. Voy a ayudarte a determinar qué hacer con tus padres y tus amigos. Pero por ahora, no puedes contárselo a nadie, mientras no encontremos a ese rufián.

—¿Y luego qué? ¿Qué voy a hacer con mi vida? No podré ser más una doctora. Eso es todo lo que sé hacer, y ahora, soy un bicho raro, ¿no entiendes? No soy normal. Y no voy a beber sangre humana. Yo no lo haré.

—Vas a morir si no lo haces—, dijo una voz desde la puerta de entrada, antes de cerrarse de golpe.

La mirada de Maya, llegó al hombre que ahora estaba en el vestíbulo. Alto y flaco, que la miraba.

—Ese es el Dr. Drake, y me gustaría estar en desacuerdo con él, pero tiene razón—, agregó Gabriel.

—Parece que llegué justo a tiempo—. Drake dio un paso más dentro de la casa y extendió su mano hacia Maya. —Nos hemos visto antes, pero me temo que, en nuestro último encuentro, estabas inconsciente—. Luego se dirigió a Gabriel y le miró de arriba a abajo. —Veo que no fuiste bienvenido en tu visita.

Maya no tenía idea a lo que se refería el doctor, pero al parecer Gabriel sí, porque su siguiente palabra sonó más como una advertencia, que como un saludo. —Doc.

Con una sonrisa, Drake la examinó. —La transformación se completó muy bien, y dale gracias de eso a Gabriel.

Maya miró al médico. ¿Qué tenía que ver Gabriel con su transformación? Le habían dicho que un delincuente la había atacado y la había transformado. Mientras daba a Gabriel una mirada interrogadora, él bajó los párpados un poco, como si quisiera esconderse de su escrutinio.

—¿Qué quiere decir? —, preguntó al médico, mirando directo hacia sus ojos azules.

—Bueno, sin duda, te contaron lo que sucedió.

Los pelos se le pusieron de punta a Maya. Ocultaban algo sobre ella. No le habían dicho la verdad. —No. ¿Por qué no me lo dice?

Drake la miró y a Gabriel y luego nuevamente a ella. Él parecía nervioso.

—Estabas en muy mal estado cuando te encontraron. La transformación había comenzado, pero no se realizó. Sólo teníamos dos opciones: dejarte morir o transformarte completamente.

Los recuerdos de la noche anterior, florecieron en Maya. — No me dejaron morir—. Recordó el dolor y el frío. Y el extraño sueño que había tenido.

—No, Gabriel te convirtió en su totalidad. Él te dio bastante de su sangre, para que la transformación terminara. Para todos los efectos, él es tu padre.

La boca de Maya se abrió, mientras miraba nuevamente a Gabriel, que estaba a sólo un metro de distancia de ella. Ahora todo tenía sentido. Su sueño, no había sido un sueño en absoluto. Esa noche se había alimentado de la muñeca de Gabriel, había sentido su cuerpo abrigándola, confortándola. Ahora no era una sorpresa que él fuera tan protector con ella. Para él, ella debía sentirse como su hija. No era de extrañarse, que hubiera estado tan renuente a darle un beso y se había visto tan avergonzado y lleno de culpa, cuando el beso había terminado.

¿Era arrepentimiento lo que veía en sus ojos?

—No había tiempo que perder. Tenía que actuar—, dijo Gabriel, y sonaba como una disculpa.

¿Había actuado precipitadamente y había tomado una decisión que ahora lamentaba? Ella no quería saberlo, no podía preguntarle, pero sus ojos lo decían todo: tanta culpa, tanto dolor. Había asumido una responsabilidad, que no estaba seguro de querer. Eso es lo que era para él: alguien que tenía que cuidar, porque la había convertido. Él la había convertido en lo que era.

—No me debes nada. Tú me salvaste la vida, y te doy las gracias por ello—, le dijo ella, tratando de no llorar. Pero no quería tener nada más de él. Ni siquiera su oferta de protegerla, que claramente venía de un falso sentido de responsabilidad al saber que era por su sangre que finalmente se había convertido en un vampiro. Su sangre corría por sus venas. ¿Era por eso que ella ansiaba su sangre? ¿Y era esa la razón por la que sentía esa atracción por él?

—Dr. Drake, me gustaría que me examinara.

—Por supuesto. Vamos a usar el estudio de Samson—, respondió y señaló hacia una puerta al final del pasillo.

Cuando Gabriel hizo un movimiento para seguirla, ella agregó, —en privado.

Maya captó su mirada de reojo. Lo que vio la sorprendió. ¿Estaba herido? ¿No debería estar aliviado de que ella le había liberado de su obligación de cuidarla? Sin embargo, parecía todo lo contrario.

Maya cerró la puerta del estudio detrás de ella y se recostó contra ella. La habitación estaba revestida de madera oscura y una colección de estanterías muy llenas. El antiguo escritorio, tenía por encima dos grandes pantallas de computadoras y otros aparatos de todo tipo. Al parecer, al dueño de la casa… Samson, asumió ella… le gustaban los juguetes electrónicos.

—¿Cómo te sientes? —, preguntó el médico.

Ella hizo un gesto impaciente con la mano. —Vamos a ir al grano y hablaremos de un médico a otro.

Él asintió con la cabeza. —Bien.

—Aunque he oído que eres un psiquiatra, creo que eres lo más cercano que ellos tienen a un doctor real en San Francisco.

Drake frunció el ceño. —La psiquiatría es una disciplina médica *real*.

—Lo que usted diga. Esperemos que pueda aclarar algunas cosas para mí… en este momento no me importaría si fuera un veterinario.

—¿Qué es en lo que puedo ayudarte? — Al médico no parecía importarle la referencia que había hecho, y en silencio le dio las gracias por su buen carácter. Ella necesitaba su colaboración.

—Usted ha dicho que Gabriel me engendró. ¿Esto hace que sea su hija? — Que Dios la ayude, si estuviera deseando la sangre… y el cuerpo de su padre.

—No, en absoluto. Por supuesto, siempre hay una cierta afinidad entre un padre y el vampiro que crea, pero todo se debe a que cuando un vampiro se crea, por lo general se queda con el padre y su familia. Tomemos a Carl como ejemplo. Samson lo engendró cuando se enteró que casi lo mataban después de un ataque violento. Era muy natural que Carl se quedara con Samson, ya que él era el único vampiro que conocía, y podía enseñarle todo lo que necesitaba saber. Así, mientras que a menudo se desarrollan amistades, no es una cuestión de quién es la sangre que llevas. Ha habido muchos incidentes en los que un vampiro mata a su padre.

Mientras que Maya se sentía aliviada al saber que no se consideraba hija de Gabriel, no se explicaba por qué ella quería beber de su sangre.

—¿Has oído hablar de un vampiro que no bebe sangre humana?

Drake frunció los labios. —Bueno, es muy inusual. Admito que he escuchado rumores de vampiros que beben sangre sintética en algún lugar de la costa este, e incluso de algunos vampiros que beben sangre animal, porque no les gusta la idea de hacer sufrir a seres humanos. Pero nunca he oído hablar de alguien que no la beba en absoluto. Dime por qué es que no la quieres beber—, le preguntó.

—Tiene un sabor desagradable. Quiero vomitar tan pronto como toca mi paladar.

—Fascinante.

Maya le dio una mirada de exasperación.

—Lo siento—, se disculpó, —pero hay que admitir que, desde un punto de vista médico, esto es muy interesante.

Ella tenía que estar de acuerdo con él. Quisiese o no. Durante su investigación como asociada, le habría encantado que le presentaran un caso como el de ella, algo a lo que le podía hundir el diente de verdad. Pero ahora ella *era* el caso, la fascinación no era tan grande.

—¿Cómo son tus habilidades de investigación? —, preguntó a Drake.

Se encogió de hombros. —Razonables, ¿por qué?

—Escucha, necesito que hagas algo por mí. Necesito que investigues qué podría causar esta aversión a la sangre humana. Cualquier cosa que puedas encontrar. Alergias, genes, condiciones pre-existentes.

Haría la investigación ella misma, pero no sabía nada acerca de los vampiros… ¿dónde podía tan siquiera empezar? No, Drake tenía una mejor oportunidad de unir los puntos y, además, necesitaba toda su energía sólo para luchar contra su deseo por la sangre de Gabriel. Maya tomó una pluma y un pedazo de papel de la mesa y escribió en él.

—He aquí, este es mi usuario y contraseña de los archivos médicos. Te mostrará todo lo que he sufrido. Quiero saber qué hay de malo en mí.

Él tomó el papel que ella le dio. — ¿Quieres que piratee en la historia clínica electrónica del Centro Médico?

—No es piratería cuando se tiene la contraseña. Usted debe saber cómo leer un archivo médico, ¿no? — Hizo una pausa sólo lo suficiente para reconocer su ceño fruncido. —¿Cuánto tiempo tengo hasta que mi cuerpo se muera de hambre? — Cuando pronunció las palabras, un escalofrío recorrió su espalda. Ella lo apartó. Si quería triunfar, tenía que pensar con lógica. No podía permitir que sus emociones interfirieran.

—No estoy del todo seguro, pero la sed crecerá y se convertirá en dolor. Tu cuerpo será capaz de sostenerse a sí mismo durante unos días, pero poco a poco empezarás a volverte loca por la sed. ¿Segura que no puedes beberla? — Él le dio una mirada de lástima.

Ella asintió con la cabeza. —Estoy segura.

Drake se volvió hacia la puerta, pero ella lo detuvo antes de abrirla.

—Otra pregunta. ¿Ha habido casos en que un vampiro esté sediento por la sangre de su padre?

Los ojos de Drake salieron desviados. —¿Una vez terminada la transformación?

Maya asintió con la cabeza.

—Dra. Johnson, si eso es lo que su cuerpo necesita, usted tiene que decírselo.

¿Y estar aún más, en deuda con Gabriel, que claramente sólo la veía como una obligación? No, no era una opción. Ella sacudió la cabeza. —Buenas noches, Dr. Drake.

9

—¿Qué quieres decir con "nada"? —, preguntó Gabriel y se levantó.

—Exactamente lo que dije. No recuerdo una sola cosa sobre el ataque—. Maya miró por encima de él, a los otros tres vampiros… Thomas, Zane e Yvette… que estaban sentados y parados alrededor de la sala de estar, escuchando a su jefe.

Después que Drake había abandonado la casa, Gabriel se había cambiado la ropa y había reunido a todo el mundo. Él era cien por ciento profesional, había informado a todo el mundo que era el momento de encontrar al rufián. El sentido agudo del oído de Maya, había recogido la breve conversación que había mantenido con Drake. Fiel a su juramento profesional, el médico no había revelado la confesión de Maya, sólo le dijo a Gabriel que estaba investigando el problema que ella tenía, de no beber nada de sangre humana y que regresaría con una solución pronto.

Si Gabriel seguía preocupado por Maya, no lo demostraba. Su rostro era una máscara de piedra, sin mostrar emociones. Su cicatriz parecía amenazante de nuevo. Maya se preguntó si ella habría imaginado la hermosura que había visto en él sólo horas antes. Tal vez incluso el beso que ella le había robado había sido imaginado, porque el hombre duro que la miraba ahora, no podía haber sido tan suave y susurrado todos esos estímulos dulces para ella.

—¿Cuál es la última cosa que recuerdas de esa noche? — preguntó Gabriel.

Maya se echó hacia atrás y dejó que los cojines del sofá le dieran su apoyo. —Estaba en camino a casa desde el hospital. Era tarde, pasada la medianoche. Me habían llamado alrededor de las once, y para cuando mi paciente se encontraba estable, eran después de las doce.

—¿Estabas caminando a casa?

Maya negó con la cabeza. —No, yo tenía mi coche, pero no pude encontrar estacionamiento tan tarde en la noche, por lo que di círculos alrededor de la cuadra un par de veces. Al final tuve que caminar dos cuadras.

—¿Había alguien cerca de dónde estacionaste el coche? — Venían las preguntas de Gabriel como balas. Si ella no lo conociera, habría pensado que él era un oficial de la policía, no un vampiro.

—No. No escuché ningún paso. Sólo, eh...

Gabriel le dio una mirada inquisitiva. —¿Sólo qué?

Maya hizo un gesto desdeñoso con la mano. —Nada en realidad. Sólo tuve una sensación extraña—. Obligó a su mente de nuevo a ese momento, y una bocanada de aire frío parecía soplar más allá de su cuello, levantando el vello de su nuca. Pero no recordaba nada de la fatídica noche.

—¿Qué pasó entonces?

—No sé. No recuerdo nada después de eso.

—¿No recuerdas haber sido atacada y mordida?

Instintivamente la mano de Maya se fue a su cuello y se frotó el lugar donde la piel aún estaba tierna. —No.

La mirada de Gabriel viajó a su cuello. —Ahí es donde te mordió. Él te drenó hasta que tu presión sanguínea cayó tan bajo que hizo que tu corazón se parara. Luego te alimentó con su propia sangre.

Maya tragó la bilis que se le levantaba de su estómago. Se alegró de no recordar nada del ataque. —Prefiero no saber lo que pasó—. Hacía el olvidar, fácil.

—Lo sé—. Gabriel le dio una sonrisa triste, y en ese momento podría haberlo abrazado por su muestra de compasión. Luego miró a sus colegas. —¿Tal vez el shock hizo olvidar a Maya? ¿Una manera en que su mente se protege a sí misma? —les preguntó.

Thomas se encogió de hombros. —No es tan seguro. Muchos de nosotros nos convertimos de las formas más horribles, y la mayoría de nosotros recordamos nuestras transformaciones. Parece más como si alguien hubiera borrado sus recuerdos.

Gabriel asintió con la cabeza. —Hay una manera de averiguarlo.

—No se preocupen por mí… voy a salir por un bocadillo mientras le demuestras tu don—, anunció Zane y caminó hacia el vestíbulo.

—Hay sangre en la despensa—, ofreció Gabriel.

Zane dio una media sonrisa, si puede llamarse así. El hombre no parecía ser capaz de una sonrisa verdadera, sino que sus labios sólo se torcían ligeramente. —Gracias, pero no gracias. Yo prefiero comida fresca—. Él le dio una mirada lujuriosa a Maya y parecía deleitarse con su sorpresa. —Vuelvo en una hora.

Mientras la boca de Maya se abría, Zane se paseó fuera de la casa. ¿Iba realmente a morder a alguien? ¿No le había dicho Yvette que todos eran vampiros civilizados que bebían sangre de una botella?

—No le hagas caso. Él tiene sus propias reglas—, explicó Yvette. —No todos pueden ser tan civilizados como Gabriel. ¿No es así?

Maya siguió la mirada de Gabriel y luego la de Yvette. De repente hubo una tensión en la sala que no podía explicar. ¿Había algo entre los dos?

Thomas llevó la conversación hacia el tema. —Bueno, Gabriel. Hurga en sus recuerdos y obtén entonces algo para que nosotros podamos trabajar. Es un poco difícil encontrar un delincuente, cuando no tienes nada para empezar. Incluso un perro de presa necesita un poco de olor que lo guíe.

Había algo en las palabras utilizadas por Thomas que hicieron que Maya lo escuchara. Un aroma. Eso era todo. Ella podría distinguir claramente a los vampiros por sus diferentes aromas ahora, y a Gabriel aún más, debido a que había probado su sangre. Se inclinó hacia delante en el sofá.

—¿Todo lo que necesitas es un perfume?

—Sería de gran ayuda—, admitió Thomas.

Maya miró a Gabriel. —Acabas de decir que el rufián ya me había dado de comer algo de su sangre antes de ser interrumpido.

—Así es—, respondió Gabriel.

—¿Entonces no puedes obtener ese olor que está en mí y encontrar al rufián con eso?

Thomas inhaló profundamente y luego negó con la cabeza. —Lo único que puedo oler es tu propio aroma y vestigios del olor de Gabriel. Lo que quedaba allí del delincuente ya se fue.

—Maldita sea—. Maya se dejó caer de nuevo en el sofá.

—Sin embargo, no es una mala idea—. Admitió Gabriel. —Thomas, Eddie fue uno los muchachos que la encontraron. ¿Por qué no hablas con él y le preguntas si se dio cuenta de algo?

—Por supuesto. Pero tú sabes que Eddie es todavía joven. Incluso si hubiese olido al delincuente en ella, no hay garantía de que pueda recordar el olor y averiguar quién era el tipo.

—Prueba de todos modos. Habla con James, también. Vale la pena intentarlo.

—No hay problema, voy a hablar con Eddie cuando llegue a casa. Él debería salir de trabajar pronto.

—¿Ustedes trabajan? —, preguntó Maya, totalmente confundida. ¿Qué tipo de puestos de trabajo tenían los vampiros?

—Por supuesto que sí—, contestó Thomas. —No por dinero, claro está, a pesar de que la paga no es mala. Pero cuando eres inmortal, necesitas una afición o un trabajo, de lo contrario, simplemente tu cerebro se aburriría.

Maya podía imaginárselo muy bien. Después de una semana en la playa, estaba por lo general dispuesta a treparse por las paredes y tratar de encontrar algo útil que hacer. No es que estar tumbada en la playa fuera una opción en esos días. —¿Qué hacen?

—Somos guardaespaldas—, dijo Gabriel —Trabajamos en una empresa llamada Scanguards. Samson la comenzó, y uno por uno nos unimos a ella.

—¿A quiénes protege la empresa?

—Políticos, artistas… realmente cualquiera que pueda pagar nuestros servicios.

—Pero ustedes son vampiros. Pensé que no podían salir durante el día—. Había algo que no tenía sentido.

—Eso es correcto. Pero no todos nuestros empleados son vampiros. Tenemos un montón de empleados humanos que trabajan en el turno del día.

—¿Y sus clientes lo saben?

Gabriel levantó una ceja. —¿Si saben que somos vampiros? No. Nosotros somos cuidadosos. Sólo algunos de nuestros empleados humanos de confianza lo saben.

Maya apenas podía entender la noticia en la cabeza. Vampiros que protegían a la gente. —¿Eres un guardaespaldas también? — Maya guio su mirada sobre la muscular silueta de Gabriel. Ella lo imaginaba protegiendo a alguien totalmente... él podría proteger su cuerpo cualquier día o noche.

Mirando a Thomas y luego a Yvette, definitivamente podría imaginárselos como guardaespaldas también. ¿Y Zane? Bueno, Zane era malo en estado puro y todo aquel que estuviera dispuesto a que Zane lo protegiera, tenía que estar completamente loco, si alguien se lo preguntaba.

—Así es como empecé, pero ya no hago más ningún trabajo de campo. Ahora ejecuto operaciones en Nueva York—, corrigió Gabriel.

Por alguna razón, su declaración la hizo sentir decepcionada. ¿Por qué debería importarle a ella, donde él vivía? ¿No era mejor que viviera en Nueva York para que prontamente fuera eliminado físicamente de su tentación? Por lo menos entonces podría arreglárselas con el hambre con el cual estaba luchando. Incluso ahora, casi no podía dejar de atacarlo para beber su sangre. Y cuanto más cerca estuviera de él, peor sería. Tal vez si él estaba de regreso en Nueva York, podría encontrar una manera de lidiar con eso.

—Maya—. La sobresaltó la voz de Gabriel.

—¿Qué?

—Te pregunté si puedes permitirme tener acceso para indagar en tus recuerdos.

Los tres vampiros la miraron expectantes. —¿Cómo se hace eso? — La idea de que él quería de alguna manera husmear en su cabeza, no le caía nada bien. ¿Y si él veía las cosas que ella no quería que viera? ¿Vería que ella deseaba su sangre? Y si se enteraba, ¿qué haría al respecto? ¿Encerrarla para que no pudiera atacarlo?

—Es un don psíquico que tengo—, explicó Gabriel con calma: —Yo puedo llegar al interior de la mente de una persona y ver sus recuerdos. No dolerá.

Maya puso sus brazos alrededor de su cintura. — ¿Eso significa que puedes leer mis pensamientos?

Él negó con la cabeza. —No. No puedo leer la mente. Sólo puedo ver los recuerdos de los eventos, de la forma en que la persona los vio con sus ojos. No puedo ver lo que una persona siente o piensa.

El alivio pasó a través de ella. Al menos eso sonaba menos que como una violación, de lo que había sospechado en primer lugar. —Está bien. Hazlo. Pero ya te dije, no recuerdo nada más.

—Ya veremos.

Gabriel se sentó junto a ella en el sofá. Sólo hizo intensificar más el olor de su sangre. —Puedo hacerlo de forma remota sin tocarte, pero funciona con mayor eficacia si puedo poner mis manos sobre ti.

Su declaración la hizo sonrojarse. Sentía el bombeo de la sangre por sus venas a una velocidad vertiginosa. Si la llegaba a tocar, ¿lo arrastraría hacia ella y hundiría sus colmillos en él? Maya tragó saliva e hizo que su voz sonara desinteresada, mientras le contestaba. — Claro, puedes tocarme si eso ayuda.

—Gracias.

Maya humedeció sus secos labios. Ahora sentía el calor de la habitación con más intensidad, pero no era nada comparado con lo que la golpeó cuando Gabriel se apoderó de sus manos. Un rayo abrasador de electricidad dio un tiro a su cuerpo, y se sacudió involuntariamente.

—Relájate, Maya. No te haré daño. Te lo prometo—. Su voz era suave, pero no tuvo ningún efecto para calmar el creciente alboroto en su cuerpo.

Apretó la mandíbula ya cerrada, y por primera vez tuvo conciencia de sus colmillos. Se moría de ganas por hacerlos aflorar y alargar. Cerró los ojos e inhaló para tratar de relajarse. Pero tuvo un efecto contrario. Todo lo que podía oler, era el aroma masculino de Gabriel y lo sabroso de su sangre, una mezcla de madera cara y el olor característico de la bergamota.

Las glándulas de su boca, se le hacían agua la boca para degustarlo. Incluso, sólo un fino hilo de sangre del labio aliviaría la sed. Tal vez eso combinado con el roce suave de sus labios contra los suyos, o un roce de lenguas entre sí. Y tal vez por casualidad, sus colmillos rozarían su labio y sacarían su sangre que lamería de él mientras yacía jadeante debajo de ella.

—No estoy segura de poder hacer esto—, dijo Maya, sintiendo su piel enrojecerse y calentarse.

—Shh, sólo voy a regresar a la noche cuando todo ocurrió. No voy a investigar otra cosa.

Esperaba que fuese rápido. ¿Cuántos minutos más iba a tener que soportar el tacto suave de sus cálidas manos, creando una deliciosa sensación de hormigueo en su piel? ¿Una mujer podía volverse loca de esa manera, o era la falta de sangre? ¿Era la locura de la cual Drake le había advertido? ¿Había comenzado ya? Si se estaba poniendo peor, tendría que encerrarse en una habitación y ponerle llave, de lo contrario, Gabriel no estaría a salvo de ella.

~ ~ ~

Gabriel tomó la mano de Maya con la suya, y se dio cuenta de que tenía problemas para concentrarse. Normalmente el tocar, hacía más fácil el acceso a los recuerdos. En ese caso se trataba de una completa distracción. Pero ya era demasiado tarde. Él no podía echarse para atrás. Eso sólo mostraría a todos, cómo lo afectaba. Y no quería que nadie lo supiera, no sus colegas, y mucho menos ella.

El hecho de que ella lo rechazara delante del médico como a un niño travieso, lo había lastimado, le hizo preguntarse acerca de lo que realmente había sucedido entre ellos. ¿Había sido engendrado ese beso por una locura temporal, provocado por el choque que ella había experimentado? ¿Lo había besado porque sentía la misma atracción que él sentía por ella, o no había significado nada para ella?

Una mujer como ella, podría conseguir hombres guapos. Él no era bien parecido. Cualquiera de sus colegas era más atractivos que él. Claro, él era alto, musculoso y fuerte, pero ésta ya no era la Edad Media. Las mujeres en esos días no se limitaban a mirar a un hombre, solo para cubrir sus necesidades. Ellas querían también a un amante guapo. Él no era guapo, ni era el amante que una mujer desearía.

Gabriel apartó los pensamientos desagradables y se concentró en la mujer a la que tenía enfrente en el sofá. Apretó sus pulgares en la palma de su mano y la acarició suavemente, haciéndole pequeños círculos. El aroma llegó a su nariz y lo envolvía. Cerró los ojos y se concentró en su aura, una brumosa niebla blanca la rodeaba. Sólo él la podía ver ahora, porque había sintonizado su mente a su frecuencia.

Su corazón latía a la misma velocidad que la de ella, y respiraba cuando ella lo hacía. Sus cuerpos estaban en sincronía. Se imaginó en su mente, y un momento después se sintió transportado. Cuando abrió los ojos, no veía la escena en la sala de Samson delante de él. En su lugar, vio una calle oscura.

Oyó los pasos de Maya como si ella misma los hubiera escuchado, sintió el frío de la niebla por la noche. Buscó las llaves en su bolso, y las sacó. No había luz en la puerta cuando ella llegó.

Entonces hubo una voz, llamándola. El rufián la había esperado.

Después, nada. A excepción de un velo tenue sobre la imagen, había sólo oscuridad, como si la película se hubiera arruinado. Él sabía lo que era.

Gabriel se obligó a sí mismo, a penetrar más profundo en su mente y se fue atrás en el tiempo. La vio ir a su trabajo, ir de compras en la ciudad, comer en restaurantes con amigos, pero en todos lados él veía el velo. Regresó el tiempo durante seis semanas y se encontró donde comenzó. Antes de eso, todos los recuerdos eran claros… después de eso, habían sido alterados.

Gabriel parpadeó y liberó las manos de Maya, antes de abrir los ojos. Se había roto la conexión.

Maya lo miró con una expresión curiosa. —No hay nada, ¿verdad? Como te lo dije.

Él negó con la cabeza. —Tú lo conocías.

Ella saltó del sofá. —Eso no puede ser.

Gabriel se levantó. —Me temo que es verdad. Él te llamó por tu nombre. Estaba esperándote.

—¿Reconociste su voz? — Interrumpió Thomas.

Gabriel se volvió hacia él. —No. Maya le temía. El miedo distorsionó su voz. No sé quién es.

—Pero lo recordaría si lo conociera. Lo haría.

Gabriel miró fijamente a sus preocupados ojos. —Hay una razón por la que no lo recuerdas. Limpió tu memoria. Un par de veces de hecho.

—Pero me acuerdo de cosas antes del ataque, recuerdo fragmentos. Recuerdo haber estado en el hospital esa noche.

Gabriel asintió con la cabeza. —Eso es porque sólo necesitó acabar con los recuerdos que lo incluyeran. Cuando miré en tus recuerdos, me fui alrededor de seis semanas atrás. Creo que es posible que lo hayas rechazado, por lo que limpió tu memoria y lo intentó de nuevo. Vi las huellas de donde alteró tus recuerdos, pero no dejó ningún hueco. Es como un velo. Creo que te acechaba.

Se dio cuenta de los temblores que viajaban a través de su cuerpo y quería atraerla en sus brazos para consolarla, pero se contuvo. ¿Y si ella no quería que la tocara? Cuando él había tomado sus manos para ahondar en sus recuerdos, prácticamente había retrocedido de él. ¿De repente lo había rechazado? ¿Acaso se arrepentía de su beso?

—Supongo que cuando lo rechacé por segunda vez, decidió matarme—, reflexionó Maya.

—Matarte no—, interrumpió Yvette, —Hacerte como él. Como nosotros.

—¿Pero por qué?

—Tal vez pensó que una vez que tu antigua vida se hubiera ido, lo aceptarías. Había un tono de tristeza en la voz de Yvette que Gabriel nunca antes había escuchado. ¿Era la misma soledad que a menudo él sentía?

—Tiene sentido—, agregó Thomas. —Quitando tus opciones, sería más probable que aceptaras lo que él te ofrecía. Bastardo enfermo.

Gabriel sintió una maldición mucho más dura en sus labios, pero se contuvo. No ayudaba el maldecir las cosas que él no podía cambiar. Lo hecho, hecho estaba. Ahora era momento de actuar.

Tenían que atraparlo. Si ese crimen quedaba impune, la anarquía entre los de su clase, sería el resultado. Pero lo más importante, sintió la urgente necesidad de castigar al hombre que había lastimado a Maya.

10

Maya estaba preocupada de encontrarse con un vecino mientras ella, Yvette, y Gabriel se acercaban a su apartamento. Era cerca de la medianoche, pero como era viernes por la noche, había muchas posibilidades de que alguien llegara tarde a casa y los viera. Gabriel no parecía estar preocupado por eso.

—Vamos a utilizar el control mental sobre ellos, y nunca sabrán que te vieron—, sugirió.

—¿Perdón? — ¿Había oído bien? ¿Era el control de la mente, lo que ella pensaba que era?

Yvette sonrió y contestó antes de que Gabriel pudiera hacerlo. —Es un truco muy útil, y que nos ha ayudado a permanecer bajo el radar en todos estos siglos. Te sugiero que lo aprendas rápidamente.

—Cada cosa a su tiempo—, advirtió Gabriel y le dio una suave sonrisa a Maya. ¿El hombre tenía alguna idea de lo devastadora que era su sonrisa cuando se la dirigía a ella? —Quiero que Maya se acomode a su nueva vida por sí sola. Y, además, al principio algunas de estas habilidades pueden ser complicadas. Si se usan incorrectamente, puedes hacerte daño.

—O a uno de nosotros—, dijo Yvette secamente. —Es mejor no tratar de controlar la mente de otro vampiro. Es decir, está hecho solo para los seres humanos.

La mirada de Yvette le dijo que había más de la historia. —¿Qué pasaría si accidentalmente lo uso en otro vampiro, es decir si alguna vez descubro cómo funciona?

Gabriel frunció el ceño. —El otro vampiro automáticamente se opondría a tu poder y lo usaría en tu contra, es una fea pelea, y por lo general sólo uno sale vivo.

—¿Incluso si es sólo por accidente?

—No importa—, explicó Gabriel. —Cuando un vampiro se siente atacado por el control de la mente, se defiende por instinto. Sólo el más fuerte de los dos puede romper la lucha, antes de que el otro muera—. Puso su mano en el codo. —Es una habilidad peligrosa. Thomas es el mejor maestro para eso. Voy a pedirle que te enseñe cuando las cosas estén más estables.

—¿Por qué no me enseñas tú?

—Él es el mejor maestro, y siempre debes ser enseñada por los mejores. Yo te enseñaré otras cosas, en las que soy mejor que Thomas. Quiero que aprendas todo lo que necesitas saber, de los mejores. Sólo entonces, podré estar seguro de que te puedes defender y estar segura—. El agarre suave de su mano en el codo, era tranquilizador, y también el conocimiento de que iba a enseñarle otras cosas y que no iba a pasarla a otras personas.

Cuando entraron en su apartamento de un dormitorio, se le hicieron los pelos de punta a Maya; parecía que alguien había estado allí. Mientras que la puerta estaba cerrada, muchas cosas no estaban en su lugar habitual. A pesar de que no era ordenada por naturaleza, vivir en un lugar pequeño le había enseñado a mantener el lugar en orden.

—Alguien ha estado aquí.

Gabriel asintió con la cabeza. —Contaba con eso.

—¿Por qué?

—Porque eso significa que tenemos una oportunidad de encontrar un rastro de él. Podría haber dejado algo.

Maya se sorprendió, no esperaba que Gabriel se pusiera todo CSI con ella. Le sorprendía a cada paso. La habilidad de abrir sus recuerdos, la había dejado perpleja, y había estado en lo cierto: no había sentido absolutamente nada mientras lo había hecho. ¿Significaba que podía hacerlo en cualquier momento y en cualquier lugar, y nadie lo sabría? Ella lo miró de reojo.

Gabriel se veía imponente, mientras examinaba la sala de estar con un propósito, dejando que sus ojos corrieran por encima de su estantería, la cual estaba repleta de libros de medicina. Sus largos dedos recorrían a lo largo de los costados de los libros. Cuando cambió su postura para alcanzar los estantes superiores, notó su trasero flexionar bajo sus jeans desteñidos. El hombre llenaba un par de pantalones como ningún otro hombre. Maya se preguntó qué se sentiría hundir sus colmillos en la carne firme de su trasero y chupar su sangre.

Había dado un paso hacia él, cuando se volvió de repente. Sorprendida, se quedó sin aliento, esperando que él no pudiera leer su mente como le había asegurado antes. Antes de que pudiera alejarse, él puso su mano en su antebrazo.

—¿Pasa algo? ¿Sientes algo?

Maya negó con la cabeza y le mintió, —¿Aparte del hecho de que estoy a escondidas dando vueltas en mi propio apartamento como un ladrón en medio de la noche? En realidad no.

—Venir durante el día, por desgracia es imposible—, respondió Gabriel con un encogimiento de hombros.

—Me di cuenta de eso. No te preocupes por mí, estoy de mal humor—. Más que eso, tenía hambre, y si no ponía cierta distancia entre ellos, Gabriel se convertiría en la cena. —Será mejor que escuche mis mensajes.

Se acercó al teléfono y miró que el contestador automático tenía una luz intermitente. Tres mensajes. Apretó el botón.

—*Este es un mensaje grabado de la Asociación de…*— Apretó el botón para borrarlo.

—Maya, cariño, sólo quería recordarte que debes llamar a la tía Suzie la próxima semana. Es su sexagésimo cumpleaños, y ya sabes cómo le gusta saber de ti. Y llámame. No he hablado contigo en una semana. Estás trabajando demasiado.

Ella notó la mirada curiosa de Gabriel. —Mi madre—, explicó antes de que el mensaje siguiente comenzara.

—¿Dónde diablos estás? El jefe está como loco porque no te presentaste hoy. Llámame.

La máquina se quedó en silencio. Maya se llevó las manos a las sienes. —Oh, mierda, esa era Barbara. Me olvidé por completo del trabajo. Van a despedirme.

Ella sintió una pequeña mano en la espalda. —Maya, odio tener que decírtelo, pero no serás capaz de continuar como médico—. Ella volvió a mirar a Yvette y se sorprendió al ver que había compasión en sus ojos. Yvette se lo había dicho mucho antes. Maya no lo veía de esa manera.

—En realidad, no veo por qué no puedo seguir siendo un médico. No es que esté deseosa por la sangre humana. No debería tener problemas para estar alrededor de seres humanos y tratar sus dolencias. No me siento atraída por la sangre—. No, no la de ellos, sólo la de Gabriel.

—No lo sabemos aún con certeza—, interrumpió Gabriel —Por lo que sabemos, esto es sólo un problema temporal. Te garantizo que una vez que tengas suficiente sed, beberás la sangre que esté disponible.

Ella esperaba que él tuviera razón, pero no podía reunir la misma certeza que él mostraba. Y, además, había otras cuestiones a considerar. —Tendré que vivir de algo. Incluso si mi factura de comida se reduce, no quiere decir que no necesite dinero para vivir. Y la sangre embotellada no puede ser barata tampoco. ¿Dónde puedo siquiera conseguir eso? ¿Por correo?

Gabriel puso una mano tranquilizadora en su brazo. —No debes preocuparte por cosas como esas en este momento. Tenemos cosas más importantes en que pensar. Y lo que sea que necesites, yo me ocuparé de ello.

Maya no era la única que le dio una mirada incrédula. Se dio cuenta de que Yvette levantó las cejas y torció su boca en una fina línea. ¿Acaso Gabriel le acaba de ofrecer pagar los gastos diarios? —Gracias, pero yo no quiero ser una mujer mantenida.

Él gruñó y se alejó. Tal vez la elección de palabras había sido inadecuada, pero la esencia de lo que había querido decir, estaba allí. No pasaría a depender de un hombre. Tenía que haber puestos de trabajo hechos a la medida para un vampiro. ¿Trabajaría en el turno de noche en el banco de sangre? ¿Vigilaría el cementerio por la noche?

Maya miró de vuelta hacia el contestador automático. Debía contestar a las llamadas de su madre, ella se preocuparía, y también Barbara, su colega con la que había trabajado durante los últimos cuatro años.

Ella levantó el auricular y marcó el número. Antes de que la llamada se conectara, la mano de Gabriel pulsó el botón de apagado del teléfono. —¿Qué demonios? —, Gritó ella, ya en el borde.

—¿A quién llamas?

Ella le hubiera dicho, pero el tono de control en su voz la enojó y se extendió un malestar en su estómago. —No es tu maldito asunto. ¿Qué soy yo, tu prisionera?

Con una mirada de asombro, soltó el teléfono. —No. Por supuesto que no. Adelante—. Hizo una pausa. —Pero cuidado con lo que le digas a tus amigos y a tu familia.

Maya dejó caer los hombros. Estaba en lo cierto. No tenía idea de lo que iba a decirle a su madre, acababa de marcar sin pensar qué decir. Su mirada se dirigió a la foto de sus padres sobre el aparador. Estaba su padre con el brazo envuelto en los hombros de su esposa, los dos riéndose el uno del otro. Recordó cuando había tomado esa foto. Había sido el día de su graduación de la facultad de medicina. Mamá se había recogido el pelo dorado en un atractivo moño, y su padre, tenía el cabello castaño claro mojado, al igual que toda su ropa.

—Él me dijo que iba a saltar a la piscina con toda la ropa, si terminaba con un promedio de excelente—, lo dijo sin mirar a nadie en particular. —Yo no podía dejar pasar esa oportunidad—. Cuando alejó su mirada de la foto, ella vio como Gabriel la miraba, dándole una suave sonrisa alrededor de los labios.

—Llama a tus padres. Diles que estás bien, pero que estás trabajando horas extras debido a que un médico está enfermo y hay que cubrirlo—, la aconsejó. —Vamos a encontrar una historia más detallada y creíble después.

Ella asintió con la cabeza y se tragó las lágrimas. —Es demasiado tarde. Estarán dormidos. Voy a llamar por la mañana.

—Está bien—, coincidió Gabriel. Y luego, como si supiera lo que estaba pensando, añadió, —Verás a tus padres otra vez. Te lo prometo. Lo arreglaré para ti.

Ella le dio una sonrisa de agradecimiento. —Gracias.

—Y ahora, ¿puedes mirar a tu alrededor y hacernos saber si falta algo o si hay algo que no es tuyo, y podría pertenecer a él?

Maya se estremeció al pensar que la persona que la había atacado, había estado en su apartamento. ¿Qué tan cerca había estado de él? ¿Lo había besado o tocado? ¿O incluso se habría acostado con él? No sería una sorpresa… por desgracia. Siempre había tenido una vida sexual variada y la mayoría de sus relaciones no habían durado mucho.

Nunca había estado satisfecha, ni emocional ni sexualmente nunca. Ningún hombre había sido capaz de darle lo que necesitaba. Tal vez hubiera sido más fácil si hubiera sido capaz de decirle a un hombre lo que realmente quería y necesitaba. Pero nunca había sido capaz de expresar sus deseos. Lo único que sabía, era que eran oscuros, demasiado oscuros, para que su propia mente pudiera ponerlos en palabras. Cada vez que había tenido sexo con alguien, siempre había querido sentir más. Sin embargo, ella no sabía lo que ese *más* implicaba.

Maya empujó a un lado los pensamientos y revisó entre sus pertenencias, cuidadosamente veía cajón tras cajón, estante tras estante. Nada parecía faltar.

—¿Sentiste algo? — Escuchó a Yvette preguntándole a Gabriel.

—Nada. Él fue cuidadoso—. La voz de Gabriel era plana.

—Sí, extraño. ¿Crees que él sabía que vendríamos?

—Por supuesto. Parece que ha estado aquí para limpiar lo que ha hecho.

Maya miró por la ventana en la oscuridad y se estremeció. No quería quedarse ahí. Saber que él podría entrar cada vez que quisiera, la hacía sentir insegura. —Voy a empacar algunas de mis cosas—, anunció.

—Yvette, ayúdala—, ordenó Gabriel. —Ya terminamos aquí.

En el dormitorio, Maya tiró un poco de ropa en un bolso, y luego entró en el cuarto de baño. Abrió el botiquín sobre el lavabo y agarró las píldoras anticonceptivas.

—Ya no necesitarás de eso—, dijo Yvette detrás de ella.

No se había dado cuenta de que Yvette la había seguido, y el espejo no reflejaba a ninguna de ellas.

—¿Cómo lo sabes? No dejaré el sexo sólo por ser un vampiro.

—Nadie lo espera. Sin embargo, no necesitarás esas pastillas. Las mujeres vampiro son estériles.

Estéril. La palabra resonó en el ambiente.

Maya se apoyó sobre el lavabo. Todos estos años había tomado precauciones contra el embarazo. Todos estos años había tenido miedo de su falta de anticonceptivos, que el condón se rompiera, o cualquier otro accidente estúpido. Y ahora, que le habían dicho que ya no tenía que preocuparse por ello, ¿tenía que darse cuenta de que quería ser una madre algún día? ¿Qué cruel podía ser la vida?

Sintió la mano cálida de Yvette en la espalda y se dio vuelta. —Lo siento. Creí que lo sabías. Sólo los hombres vampiros son fértiles, y sólo cuando se aparean con un compañero con vínculo de sangre. Lo sé, apesta.

Maya no entendía lo que Yvette estaba tratando de explicarle. —¿Aparearse?

—Sí, al final los machos vampiros, son como sus contrapartes humanas. Lo único que quieren es una mujer que les dé un hijo. Sólo una mujer humana con vínculo de sangre, puede tomar la semilla de un vampiro. Para todo lo que somos buenas las mujeres vampiro, es para el sexo. Así que no pierdas tu corazón por un vampiro… sólo terminarás decepcionada. Lo he visto antes.

Maya miró con incredulidad a Yvette. Esto no podía ser cierto. No sólo no iba a tener hijos, hijos que no había sabido hasta ahora que ella quería, sino que ¿los hombres vampiro no la querrían como compañera a largo plazo sólo porque ella era estéril? ¿Era esta una venganza por cómo había tratado a tantos hombres? ¿Por el hecho de que había roto con ellos, tan pronto como se había dado cuenta que no podían satisfacer sus necesidades? ¿Por no haberle dado a nadie una oportunidad?

Un sollozo arrancó desde su garganta.

Un segundo más tarde, Gabriel irrumpió en la habitación. —¿Qué le hiciste? — Le gritó a Yvette y se metió entre ellas dos, atrayendo a Maya contra su pecho. Instintivamente se dejó acunar por él.

—No le hice nada—, gritó Yvette y se dio la vuelta y salió del minúsculo cuarto de baño.

Maya dejó escapar otro sollozo. No le importaba cuál era la motivación de Yvette al darle esa contundente revelación. De hecho, se alegró por ello, se alegró de que ella se enterara de eso ahora.

~ ~ ~

Los sollozos de Maya atravesaron los huesos de Gabriel. Había vuelto a fracasar. Se había prometido antes, que ella no tendría que llorar más, y allí estaban, las lágrimas corrían por su rostro. Él no debería haberle pedido que viniera a su apartamento con ellos. Estaba demasiado frágil, demasiado sensible a todo.

Ella lo empujó y se soltó. ¿Acaso no quería que se preocupara? —Estoy bien—, afirmó. Él sabía que ella no lo estaba.

—¿Por qué lloras? — preguntó él.

—No estoy llorando—. Olfateó ella. —Creo que me está dando algo.

Él inclinó la cabeza hacia un lado. —¿Qué quieres decir?

—Sólo un resfriado o algo así.

Gabriel negó con la cabeza. Maya lo estaba evitando y no le gustaba. —A los vampiros no les da nada. No se enferman—. Antes de que pudiera conseguir que Maya le dijera lo que estaba realmente mal, oyó un sonido.

Su cabeza se dirigió a la pequeña ventana sobre la bañera. No se había dado cuenta hasta ahora, que estaba abierta.

—Alguien está mirando—, le susurró a Maya y la tomó del brazo. Rápidamente se la llevó de vuelta a la sala, donde Yvette se había sentado en un sillón con cara desconforme.

—Él está ahí fuera—, dijo a Yvette, que al instante se levantó. —Iré tras él. Lleva a Maya a casa.

—Tendremos una mejor oportunidad, si vamos ambos tras de él—, protestó Yvette.

Gabriel le interrumpió con un gesto de la mano. —Es una orden.

Sin esperar una confirmación, salió de la casa por la puerta principal.

El delincuente había estado observando. Eso significaba que no sólo sabía que Maya había sobrevivido, sino que también se encontraba bajo la protección de Gabriel. Podría averiguar dónde se escondía. Era fundamental que Gabriel lo encontrara antes de que pudiera montar otro ataque.

El hecho de que él hubiera estado observando su apartamento… claramente con la esperanza de que fuera a regresar… dejaba en claro a Gabriel que el canalla estaba obsesionado con ella. Un acosador, justo como lo había sospechado. Un amante despechado.

No había visto al hombre que estaba de pie afuera, en el callejón y los veía, pero se había dado cuenta de que el callejón era un callejón sin salida. Eso significaba que el hombre tenía que volver a la calle principal para escapar. Por lo tanto, Gabriel no se molestó en correr por el callejón, en su lugar siguió el suave aroma de vampiro que el delincuente había dejado como rastro.

Se movía de lado a lado a través de Noe Valley. Era obvio para Gabriel, que el rufián estaba tratando de salir de la zona residencial tranquila y acercándose más a un área ocupada, en la cual sería más difícil para Gabriel permanecer persiguiéndolo. Gabriel aceleró, tratando de ganarle terreno al delincuente, pero su relativo desconocimiento de la zona de San Francisco, no le ayudaba. Si esa fuese Nueva York, Gabriel habría cortado el pase del rufián en un santiamén, pero perseguir a un hombre en su propio territorio era mucho más difícil.

Cuando oyó los sonidos de la música y la fiesta, Gabriel sabía que lo había perdido. Un par de cuadras más allá y estaba en el centro de la Castro. Parecía que había dos o tres docenas de bares y clubes sólo en dos cuadras. Y las aceras estaban llenas de gente. Gabriel miró a través de la multitud y de pronto notó la ausencia de mujeres.

En su mayoría eran hombres los que caminaban por las calles, algunos abrazados, algunos tomados de la mano, otros besándose abiertamente. Gabriel había estado ahí antes, hace muchos años. Este era el centro gay de la ciudad, donde la población gay tenía sus lugares de reunión especial, donde la policía rara vez intervenía, donde la exposición pública, era la norma.

Gabriel se detuvo en la esquina de un bar y sacó su teléfono. Un ciclista joven y guapo le sonrió y levantó la botella de cerveza hacia él en el bar. Gabriel negó con la cabeza y se alejó. Grandioso, los hombres lo estaban seduciendo… era evidente que no les importaba su cicatriz. ¿Por qué no podía una mujer darle la mirada de "ven acá"? No cualquier mujer… específicamente Maya.

Marcó. Su llamada fue respondida después del tercer llamado. ¿Qué pasa, Gabriel? — Zane respiró fuerte por el teléfono.

—¿Dónde estás?

—¿Por qué?

—Porque necesito que hagas un trabajo—, gritó Gabriel.

—Estoy en la Misión, un lugar popular nocturno—. Zane le dio la dirección.

—Nos encontraremos allí—. Gabriel tecleó la dirección en el GPS de su teléfono. La ubicación actual de Zane, estaba sólo a unas seis cuadras de distancia. Bueno, eso era conveniente.

Lo que llamaba Zane como un lugar popular nocturno, era un poco más que un club nocturno. El guardia de seguridad en la puerta, sin decir nada lo dejó pasar al interior del sucio establecimiento tan pronto como había terminado de mirar la cicatriz de Gabriel. Se imaginó que la maldita cosa tenía sus propósitos. La gente parecía tenerle miedo y no ponía ninguna resistencia.

Estaba oscuro, más oscuro que en otros clubes en los que había estado, razón por la cual se hacía evidente de inmediato. A lo largo de las paredes exteriores, había pequeños puestos, las entradas estaban cubiertas con tela transparente, lo suficiente para distorsionar las caras de la gente detrás de ellos, pero no lo suficiente como para ocultar lo que estaban haciendo.

Gabriel no se sorprendió. La elección de entretenimiento de su segundo al mando siempre incluía el sexo, y si estaba salpicado de violencia, aún mejor. Siguió a su nariz y encontró a Zane en una de las cabinas. Se detuvo fuera de ella y miró a través de la borrosa tela.

Era fácil distinguir la forma única de Zane. Su cabeza calva brillaba. Estaba tendido en un banco, su pene duro salía de sus pantalones de cuero. Una mujer le estaba dando una mamada mientras él tenía los dedos en el culo de una segunda, la cual estaba montada sobre su rostro.

Las mujeres estaban vestidas, pero en una inspección más cercana, Gabriel vio que la mujer que estaba montando a Zane, no llevaba ropa interior bajo la falda ultracorta.

Gabriel se mantuvo rígido mientras observaba cómo Zane chupaba la vulva de la mujer e introducía un tercer dedo en su culo, ignorando el intento de retirarse de la mujer. Con la mano libre le dio una nalgada en la mejilla de su culo, y la mujer chilló.

—Haz lo que te digo—. Escuchó la orden que Zane le daba.

Gabriel contempló el interrumpirlo, pero dos cosas lo detuvieron. Interrumpir a un vampiro mientras estaba teniendo sexo podría ponerse feo… Zane convertiría su energía sexual en violencia, y Gabriel no quería estar en el extremo receptor de la misma.

La segunda razón era su propia excitación. A Gabriel le gustaba ver… y era todo lo que a menudo obtenía. Y esa vez, era algo más que simplemente mirar a algunas personas en una película porno. Esa vez, podía pretender que él era el hombre y la mujer por encima de él, era Maya.

La situación lo excitó en cuestión de segundos, despertando los deseos sexuales en forma más profunda de lo habitual. Por qué de repente quería cosas innombrables, dedicarse a actos sexuales depravados y que parecían tabú, no podía explicarlo. ¿Estaba tan desesperado, que cualquier cosa lo excitaría esos días? Gabriel apartó sus negativos pensamientos.

Cuando Zane hundió sus dientes en el muslo de la mujer para extraer la sangre, Gabriel sabía que la espera había terminado. Unos momentos más tarde, se había apartado de las dos mujeres y las había enviado en su camino. No parecía estar sorprendido de que Gabriel estuviera en la entrada de la alcoba.

Zane le hizo un gesto —¿Has estado esperando mucho tiempo?

—Lo suficiente.

—Deberías haberte unido a nosotros, no me importa compartir.

—No, gracias—. Aclaró Gabriel su voz y se sentó en el banquillo. Nunca se había desnudado delante de sus amigos o compañeros de trabajo, y no lo haría ahora. Nadie sabía el horror que escondía. —Espero que hayas limpiado su memoria.

—El procedimiento estándar—, confirmó Zane y estiró sus largas piernas delante de él. —¿Tienes algún trabajo para mí?

—El delincuente nos estaba mirando esta noche en el apartamento de Maya. Él sabe que ella está con nosotros, así que tendremos que intensificar nuestra búsqueda. ¿Has encontrado algo?

Zane se encogió de hombros. —Estoy trabajando en ello, como puedes ver.

Gabriel frunció el ceño… Tener relaciones sexuales con dos mujeres no se parecía a trabajar en la búsqueda de un delincuente.

—Tengo mis métodos.

—Estoy al tanto de tus métodos. ¿Qué puedes averiguar a través de dos mujeres que estás cogiendo?

—Más de lo que piensas. Las mujeres hablan. Se dan cuenta de cosas.

Gabriel dio un resoplido breve. —Quiero que mires en las coartadas de todos los hombres vampiro de la noche del ataque. El editor de *Crónicas de Vampiros de San Francisco,* debe tener una lista completa de todas las familias de vampiros. Me aseguraré de que tengas esa lista. Revísala. Sólo los machos, sólo los heterosexuales. Excluye a todos los hombres con vínculos de sangre, ya que físicamente no habrían sido capaces de beber su sangre. Estoy sospechando que es un amante despechado.

Odiaba la idea. ¿Se había Maya acostado con él? ¿Le habría permitido tocarla de la manera que Gabriel quería hacerlo?

11

Maya se tiró en su cama. Ella le había dicho a Yvette al regresar a la casa que estaba cansada, y dado que se trataba de una hora antes del amanecer, Yvette no había mostrado alguna sorpresa por su petición para descansar.

Yvette le dijo que se alojaría en la casa, por órdenes de Gabriel. De acuerdo con Yvette, había un ambiente seguro en el sótano de la casa detrás del garaje, donde la luz no penetraba. Ahí era donde Yvette dormiría, dado que Gabriel estaría utilizando el dormitorio principal cuando regresaran y Maya ocupaba la única habitación de huéspedes, no había otros dormitorios disponibles en la casa.

A estas alturas, a Maya no le importaba mucho lo que cualquiera pudiera pensar... El dolor por el hambre se estaba volviendo muy fuerte, que ni siquiera la hostilidad abierta de Yvette podía perturbarla. Ella podía adivinar que Yvette estaba molesta... la reprimenda de Gabriel había dolido, probablemente.

Pero todo lo que a Maya le importaba, era saciar su hambre. Había oído a Gabriel volver poco antes del amanecer, le había oído hablar con Yvette antes de que él subiera. Habría jurado que se había detenido frente a su cuarto, pero luego, se fue hacia la habitación principal y entró.

Ahora todo estaba en silencio.

Maya puso los brazos alrededor de su estómago y se acurrucó como una pelota. Los calambres eran cada vez peores. Ni siquiera sus peores calambres menstruales podían compararse con el dolor que causaba su estómago vacío cuando se contraía en ondas cortas. Habiendo crecido en una sociedad opulenta, nunca había experimentado antes el hambre. ¿Era esto lo que millones de personas pasaban diariamente, o era tan doloroso porque ella ahora era un vampiro, y todas sus sensaciones parecían magnificarse?

No podía permitirse que esta hambre la derrotara. Ella era más fuerte, tenía que serlo. A medida que la ola de dolor se hacía más fuerte y le robaba el aliento, sabía que tenía que actuar. Tal vez el hambre era lo suficientemente fuerte, como para que ella superara su aversión a la horrible sangre embotellada. Le daría una oportunidad más... no había manera de que pudiera pasar el día. Y no había ninguna posibilidad de que Drake apareciera hasta que estuviera oscuro de nuevo, incluso si tenía buenas noticias.

Maya miró el reloj en la mesita de noche. Era media mañana. No, ella no podía durar hasta las ocho, cuando el atardecer ocurriese.

Ignorando el dolor, sacó sus piernas de la cama. Llevaba un camisón rojo corto, pero se estremecía en él, así que tomó su bata de baño y se la puso.

Descalza, salió de la habitación y se fue a hurtadillas abajo. No quería despertar a nadie, y menos a Gabriel. Haría el esfuerzo para tratar de probar la sangre humana. Incluso ahora, podía oler su sangre. Un escalofrío la recorrió, aceleró y corrió por el pasillo hasta la cocina. Cuanto más lejos estuviera de Gabriel, mejor.

La cocina estaba vacía.

Maya abrió la refrigeradora y miró dentro. Como era de esperarse, estaba llena de sangre embotellada. Tomó una de las botellas y dejó cerrarse la puerta del refrigerador.

Tratando de no darse por vencida, desenroscó la tapa. Contuvo el aliento, como había hecho antes y puso la botella en sus labios. Un momento después, ella inclinó la cabeza hacia atrás y bebió un trago. El líquido rojo se extendió por su boca. Por lo que sabía, podría haber sido ácido de una batería, el sabor era tan vil. Buscó el fregadero de la cocina y lo escupió.

Las gotas que habían llegado a su garganta, le dieron náuseas, y tosió. No había manera de que pudiera beber eso, ni siquiera si su vida dependiera de ello, que por desgracia, así era.

Mantuvo su boca bajo el grifo y dejó que el agua fría del fregadero quitara el sabor en ella, antes de enderezarse. Un instante después, su cuerpo se contrajo de nuevo y ella se dobló. Tratando de aferrarse a la barra, golpeó accidentalmente la botella, arrojándola en el fregadero donde hizo un fuerte ruido.

Incapaz de soportarlo por más tiempo, Maya cayó al suelo. Manchas negras aparecieron frente a sus ojos. Antes de que pudiera levantarse desde el piso frío, la puerta de la cocina se abrió. Vio primero la bata larga, luego levantó la vista y miró fijamente la cara de Gabriel.

—Maya, oh Dios, ¿qué pasó? —, preguntó su frenética voz.

Sin esperar su respuesta, se agachó y la ayudó a levantarse. Su aroma al instante la envolvió, haciendo que la sensación de hambre fuese aún peor.

Ella lo alejó. —Nada. No pasó nada.

Él no la soltó. En cambio, la sujetó fuertemente con sus brazos.

—Deja que te ayude. Estás débil.

—Déjame ir—, exigió, a sabiendas de que no podía resistir durante mucho más tiempo. Hizo un movimiento torpe y se sorprendió cuando ella se liberó de su control. Cuando llegó hasta ella nuevamente, dio un manotazo, tratando de detenerlo. Su mano tomó su antebrazo, pero cuando las uñas rasparon su piel, se dio cuenta de que sus dedos se habían convertido en garras afiladas.

La sangre brotaba de los dos rasguños que había dejado en su piel. Ella las miró fijamente. Sangre. *Su* sangre. Justo ahí. Todo lo que tenía que hacer era tomar su brazo y ponerlo en su boca, sólo lo lamería.

Su estómago se revolvió. Por su propia voluntad, su mano se extendió. Se lamió los labios en anticipación al inesperado obsequio. Sus fosas nasales, absorbieron más el delicioso olor, y su pecho emitió un profundo gruñido. Se sentía como un animal, pero a ella no le importaba más. Su impulso de supervivencia era más fuerte.

Gabriel tapó su muñeca antes de que pudiera tocar su brazo y la hizo mirarla a él. La verdad brillaba en sus ojos. Él bajó la mirada hacia la lesión en su brazo, y luego regresó hacia ella.

Estaba dispuesta a luchar por lo que quería.

—Oh Dios, es mi sangre la que quieres, ¿no? —, preguntó lleno de incredulidad.

Maya se limitó a contestar con un suave gruñido.

—Ven.

Con mano de hierro, él la arrastró fuera de la cocina y el pasillo. ¿La encerraría ahora para asegurarse de que no lo atacara? No podía permitir eso. Tenía que luchar contra él.

Cuando la llevó hacia el estudio, quiso protestar, pero su boca estaba demasiado seca para hablar. Ella necesitaba su sangre, y la necesitaba ahora.

Un segundo más tarde se encontró en el sofá, sentada en su regazo.

—¿Por qué diablos no me dijiste que querías mi sangre? — Su voz estaba furiosa.

Ella se sacudía de su control, tratando de librarse de sus brazos, pero él no lo permitió. —¡Maldita sea! —, dijo ella.

—Mujer obstinada. Podría haberte alimentado ayer por la noche. ¿Sabes lo mucho que me preocupo por ti?

¿Había dicho, *alimentarla*? ¿Quería eso decir que estaba dispuesto a dejarla beber de él?

—Necesito…— Ella se quebró. No podía decírselo al sentir vergüenza de expresar su necesidad.

—Yo sé lo que necesitas.

Apartó el cuello de su bata y apartó hacia atrás su cabello. Ella no se había dado cuenta hasta ahora, que no lo llevaba sujetado como de costumbre con su cola. Mientras exponía su cuello, ella lo observaba. ¿Qué quería decir eso? ¿Quería que se alimentara de él?

~ ~ ~

Gabriel se percató de la confusa mirada de Maya, mientras preparaba su cuello para ella. Él podía dejarle alimentarse de su muñeca o de su antebrazo, pero él la quería más cerca, quería sentir su cuerpo mientras ella se aferraba a la vena y chupaba su sangre. Lo llamarían egoísta, pero quería experimentar el placer de tenerla presionada contra él, cuando bebiera su sangre dentro de ella.

—Hunde tus colmillos en mí—, le ordenó y señaló hacia la vena que él sabía que estaba claramente visible bajo su piel. —Aquí, te quiero aquí. Y no te detendrás hasta que estés satisfecha. Si te atreves a parar antes de que hayas tomado lo suficiente, me las pagarás.

—No quiero hacerte daño—, murmuró.

Él estaba asombrado de que con el hambre que podía ver claramente en sus ojos, le quedaran fuerzas para resistirse.

—No lo harás. Ahora bebe, si no te voy a obligar a hacerlo—. Él reconoció su propia voz ronca, y sabía que era porque estaba excitado ya por el simple hecho de saber que una parte de él no tardaría en estar dentro de ella.

Maya se acercó, y finalmente, dejó caer su cabeza sobre su cuello. Sus labios carnosos, rozaban su piel. Él no pudo reprimir el escalofrío que corría por su cuerpo, en toda su extensión desde el lugar donde ella lo tocó, hasta la punta del dedo gordo del pie.

—Muérdeme, Maya, hazlo—, le instó. No quería nada más que sus dientes en su cuello.

Gabriel sintió que sus colmillos se introducían en su piel y corrían lentamente hacia su vena que estaba lista para estallar. Luego su boca se abrió más y las puntas afiladas de sus colmillos traspasaron la piel, llevándolos más dentro y estableciéndose en su cuello. Cuando chupó las primeras gotas de sangre de él, se estremeció.

Nunca en su larga vida, había experimentado algo así. Sí, se había alimentado de él antes, pero estaba inconsciente y le había dado su sangre desde su muñeca. Sus colmillos nunca habían penetrado en su interior. Nunca había habido ningún motivo para que alguien mordiera su cuello… ningún amante que pudiera haberle dado el calor de la pasión, que él sabía que era común entre las parejas de vampiros, no sólo para alimentarse, sino también para aumentar su excitación.

Él no estaba preparado para la reacción que tuvo su cuerpo a la mordida.

El paraíso. Era la única manera de describirlo. Mientras una corriente eléctrica, hormigueaba con calor y se extendía a todas las células de su cuerpo, se enrollaba alrededor de su columna vertebral y se instalaba en su ingle. Su ser entero zumbaba alertándolo.

A pesar de la bata que llevaba, podía sentir su cuerpo como si ella estuviera desnuda en su regazo. Las chispas parecían saltar de su cuerpo al suyo, mientras pequeñas cargas eléctricas, bailaban entre ellos. Pero todavía había demasiado espacio entre sus cuerpos.

—Móntame—, le susurró al oído. Sin protestar ella se cambió, y él la ayudó a mover las piernas a ambos lados de sus caderas. Por un instante, se preguntó si era correcto explotar la situación como lo hizo, pero ya era demasiado tarde: él quería que ella estuviera tan cerca como le fuera posible para tenerla. Su cuerpo ansiaba el de ella.

Con cada gota de sangre que tomaba de él, la euforia en su mente era mayor. Nunca había sentido tal libertad, tal ligereza, tal dicha. Ninguna preocupación en su mundo lo tocaba. La soledad era una palabra del pasado. Dolor, podría haber sido una palabra china, ya que no comprendía el concepto.

Él enterró la mano en su pelo y la empujó a su cuello, no quería que se detuviera. Su erección se presionaba contra ella, y seguramente tenía que haberlo notado, pero ella no se apartó. Deslizó la otra mano a la base de su espina dorsal y sus dedos se desplegaron. La ligera presión que ejerció, fue suficiente para que ella respondiera: se movió hasta alinear su parte íntima con su miembro duro y se frotó contra él.

Gabriel no pudo detener el fuerte gemido escapando de su boca. Respiró hondo y aspiró su aroma. Maya olía a mujer pura, madura y excitada. Sabía eso por haberse alimentado de humanos… antes de que comenzara a beber sangre embotellada… cuán excitante podía ser el beber directamente de la vena de una persona. Si fuera un caballero, haría caso omiso de su excitación, dejaría de presionarla contra él y no se aprovecharía. Pero la última cosa en su mente en ese momento, era comportarse como un caballero.

Maldición, la deseaba desde el primer momento en que la había visto. ¿Podría alguien culparlo por tomar ese pequeño trozo de cielo y disfrutar de ella durante el tiempo que no se opusiera? ¿Durante el tiempo que ella estuviera demasiado drogada para percatarse que descaradamente frotaba su pene contra sus ardientes genitales?

La presión en sus testículos crecía, y sabía que tenía que dejar de apretarla tan fuerte, antes de quedar como un completo idiota y terminar en sus calzoncillos. Pero todavía no. Necesitaba sentirla un poco más de tiempo, antes de volver a su cama, solo, solamente con su olor todavía en él, y el fantasma de su suave cuerpo presionándose contra el suyo. Entonces él se tocaría a él mismo e imaginaría que era su suave mano acariciándolo, y no su propia áspera y callosa mano que lo apretaba fuertemente, hasta que lanzara su semen, fingiendo que acababa dentro de ella.

Demasiado pronto sintió que ella se apartó y retiró sus colmillos de su cuello. Quería mantenerla, diciéndole que siguiera, pero sabía que no podía. Cuando la miró a los ojos mientras se ponía frente a él, sabía que estaba saciada. Su cara se veía más completa, su piel brillaba, y sus ojos tenían un brillo resplandeciente en ellos. Ella nunca se había visto más hermosa para él.

—Gracias—, ella susurró y bajó la mirada, como si estuviera avergonzada de lo que había hecho.

—El placer es mío—, él respondió diciéndolo con sinceridad. —Vas a tener que alimentarte de mí todos los días.

Ella alzó los ojos para mirarlo directamente. —Pero yo… quiero decir, no puedes…

—Está claro que tu cuerpo lo necesita. Tienes que alimentarte diariamente—, insistió. Era verdad, pero, sin embargo, se sentía como un ladrón… sabiendo que él robaría este placer de ella todos los días.

—No puedo tomar de ti, sin darte nada a cambio. No está bien—, afirmó ella, demostrando que tenía más integridad, de lo que él pudiera reunir.

—Si es lo único que puedes beber, entonces es lo que vas a hacer. Te alimentarás de mí. Y tú no me deberás nada—. Ella ya le había dado más de lo que jamás se podía imaginar. El hecho de saber que iba a abrazarla todos los días mientras se alimentaba de él, era más de lo que jamás podría desear.

—Pero yo quiero darte algo a cambio, no puedo comer de forma gratuita. Simplemente sería como pagarte la cena.

Sonrió con su comparación. Él tenía más dinero del que supiera qué hacer con él. No había nada que él quisiera. Excepto tal vez...

—Un beso—, dijo él, antes de poder detenerse. Cuando vio su reacción, al instante se quería retractar. Sus ojos se abrieron por la sorpresa, y sus labios se entreabrieron, como si quisiera hacer un comentario sarcástico. Luego su mirada se concentró en el lado derecho de su cara, donde la cicatriz marcaba su piel.

Él tragó saliva y volvió su rostro desfigurado lejos de ella. Había arruinado el momento más perfecto de su vida, por dejar que su deseo lo gobernara por un instante. Fue una estupidez. Ahora, no sólo no iba a darle un beso, sino que lo más probable era que lucharía contra la idea de tener que alimentarse de él. —Está bien—, dijo, manteniendo su voz carente de emoción, —no tienes que hacerlo. Yo, eh…

Él sintió que ella le agarró con la mano su barbilla, e inclinó su rostro hacia ella hasta que fue obligado a mirarla a los ojos.

—¿Un beso por cada comida? —, preguntó, y luego asintió lentamente.

¿Cada comida? Sólo había querido decir un beso por todas las comidas futuras, pero no se atrevía a protestar. Él no era lo suficientemente noble como para admitir que lo único que quería era un beso. Ella le había entendido mal, pero no la corregiría, así que se limitó a asentir.

—Creo que es justo. ¿Quieres que pague ahora?

De repente se sintió arrogante. —¿Cómo estuvo la cena?

—Deliciosa.

El saber que a Maya le gustaba su sangre, era más excitante de lo que podía haberse imaginado. —Entonces creo que es hora de pagar la cuenta.

Gabriel la miró mientras ella se movía lentamente hacia él. Su posición era perfecta: estaba todavía montándolo. No podía imaginarse una mejor posición para un beso, excepto quizá, si ella estuviera tendida debajo de él. Pero eso era dejarse llevar.

Como un gato, ella cambió de puesto más cerca hasta que su boca se cernía sobre él. Tenía los labios ligeramente abiertos, y podía oler su aliento. Su respiración era repentinamente más desigual que antes, y se preguntó si tenía miedo de lo que iba a hacer. ¿Lamentaría su decisión y se alejaría a último momento?

—Puedo mantener mis manos en el sofá, si lo prefieres—, le ofreció y colocó sus manos hacia abajo, sobre los cojines al lado de sus muslos. Él no quería que ella le temiera y que creyera que se aprovecharía de la situación, por mucho que quisiera hacer eso. Pero sabiendo que ese no sería el último beso que le daría, podía aplacar su codicia y sólo tomar lo que ella estaba dispuesta a darle, sin cruzar los límites del beso.

Él podría aprender a saborear esto. Cada día, él tendría algo que esperar. Pero tendría que mostrarse calmado, no abrumarla con la pasión que sentía por dentro, no espantarla o ella podría cancelar su acuerdo. No, su respuesta a ella tendría que ser en silencio, para que no conociera el alcance de su deseo por ella y tuviera miedo por su magnitud. Y cada día podría permitirse tener un poco más, que estuviera más cómoda con él. Tal vez empezaría a sentir la misma atracción por él, que él sentía por ella.

Los labios de Maya lo rozaron, y Gabriel sabía que iba a ser un infierno mantener ese beso, dulce e inocente.

~ ~ ~

Su aroma masculino estaba todo a su alrededor. Maya no podía creer en su suerte. Después de alimentarse de su sangre se sentía rejuvenecida, más fuerte que nunca, ¡y más caliente de lo que nunca había estado como un ser humano! ¿Y ahora lo que quería a cambio era un beso? ¿Podían ser las cosas más perfectas?

Besarlo no era ningún sacrificio para ella. Cuando tocó sus labios contra los suyos, disfrutó de la perfecta mezcla de suavidad y firmeza. Ella no había notado hasta ahora, lo carnoso de sus labios. Pero ahora que chupaba el labio superior en su boca y lo lamía sobre el de ella con su lengua, estuvo plenamente consciente de su perfección.

Maya inclinó su boca sobre la suya, y con una ligera presión de su lengua, los labios de él se entreabrieron. Con avidez, ella entró y lo exploró. Su sabor era tan asombroso como su sangre. Ella sabía que su reacción a él era puramente química. Las feromonas que él emitía, encendían su deseo en ella. Como un instinto ancestral, su cuerpo lo reconoció como la pareja perfecta. Había leído estudios clínicos sobre el proceso químico que producía la lujuria y el deseo, y sabía que le estaba sucediendo. Seguramente eso era todo lo que era, pura lujuria. No podía haber algo más implicado. Apenas sabía algo acerca de Gabriel. Ninguna emoción podría haberse desarrollado en un tiempo tan corto.

Ella lo siguió besando, acariciando su lengua contra la suya, pero su reacción no fue lo que esperaba. Al igual que cualquier hombre dominante, ella esperaba que se hiciera cargo, para que el beso fuera más exigente, pero no lo hizo. Él sólo respondió con un golpe de su lengua contra ella, cuando ella lo convencía lo suficiente. Cuando trató de atraer su lengua dentro de su boca, él se resistió.

Frustrada, Maya se apartó. Ella miró su cara asustada. —¿No te gustó?

Su cara de sobresalto se tornó a confusa. —Por supuesto que sí—, le afirmó.

Ella bajó la mirada incapaz de verlo, mientras le hacía su siguiente pregunta.

—Entonces, ¿por qué no me respondiste el beso?

Su respuesta la tomó por sorpresa. —Si te respondo el beso, no voy a ser capaz de mantener mis manos apartadas.

Desafiante, lo miró a los ojos. —Nadie te está pidiendo eso.

De repente sintió su brazo subir y envolver su cuerpo. —No sabes lo que me estás haciendo.

No, no tenía ni idea, pero sabía lo que Gabriel le estaba haciendo. Él la estaba volviendo loca y lo seguiría haciendo si no la besaba correctamente. —Bésame, Gabriel. Bésame ahora, o juro que yo…

—¿O qué? — él dijo. —¿Me lo negarás? He ganado este beso, y diablos, lo tendré de la manera que yo lo quiero.

Sin darle la oportunidad de responderle, hundió sus labios en ella y tomó su boca con un fuerte beso. Maya se derritió en él. Ahora estaba hablando. No queriendo que él cambiara la opinión sobre el beso, ella hundió sus manos en su pelo y le acarició la sensible zona en la parte posterior de su cuello. Lo sintió estremecerse bajo su tacto.

Mientras su boca la violaba, sus manos recorrían su espalda, acariciándola a lo largo de sus costados, presionándola a su vez, mucho más cerca de él. Estaba claro que podía sentir su erección moviéndose contra ella con cada respiración que tomaba. Ella trató de acercarse más.

Como si él supiera lo que ella quería, tiró del cinturón de su bata y la abrió. Un momento después, metió su mano dentro de la bata y la tocó a través de la fina tela de su camisón. Ella gimió en el momento en que sintió que su mano tocaba su pecho. El calor la inundó y atravesó desde su pecho hasta el centro de su vientre, hasta llegar a su mismo núcleo, encendiendo en llamaradas su clítoris.

Ella se arqueó con su toque. Al mismo tiempo, apretó su vulva contra su erección, arrastrando su sensible carne contra su duro pene. Ella había empapado el camisón que se rosaba entre su vulva y su erección, la cual estaba oculta detrás de su bata de seda. Nunca se había puesto así de húmeda sólo por un beso. ¿Se trataba de un efecto secundario por ser un vampiro, o Gabriel le había hecho eso a ella?

Maya entrelazó su lengua con la suya. Con deleite, se dio cuenta de que había renunciado a todas sus restricciones y la besaba con el abandono imprudente de un hombre hambriento. Cuando retiró su lengua un poco, la de él se fue tras ella, gruñendo profundamente. El sonido se propagó a través de su cuerpo, tocando todas sus células, acariciando su carne.

Con un rápido movimiento, le dio la vuelta, y de pronto se encontró de espaldas hacia los cojines, atrapada bajo su fuerte cuerpo. Su boca no había soltado la de ella ni por un segundo, y ahora enterraba sus caderas contra ella, la erección tras de su bata rozándola a través de su centro. Con cada movimiento, el borde duro pasaba sobre su clítoris. Era más que una simple tentación, era una tortura. Una tortura a la que estaba más que dispuesta a someterse.

Su corazón latía más rápido mientras más terreno tomaba de ella. Las puntas de sus pezones estaban duras por el roce contra su pecho. La boca de Gabriel siguió hasta el cuello y arrastró sus dientes contra su sensible piel. Ella se estremeció.

Cuando le puso la mano en el pecho y tomó su pezón entre el pulgar y el índice, dejó escapar un grito. —¡Oh, Dios, sí! — Lo deseaba, lo necesitaba ahora. Tenía que tenerlo dentro de ella, sin importar nada.

Maya metió sus manos dentro de su bata para acariciar sus musculosos hombros. Su piel estaba caliente y suave, más suave de lo que había esperado. Pero ella no tuvo la oportunidad de concentrarse en eso y en su cuerpo, porque él prodigó sus pechos con una atención que no podía ignorar.

El sonido de la puerta abriéndose, le hizo voltear la mirada, pero no pudo alertar a Gabriel a tiempo.

Mientras Yvette entraba en la habitación, miró en shock, o disgusto, o ambos, Gabriel lamió con la lengua su pezón, haciendo que la tela fuera transparente.

Sólo cuando Yvette dejó escapar un suspiro, giró su cabeza hacia su dirección. Al instante se irguió de su comprometida posición.

—¡Mierda! — Maldijo Gabriel.

12

Gabriel apenas había escuchado las disculpas de Yvette o sus excusas, antes de que se desprendiera de la situación embarazosa e irrumpiera en el dormitorio principal.

Él había perdido completamente el control y había estado a segundos de coger a Maya.

Había sentido otra cosa. Algo andaba mal con su cuerpo. Gabriel tiró su bata para abrirla y se bajó los calzoncillos. Su pene hinchado no era una sorpresa, pero lo que le había sucedido a la carne por encima de él, sí lo era.

La deformidad que sobresalía alrededor de dos centímetros y medio por encima de su pene era una masa de carne y piel normalmente ocho centímetros de largo y cerca de unos tres centímetros de diámetro. Era la razón por la que todas las mujeres retrocedían con horror. Él era un monstruo con un pedazo feo e inútil de carne que se interponía en el camino, cuando quería coger a una mujer.

Gabriel examinó la protuberancia. Estaba cada vez peor.

En lugar de su longitud normal, ahora se salía casi trece centímetros y su grosor había aumentado aproximadamente la mitad. La piel de la punta era arrugada, como si contuviera más capas de piel, todas apiladas unas sobre otras. Soltó la parte ofensiva.

Maya habría gritado con asco, si hubiera tratado de tener sexo con ella en ese momento. Estaba casi agradecido con Yvette, por haber aparecido en un momento tan inoportuno. Su interrupción le había salvado de un rechazo más doloroso.

Y no sólo eso: vergonzosamente había explotado la vulnerabilidad de Maya por besarla y tocarla, cuando él sabía que ella estaba sensible a la rápida excitación debido a la alimentación. No tenía ni idea de eso, pero él, un vampiro con mayor experiencia, lo sabía muy bien. No tenía nada que ver con si se sentía atraída por él o no, se trataba de una mera reacción a la mordedura. Una euforia que ella experimentaría. Era un canalla por aprovecharse de esa manera. Alguien debería molerlo a palos por ser tan idiota.

No tenía idea si estaba realmente atraída por él. La había visto mirar su cicatriz nuevamente, pero su excitación se había hecho cargo de ella, sin darle a elegir lo que ella quería. ¿Cómo podría una mujer mirarlo y encontrarlo atractivo, a menos que estuviese drogada? Y había estado drogada… por su sangre. ¿Por qué más había aceptado su petición de un beso? ¿O era posible que ella se sintiese atraída por él? ¿Era posible que su estado de embriaguez por su sangre no tuviese la culpa, después de todo?

Si tan sólo supiera qué decirle, cómo explicarle sus inquietudes. Pero no era precisamente experto en hablarle con dulzura a una mujer. Demonios, no tenía idea de cómo interactuar con ella. Pero él sabía que tenía que llegar a algo, se lo explicaría. Se disculparía por salir hecho una furia del estudio como lo había hecho.

¿Qué estaría pensando ella ahora mismo? Seguramente debía estar pensando en lo cruel e indiferente que era, cuando era todo lo contrario. Pero si se hubiera quedado, hubiera causado más lío de la situación que ya había. No, él tenía que aclarar su cabeza y llegar a un plan de acción.

Después de unas pocas horas incómodas de sueño, Gabriel salió de la casa tan pronto como se puso el sol, queriendo evitar tanto a Yvette como a Maya. Se enfrentaría a Maya después de su regreso. Pero primero, tenía que hacerse cargo de algunas cosas.

Tan pronto como se fue caminando por las calles oscuras, sacó su teléfono celular y marcó el número de la bruja. Sonó tres veces antes de que contestara.

—Ya te dije que te fueras—, dijo la bruja sin ningún tipo de saludo. Pensó que no era el único que utilizaba el identificador de llamadas y era capaz de memorizar un número de teléfono.

—Por favor, no cuelgues. Te daré lo que quieras si me ayudas—. Esta vez lo decía en serio. La visión de su protuberancia creciendo, le daba miedo. Tenía que deshacerse de ella. Ahora. Él no podía hacer frente a Maya de esa manera. No le daría una razón para rechazarlo. Lo que había sucedido en el estudio entre ellos, le había hecho darse cuenta que la deseaba tanto, que estaba dispuesto a luchar por ella. Lo que fuera necesario.

—¿Cualquier cosa? — La voz de la bruja estaba llena de interés.

Él sabía que era peligroso ofrecerle lo que quisiera. —Cualquier cosa.

Hubo una pausa en el otro extremo de la línea. ¿Había colgado?

—Voy a pensar en ello. Dame un día o dos.

Un clic y se había ido antes de que pudiera decir nada más. Por lo menos ella lo consideraría y no lo había rechazado de raíz como la primera vez. Era un paso en la dirección correcta. Él esperaba que ella le ayudase. La siguiente comida de Maya, era en menos de veinticuatro horas, y si él no podía controlar sus impulsos, entonces volvería a suceder lo mismo.

Él se comprometió a no cobrarle la comida la próxima vez que se alimentara de él. Era mejor no tentar a la suerte y en su lugar, eliminaría su tentación tanto como fuera posible. Sólo con tener que alimentarse de él, le costaría cada gramo de control que tuviera. Un incidente como el que había pasado en el estudio, no podía repetirse. No mientras su cuerpo se viera como estaba.

Poco después de su llamada telefónica a la bruja, llegó al consultorio de Drake y fue llevado a su oficina por su recepcionista que parecía una Barbie.

—¿Cómo está la Dra. Johnson? —, preguntó al instante Drake, en el momento en que entró a la habitación, aparentemente sin sorprenderse en absoluto de ver a Gabriel.

Le tomó una fracción de segundo el darse cuenta a quién se refería por Dra. Johnson. Gabriel no la veía como a un médico. Él sólo la veía como Maya. —Ella se alimentó de mí.

Drake levantó una ceja. —Ya me lo esperaba.

Gabriel se irguió. —¿Disculpa?

El doctor se encogió de hombros. —Ella me dijo que estaba ansiosa de tu sangre. Estaba luchando con eso.

Gabriel lo miró. —¿Y no me lo dijiste? — Sentía la furia aumentar en su pecho. ¿Drake la había dejado sufrir, cuando Gabriel podría haberse ocupado del problema si él lo hubiera sabido? Dio dos pasos hacia Drake.

—Confidencialidad médico-paciente.

—¡A la mierda la confidencialidad médico-paciente! — Gabriel gritó y agarró al médico de su bata blanca. —Ahora tú me escucharás: Cualquier cosa… y me refiero a *cualquier cosa*… que tenga que ver con Maya… tiene que ver conmigo. Todo lo que sabes de ella, me lo dirás. ¿Entiendes eso?

Drake se encogió de hombros y se separó del agarre de Gabriel. —¿Qué es ella para ti?

—Eso no es asunto tuyo.

—Lo es—, el médico no estaba de acuerdo. —¿La vas a ayudar cuando las cosas se pongan difíciles? ¿Lo harás?

—La ayudé a pasar por esto, ¿no es cierto? — Gabriel contestó.

—¡No has visto nada todavía!

—Lo peor ya pasó. Ya atravesó el cambio, y ahora que ha aceptado su necesidad de alimentarse de mí, no veo qué otros problemas podrían haber—. A Gabriel no le gustaban los alarmistas. Si el médico pensaba que podía elevar su cuota inventando algunas dolencias falsas, pronto estaría en el extremo receptor de un puño implacable de Gabriel.

—No, no sé bien *qué* problemas habrán. Pero estoy seguro que *habrá* problemas—. Se secó el sudor de su frente. —Tengo razones para creer que Maya no es del todo humana.

Gabriel soltó un bufido. —Por supuesto que no es humana. Ella es un vampiro.

Drake negó con la cabeza. —Eso no es lo que quise decir. Ella no era del todo humana antes de que fuera convertida.

Le tomó varios segundos, asimilar la información —¿No es humana?

Drake señaló las sillas, y ambos se sentaron. —Dudo que ella tenga idea.

—¿La examinaste? — La idea de que el médico podía haberla tocado cuando habían entrado en el estudio, hizo que el estómago de Gabriel se revolviera.

—No. Ella me dio acceso a sus registros médicos. Miré todas las pruebas que le habían hecho en toda su vida, y te digo, algo no está bien.

Bien… El médico no la había tocado. Eso lo hizo sentirse mejor. —¿No está bien el qué?

—Ella ha estado teniendo ataques de fiebre, desde que cumplió los trece años. Por lo menos una vez al año, a veces dos veces. Los médicos no pueden explicarlo. Lo atribuyen a una gripe o a una infección. Sin embargo, la frecuencia me preocupa.

Gabriel se encogió de hombros. Los humanos son más vulnerables a todo tipo de cosas. No había nada raro en eso. —¿Qué más?

—Le hicieron una prueba genética realizada durante su residencia, parte de un estudio que hicieron para ganar dinero extra—, explicó. —Los resultados son preocupantes.

—Suéltalo ya—, ordenó Gabriel.

—Las pruebas mostraron dos pares adicionales de cromosomas: un total de veinticinco en lugar de veintitrés pares.

—¿Cómo pudo suceder eso? — Gabriel ahora se alegraba de los días de soledad, en los que se había obligado a buscar cosas para ocupar su tiempo. Había dedicado mucho tiempo a mirar programas en el canal Discovery, y por lo tanto tenía un conocimiento básico de los problemas médicos.

—Las notas en la prueba, decían que ellos pensaban que la muestra estaba contaminada y la excluyeron del ensayo clínico. Pero la doctora Johnson… Maya—, se corrigió, —mantuvo los resultados de esos exámenes en su expediente médico. Ella debió haberse preguntado si era eso lo que le causaba fiebre.

—¿No sería posible que el laboratorio que hizo la prueba, estuviera en lo correcto al decir que había contaminación? Podría ocurrir fácilmente. Tú debes saber mejor que yo, con qué facilidad las cosas se contaminan. El error humano es siempre posible—. Gabriel no quería aceptar que había algo malo con Maya. Ella tenía ya suficiente con qué lidiar.

—Eso es lo que yo pensaba también, pero…

—¿Crees que la razón por la que no quiere beber sangre humana está conectada a este problema de cromosomas?

Drake asintió con la cabeza. —Es una posibilidad real. Francamente, nunca he oído hablar de un vampiro que no beba sangre humana. Es verdad que algunos vampiros beben la sangre del otro, pero en general eso es sólo una parte de su vida sexual. Las parejas que tienen vínculo de sangre lo hacen, pero no se excluyen de la sangre humana—. De repente, el doctor lo miró de frente. —Espero que estés bebiendo suficiente cantidad de sangre, mientras ella se alimenta de ti. Tienes que mantener tus fuerzas.

—No te preocupes por mí. Me alimento tanto como mi cuerpo me lo pide.

—¿Cuánto toma de ti? — Drake le dirigió una mirada curiosa.

—Cuanto necesite—. Y para su gusto, la alimentación había sido demasiado corta. Le hubiera gustado disfrutar de esa sensación por mucho más tiempo.

—Bueno, supongo que sabes lo que estás haciendo. Por lo menos esto nos va a ganar algo de tiempo, hasta que pueda averiguar lo que está mal con ella. Como ya he dicho, tengo un presentimiento que tendré que investigar. Tengo que conseguir algo de información sobre sus padres. Dado que cualquier componente no-humano que tenga en ella sería genético, tengo que conseguir un historial médico de sus padres.

Gabriel asintió con la cabeza. —Voy a conseguir sus nombres y direcciones. Pero es probable que tengas que robar la información médica. Thomas te puede ayudar a conseguir el acceso: puede piratear cualquier sistema electrónico. Voy a hablar con él.

—Bueno. Eso me ayudará. Una vez que sepa qué cosas peculiares sus padres sufren, creo que puedo confirmar mi sospecha.

Gabriel se inclinó hacia delante en su silla. —¿Así que hay una sospecha? ¿Qué es?

Drake simplemente negó con la cabeza. —No puedo decirte nada ahora. Si lo hago sin ninguna prueba, lo más probable es que me llamen loco.

—Dímelo. Te lo prometo, no voy a llamarte loco.

—No. Lo primero que necesitamos obtener, es la información sobre sus padres.

A Gabriel no le gustaba que el médico mantuviera sus sospechas para sí mismo.

—Está bien. Pero hay una cosa en la que insistiré.

Drake levantó una ceja.

—Cualquier cosa que encuentres, seré el primero a quien se lo digas. No hablarás con Maya al respecto. Solo yo decidiré si se lo contaré y cuándo. Yo sé mejor lo que ella puede aguantar en estos momentos. Y francamente, no quiero que tenga que lidiar con ninguna otra cosa ahora. Está demasiado frágil como está.

—¿Frágil? —, preguntó Drake. —Ella es un vampiro. No hay nada frágil en eso.

—Ella no está consciente de sus fuerzas, o de sus impulsos. No puede controlarlos. No quiero que nada la altere en este momento.

Drake se levantó. —Como quieras. ¿A quién debo enviarle la factura?

Gabriel gruñó. —¿Qué quieres por esto?

—No te preocupes. Para este trabajo, el dinero está perfectamente bien.

Gabriel se levantó de su silla y caminó hacia la puerta. —Tienes mi dirección.

Antes de que Gabriel abriera la puerta, Drake le preguntó: —¿Habría algo que no harías por ella?

Lanzó una mirada sobre su hombro y miró al doctor. —Sólo haz tu trabajo. Mis sentimientos no te importan—. Pero le importaban a Gabriel.

~ ~ ~

Impaciente, Gabriel llamó a la puerta de entrada de la moderna casa que se encontraba en las faldas de la colina, justo por debajo de Twin Peaks. Las vistas desde la casa tenían que ser impresionantes. Thomas tenía gustos extravagantes. No le sorprendía. Como vampiro que había vivido casi un siglo, él como muchos de sus colegas, había acumulado una gran riqueza.

La puerta se abrió y apareció Thomas en ella, vestido sólo con una toalla alrededor de la parte inferior de su cuerpo, la piel relucía de una ducha reciente.

—Lo siento, Thomas. Debí haberte llamado. Podemos hablar más tarde—, dijo Gabriel.

Thomas le hizo un gesto para que entrara. —Solo entra. Si te presentas sin avisar, supongo que significa que es importante.

Gabriel entró en la casa y cerró la puerta detrás de él. —Gracias. Te lo agradezco—. Sus ojos vagaron por la gran habitación, con su cocina abierta, tratando de evitar mirar el cuerpo medio desnudo de Thomas. Él no conocía a Thomas tan bien como Samson o Amaury lo hacían, sobre todo porque Thomas nunca había vivido en Nueva York y Gabriel muy rara vez se aventuraba fuera del Oeste. Ver a otro hombre parcialmente vestido, normalmente no molestaba a Gabriel, pero era diferente con Thomas. No tenía idea de cuál era el protocolo apropiado al conversar con un hombre gay casi desnudo. ¿Mirarlo? ¿No mirarlo?

—Entonces, ¿qué pasa? — Thomas le preguntó, al parecer muy cómodo en su estado actual.

Gabriel se aclaró la voz. —He ido a ver a Drake. Maya sigue rechazando la sangre humana.

Thomas negó con la cabeza. —Vamos a tener que forzarla si sigue así, de lo contrario morirá de hambre.

—Eso no va a ser necesario. Ella comenzó a alimentarse de mí esta mañana.

—¿De ti? ¿Lo que ella anhelaba era sangre de vampiro? —, dijo Thomas pasando la mano por el cabello húmedo, con el movimiento mostraba su torso musculoso.

El sonido de la puerta de entrada una vez más, hizo que Gabriel a su vez girara la cabeza hacia ella. Reconoció a Eddie ingresando, la mirada de Eddie primero cayó sobre Thomas y se quedó allí por más tiempo del que Gabriel había esperado.

—Ey—, los saludó.

Thomas se limpió la mano en la toalla, mientras volvía a mirar a Eddie. —No sabía que no habías dormido aquí hoy.

Eddie se encogió de hombros. —El tiempo se me fue. Para cuando me di cuenta, ya estaba demasiado cerca el amanecer como para ponerme en camino.

—No me digas que molestaste a Amaury y a Nina, para que te permitieran quedarte.

Eddie le indicó que no. —Dios, no. Los dos lo hacen de día y de noche… nunca conseguiría un poco de sueño—. Sonrió, su rostro joven con hoyuelos y todo. —Quién sabe lo que mi hermana ve en él. Ese tipo es totalmente dominante.

—También lo es tu hermana—, replicó Gabriel.

Thomas se echó a reír. —Así es, amigo. Ella puede igualar a los mejores.

Eddie hizo un gesto desdeñoso. —Lo que sea. Por suerte, Holly me dejó quedarme en su casa.

—¿Holly? — Había un tono cortante en la voz de Thomas. —¿Estás saliendo con Holly?

—¿Holly, la novia de Ricky? —, preguntó Gabriel levantando una ceja.

—Ex-novia—, le corrigió Eddie. —Y no, no estoy saliendo con ella. La mujer es una chismosa total.

Thomas pareció relajarse y le devolvió la sonrisa a Eddie. —¿Acerca de qué está chismeando ahora?

—Estaba tratando de convencerme de que Ricky fue el que rompió con ella, no todo lo contrario, como si remotamente me importara. Te digo, estaba ansioso de ver el atardecer, para salirme de su casa. Ella siguió llenando mis oídos acerca de cómo Ricky aparentemente se había fijado en otra mujer y la había dejado a ella sin miramientos. La próxima vez, te juro que prefiero convertirme en polvo bajo el sol, que refugiarme en su casa.

Eddie se dirigió hacia la puerta que conducía a los dormitorios de la casa. —Voy a ver si puedo pegar el ojo durante una hora. ¿Te parece bien?

Thomas asintió con la cabeza. —Tómate todo el tiempo que necesites. Y toma una ducha, ¿sí? Hueles como una chica.

Eddie olió su camiseta y frunció el ceño. —Maldita sea Holly, ella quema toda esa basura de incienso.

Mientras Eddie pasaba por la sala, Thomas regresó su mirada a Gabriel.

—¿Cómo te va en su tutoría? —, preguntó Gabriel.

—Es un buen chico. Y está aprendiendo rápido. En pocos meses, podrá estar por su cuenta.

Gabriel reconoció tristeza en las palabras de Thomas. —¿Te gusta?

—Como ya he dicho, es un buen chico—. Hizo una pausa. —Y heterosexual. Fin de la historia—. Thomas suspiró. —¿Así que estabas diciendo que necesitabas mi ayuda?

Gabriel se aclaró la voz. La vida privada de Thomas no era de su incumbencia. —Acerca de Maya. Drake no puede explicarse por qué rechaza la sangre humana y bebe de la mía en su lugar.

—Bastardo suertudo—, intervino Thomas y sonrió. Gabriel sabía exactamente a lo que se refería: la excitación sexual que traía el dejar que otro vampiro se alimente de él.

Una sonrisa involuntaria, rodó en los labios de Gabriel, pero se desvaneció con la misma rapidez. —El doctor piensa que algo está mal con ella. Y podría ser genético.

—¿Qué quieres que haga?

—Te necesito para obtener los registros médicos de sus padres. Tenemos que averiguar si tienen defectos genéticos. ¿Puedes hacer eso?

Thomas asintió con la cabeza. —Por supuesto. Permíteme conversar un poco con Maya para obtener los nombres y dirección y debemos…

—Sin dejar que Maya se entere—, interrumpió Gabriel.

—Oh. Bueno. Estoy seguro de que tienes tus razones.

—Las tengo. ¿Puedes hacerlo?

—No hay problema. Voy a llamar a Drake cuando tenga la información lista para él.

—¿Tuviste la oportunidad de hablar con Eddie y James sobre el olor del atacante de Maya?

Thomas dio un suspiro pensativo. —Lo hice. Pero ninguno de ellos pudo precisar nada. Dijeron que el olor era tan débil, que podría haber sido cualquiera. Además, ella estaba sangrando profusamente, los dos estaban tan abrumados por el olor de la sangre humana, que prestaron poca atención a la de los vampiros. Lo siento, Gabriel, estás en un callejón sin salida.

—Ya me lo esperaba. Vamos a intentar otra cosa. Pensé que, si ella estaba saliendo con él, podría haberla llamado, o ella a él—. La palabra *saliendo,* dolía incluso pronunciarla. ¿Podría realmente haber visto algo en ese hombre? —¿Puedes piratear en los registros de su teléfono, tanto en su línea fija como en su celular, y darme una lista de todos con los que tuvo contacto? Une los números con los nombres. Tal vez reconozcamos a alguien.

—Déjame ver qué puedo encontrar.

Gabriel extendió su mano. —Gracias.

Thomas la tomó brevemente.

—Y otra cosa: ¿Puedes relevar a Yvette en la casa antes del amanecer? Ella necesita un poco de descanso—. Después del embarazoso encuentro al principio del día, Gabriel era el que necesitaba un poco de distancia de ella. No estaba interesado en enfrentarla en estos momentos.

—Déjame adivinar. Las mujeres no se llevan bien.

Gabriel se encogió de hombros. —No me preguntes. ¿Qué diablos voy a saber yo sobre las mujeres?

Thomas se echó a reír y le dio una palmada en el hombro. —Mucho más que yo, eso es seguro.

13

Fiel a su palabra, Thomas se presentó en la casa dos horas antes del amanecer y cambió turno con Yvette, que parecía aliviada al poder salir de la casa.

Después de su excursión para ver a la bruja y a Drake, Gabriel había hablado con el editor de *Las Crónicas de Vampiros de San Francisco* y se aseguró que Zane recibiera una lista de todos los vampiros machos en San Francisco.

Ahora Gabriel estaba en la cocina, tragando una botella extra de sangre. Tendría que alimentar a Maya pronto. Ella no había dicho nada acerca de tener hambre, de hecho, prácticamente lo había evitado desde que había regresado.

Se preguntó si ella estaría enojada con él, cuando se diera cuenta de que él se había aprovechado de ella. Desafortunadamente, él no podía saber con seguridad si le gustaba o no, o si su excitación había sido un mero subproducto de la alimentación.

Maldita sea, aún podía saborearla, incluso ahora, después de cerca de veinticuatro horas.

—Oye, ¿qué está pasando? — Una familiar voz masculina provenía de la puerta de la cocina.

Gabriel se dio la vuelta. Debería haber escuchado a Ricky entrar, pero, obviamente, sus pensamientos estaban demasiado lejos. A pesar de que Ricky había usado probablemente su llave para abrir la puerta principal, Gabriel debió por lo menos haber oído abrir y cerrar la misma, o por lo menos los pasos de Ricky. ¿En qué tipo de guardaespaldas se estaba convirtiendo?

—No te esperaba aquí—, respondió Gabriel. ¿No debería Ricky estar en algún antro de perdición ahogando sus penas por la ruptura de su relación?

Ricky se encogió de hombros. Su pelo rojizo y pecas, parecían brillar. —Me aburro demasiado cuando no hago nada. Escuché que era posible que necesitaras algo de ayuda para proteger a un nuevo vampiro. Pensé que podía ayudar.

Gabriel asintió con la cabeza. Él necesitaba toda la ayuda posible. Con Thomas ocupado ayudando a Drake a buscar en el historial médico de Maya (una tarea que estaba realizando en ese momento en el estudio de Samson), y Zane aún estaba fuera en la misión de reconocimiento a la cual Gabriel lo había enviado, nadie más estaba disponible para investigar otros aspectos del ataque.

—En realidad, ya que Zane está buscando en la zona más vulnerable de la sociedad, para obtener cualquier información sobre los delincuentes, podría necesitar un hombre más.

Ricky sonrió. —Supongo que Zane se ofreció voluntariamente para su trabajo favorito de nuevo: golpear a la gente. Nos deja al resto de nosotros fuera de cualquiera de las cosas divertidas, ¿eh?

Gabriel sólo frunció el ceño. —En este caso, no me importa a quién golpee, siempre que venga con resultados.

—Sé que Zane lo hará. Así que, ¿necesitas ayuda? ¿Necesitas una mano extra cuidando la casa?

—No. Prefiero que investigues algo para mí. Ella conocía a su atacante y…

—Bueno, entonces supongo que ya lo tienes bajo control—. Interrumpió Ricky y se inclinó casualmente contra la isla de la cocina. —Sólo es cuestión de encontrar dónde está escondido el hombre entonces.

Gabriel se frotó el cuello. —Me temo que no es tan fácil. Borró su memoria.

—Qué mal, pero eso era de esperarse, ¿verdad? —, respondió Ricky. —¿Y ahora qué? ¿Cómo lo encontrarás? ¿Qué quieres que investigue?

Gabriel sabía que había un camino que no había tenido la oportunidad de explorar. Mientras que el rufián había limpiado la memoria de Maya sobre él, no habría podido limpiar la memoria de todos los demás, especialmente si no sabía quién más sabía de él.

—Vamos a hablar con Maya. Creo que nos puede ayudar con esto—. Abrió la puerta de la entrada.

—Pero, ¿no acabas de decir que borró su memoria? —, preguntó Ricky.

—Es correcto. Pero apuesto que *sólo* la de ella—. Metió la cabeza hacia el pasillo. — Maya, ¿puedes venir abajo por favor? — Él sabía que ella lo oía… que cumpliera era otra cosa.

Cuando oyó sus pasos en el piso de arriba bajando, sabía que tendría que verla, pero él no podía fingir que nada había sucedido entre ellos.

Cuando Maya llegó al pie de la escalera y se volvió hacia él, el aliento de Gabriel se atrapó en su pecho. Su corazón latía contra sus costillas, como si quisiera alcanzarla. Dios, estaba metido en grandes problemas… No había manera que él fuera capaz de mantenerse alejado de ella por mucho tiempo. Ella era como un imán, y él un simple clavo de hierro, sin una gota de resistencia.

Él la miró a la cara y vio como bajaba sus párpados, como queriendo evitar su mirada.

—Maya—, dijo en voz baja, porque no quería que nadie lo oyera. Lo que tenía que decirle era privado. —Tenemos que hablar sobre lo que pasó antes.

~ ~ ~

Maya tomó una respiración profunda. No estaba lista para hablar con él todavía. Cuando había huido del estudio con una mirada de pánico en su cara, ella se había sentido más avergonzada que nunca antes en su vida. Había estado a punto de cogerlo allí en el sofá del estudio. Había estado a punto de devorárselo sin considerar lo que podría pensar sobre ella. Pero ahora, lo que él pensaba le importaba. ¿Creería que era fácil?

—Gabriel, no sé qué decir—, ella balbuceó. ¿Estaba ruborizada? ¿Podrían ruborizarse los vampiros? Esperaba que no, ya que, si pudiesen hacerlo, las mejillas estarían de un rojo intenso, rojas como la sangre de Gabriel.

Ahí está, eso era todo en lo que podía pensar: su sangre, su boca, sus manos sobre ella, la forma en que su erección se había apretado contra ella. Otra ola de calor llegó a sus sentidos. Ella no podía convertirse en un tembloroso lío, como si fuera una virgen.

—Quiero pedirte disculpas—, dijo. —No debería haber huido como lo hice.

Ella le indicó que no importaba. No quería disculpas. Lo que quería saber era si había sentido algo cuando la había besado, o si había sido sólo una reacción típicamente masculina. ¿Le gustaba? ¿Quería más de ella? De repente, las palabras de alerta de Yvette sonaron en sus oídos: un hombre vampiro sólo quería vincularse con una mujer humana que pudiera tener hijos. Lo único para lo que ella era buena, era para el sexo. ¿Era así como también la veía Gabriel?

Ella le lanzó una rápida mirada, pero no pudo tener el coraje de preguntar. —Está bien— Entonces, ella aclaró su voz. —¿Me has llamado?

—Sí, ¿puedes venir con nosotros a la cocina, por favor?

Maya sintió al otro vampiro en el momento en que dio un paso hacia la cocina. La sacudió una sensación de inquietud, entró por la puerta que Gabriel mantenía abierta para ella y forzó una sonrisa. El hombre que estaba tranquilamente apoyado en el mostrador de la cocina, era unos diez centímetros más bajo que Gabriel. Su pelo rojizo era ligeramente rizado y sus ojos eran de un marrón apagado, no como los ojos marrones brillantes de Gabriel. ¿Acaso tenía que comparar a cada hombre con Gabriel?

Enderezó su columna vertebral, miró a Gabriel, que había llegado a la cocina detrás de ella y le dio una mirada inquisitiva.

—Él es Ricky O'Leary. Es el director de operaciones de Scanguards, y se ofreció a ayudarnos a encontrar al delincuente.

Maya extendió la mano y la estrechó. —Encantada de conocerte—, dijo de forma automática. Cuando soltó su mano, sintió por una fracción de segundo, la vacilación de soltar la de ella. Él la miraba como lo hacía ese vampiro calvo, Zane.

Maldita sea, ¿todos la veían como carne fresca para el sexo?

Sintió a Gabriel acercarse más a ella, antes de dirigirse a ella de nuevo. —Creo que podría haber otra forma de tener una pista sobre el rufián. Pero vamos a necesitar tu ayuda con esto.

—Por supuesto. Pero pensé que ya habías mirado todos mis recuerdos y no habías encontrado nada—. ¿Qué más necesitaba de ella?, no lo sabía. Si hubiera sabido algo más, ella ya se lo habría dicho. Ella quería encontrar a ese imbécil, más que nadie.

—Sí, tus recuerdos. Pero ¿qué hay de tus amigos? —Con una sonrisa enigmática, continuó, —Tenemos que saber cuáles de tus amigos, podrían haberlo conocido. Mira, él borró tu memoria, pero no puede saber a quién le contaste sobre él. Puede ser que nos ayuden a identificarlo.

—Gran idea, Gabriel. Yo no había pensado en eso —, elogió Ricky.

Gabriel metió su mano en el antebrazo de ella. ¿Por qué tenía que tocarla de esa manera? ¿No se daba cuenta que su contacto le quemaba la piel como un hierro candente? ¿Tenía alguna idea de que un solo toque de él, le hacía desear que su mano recorriera todos los rincones de su cuerpo?

—Maya, ¿nos puedes decir a quién le podrías haber contado algo acerca de él? Si estabas saliendo con él, y luego lo rechazaste, ¿lo habrías discutido con alguna de tus amigas?

—Sólo hay dos personas con las que discutiría sobre hombres: Paulette y Barbara. Esas son las únicas dos que eran cercanas a mí. Estoy muy segura que, si hubiera tenido alguna cita, se lo hubiera dicho a una de ellas. Y si lo rechacé, y él era un imbécil o algo así, puedes estar seguro de que nos pasamos una tarde entera con una botella de vino refunfuñando de él.

Gabriel le dirigió una mirada sorprendida, pero Maya solamente se encogió de hombros. Es lo que hacían las mujeres. ¿Acaso no sabía eso?

Ricky se aclaró la voz. —Bueno, eso es genial. ¿Por qué no empezar con ellas? Dame sus nombres completos y donde puedo encontrarlas, y yo iré a investigar lo que saben. Estoy seguro que nos pondrán en el camino correcto.

—Buena idea—, coincidió Gabriel. —Asegúrate de no ser demasiado visible. No quiero que nadie sospeche nada. Ellas no saben lo que ocurrió con Maya, y nosotros no queremos ninguna pregunta.

—No soy un aficionado, como bien sabes. Confía en mí, yo me encargo de eso—, le aseguró Ricky y miró a Maya. —Entonces, ¿dónde puedo encontrar a tus dos amigas?

Tomó un bloc de notas sobre el mostrador. —Déjame escribirlas para ti. Paulette es más fácil de encontrar. Su horario es bastante regular, por lo que en la noche es probable que la encuentres en casa—. Ella escribió las direcciones de sus amigas en el papel.

—Barbara en cambio, es bastante irregular, por lo que, si no está en casa, la encontrarás en el hospital—. Ella miró a Gabriel. —¿No debería quizás llamarlas y hablar con ellas?

Gabriel negó con la cabeza. —¿Y qué les dirás? Te van a arrastrar a una conversación y no tendrás respuestas para todas sus preguntas.

—Pero, ¿qué te hace pensar que les dirán algo a Ricky? Sin ánimo de ofender…—Se volvió hacia Ricky. —…pero eres un extraño para ellas.

Ricky sonrió. —No te preocupes por eso. Tengo un don especial.

¿Otro vampiro con un don especial?

Gabriel sonrió. —Tiene razón. Ricky puede disipar las dudas en las personas. Es por eso que es tan bueno en su trabajo. Cada vez que alguien se pone en dudas, Ricky usa su don para hacer que desaparezcan. Es como un poco de control mental, pero funciona en cualquiera, incluso en vampiros. Y nos ha ayudado muchas veces para resolver situaciones difíciles y ponerlas bajo control y evitar el pánico de masas.

—¿Pero no se dan cuenta de lo que él está haciendo? — Sonaba Maya preocupada.

—Esa es la belleza del don de Ricky—, respondió Gabriel por el otro vampiro, —ni siquiera se darán cuenta de lo que está pasando.

—Eso es correcto. Así que no te preocupes por eso—, dijo Ricky con calma y se llevó el pedazo de papel. —Voy a mantenerlos informados.

—Gracias, Ricky, te lo agradezco mucho—, dijo Gabriel y estrechó la mano de Ricky, mientras que Maya seguía tratando de procesar la información. Al parecer, todos los vampiros tenían una especie de don especial para hacer frente a su suerte. Gabriel podía ver los recuerdos de otras personas, Ricky podía disipar las dudas. ¿Tenían Thomas e Yvette, dones especiales también? ¿Y Zane? ¿Acaso ella desarrollaría uno también?

Un momento después, Ricky se había ido. Estaba sola con Gabriel. Ella estaba caliente y encontró difícil el respirar. Quería hablar con él acerca de lo que había sucedido. Para obtener respuestas. Pero ella había sentido algo trepando sobre ella antes. Ahora lo reconocía por lo que era.

La fiebre estaba volviendo.

~ ~ ~

Maya estaba en el centro de la cocina viéndose como un ciervo a punto de desbocarse. Gabriel se preguntó cuánto la había asustado con su comportamiento, que ella no podía soportar estar a solas con él. Quería hacer las paces con ella, pero no sabía por dónde empezar. Tenía miedo de que lo que le dijera fuera algo equivocado.

—¿Tienes sed? —, preguntó, tratando de acabar con el silencio entre ellos.

—No. Estoy bien. No tengo hambre—. ¿Realmente no tenía hambre, o simplemente ella misma se negaba porque no quería alimentarse de él, en un entorno tan íntimo?

—Puedes alimentarte de la muñeca en lugar de mi cuello, si eso te hace sentir más cómoda—, le ofreció. Sería menos íntimo, pero, aun así, crearía la misma excitación en él, así como en ella.

Maya se volvió hacia la puerta. —No tengo hambre. No me siento muy bien ahora. Tal vez me está dando algo.

Él la detuvo cuando ella abrió la puerta. — ¿Dándote algo? Maya, ya te lo dije, los vampiros no se enferman—. ¿Tenía que mentir tan descaradamente sólo para salir de su presencia?

—Bueno, no sé sobre los otros vampiros, pero me siento mal, así que, si no te importa, me gustaría descansar—. Sin darle otra mirada, salió de la cocina.

Dio dos pasos y él la siguió hasta el pasillo, donde la vio subir las escaleras. Mierda, realmente lo había arruinado con ella. Debería aclarar las cosas con ella, decirle que todo lo que estaba pensando de él, probablemente estaba equivocada. Por supuesto, él no tenía la menor idea de lo que estaba pensando. Pero podía adivinarlo. Después de salir del estudio, todavía con su excitación, cuando Yvette los había interrumpido, probablemente se sentía indignada con él.

—Gabriel—, la voz de Thomas provenía del estudio.

Se dio vuelta y respondió: —¿Sí? ¿Nada en los registros del teléfono?

—Desafortunadamente, AT&T tiene un problema con sus servidores… los han apagado por mantenimiento de emergencia. No puedo entrar en ellos en este momento. Estimaron que podría tomar hasta doce horas.

—Demonios—, maldijo Gabriel.

—Pero he examinado los archivos médicos.

Gabriel se acercó al estudio, en donde Thomas estaba contra el marco de la puerta. Cerró la puerta detrás de ellos. —¿Qué encontraste?

Thomas negó con la cabeza, la frustración estaba claramente escrita en su cara.

—Nada. Míralo por ti mismo. Ambos están tan limpios como el agua. No hay defectos genéticos. Maya no lo ha heredado de sus padres.

Thomas se hizo a un lado para que Gabriel echara un vistazo a la computadora. Desplazándose a través del archivo, examinando una página tras otra. El padre de Maya había tenido unos cuantos huesos rotos, una operación de apéndice, pero nada más. El archivo de su madre era un poco más denso, pero nada le parecía extraño. Algunas alergias, infecciones ocasionales, algunas notas de un ginecólogo, un tobillo roto.

Gabriel dio un puñetazo sobre la mesa frustrado. —¿Cómo puede ser eso?

Thomas se encogió de hombros. —No estoy seguro. El médico no puede explicarlo. Estaba seguro de que tenía que ser heredado. ¿Tal vez un defecto de nacimiento?

Gabriel miró hacia atrás en el archivo de su madre. —Vamos a ver lo que el ginecólogo dice aquí—. Él buscó a través de las notas, hasta que se dio cuenta. No podía ser, pero estaba allí. —Su madre tuvo una histerectomía.

—¿Cáncer?

—Sí.

—La quimioterapia pudo haber hecho algo en Maya—, reflexionó Thomas.

Gabriel miró la fecha de la nota y de repente miró a Thomas. —Le extirparon el útero *antes* del nacimiento de Maya. Maya no es su hija.

Un aturdido Thomas, exhaló bruscamente. —¿Adoptada?

Gabriel reflexionó. Hace más de treinta años, la maternidad subrogada no era tan frecuente como en la actualidad, lo que significaba que su padre probablemente no era su padre biológico tampoco. —Probablemente—. Mientras lo decía, se acordó de las fotos en la sala de Maya. —Debí haberlo descubierto antes. Vi las fotos de sus padres. No se parecían en nada a ella. La piel de Maya es mucho más oscura que la de sus padres, ellos son rubios y su tez es mucho más clara. No hay manera de que ella pueda ser su hija biológica.

Él miró a Thomas. —Tenemos que encontrar a sus verdaderos padres. Sólo entonces podremos entender lo que está mal con ella.

—Creo que tendremos que preguntarle si sabe que es adoptada.

Gabriel negó con la cabeza. —Vamos a esperar. Verificaremos primero los registros de adopción. Comienza con los Servicios Sociales y veremos lo que podemos obtener. No quiero decirle acerca de su anormalidad genética aún, ya tiene suficiente de qué preocuparse. Prométeme que no le mencionarás nada.

—Es tu elección Gabriel, pero tendrás que decirle en algún momento. Y entre tú y yo, cuanto antes mejor. A las mujeres no les gusta cuando piensan que les han mentido.

—¿Qué es lo que de repente te hace un experto en mujeres?

Thomas se encogió de hombros. —Es sentido común—. Después de una breve pausa, añadió: —Y también puede que quieras decirle lo que sientes por ella, en lugar de guardártelo.

Gabriel soltó un resoplido. ¿Era tan obvio lo que sentía? Y si Thomas se había dado cuenta, ¿significaba que Maya también lo había notado? ¿Era por eso que lo estaba evitando? ¿Acaso no quería su atención? —No me acuerdo haberte pedido un consejo sobre mi vida privada.

Su colega sonrió. —Prerrogativa de un hombre gay.

—Y, además, no hay nada entre ella y yo—. ¿A quién engañaba?

—Mm—, contestó Thomas.

14

Gabriel no quería dormir. Era media mañana y la mayoría de los vampiros estarían en sus camas. En su lugar, se sentó en el sillón de la sala, mirando al crepitante fuego lento en la chimenea. Maya no lo había llamado para alimentarse de él. La había escuchado, y pensaba que ya debería tener sed, pero no se lo había pedido. Supuso que estaba enojada con él. Tenía que hacer algo al respecto, pero no sabía qué.

Había utilizado su vulnerabilidad y la había explotado sin preocuparse por su bienestar. Como si ella no tuviera suficiente con hacer frente al hecho de ser un nuevo vampiro. Ella no debería tener que estar luchando contra un vampiro lujurioso, que no quería nada más que entrar en sus bragas.

¿Por qué de repente se había puesto tan agresivo en su vida sexual? Durante todos esos años, nunca había tenido problema manteniéndose bajo control. En realidad, nunca había perseguido a una mujer antes. Nunca le había importado. Sí, él siempre había querido una compañera, una mujer para abrazar, una mujer con quien tener sexo, pero había estado bien tomando lo que pudiese conseguir y pagando por el resto.

Por supuesto, la soledad había empezado a llegarle, y por eso se puso en contacto con Drake, pero al mismo tiempo tenía un deseo de deshacerse de la deformidad horrible, algo sobre lo que nunca antes había tenido tanta urgencia. Ahora ya no veía la hora de deshacerse de la maldita cosa por una razón y tan sola una razón: para poder ir hacia Maya como un verdadero hombre y cortejarla. Por supuesto, todavía quedaba la fea cicatriz en su rostro.

Una mujer como Maya podría tener a cualquiera, alguien mucho mejor que un hombre como él. Una vez que ella se hubiera adaptado a su nueva vida, ella tendría todo tipo de ofertas de los vampiros elegibles en la ciudad. Si no hacía un movimiento con ella ahora, tendría incluso menos oportunidad después, cuando toda la competencia llegara.

Tenía que intentarlo ahora. Un rayo de esperanza se había despertado, cuando ella había respondido con tanta pasión en el estudio. Esperaba que no todo hubiera sido debido a la alimentación. Tal vez había una pequeña parte de atracción que sentía por él. O ¿por qué aceptaría su demanda de un beso? Él no podía renunciar a su lucha por ella, en todo lo que podía aferrarse era en ese pequeño rayo de esperanza.

Gabriel cerró los ojos e imaginó lo que sería sentir el amor de Maya, saber que a ella le importaba él. Sabía que se estaba torturando al soñar despierto de esa manera, pero no podía dejarla ir, no cuando le llenaba su corazón de calidez y orgullo. Todo era un sueño:

llamar a Maya su mujer, amarla día y noche, vivir con ella, compartir un hogar y reír juntos.

Era el destino lo que los había unido, y si bien estaba renuente a creer en el destino, quería creer que estaban destinados a encontrarse, porque él se había dado cuenta de una cosa: que se estaba enamorando de una mujer demasiado hermosa, y aún así era perfecta para él en todos los sentidos.

Un suave golpe en la puerta, le hizo volver su cabeza con rapidez. ¿Quién vendría a la casa de un vampiro durante el día? Tenía que ser un humano. Gabriel se levantó y caminó hacia la puerta. Inhaló. O una bruja.

Miró por la mirilla y supo que era la señorita LeBlanc, la bruja que hace poco le había disparado una ballesta. Parecía que esta vez no estaba armada.

—¿Vas a abrir la puerta, vampiro, o debo irme? —, dijo a través de la puerta.

¿Cómo podía saber que él la estaba mirando?

—Voy a quitar el seguro. Luego cuenta hasta tres y entra, estaré en la primera habitación a la izquierda.

Gabriel dio vuelta la llave en la cerradura y dio un paso atrás en la sala, cerrando la puerta detrás de él, para que la luz del exterior no penetrara en la habitación a oscuras. No sólo las ventanas de la fachada estaban hechas de un vidrio polarizado especial, sino que también había cortinas gruesas que las cubrían de la luz y si bien no bloqueaban toda la luz, eran lo suficientemente oscuras como para ser seguro para un vampiro.

Un momento después, oyó que la puerta se abrió. Cuando ella se le unió en la sala de estar, él le señaló el sofá. Se veía menos imponente hoy, desarmada como estaba. Vestía un traje formal, podría haber engañado a cualquiera, que ella era un ser humano ordinario. Si tuviera que adivinar, habría calculado su edad alrededor de los treinta años. Era atractiva y para su sorpresa, una sonrisa se pintaba en su boca.

—Esta es definitivamente la primera vez—. Ella miró a su alrededor. —Así que, esta es la forma en que ustedes viven.

—La casa pertenece a mi jefe. Y, no, no vivimos en cuevas o dormimos en ataúdes.

—Dejemos las cortesías, creo que sabes por qué estoy aquí.

Él asintió con la cabeza. —Me ayudarás con mi problema.

—Dijiste que me darías lo que quisiera.

Gabriel se encogió. Él lo había dicho, y cumpliría su palabra. Ahora la pregunta era, ¿qué quería? —Sí, lo hice.

—Drake mencionó tu don.

—Supuse que no podía mantener esa pequeña pieza de información para sí mismo. ¿Qué pasó con la confidencialidad médico-paciente?

Ella dio un pequeño resoplido. —No estoy aquí para hablar de Drake y su ética—. Hizo una pausa. —O… la falta de ella.

—Me parece justo. ¿Qué puedo hacer por ti? —Como si no lo supiera ya.

—Usar tu don. Por una sola vez.

Él asintió con la cabeza y esperaba que lo que fuera a hacer con los recuerdos que extrajera de su víctima, no causaran dolor a nadie.

—Bueno, entonces estamos de acuerdo. Ahora, a tu problema. Dime qué es tan importante que quieres tratar con gente de mi clase—. Ella se inclinó hacia delante en el sofá y lo miró con expectación.

Gabriel tragó saliva. Esto sería vergonzoso.

~ ~ ~

Maya se quitó las colchas de encima. En el lugar había un calor sofocante. El camisón de seda roja, se pegaba a su piel húmeda. Pequeñas gotas de sudor se formaban, partiendo de su garganta y corrían por entre sus pechos.

Ella sabía que era la fiebre, pero había esperado que, siendo un vampiro, no se sentiría mal nunca más. ¿No le había dicho Gabriel que los vampiros no se enfermaban? Sin embargo, la fiebre se había presentado otra vez, y ésta vez era peor de lo que había sido antes. Su piel estaba caliente al tacto, sus entrañas ardían, y había comenzado hace apenas una hora. Ya había sentido comenzar el aumento de temperatura durante la conversación con Ricky y Gabriel, y esperaba que se detuviera. Pero no fue así.

Tenía que hacer algo al respecto, tenía que enfriar su cuerpo para no quemarse. Con las piernas temblorosas se tambaleó al pie de la cama. Cada paso que daba dolía y contribuía al calor en su cuerpo, como si echaran más leña al fuego. Su cabeza le daba vueltas mientras trataba de enfocarse en la puerta del baño. Una ducha fría, ella tenía que tomar una ducha fría.

Un paso y otro más, la acercaban al cuarto de baño, pero su instinto le decía que no iba a funcionar. En el fondo ella sabía lo que su cuerpo necesitaba y anhelaba. Siempre lo supo, pero no quería admitirlo.

La fiebre le hacía desear el toque de un hombre. Desde que la fiebre había comenzado cuando tenía trece años, todo en lo que ella podía pensar era en que un hombre la tocara, la besara, la cogiera. Nunca se había dado por vencida, y siempre dejaba el dolor atrás. Los médicos no habían sido capaces de explicarlo y lo descartaron como que había podido recoger algún virus exótico en algún lugar, como la malaria. Sin embargo, nunca había estado en ningún sitio, y los análisis de sangre habían dado negativos.

Su propia investigación de su condición, había terminado en un callejón sin salida. Y las fiebres continuaban varias veces al año. A veces suaves, otras más fuertes. Y siempre estaban acompañadas por sus ansias de sexo.

Esta vez eran peores. Ahora sabía que sólo había un hombre que podía apagar el fuego en su cuerpo: Gabriel. Su cuerpo no escuchaba más a su cerebro y cambió de dirección. En vez de continuar hacia el cuarto de baño donde el agua fría la esperaba, sus piernas temblorosas la llevaron hacia la puerta de la habitación.

Su respiración se aceleró. Necesitaba más y más oxígeno, para hacer trabajar a su cuerpo. No era suficiente. Ella no llegaría, no esta vez.

Maya tomó la manija de la puerta, la giró y la abrió. Manchas negras aparecieron delante de sus ojos, y cuando la puerta se giró hacia ella, perdió el equilibrio.

~ ~ ~

Gabriel se desabrochó el cinturón para mostrarle a la bruja en dónde él necesitaba ayuda, cuando un fuerte golpe del piso de arriba lo sobresaltó. Corrió hacia la puerta y miró hacia el pasillo, donde vio a Thomas corriendo escaleras arriba.

El pánico se apoderó de él. Sin pensarlo dos veces, dejó a la bruja y corrió tras Thomas. Llegó a la puerta del cuarto de huéspedes, segundos después de Thomas. Allí, junto a la puerta abierta estaba Maya tendida en el suelo, su piel brillaba, su camisón corto de color rojo pegado a ella.

Antes de que Thomas pudiera tocarla, Gabriel estaba a su lado y la tomó en sus brazos. —Maya, ¿me escuchas?

Mientras sostenía su delgado cuerpo junto al suyo, podía sentir el calor emanando de ella.

—¿Qué pasa con ella? —, preguntó Thomas, con su voz llena de preocupación.

—Está ardiendo.

—¿Crees que es la fiebre?

Gabriel se preguntó por un segundo cómo Thomas sabía de eso, se dio cuenta de que él había hablado con Drake cuando revisó los expedientes médicos. —Parece que sí. No lo entiendo. Cualquier enfermedad que pudiera haber tenido como ser humano, debería haber sido erradicada por la transformación.

Thomas asintió con la cabeza. —Será mejor que llame al doc.

—Yo puedo ayudar—, dijo la bruja desde la puerta. Gabriel no notó que los había seguido.

Al instante, Thomas se levantó desde su posición de cuclillas y le dio una mirada hostil a la mujer, listo para atacar.

—Thomas, está bien. Ella está aquí para ayudar.

—¿Dejaste que una bruja entrara en la casa de Samson?

Gabriel no tuvo la oportunidad de responder. —¿Te apartarás de mi camino, vampiro—, se dirigió ella a Thomas, —para poder ayudar a esa mujer? ¿O hablamos de los problemas entre las dos especies, mientras ella se quema?

Sin decir una palabra, Thomas se hizo a un lado y dejó que entrara en la habitación.

—Llévala a la cama. Quiero examinarla —, dictó la bruja.

Gabriel se levantó, agarrando a Maya más cerca entre sus brazos. A medida que caminaba, sintió de repente que ella movía la cabeza hacia el hueco de su cuello. Un momento después, su lengua lo lamía, lo que daba un agradable hormigueo en su piel. Entonces sintió los dientes. Apenas llegó a la cama, antes de que sus colmillos se alojaran en su cuello y comenzara a mamar.

Se sentó en el borde de la cama, sosteniéndola en sus brazos mientras ella se alimentaba. Tal vez se había derrumbado a causa del hambre, pero Gabriel sabía instintivamente que no era esa la respuesta. Otra cosa andaba mal con ella.

—¿Ella bebe tu sangre? —, preguntó la bruja, con su voz llena de incredulidad.

Gabriel la miró mientras ella los observaba. —Se niega a tomar sangre humana—. Sus ojos buscaron a Thomas. —Thomas, trae a Drake aquí.

—Es de día—, comentó la bruja.

—No importa—, contestó Thomas. —Voy a enviar una camioneta sellada con uno de nuestros guardias humanos—. Dejó que sus ojos miraran a la bruja de arriba a abajo.

—¿Estás seguro que estarás a salvo con ella?

—La señorita LeBlanc, no quiere hacernos daño a ninguno de nosotros, confía en mí.

Thomas se encogió de hombros. —Si tú lo dices—. Y luego, dejó la habitación.

La bruja se aclaró la voz, lo que llevó a Gabriel a mirarla. —¿Cuánto tiempo se alimenta?

—Mientras lo necesite—, respondió Gabriel. Él pasó su mano para acariciar el cabello y los hombros de Maya, suprimiendo la necesidad de tocarla íntimamente. Ya en ese momento estaba excitado, y la presencia de la bruja en la sala no hacía nada para frenar ese hecho. Sólo su sentido de proteger la dignidad y privacidad… más para Maya que para él mismo, lo hacían detenerse de devorarla con sus manos.

Parecía una eternidad antes de que Maya soltara su cuello y lamiera sobre las incisiones para cerrarlas. Con cuidado, la soltó de sus brazos y la colocó sobre la cama. Sus ojos estaban cerrados. Mientras alejaba las manos de ella, su cuerpo comenzó nuevamente a retorcerse. Gemidos salían de sus labios, lo que indicaba que tenía dolor.

—Parecía más tranquila en tus brazos—, comentó la bruja.

También lo parecía para Gabriel, pero él no podía estar seguro.

—Haz algo por mí—, ordenó la bruja. —Ponla en tus brazos otra vez.

—¿Cuál es el propósito? —, ¿Además de ponerse todo caliente y excitado otra vez?

—Tengo que ver cómo reacciona.

Gabriel hizo lo que le pidió y tomó a Maya en sus brazos. Su dolor se detuvo, pero frotaba su cuerpo contra él. Se sintió avergonzado cuando se dio cuenta de que Maya se frotaba contra él, con sus manos directamente dirigiéndose hacia la ingle. Él no pudo reprimir su propia excitación, con su acción. Con la esperanza de que la bruja no hubiera visto los gestos subconscientes de Maya y tratando de proteger su modestia, quitó sus manos y las puso en su pecho.

—Eso es interesante—. Tanto por su dignidad y la dignidad de Maya, la bruja había visto exactamente lo que Maya inconscientemente estaba tratando de hacer con él. —¿Son ambos, amantes?

Gabriel le dirigió una mirada molesta. —No. Por lo que te dije antes, creo que sabías que no tengo un amante.

—Así que ella es la razón por la cual quieres que te ayude con tu problema—, lo descubrió ella.

No le gustaba que sondearan su vida personal. —Es irrelevante la razón por la que quiero tu ayuda. Te estoy pagando, ¿no?

—Guau, eres delicado. Sólo demuestra mi punto—. Ella se encogió de hombros y puso su atención en Maya. —Suéltala.

Una vez más, Maya daba vueltas y vueltas. Tenía la piel enrojecida. Más sudor se acumulaba en su frente, cuello y pecho. Sus pezones estaban claramente visibles a través de la húmeda tela, y sintió la necesidad de proteger su modestia. Mientras le ponía la sábana para cubrirla, la bruja se lo impidió.

—Sé que quieres protegerla, pero está lo suficientemente caliente. Confía en mí vampiro, eres el único que está en la sala mirando su cuerpo.

Gabriel le gruñó, pero no tenía respuesta para su... desafortunadamente... precisa evaluación. Miró a lo lejos. —¿Puedes imaginar lo que le pasa?

—Tengo una sospecha, pero me gustaría conversar con Drake cuando llegue aquí.

~ ~ ~

En el momento en que Drake llegó media hora más tarde, el estado de Maya había empeorado. Su temperatura corporal era candente, tenía dificultades para respirar, y estaba claramente con dolor. Pero todo ese tiempo, no había abierto sus ojos ni una sola vez. Ella estaba delirando.

—¿Qué pasó? —, preguntó Drake mientras entraba en el dormitorio.

Gabriel negó con la cabeza. —No sé. Ella me dijo que parecía que se estaba enfermando y se fue a la cama sin alimentarse de mí. Unas horas más tarde sufrió un colapso.

—¿Se ha alimentado desde entonces?

—Sí, pero su condición no mejora. La situación está empeorando cada segundo.

Drake se inclinó sobre la cama y miró a Maya, le tocó la frente, y miró sus pupilas. Hasta ese momento, pareció darse cuenta de la bruja, que se había puesto de pie junto a la chimenea y se acercaba ahora a la cama.

—Ah, Francine, qué sorpresa verte por aquí.

—Drake.

—¿Alguna idea? —, preguntó y señaló a Maya.

—De hecho, sí.

— ¿Te importaría compartirla?

Ella asintió con la cabeza. —Discúlpanos un momento, vampiro—, le dijo a Gabriel y le hizo señas a Drake para que la siguiera hasta el baño.

Gabriel miró a Thomas, que había entrado en la habitación detrás de Drake.

—Extraña pareja—, comentó Thomas.

—Ellos pueden ser tan raros como quieran ser, siempre y cuando puedan ayudar a Maya—. Gabriel acarició con la mano la cara caliente de Maya. Al instante volvió la cabeza hacia su mano y su boca buscaba sus dedos, de forma rápida chupó su pulgar en la boca. Gabriel tragó rápido una bocanada de aire. Incluso inconsciente, lo estaba matando. Apenas podía reprimir su deseo por ella en sí, pero cuando chupaba su pulgar de esa manera, todo lo que podía pensar era en que chupara su pene de la misma forma.

Escuchó las voces que murmuraban en el baño, pero no podía entender lo que decían. Parecían hablar en voz baja para no ser escuchados.

Gabriel sacó su dedo de la boca de Maya y le acarició los labios con él. Su lengua salió corriendo y lo lamió. Se inclinó hacia ella, llevando su boca cerrada hacia su oreja.

—Cariño, me estás volviendo loco. Ya no puedo contenerme. Pero si no te detienes, no sé lo que haré.

Ella suspiró y tomó su pulgar de vuelta en su boca. Su pene se tensó en contra del cierre de sus jeans, los dientes de metal cortaron su carne. Apretó la otra mano en un puño, luchando contra el impulso de tomarla. Con un gemido, sacó el pulgar de su boca y se apartó de la cama.

—¿Le has dicho cómo te sientes por ella? —, preguntó Thomas.

Gabriel volvió la cabeza para mirarlo. —¿Y luego?

—¿No quieres saber si ella siente lo mismo?

—¿Y qué si no?

Thomas volvió su mirada a Maya. —Por la forma en que anhela tu sangre, me atrevería a decir, que ella anhela tu cuerpo de igual manera.

Gabriel se salvó de responder cuando la puerta del baño finalmente se abrió y Drake y la bruja salieron, sus rostros estaban serios. Su estómago se hundió. ¿Qué tan mala podía ser la noticia?

—Ambos estamos de acuerdo—. Drake miró a Maya.

—¿Qué es? —, preguntó Gabriel, pasándose la mano por el pelo.

—Ella está en celo.

Gabriel no entendía. —¿En celo? ¿Qué quieres decir?

—En celo sexual—, explicó Drake. —Al igual que un felino.

—Pero eso es imposible—, protestó Gabriel. El celo era un signo de fertilidad.

—Ella es un vampiro. Las mujeres vampiro no entran en celo… son estériles.

—Ya lo sé. ¿No crees que yo lo sé? Pero ella no es completamente vampiro… cualquier otra cosa que sea, la está haciendo entrar en celo.

—¿Así que, se le va a pasar? — Si era realmente celo sexual, seguramente era sólo temporal.

—Tal vez, pero…

—Pero, ¿qué?

—Ella está ardiendo. Es demasiado para su cuerpo. Ella podría morir. Y sólo hay una manera de detener el celo.

Gabriel había dejado de escuchar. —¿Morir? No. No podemos permitir eso. No podemos dejar que muera. ¿Doc? Debe haber algo que podamos hacer.

—No nosotros—, dijo Drake. —Tú.

Gabriel precipitó su mirada a Drake y a la bruja. —¿Yo?

La bruja dio un paso hacia él. —La única manera de detener el celo, es satisfacerla sexualmente.

Sus palabras resonaban en su cabeza. Satisfacerla.

—¿Cómo?

Drake tuvo la audacia de reírse. —Voy a dejar que todo dependa de ti, Gabriel. Confío en que sabes cómo hacer que una mujer termine.

Finalmente entendió. Querían que hiciera el amor con Maya. Acercándose al doctor, le susurró en voz baja, muy baja: —Pero, no puedo. Tú sabes que yo no puedo.

Detrás de él, Thomas se aclaró la voz. —Si quieres que yo lo haga, lo haré. Después de todo, será como tocar a mi hermana. No significa nada.

Gabriel Giró. —¡No! — A pesar del hecho de que Thomas era gay y no tenía ningún interés en Maya, nunca permitiría que ningún otro hombre la tocara.

Thomas le dio una sonrisa torcida, y Gabriel de inmediato se dio cuenta, que sólo había hecho la oferta para obtener una reacción de él. Bueno, la había obtenido, y si no tenía cuidado probaría el sabor de su puño, además de ella.

—Yo no estoy diciendo que la cojas—, agregó Drake, —Dios, yo no recomendaría hacer una cosa así a una mujer inconsciente, pero hay otras maneras. Utiliza tus manos y tu boca en ella. Ella necesita un orgasmo. Es la única manera de que el celo ceda.

15

La habitación estaba extrañamente tranquila, excepto por la respiración pesada de Maya y el susurro de las sábanas mientras daba vueltas. Todos habían dejado la habitación: el médico, la bruja, e incluso Thomas, para darles privacidad. Gabriel sabía que Thomas seguía en algún lugar de la casa, pero se había retirado lo suficiente para que su sensibilidad auditiva, no recogiera lo que Gabriel y Maya estaban haciendo. Era bastante vergonzoso que todos supieran lo que iba a suceder. Sin embargo, no disminuía su excitación.

Eso sin duda no era lo que había planeado. Para empezar, cuando hiciera el amor con ella, hubiese querido que estuviera consciente y con plena conciencia de él… aceptándolo plenamente… Y no en ese estado febril en el que entraba y salía de su conciencia. Pero él quería tocarla y hacerle el amor, aun sabiendo en el estado en que se encontraba, y se maldijo por ello. Ella estaba vulnerable, y la explotaría para su propio placer.

Disgustado, se alejó de la cama. ¿Lo odiaría una vez que ella estuviera consciente y se diera cuenta de lo que había hecho, odiándolo por tocarla sin su permiso? ¿La perdería a ella y a alguna posibilidad que podría haber tenido alguna vez de obtener sus afectos? Pero no tenía otra opción, porque no podía dejarla morir.

Incluso en su estado de delirio, había tratado de estar cerca de él. Se había retorcido contra él, de la manera que lo había hecho cuando se había alimentado de él antes. Y la forma en que le había chupado su dedo, ¿no era suficiente prueba de que ella lo quería?

Su agonía lo hizo volverse a ella. Lo necesitaba, y no importando lo que pasara después, no podía pasar por alto esa necesidad. Quitándose los zapatos a mitad del camino, se subió a la cama y la tomó en sus brazos.

—Aquí estoy, cariño, estoy aquí.

Parecía respirar mejor mientras apretaba su cuerpo caliente contra el suyo. Ella parecía más caliente que cuando la había sujetado sólo unos minutos antes. El doctor tenía razón, si él no la satisfacía, se quemaría.

Él no la desnudaría con el fin de dejar su dignidad tanto como sea posible bajo las circunstancias. Él no se quitaría su ropa, para poder mantener una apariencia de distancia. Sólo su mano la tocaría sobre el amparo de su camisón. No vería su cuerpo desnudo, sólo la tocaría. De esa forma entendería que no había tenido otra opción y que él había intentado todo para no aprovecharse de ella.

Gabriel alzó su barbilla con la mano y llevó su boca hacia la suya, para darle un ligero beso, como una pluma. Tenían un sabor de sal y mujer fértil y dispuesta. Él sabía que no debía darle un beso, pero cuando aspiró su aroma, su cuerpo apagó su cerebro, y todo lo que podía hacer era reaccionar al conocimiento milenario de la llamada de apareamiento.

Cómo sabía que ella le pertenecía, no podía explicarlo, pero su instinto le decía que la mujer en sus brazos era perfecta para él. Nunca había sentido lo mismo por nadie más, ni siquiera por Jane, la esposa que lo había dejado después de su noche de bodas. Nunca había sentido la conexión que sentía con Maya, como si sus líneas de vida estuvieran interconectadas, una completa solo con la otra.

Cuanto más aspiraba su aroma, más profunda sentía la conexión con su fuerza vital. Cuando sus labios se abrieron con los suyos, la invadió y capturó su lengua con la suya, acariciándola y lamiéndola, entrelazándose y retirándola. Su saliva se mezcló con la suya, y el sabor combinado de sus fluidos lo drogaron. Supo entonces que algo estaba pasando entre ellos, que no podía explicarse con una mera lujuria y atracción. Iba a hablar con el médico sobre eso, pero no ahora. Ahora, tenía que salvar a la mujer que amaba.

¿Amaba?

El darse cuenta de ello lo sacudió. Y luego lo tranquilizó.

—Te amo—, le susurró contra sus labios, y luego guio su boca a lo largo de su cuello para besar su piel ardiente. Aspiró el aroma tentador de su sangre que salía de la vena principal y gruñó. Sus colmillos se alargaron y salieron de sus labios.

Él se apartó de ella. No, no la podía morder, no podía permitirse llevar a cabo el acto sumamente íntimo de beber de su mujer si ella no se lo permitía. De su mujer, sí, él la llamó su mujer, porque por ahora eso es lo que era: suya.

Su mirada recorrió su tembloroso cuerpo y el camisón que llevaba, color rojo sangre. Un camisón que apenas cubría la mitad de su muslo, la tela era tan delgada, que podía ver claramente el contorno de sus pezones, coronando sus pechos redondos. El camisón de delgados tirantes, se movió cuando su cuerpo se retorcía, y, finalmente, caerían de sus hombros y liberarían la tela que cubría sus globos perfectamente redondos.

La mano de Gabriel cayó sobre sus pechos y tomó uno de ellos. Llenaban su mano, el pezón duro rozaba el centro de la palma de su mano. El pulgar la exploraba, acariciado su piel a través de la seda y rozándole el pezón.

Dejó de retorcerse, y se arqueó contra su toque. Sin pensarlo, tiró de la tela, desprendió los tirantes y liberó los pechos hermosos que estaba acariciando. Su piel era suave y tersa. Dejó caer su cabeza, lamiendo su lengua sobre el pezón. Se dio cuenta al instante que a pesar de su estado semi-inconsciente, sentía lo que estaba haciendo: su mano se deslizó por la parte posterior de su cuello para retenerlo contra su pecho.

—Sí—, murmuró, su voz sonaba aliviada, como si hubiera esperado un largo tiempo para que esto sucediera. ¿Lo quería? ¿Sabía ella que él era quien la tocaba?

Gabriel succionó más la hermosa carne en la boca y siguió dando vueltas con la lengua sobre el pezón capturado, mientras al mismo tiempo, amasaba el pecho en su palma. No se cansaba de la sensación de ella, la textura de su piel, su olor.

Sintió que sus pantalones se contraían, mientras su pene rápidamente bombeaba, lleno de sangre y se endurecía ante la expectación. Sólo que sería en vano. El mensaje de que no la iba a coger, obviamente no había llegado a su pene salvaje.

Los dedos se deslizaron hacia abajo hasta su estómago, la fina seda se agrupaba bajo sus pechos. Yendo más allá de sus muslos llegó por debajo de su camisón, cambió su recorrido y se trasladó hacia el norte. Cuando llegó a la cúspide de sus muslos, le tocó la tanga. Al instante, ella gimió y arqueó la espalda de la cama.

La tanga de Maya estaba empapada con su excitación, un olor tan intenso que casi le robaba toda razón. Tratando de aplacar su lujuria, acarició con sus dedos la tela mojada y claramente sintió el calor de su carne femenina debajo de ella.

—Oh, Dios, Maya—, dijo desesperado, sin saber cómo frenarse, cómo podía no violarla cuando cada célula de su cuerpo le pedía a gritos que la tomara.

A pesar de que él se había prometido no mirar su piel desnuda… bueno, él ya había roto esa promesa al exponer sus pechos… bajó su tanga y la dejó desnuda. Sus rizos oscuros estaban recortados sobre la delgada línea del bikini, apuntando hacia el centro de su cuerpo. Como si necesitara instrucciones adicionales.

Sus dedos siguieron bajando y sus piernas de inmediato se separaron más ampliamente, invitándolo a mirarla, tocarla, devorarla. Mientras se abría paso por su cuerpo, siguiendo el olor que él nunca sería capaz de resistir, sus gemidos se hicieron más pronunciados, como si supiera exactamente lo que estaba a punto de hacer… aún si no lo hiciera.

Todo lo que había planeado era mirarla, sólo una vez, sólo para que él tuviera algo que pudiera recordar, mientras estuviera solo en su cama. Pero cuando su mirada se posó en su hermosa concha, sus labios de color rosa brillaban llamándolo, le hacían señas para que los degustara.

Nunca había hecho algo así. Él entendía el concepto, por supuesto. Incluso había visto hacerlo, no sólo recientemente, cuando él había visto a Zane en el club, sino también en un montón de películas porno. Pero en realidad nunca había puesto su boca en la concha de una mujer. Sin embargo, en ese momento, no había duda en su mente que eso era exactamente lo que anhelaba: comer la deliciosa concha de Maya, para deleitarse con ella, beber de su néctar y lamerla hasta que ella terminara en su boca.

Nunca había entendido la fascinación que los otros hombres tenían con eso… hasta ahora. Ella estaba a su merced, vulnerable y abierta, no podría escapar de la búsqueda de su lengua. Aun cuando se despertará mientras él la chupaba, no pararía. Una vez que empezara, él sabía que no habría ninguna forma de detenerlo.

Gabriel la miró a la cara. Sus ojos estaban cerrados, pero sus labios estaban entreabiertos. Cuando él deslizó un dedo a lo largo de sus pliegues húmedos, vio cómo llevó el labio inferior en su boca y lo mordió. Él movió su dedo hacia arriba y encontró el pequeño paquete de carne oculto que estaba buscando. En el momento en que lo rodeó con sus dedos húmedos, ella gimió y se retorció en las sábanas. Sus dientes liberaron su labio íntimo, y jadeó.

—Bebé, tengo que hacer esto—. No podía esperar más. Con un gemido se hundió entre sus piernas y abrió su concha con las dos manos. Su piel era de color rosa y estaba húmeda, y era la cosa más hermosa que jamás había visto. Su lengua salió como una flecha y tomó su primera lamida tentativa sobre su carne femenina, lamiendo los jugos que emanaban de su abertura.

Mientras llegaba a sus papilas gustativas en la parte posterior de su lengua, su cuerpo se puso rígido. Un estruendo similar a la caída de un rayo, golpeó su cuerpo y vibró a través de él. Se estremeció.

¡Demonios!

Ningún otro sabor lo había llenado de tal satisfacción y al mismo tiempo lo había hecho desear más. Eso era lo que había estado esperando toda su vida, sin siquiera saberlo. Todo en ella era perfecto.

Gabriel levantó la cabeza y gruñó. Mataría al que se atreviera a alejarla de él. Y no se detendría a las puertas del cielo, ni del infierno, si La Muerte la arrancaba de sus brazos. Debido a que hoy la reconocía: Maya era su compañera. Perderla significaría perder la única oportunidad que tenía de ser feliz.

Con ese conocimiento, hundió la boca nuevamente en su concha y le dio lo que su cuerpo necesitaba tan desesperadamente. Su mente memorizó cada surco de su concha, cada pliegue, cada arista, mientras disfrutaba rodar su lengua contra su abertura. Se daba cuenta de cada pequeño movimiento que hacía y cada respiración que tomaba.

Su corazón sonaba como un tambor en el pecho.

Ella era un banquete, y nunca había estado ante un buffet más suntuoso y sólo para que él lo disfrutara. Sin prisa la devoró, mordisqueando su suave carne, lamiendo y chupando su piel caliente. Observó cada reacción de ella, cada gemido, cada suspiro.

Sus manos se deslizaron por debajo de su trasero, haciéndole inclinarse hacia arriba de forma que pudiera conducir su lengua, hacia su estrecho canal.

—¡Oh! — La oyó gemir y se preguntó si estaba consciente. No quería pensar en ello, porque no sería capaz de parar ahora, aunque ella le suplicase que lo hiciera. ¿O le rogaría que siguiera?

Decidido a darle el máximo placer, introducía y sacaba su lengua de su concha, y luego la alternaba lamiéndole el clítoris. El pequeño paquete de carne estaba dilatado y erecto. Cada vez que metía su lengua contra ella, su cuerpo temblaba. Gabriel sintió que estaba cerca, y aunque él no quería que esto terminara, él sabía lo que tenía que hacer.

Deslizó un dedo en sus húmedos pliegues y sintió contraer sus músculos con fuerza. Gruñó. Si sólo fuera su pene el que la revistiera. Con la boca chupaba su clítoris y se lo puso entre los labios, presionándolos con fuerza.

El cuerpo de Maya se sacudió. Sintió los espasmos de su concha, apretándole el dedo y olas chocaban contra sus labios mientras su orgasmo la sacudía. Su grito fue el sonido más puro de liberación que jamás había escuchado.

Gabriel mantuvo la boca alrededor de su clítoris y lamió sus jugos suavemente, mientras ella salía de su orgasmo.

~ ~ ~

Maya sintió las olas de placer por todo su cuerpo y agradecía la liberación que traía con ellas. El calor en su cuerpo se disipó, y por primera vez en horas, podía respirar. Mientras tomaba una respiración larga y profunda, sus fosas nasales se abrieron. Al mismo tiempo, se dio cuenta de la pesadez en su ingle y el cálido aliento de alguien en su concha.

Sus ojos se abrieron.

Allí, entre sus piernas abiertas, la boca de Gabriel se había centrado en su todavía palpitante clítoris, y su lengua acariciaba aún en contra de ella, amenazando con encenderla una vez más.

—Gabriel.

Como picado por una avispa, su cabeza se irguió, y su mirada chocó con la suya. Nunca lo había visto así. Sus ojos eran oscuros, con pasión y sus labios estaban húmedos de sus jugos. Él la había chupado mientras ella había estado inconsciente. Debería sentirse violada, avergonzada por lo menos, pero extrañamente esos pensamientos no se apoderaron de ella. ¿Estaba convirtiéndose en una criatura completamente sin sentido, ahora que era un vampiro?

—Maya, puedo explicártelo—. Su voz estaba mezclada con culpa y arrepentimiento. Ella no lo entendía. Lo vio cambiar su posición y subir a la cama para sentarse a su lado, mientras su mano jalaba rápidamente su camisón y cubría su desnudez con la tela.

Ahora se dio cuenta de lo nervioso que estaba, como si hubiera sido atrapado haciendo algo que no debería estar haciendo. Bueno, ella lo *había* sorprendido, pero no le importaba lo que él había estado haciendo. Su único pesar era que no había estado despierta en esos momentos.

—¿Qué estabas haciendo? —, preguntó.

Gabriel pasó la mano por su largo pelo, que estaba suelto hoy… sin ninguna cola. A ella le gustaba y sentía la necesidad de hundir sus manos en la abundante melena.

—Lo siento. Tuve que hacerlo. El médico y la bruja, ambos dijeron que... —Se quebró y miró hacia otro lado.

¿Por qué la evitaba ahora? Ella tomó su mentón con la mano y lo obligó a mirarla. —Dime lo que está pasando.

Él parpadeó. —Estabas en celo. El médico dijo, que ibas a morir si nadie te satisfacía. Así que decidieron que debía hacerlo—. Dejó caer sus párpados y miró hacia abajo.

—¿Ellos?

—Drake y la bruja.

Maya no sabía quién era la bruja, pero no le importaba. Lo importante era que habían obligado a Gabriel a hacer eso. Lo había hecho para salvarla, no porque él la quisiera. —¿Lo hiciste porque ellos te dijeron que lo hicieras?

Él asintió con la cabeza. —Por favor, créeme. Nunca hubiese tomado ventaja de esta manera, si no hubiera temido por tu vida.

Maya tragó el nudo en su garganta, que se había formado por sus palabras. Él nunca la habría tocado de otra manera. Lo había hecho sólo porque ella estaba en peligro. Por lo que aún sentía que él era responsable de ella… eso era todo. —Te doy las gracias, y siento mucho que te hayan obligado a hacerlo contra tu voluntad—. Ella se armó de valor contra el dolor que le causaba saber que él la había tocado sin quererlo.

—Maya, no es lo que quise decir.

Ella lo miró fijamente, mientras él la miraba de nuevo.

—Yo quería hacerlo. Yo no quería hacer nada más, que hacerte terminar con mis manos y mi boca. Me había prometido dejarte toda la dignidad que podía, pero Maya, cuando te vi, no pude contenerme. Yo... — Había angustia en su rostro. No podía entender por qué. Había querido tocarla, y el saberlo, le daba calidez a su corazón. Él había sentido algo. Se sentía atraído por ella, tal y como ella se sentía atraída por él.

—Gabriel, ¿por qué te torturas? — Alcanzó su cara y puso la mano sobre su cicatriz. Él se estremeció, como si estuviera esperando que le diera una bofetada.

—¿No estás enojada conmigo? ¿No me odias por ello? —, se preguntó.

Maya avanzó hacia él. —¿Enojada? — Ella le inclinó su cara y la acercó a ella.

—No, no estoy enojada. Sólo estoy decepcionada.

Ella lo vio tragar saliva. —Dios, lo siento.

Ella sacudió la cabeza y sonrió. —Sólo estoy decepcionada porque no estaba consciente cuando sucedió.

Algo cambió en sus ojos. Hubo un destello de sorpresa en su iris y luego una inhalación brusca. —¿Quieres decir que...?

La mano de Gabriel le acarició la mejilla y la acarició con el pulgar sobre los labios. Ella abrió los labios y lamió la yema del pulgar. —Gabriel, apenas te conozco, pero cuando me tocas, me siento viva. Más viva de lo que nunca me sentí como un ser humano.

—Cuando Drake me dijo que podrías morir, casi pierdo la cabeza. Maya, no sé lo que está pasando entre nosotros, pero sé que te necesito.

Su corazón dio un salto con su confesión. Ella quería ser necesitada. Y quería que este vampiro orgulloso, la quisiera. —¿Vas a besarme?

En un movimiento rápido, capturó sus labios con los suyos. Ella se saboreó a sí misma en su lengua, mientras él se apretaba contra ella e invadía su boca, pero el sabor sólo agregaba más excitación. Gabriel la deseaba. Él le había demostrado de una de las formas más íntimas lo mucho que la quería, y ella ni siquiera había sido capaz de estar consciente. Iba a cambiar eso muy rápidamente. Esa vez, ella estaría experimentando cada segundo de su acto sexual y no se perdería de nada.

Su beso estaba lleno de posesión y pasión. Ningún hombre la había besado así, con tal fervor, tal determinación. Y, sin embargo, tanta ternura y reverencia… como si él la venerara. Se entregó a la deliciosa sensación de ser deseada por un hombre apasionado. Todo su ser tarareaba con su beso, y ella se sintió excitarse, una vez más.

Todo el dolor que había pasado, quedó en el olvido. Este último episodio, había sido el peor de todos. Nunca había sentido tan intensamente la fiebre. ¿Cómo lo había llamado Gabriel? ¿Celo? Ella no sabía lo que había querido decir con eso, pero había notado incluso en su delirio que su cuerpo había estado quemándose. Ella tendría que preguntarle a Drake sobre eso más adelante, pero ahora no se quería perder el momento.

Estaba en los brazos de Gabriel, los cuales se envolvían alrededor de su espalda y la sostenían contra él con tal ferocidad, que apenas podía respirar. No importaba. Ella no tenía necesidad de respirar, cuando en su lugar podía inhalar su olor. Al igual que su sangre, el sabor de sus labios era como una droga. Su cuerpo le respondía con tanta naturalidad, que no podía separarse de él, aunque lo hubiera querido.

Este era el hombre con quien ella quería hacer el amor. Instintivamente sabía, que él sería el único que podía llenar ese gran vacío que siempre había sentido al tener relaciones sexuales con otros hombres. Nadie había sido capaz de satisfacer por completo sus deseos, ni había sido capaz de expresar realmente lo que ella necesitaba a nadie. Nunca había sentido estar lo suficientemente segura con alguien para admitir sus deseos más íntimos, pero en los brazos de Gabriel, ella se sentía segura y querida.

Cuando él soltó sus labios, ella lo vio sonreírle.

—Estábamos muy preocupados por ti.

—Me dan estas fiebres, pero esta vez fue peor que nunca.

Él asintió con la cabeza. —Lo sé.

—¿Lo sabes? ¿Cómo?

Acarició con la palma de la mano su mejilla. —Lo vimos en tu expediente médico.

Ella abrió la boca para expresar un comentario sobre la falta de ética de Drake, pero Gabriel llevó un dedo a sus labios.

—Lo siento, pero obligué a Drake a que me lo dijera. Cualquier cosa que te preocupe, me preocupa.

—¿Por qué?

Él dio un beso suave en sus labios antes de responderle. —Porque sólo estoy feliz cuando sé que estás a salvo y estás bien. Me importas… mucho.

Maya sintió que su corazón se hinchaba con su declaración. —¿En serio?

—Más de lo que quiero admitir.

Ella respiró hondo y dejó que la noticia fuera captada. Se sentía bien. Por un momento, ella se limitó a sonreírle, luego guio sus pensamientos nuevamente a otras cosas. —¿No me habías dicho que los vampiros no se enfermaban?

—Sí, eso es cierto para todos nosotros. Pero el médico no cree que sea una enfermedad. Él piensa que es el celo… la manera por la cual un felino entra en celo sexual durante su ciclo.

—Pero yo no soy un gato… soy un vampiro ahora. Yvette me dijo que las mujeres vampiro son infértiles. Por lo tanto, no tiene sentido que yo entre en celo. ¿Para qué?

Gabriel la miró fijamente. —¿Yvette te dijo eso?

—¿Quieres decir que no es cierto? — ¿Había esperanza después de todo?

—No, es verdad—. Tragó. —Pero debería haber sido *yo*, el que te dijera esto. De hecho, debo explicarte algunas cosas. Hay tantas cosas que nadie te ha dicho todavía. Yo debería estar haciendo eso. Lo siento que no lo haya hecho hasta ahora.

Echó hacia atrás la decepción… así que probablemente era estéril. Con suerte, ella llegaría a aceptarlo algún día. ¿Lo aceptaría Gabriel? —No es tu culpa. Yo no te he dado la oportunidad de explicarme las cosas.

Él la atrajo hacia su pecho. —¿Qué tal si te lo digo ahora? ¿O estás cansada?

—No, no estoy cansada.

—Bueno. ¿Por dónde empiezo? —, preguntó.

—¿Qué tal por el principio?

—¿El principio?

16

Maya jugaba con los botones de la camisa de Gabriel, abriendo uno tras otro, antes de deslizar su mano sobre su pecho desnudo.

—¿Estás tratando de distraerme? Porque si es así, estás haciendo un trabajo excelente—, dijo en voz baja. Maldita sea, su voz era sexy.

—¿Cómo empezó todo? Los vampiros. ¿Cómo llegaron a ser vampiros?

Gabriel le tomó la mano y la estrechó con la suya, deteniéndola de acariciar su pecho, pero la mantenía presionada contra su piel caliente. —Hay muchas leyendas, por supuesto, pero gran parte de la tradición en la ficción popular, es falsa. La creencia entre los nuestros es muy diferente. Se dice que el primer vampiro fue un hombre malo, que hizo un pacto con el diablo y atrajo la ira de Dios sobre él. Era un hombre destruido por una codicia equivocada. Él quería gobernar el mundo, pero con violencia. Cuando Dios se enteró de su plan, lo maldijo a caminar por la noche, por lo que sus propias criaturas estarían a salvo de él durante el día.

Maya escuchó con gran expectación. —¿Pero entonces por qué le dio Dios esas facultades, y la sed de sangre humana? ¿No va en contra de su deseo de proteger a los humanos de él?

—Dios no le dio los poderes. El Diablo lo hizo. Él protege a los suyos. Cuando Dios condenó a nuestros antepasados a la noche, el diablo le otorgó poderes para sobrevivir en la noche y asustar a los seres humanos. Él lo hizo fuerte durante la noche, pero no pudo cambiar nada sobre su debilidad a la luz. Y así, el primer vampiro fue creado.

El asco apareció en Maya. —¿Significa esto que nosotros adoramos al diablo?

Gabriel se echó a reír y sacudió su cabeza. —No. Nosotros tenemos nuestro libre albedrío. Sólo nosotros decidiremos cómo actuar… nunca lo olvides. Puedes ser tan buena o tan mala, como tú lo decidas. Está en tu propio corazón. Tus decisiones son aún propias, y no permitas que nadie te diga lo contrario.

Se relajó con sus palabras. —¿Cómo te convertiste en un vampiro?

Gabriel cerró los ojos, como si quisiera alejar los recuerdos. Cuando los abrió de nuevo, le dio una sonrisa triste. —Yo no estaba muy feliz en mi vida humana. Estaba solo, y con la cicatriz en mi cara, era difícil atraer la compañía femenina. Tenía la idea equivocada, de que, si yo era un hombre poderoso, las cosas cambiarían. Así que cuando conocí a un hombre que parecía tener todo lo que quería, hablé con él, y él tuvo piedad de mí. Mi padre era un hombre amable, pero resultó que incluso como un vampiro, yo seguía siendo el mismo hombre: solitario y con una cicatriz desfigurante.

Maya le acarició con su mano la cara. No le importaba la cicatriz, pero si a él parecía molestarlo, tal vez podía hacer algo al respecto. —Hay muchos cirujanos plásticos buenos hoy en día, los cuales…

Él detuvo su mano con la suya. —Mi cuerpo quedó escrito en piedra al momento en que me convertí en un vampiro. Al igual que mi pelo volvería a crecer a esta longitud si lo cortara, todo lo que haya cambiado en mi cuerpo, sería restaurado mientras duermo, así que voy a lucir exactamente como lo era antes de mi transformación. Un vampiro no puede cambiar su forma física.

La mano de Maya al instante se fue a su cara. —¿Quieres decir que yo me veré exactamente así para siempre?

Él asintió con la cabeza. —El cabello largo oscuro, ojos hermosos, sin arrugas, unas pocas líneas de risa.

Ella sonrió. —Menos mal que me afeité las piernas la noche del ataque, entonces.

Gabriel estalló en una carcajada. Nunca lo había oído reír, y ella descubrió que le gustaba, le gustaba la forma en que su profunda risa, retumbaba recorriendo todo su cuerpo. Había un brillo en sus ojos cuando él la miró. —Sólo una mujer puede destilar las cosas, a su esencia más elemental—. Mientras la mano recorría por su torso, hacia el muslo.

—Aunque, debo admitir, que me gustan las piernas suaves como las tuyas.

Ella se apoderó de su mano y lo detuvo de seguir adelante. No es que ella no quisiera lo que él le estaba ofreciendo, pero mientras ella lo tenía hablando, quería saber más. —¿Qué otra cosa va a cambiar en mi vida? ¿Cómo las personas no se darán cuenta de que yo no envejezco?

—Ah, esa es la parte difícil. En general, la mayoría de nosotros vivimos una vida tranquila. Tenemos nuestras propias comunidades y nos mantenemos alejados de los seres humanos tanto como nos es posible. Era más fácil en los siglos XVIII y XIX, cuando los registros no eran tan completos como hoy. Con números de Seguro Social y similares, que, lamentablemente, hemos llegado a falsificar una gran cantidad de documentos.

—¿Quieres decir como documentos de identidad falsos?

—Algo por el estilo. Planificamos mucho en estos días. Cada veinticinco o treinta años, nace una nueva identidad… se presenta el nacimiento de un niño, se establece un número de Seguro Social y todo tipo de registros de la escuela y graduación, con el fin de crear una historia.

—Eso suena complicado.

—No, cuando tienes unos cuantos talentosos muchachos de TI entre los de tu clase, que pueden entrar en casi cualquier registro en la computadora. De hecho, con el advenimiento de las computadoras, se hace la vida más fácil otra vez. No hay que irrumpir más en los Ayuntamientos por la noche—. Le guiñó un ojo, pero su mente estaba ya, en lo difícil que todo eso sonaba.

—No tengo idea de cómo haría todo esto. ¿Dónde iba siquiera a empezar?

Gabriel agarró su barbilla en su mano. —No te preocupes por eso. Yo me encargaré de todo para ti—. La sinceridad en sus ojos era real. Sabía instintivamente que él le daría todo lo que necesitara. Pero ¿podría aceptar eso?

—Pero no puedo depender de ti.

Un gesto alteró sus rasgos. —Pero yo quiero cuidar de ti.

—Siempre he hecho todo por mí misma. No sé cómo confiar en nadie más.

—Todos confiamos en los demás vampiros: para ayudarnos a crear identidades para nosotros, para guardar nuestros secretos, para que nos protejan. Es como una gran familia. Nadie pensará que eres débil, sólo por confiar en otros de nuestra especie.

—Mi especie… se siente tan extraño decirlo. No quiero ofender a nadie, pero no siento que sea mi especie. Todos ellos son tan fuertes y seguros, y yo me siento todo lo contrario. Y, además, ni siquiera soy un vampiro normal: me enfermo y la sangre humana me repugna…

—Estoy seguro de que hay una explicación perfectamente plausible para ello. Y la vamos a encontrar. Mientras tanto, te alimentarás de mí.

—¿No te importa?

Él se rio entre dientes. —¿Importarme? — La envolvió fuertemente con sus brazos, mientras la atraía hacia él. —Cuando siento tus colmillos en mi cuello, estoy prácticamente en el cielo. Es la cosa más excitante que he sentido.

Se quedó sin aliento en la garganta. Ella lo encontraba así de excitante también. — ¿Siempre es así para ti?

Los ojos de Gabriel se agrandaron por la sorpresa. — ¿Siempre? Maya, eres la única que se ha alimentado de mí. No sé cómo será con alguien más… y francamente, no me importa saberlo. Estaría muy feliz de que bebieras de mi sangre todos los días, durante todo el tiempo que quieras.

¿Mientras ella quisiera? ¿Qué estaba tratando de decirle? ¿Quería eso decir, que estaba interesado en una relación a largo plazo? Recordó lo que Yvette le había dicho… que un vampiro quería relacionarse con un ser humano para poder tener hijos. ¿Quería eso? ¿Era eso también lo que él estaba buscando en última instancia? No podía preguntarle directamente. Todo era demasiado nuevo. Era como si le preguntara a un hombre después de la primera cita, si podía irse a vivir con él. Vampiro o no… nadie quería a una mujer que se prendiera a él después de algunas citas. Y, además, ni siquiera había tenido una cita.

Hacerle sexo oral mientras ella estaba inconsciente, no precisamente calificaba como una cita. Además, había algo más que ella quería. —¿Gabriel?

Apretó la frente a la suya. —¿Si?

—Hazme el amor—. Necesitaba sentirlo. Llevó su mano hacia la parte delantera de sus jeans, en la que podía sentir su longitud presionando con fuerza contra ella. Antes de que pudiera intentar hacer palanca para abrir el botón, estrechó su mano con la suya.

—Prefiero mostrarte lo que sucedió mientras estuviste inconsciente.

¿Era de verdad? ¿Gabriel quería darle sexo oral, cuando podía tener su propio placer en su lugar? —¿Quieres decir que lo harás de nuevo?

—¿Puedo?

Ella se encontró con su mirada. Estaba llena de deseo y promesa. La deseaba. No había ninguna duda al respecto. Maya atrajo su cabeza hacia ella. —Tócame—, susurró contra sus labios.

Cuando su boca la reclamó, sintió una euforia desconocida viajar a través de su cuerpo. Todo en él era tan familiar, pero nuevo. Su beso fue diferente a las veces que la había besado antes. Atrás quedó la duda que había sentido de él antes, sustituyéndola por la confianza de un hombre que estaba acostumbrado a hacer demandas.

Sus manos la exploraron con caricias seguras. Sus dedos tentaban su piel caliente, prometiendo placer, exigiendo entrega. Como un conquistador que seguía adelante, sus lenguas en duelo mutuo, sus labios aplastando cualquier duda que hubiese tenido.

La apretaba contra él más y más, el calor de su cuerpo quemándola, pero no podía retroceder, no quería. Él la encendió en llamas. Ningún otro hombre había sido capaz de encenderla, como lo hacía él con sólo un beso y una caricia. Como si su cuerpo lo conociera, lo reconociera, se conectó con él en un nivel diferente.

Las manos sobre ella evocaban imágenes de sexo salvaje e indómito, no era simplemente una unión de dos cuerpos, sino de mentes y almas. Una conexión más profunda. Todas las cosas que ella había querido de un hombre… todos los deseos prohibidos que nunca había manifestado… se revolvían en su mente. Ella quería ser tomada por él, en todas las formas posibles.

Mientras sus labios viajaban hacia el sur, chupó un pezón con su boca devorándolo con avidez, el calor de su cuerpo subió en un pico. Ella estaba febril, pero esta no era la fiebre que ella conocía. Esto era el deseo por Gabriel. Ella se arqueó hacia él, exigiendo que le diera más. Con un gruñido, raspó sus dientes contra su sensible pezón.

—Oh, Dios… ¡Gabriel!

Su risa era un profundo retumbo. Por el sonido de la misma, sabía exactamente lo que estaba haciendo con ella. Él estaba convirtiéndola en masilla en sus manos. Ningún hombre había sido capaz de hacer eso.

Sólo levantó la cabeza brevemente, y sus ojos color chocolate oscuro se habían transformado al color rojo brillante y sus colmillos sobresalían de sus labios. —Ni siquiera he empezado…

Sólo la idea de lo que sus palabras implicaban, la hizo estremecerse de placer. Un momento después, su boca se movía más hacia abajo, plantándole besos con la boca abierta entrelazando con pequeñas mordidas juguetonas por su vientre. Cada una de ellas se sentía como una pequeña explosión que ocurría dentro de ella. ¿Había sido tan sensible al tacto de un hombre, o era su lado vampiro el que hacía eso en ella?

No, eso no podía ser porque ella era un vampiro ahora. Incluso si seguía siendo humana, estaba segura, que el toque de Gabriel la encendería de la misma manera. Pero no podía pensar más allá, ya que al segundo en que su boca llegó a su concha y se enterró en su mata de pelo oscuro, su cerebro se apagó. Todo lo que podía hacer era sentir.

Cuando su lengua lamió sus pliegues húmedos, Maya gimió. Él respondió con un gruñido. No podía imaginarse un sonido más sexy. Mientras se armaba de valor para la avalancha de sensaciones que desataría con su lengua, deslizó sus manos en su pelo y lo sintió temblar. Una sonrisa se dibujó en sus labios. El saber que tenía el mismo efecto en él como él lo tenía en ella, la llenaba de satisfacción.

Su lengua penetró profundamente en ella, mientras frotaba su pulgar sobre su clítoris. Su acción la dejó sin aliento. Una vez más clavó su lengua y la introdujo profundamente en ella, entonces él se retiró y deslizó su lengua sobre su clítoris. Su necesidad aumentó.

—Te necesito dentro—, exigió Maya. Quería sentir su duro pene dentro de ella, llenándola, poseyéndola, haciéndola someterse a él.

Un dedo se hundió en ella, luego un segundo, pero quería más, necesitaba más.

—Tu pene. Déjame sentirte dentro.

Pero Gabriel no hizo caso a su demanda, sino que condujo el tercer dedo en ella y chupó con avidez su clítoris hinchado. Antes de que pudiera repetir su demanda, se cerró sobre su clítoris y la llevó al límite. Las oleadas de placer se estrellaban sobre ella como un tsunami aniquilando la costa del Pacífico.

En el momento en que su respiración volvió a la normalidad y los espasmos de su cuerpo habían desaparecido, Gabriel la había estrechado en sus brazos y la acunó en su pecho.

Ella levantó la cabeza para mirarlo. —Te quiero dentro de mí.

Él sonrió y puso su dedo en los labios. —La próxima vez, bebé, la próxima vez.

¿Por qué no lo quería cuando ella claramente sentía la furia de su erección presionándola contra su estómago? —Ahora, por favor.

Gabriel le tomó la cara con la mano. —Tienes que descansar un poco. Te quiero, nena, no cabe duda de eso. Y pronto, voy a hacerte mía.

Su beso impidió la siguiente pregunta.

17

Maya inspiró profundamente antes de entrar en la cocina. Se sentía vigorizada por la ducha y por haber dormido en los brazos de Gabriel. Él le había dado más placer con solo tocarla y besarla, de lo que había sentido en todas las relaciones sexuales que tuvo. Cuando estaba con él, las cosas se sentían bien otra vez en su vida. Casi como si todo fuera normal otra vez, no, no eran normales… eran mejores.

Por primera vez desde su transformación, tenía una verdadera conciencia de su nuevo cuerpo. Ella sentía cómo sus sentidos estaban en sintonía con su entorno, cómo el cuerpo procesaba los estímulos de forma diferente. Era una experiencia extraña, casi como si este no fuera su cuerpo, sino de alguien más. De otra persona, porque por primera vez en su vida, había sentido la satisfacción sexual real en este cuerpo. O tal vez no era que ella ahora tuviese un cuerpo de vampiro, tal vez todo era debido a lo que Gabriel había hecho: le había colmado de ternura y pasión, sin tomar ningún placer para sí mismo.

Maya sabía que Gabriel estaba en la cocina, incluso antes de que ella entrara. Había escapado de la cama una hora antes del atardecer, asegurándole que él no quería nada más que pasar la noche entera en la cama con ella. Pero él tenía trabajo que hacer.

Gabriel la saludó con la sonrisa de un hombre satisfecho dibujada en su cara, y la llevó hacia sus brazos.

—¿Has dormido bien? —, le preguntó sobre sus labios.

—Sólo hasta que saliste de la cama.

Sus labios se curvaron hacia arriba, antes de que ellos rozaran su boca. Luego se enderezó, y su rostro se puso serio otra vez. —Tuve que ponerme en contacto con mi gente. He hablado con Ricky, pero no ha sido capaz de comunicarse con tus amigas todavía. Supongo que son más difíciles de encontrar de lo que pensábamos.

—Podría mandarles un mensaje si lo deseas.

Gabriel negó con la cabeza. — ¿Y qué les dirás? Ricky dijo que un vecino vio salir a Paulette con una maleta de viaje.

—Ah, me olvidaba. Ella tiene un día de seminario en Seattle una vez al mes y le gusta llegar una noche antes para no estar demasiado cansada.

—Bueno. Entonces volverá mañana. Le diré a Ricky. En cuanto a Barbara, está tratando de ubicarla en el hospital—. Él miró su reloj. —Tengo que encontrarme con Zane ahora. ¿Quieres alimentarte antes de irme?

La idea de hundir sus colmillos en su cuello, hacía que Maya se sintiera ruborizada de nuevo. Si se alimentaba de él ahora, no había manera de que saliera de esa casa dentro de una hora o dos, porque lo arrastraría a la cama.

—No, estoy bien ahora.

Él le dirigió una mirada que ella pensó que podría ser de decepción. —Si tú lo dices.

Maya estrechó sus brazos y puso los dedos en sus labios. —Tú sabes lo que sucederá si me alimento de ti ahora mismo, ¿no? Así que, por qué no vas a encontrarte con Zane. Mientras tanto, se me abrirá el apetito—. Se lamió los labios. —Estoy segura que estaré hambrienta cuando regreses.

El brillo malvado en sus ojos hizo latir su corazón dos veces más rápido que antes.

—Bueno. Ansío la cena.

Ella lo siguió por el pasillo, donde Gabriel gritó: —Thomas, ¿dónde estás?

Un momento más tarde, Thomas salió del estudio de Samson. —¿Qué necesitas?

—Cuida a Maya. Tengo que ir a ver a Zane—. Antes de volverse, agregó,

—¿Alguna noticia sobre los registros telefónicos?

Thomas negó con la cabeza. —Los servidores de AT&T están todavía sin funcionar. Tengo a Eddie controlándolos. Se supone que me llamará tan pronto como se restablezcan.

Gabriel asintió con la cabeza. —Gracias.

Después de un rápido beso en los labios, se fue. Maya se dio vuelta para mirar a Thomas. —¿Qué registros telefónicos?

—Los tuyos… pensamos que tal vez el rufián te llamó en algún momento, sobre todo si estabas saliendo con él.

Maya se estremeció ante la idea. Ella nunca podría haber tenido relaciones íntimas con alguien tan malo, ¿o podría? ¿Podría ella haber reconocido cómo era, lo suficientemente pronto… antes de irse a la cama con él? ¿Por qué no podía recordar nada acerca de él? Por un momento, cerró los ojos y se concentró, pero no apareció ninguna imagen en su memoria.

—¿Estás bien? — La voz de Thomas sonó preocupada. —La situación se percibió un tanto impredecible por un momento. ¿Estás bien?

Ella estaba muy consciente de que Thomas sabía muy bien lo que ella y Gabriel, habían estado haciendo durante las últimas horas, y se sentía sorprendentemente tímida al respecto. Cuando bajó los párpados para evitar su mirada, y murmuró con tan solo un

—Sí—, él chasqueó con su lengua.

—No hay nada malo en lo que ustedes hicieron. Gabriel es un buen tipo.

—Apenas lo conozco, pero por alguna razón, *lo* conozco. ¿Tiene eso sentido?

—Como he dicho, está todo bien.

Maya levantó la cabeza y le sonrió. A ella le agradaba Thomas y sabía que podía entablar una amistad fácilmente con él. —Gracias. Acerca de los registros telefónicos: yo recibo una factura detallada online de mi proveedor del celular. ¿Ayudaría eso?

Thomas asintió con entusiasmo. —Claro que sí. No puedo acceder a AT&T ahora mismo, así que, si podemos ingresar a los registros de otra manera, agilizaríamos la búsqueda.

—Sólo tengo los últimos tres meses en línea. Este mes, aún no está disponible.

—Eso es mejor que nada.

Pero después de pasar media hora mirando a través de las facturas de su teléfono celular, Maya tuvo que admitir la derrota. —Conozco a todas esas personas: amigos, pacientes, colegas. No hay ningún nombre desconocido entre ellos. Lo siento.

Thomas se encogió de hombros. —Valió la pena intentarlo.

—Tal vez me llamó por teléfono fijo… por desgracia, no tengo facturas con detalle de esas llamadas.

—No te preocupes. Tan pronto como los servidores de la compañía telefónica estén operativos nuevamente, voy a acceder a los registros y podrás revisarlos. Mientras tanto, no hay mucho más que podamos hacer al respecto.

Sin poder quedarse sin hacer nada, Maya se sintió inquieta. Estaba segura de que tardaría horas hasta que Gabriel estuviera de regreso. —¿Crees que podrías enseñarme algunas cosas? Gabriel dijo que eras mentor de alguien.

—Es cierto, tengo un nuevo vampiro a mi cargo ahora mismo. Es un papel muy gratificante.

—¿Qué le enseñas a él o ella?

—Él—, respondió. —Yo le enseño a Eddie cómo controlar sus impulsos, cómo utilizar sus habilidades especiales.

Maya le sonrió. —Gabriel me dijo que eres el mejor en la enseñanza del control mental.

Thomas levantó una ceja. —Quieres comenzar con las cosas difíciles, eres ambiciosa.

—Siempre he sido una excelente alumna.

—Esto es un poco diferente a los estudios. Tiene más que ver con emociones, que con conocimiento. Creo que debemos esperar y trabajar en algunas habilidades más elementales, como la forma de controlar tu fuerza.

Maya irguió el pecho. —No. Quiero aprender el control mental. Y quiero aprenderlo ahora.

Thomas sonrió. —Gabriel va a estar muy ocupado contigo—. Entonces él se echó a reír. —¿Ya lo sabe él?

—¿Saber qué?

—Que eres obstinada.

—Es un hombre inteligente, lo va a descubrir muy pronto.

—Está bien, entonces. Pero necesitamos a alguien para tratar de controlar su mente—. Thomas frunció el ceño. —¿Has estado alguna vez en un bar gay?

—¿Por qué vamos a un bar gay?

—Porque es el lugar menos probable donde alguien te reconocería.

Maya se encogió de hombros. —Si mantienes a las lesbianas lejos de mí, me la juego.

—Trato hecho. Eso sí, no alejes a los muchachos lindos de *mí*.

—Como si pudiera—. Maya miró a Thomas de arriba a abajo. Era una muestra formidable de la especie masculina, y la forma en que llenaba sus pantalones de cuero, era una distracción por no decir lo menos. Afortunadamente, ella tenía su corazón puesto en Gabriel, de lo contrario, estaría en serios problemas sintiéndose atraída por un hombre gay.

—Gracias. Es muy amable decirlo de tu parte—. Thomas parecía sorprendido por su comentario.

~ ~ ~

Media hora más tarde, ella y Thomas se abrían paso a través de una multitud de personas para entrar en el Q Bar en el corazón de Castro. Él utilizó su cuerpo para arrastrarla detrás de él a través de la multitud, que milagrosamente se apartaba para dejarlos pasar. El portero apenas los miró, antes de dejarlos entrar.

Maya expresó su sospecha. —¿Has utilizado el control de la mente en…?

Él la cortó. —No uses esas palabras. Llámalo "habilidad" mientras estamos en público.

Ella asintió con la cabeza, dudando de que alguien la hubiese escuchado en el bar lleno de gente, donde la música retumbaba y todo el mundo trataba de gritarse el uno al otro. —¿Has utilizado tu habilidad? —, preguntó en su lugar.

Sabía que no tenía que gritar. Thomas oía muy bien, como ella también podía hacerlo. De hecho, se dio cuenta de cómo era capaz de escuchar conversaciones y dejar de prestarles atención a su antojo.

—No tuve que hacerlo. El portero me conoce. No malgasto mi habilidad en lo que no es necesario. Necesitas energía. Si lo usas en exceso, te agota. Sólo lo uso cuando es necesario. Y nunca con uno de los nuestros.

Maya asintió con la cabeza. —Yvette ya me lo dijo.

—Bueno. Entonces estás prevenida. Muy pocos de nosotros podemos evitar una batalla y repeler su habilidad una vez que te atacan.

La curiosidad se apoderó de ella. —¿Puedes tú?

Thomas le dio una mirada seria. —Es una pregunta demasiado personal. Paso.

—Lo siento—. Se volvió hacia la barra, no quería ver su mirada reprendiéndola.

Puso una mano en su hombro, dándole una pequeña palmada. —Hay cosas que cada uno de nosotros mantiene cerca de su corazón… tú lo entenderás algún día. Todos tenemos cosas de las que no hablamos. Tal como lo haces tú.

El aliento de Maya se entrecortó. ¿Qué sabía él de ella? Por unos momentos, se sintió paralizada.

—Maya, no puedo leer tu mente, así que relájate. No tengo ningún interés en saber lo que no quieres que nadie sepa. Aunque otra persona podría—. Guiñó un ojo y sonrió.

—Ahora vamos a empezar con nuestra pequeña lección, de lo contrario, podría ser acusado de utilizarte tan sólo como una excusa para salir.

La tensión en los hombros de Maya se alivió, y ella le devolvió la sonrisa.

—¿Quieres decir que no me estabas usando?

—Si le dices a Gabriel, te juro que voy a decir que me obligaste.

—Eres un buen tipo, ¿lo sabías Thomas?

Lanzó una mirada a su derecha, luego a la izquierda. —No digas eso tan fuerte, mujer. Si la noticia se propaga, nunca voy a conseguir otra cita por aquí—. Frunció el ceño con un enojo simulado. —Los buenos muchachos no echan un polvo.

—Bien, entonces, enséñame—. Maya tenía curiosidad. Si tenía que aceptar su nueva vida, haría lo mejor con ella. Y si eso significaba que tenía algunos súper poderes, entonces mucho mejor.

—Bueno. Esto es lo que harás. ¿Ves aquel hombre contemplando su bebida en la esquina? Es tímido. Quiero que lo hagas levantarse y caminar hasta ese buenmozo de pelo oscuro en el bar y que lo hagas poner su mano en su trasero.

Maya miró al hombre al que se refería Thomas. Sentado en la esquina, sus párpados se mantenían bajos como si estuviera avergonzado de estar ahí. De vez en cuando, él llevaba su vaso de cerveza a los labios y bebía. Sentía pena por él. Estaba claro que no se sentía cómodo. Luego sus ojos se dirigieron hacia el hombre de cabello oscuro en el bar. Ella lo miró de arriba hacia abajo. —Tienes que estar bromeando, Thomas. Él no tiene ninguna posibilidad.

—Ese es precisamente el punto. Es por eso que lo ayudarás. Plántale confianza en su mente para que pueda llegar hasta ese tipo y pedirle una cita. Controlarás su mente para pensar que tiene una oportunidad.

Maya negó con la cabeza. —¿Cómo?

Thomas la miró a la cara. —Mira en tu interior. Concéntrate en los latidos del corazón. Luego concéntrate en el hombre de la esquina y dile qué hacer. Envíale tus pensamientos. Haz la prueba.

Tomó un par de respiraciones profundas, luego trató de apagar el ruido del bar. Ella había hecho yoga antes, por lo que trató de recordar lo que se sentía centrar su cuerpo y calmar su mente. Un calor agradable llenaba su cuerpo. —Siento una calidez.

—Eso es bueno—, elogió Thomas. —Tu cuerpo te está diciendo que está recogiendo su fuerza. Es la energía que se reúne en su interior, lo que crea la sensación de calor.

Ella asintió con la cabeza sin responder, tratando de no romper su concentración. Miró al hombre y formó palabras en su mente.

Levántate. Ve a la barra. Pon tus manos en el trasero del hombre de cabello oscuro.

Maya repitió sus pensamientos y los dirigió hacia el hombre nuevamente. Pero él no se movía.

—Trata de nuevo—, Thomas le animó. —Pon toda tu energía en eso. No pienses en nada más.

Una vez más, ella tomó fuerzas y calmó su mente. Todo en lo que ella trató de concentrarse, era en el hombre de la esquina, en cómo estaba allí sentado, con su mirada baja en su cerveza y su mano agarrando el vaso. Cerró los ojos y envió sus pensamientos de nuevo a él, diciéndole que bajara la cerveza y se levantara. El sonido de un vidrio rajándose, la hizo abrir los ojos rápido.

Miró a su víctima. Ante él en la barra, estaban los restos de su vaso, la cerveza se había derramado corriendo por los bordes de la mesa. Con horror, se miraba las manos, que habían aplastado los vidrios.

Maya giró para hacer frente a Thomas. —¿Yo hice eso?

Thomas asintió con la cabeza. —¿Le dijiste que rompiera el vaso de cerveza?

—No, por supuesto que no. Le dije que dejara el vaso de cerveza y que luego se levantara.

Thomas se frotó la barbilla. —Mm. Eso es extraño. Vamos a intentarlo de nuevo. Pero creo que ese pobre idiota ha sufrido bastante por una noche. Creo que necesita un poco de placer en estos momentos.

—¿Qué quieres decir?

—Mira—. Thomas se dio la vuelta y miró en dirección hacia el buenmozo en el bar. Un momento después, el hombre se volvió y miró hacia el tipo en la esquina. Sin dudarlo, se dirigió hacia él, se sentó junto a él y le tomó la mano.

Maya prestó atención a su conversación.

—Soy un paramédico. Déjame ver tu mano. No querrás que se infecte.

El tímido hombre le dio una sonrisa de agradecimiento. —Gracias.

—¿Por qué no te vendamos eso? Yo vivo a la vuelta de la esquina y tengo un kit de primeros auxilios en mi hogar.

Maya vio la mirada sugerente que el paramédico le dio al hombre tímido. Un momento después, los dos se levantaron y salieron del bar.

—Eres un genio. ¿Cómo supiste que el tipo era un paramédico?

Thomas sonrió. —Yo tuve una cita con él antes.

—Pero él no te miró como si te conociera—, protestó Maya. ¿O era usual entre los homosexuales pretender que no se conocían entre sí después de que las cosas habían terminado?

—Eso es porque no me conoce. Borré su memoria después de que terminamos.

Maya abrió la boca para hacerle conocer su desagrado, pero Thomas levantó la palma de la mano. —Medida de seguridad. Te lo enseñaré en otro momento. Una habilidad a la vez. Y para que lo sepas, no, yo no utilicé mi habilidad para tener una cita con él. Todavía puedo tener sexo sin ella.

Maya sonrió. Ella nunca había dudado de que pudiera atraer a otros hombres.

—Ahora de nuevo a la tarea en cuestión.

—¿Y si nunca aprendo esto? — Ella odiaba el fracaso.

—Lo aprenderás. No te preocupes, todos lo hicimos.

Pero el optimismo de Thomas iba desvaneciéndose con cada intento. Primero, Maya logró reventar el botón de los jeans de un hombre, al tratar de conseguir que caminara hasta el baño. La próxima vez, trató de persuadir a un hombre que caminara hasta el bar para hacer un pase al de la barra, un taburete de la barra golpeó al hombre en la ingle y lo detuvo en seco.

—Ay—, hizo una mueca Thomas.

—Yo no estoy haciendo esto a propósito—, le aseguró Maya. Ya se sentía frustrada. Por mucho que tratara de concentrarse, no fue capaz de hacer que nadie hiciera nada en absoluto. En cambio, ella seguía moviendo los objetos a su alrededor.

—Esto obviamente, no está funcionando de la manera en que esperábamos. Vamos a intentar algo más.

—¿Borrar los recuerdos? —, preguntó ella, con la esperanza de que pudiera borrar todos los incidentes embarazosos de la mente de las personas.

—No. No estás lista para eso.

Maya hizo un gesto disconforme. Ella era un fracaso. Y no le gustaba esa sensación en absoluto. Empezando con que ella era un vampiro realmente extraño, que ansiaba la sangre de su padre en lugar de la de un humano. Luego entró en celo cuando los vampiros no deberían entrar en celo, ya que eran estériles. Y ahora ni siquiera podía dominar el control de la mente. ¿Qué patético era eso?

—Tráeme ese plato de frutas secas que está al final de la barra—, ordenó Thomas.

Maya vio al pequeño y casi vacío tazón de nueces, que nadie parecía reclamar.

—Pero tú no comes.

—Sólo tráelo.

Dio un paso hacia el tazón, pero Thomas la retuvo del brazo. —Con tu mente.

—¿Y cómo se supone que haga eso?

—De la misma manera que rompiste el vaso y que moviste ese taburete de la barra. Hazlo.

Sin convencerse a sí misma de que fuese a funcionar, Maya sólo le dio la mitad de toda su atención.

Tazón, muévete y detente delante de Thomas.

Ella de hecho se sacudió, cuando el tazón se movió y se deslizó a lo largo de la barra hasta detenerse frente a Thomas.

—Pensé que no querías enseñarme otra habilidad.

—Yo no lo hice. Lo hiciste tú. Y sólo tú. Al parecer, —bajó su voz y movió la cabeza cerca de su oído, —no puedes imponer tu mente en los humanos, pero no tienes ningún problema con los objetos inanimados, lo cual, si me permites añadir, ninguno de nuestra especie puede hacerlo. Creo que eres única.

Única. —No me digas que esa es otra palabra para *especial.* Yo no quiero ser especial. Yo quiero ser normal—, espetó. ¿No podía por lo menos ser un vampiro normal? ¿O era mucho pedir?

—Calma, calma—, la voz relajada de Thomas, trató de calmarla, —no todo el mundo tiene la suerte de tener un don extraordinario como ese. Habrá un día en que agradecerás tener esta habilidad.

Maya resopló. —Lo dudo.

—Thomas— dijo una voz masculina a sólo unos metros de distancia de ellos.

Thomas giró la cabeza para mirar al hombre. Maya observó al muchacho rubio mientras se acercaba. Se dio cuenta de su aura e inmediatamente supo que era un vampiro. Así que esto era de lo que Yvette había estado hablando.

Cuando se detuvo lo suficientemente cerca como para tocarlo, Maya notó el resplandor fulminante que Thomas dirigía contra él. —Eddie, ¿qué carajos haces en un bar gay?

Antes de que Maya pudiera entender por qué Thomas estaba tan enojado con él, Eddie se dirigió a ella. —Soy Eddie. Soy uno de los muchachos que te encontró esa noche.

Maya extendió la mano, y él la tomó. —Gracias. Estoy muy agradecida.

—No hay de qué—. Luego volvió a mirar a Thomas. —Y yo no estaría aquí si Gabriel no me hubiera enviado a buscarte. El hombre está furioso.

—¿Por qué está molesto Gabriel? —, preguntó Maya antes de que Thomas pudiera responder.

Eddie sonrió. —Volvió a la casa y la encontró vacía. Ahora ha enviado a todos los vam… guardaespaldas—, se corrigió—, a buscarte.

Los pelos del cuello de Maya, se erizaron. —¿Cuál es su problema? Solo salí con Thomas.

—Al parecer, no te autorizó a salir de la casa.

—¿Autorizar? — Un escalofrío recorrió su cuerpo. Control. Alguien estaba tratando de controlarla una vez más. ¿Otra vez? ¿Por qué esta sensación le era tan familiar? Una extraña sensación de déjà vu la invadió. Ella nunca dejaría que nadie controlara su vida. ¿Entonces por qué sentía que esto le había sucedido antes?

Un destello de un recuerdo apareció y se fue con la misma rapidez. Demasiado rápido para registrar lo que era. Control… era la única palabra que su cerebro podía formar. ¿Habría alguien en su pasado que había querido controlarla? Instintivamente llevó la mano a su cuello, hasta el lugar donde el rufián le había mordido, donde había incrustado sus colmillos en ella y la había vaciado. Una ráfaga de aire frío se apoderó de ella, al igual que la famosa niebla de esa ciudad.

De repente, todo se sentía mal. Sentía miedo reprimiéndola y se dio cuenta de que nunca más se sentiría a salvo. Ahora que sabía lo que estaba por ahí en este mundo, el capullo de seguridad en el cual pensó que estaba cuando era humana, no existía. Nunca lo había estado, nunca volvería a estarlo.

—Maya—, la voz de Thomas la desconcentró.

—¿Sí?

—Te dije que sería mejor regresar—, dijo Thomas. Luego miró a Eddie. —Y tú vienes con nosotros.

—¿Qué pasa si me quiero quedar aquí un rato? — Maya sabía que Eddie solo estaba burlándose, pero no estaba segura de que Thomas lo hubiera entendido.

—Fuera. Ahora—. El tono de Thomas era duro e inflexible. Eddie contestó con una sonrisa y un guiño hacia Maya.

Pero Maya no tenía ganas de sonreír. No podía permitir que nadie la controlara, mucho menos Gabriel. Si lo hacía, iba a perder lo poco que quedaba de ella. Ya había perdido su sentido de seguridad, su humanidad y su medio de vida. Tenía que aferrarse a lo último que le quedaba: el control sobre sus decisiones. No podía permitir que nadie las tomara por ella.

18

Gabriel apretó los puños. ¿Cómo podía Thomas mostrar tan poco juicio llevándose a Maya fuera de la casa, sin respaldo suficiente para protegerla? ¿Había olvidado ya que el rufián todavía andaba por ahí, listo para atacarla una segunda vez? No podía arriesgarse a que le pasara nada. La acababa de encontrar… la única mujer que alguna vez había querido para sí mismo… y nadie tenía derecho a llevársela lejos de él.

El miedo en su interior se convirtió en ira. Sin Maya en su vida, toda la luz se desvanecería. Después de las horas que había pasado con ella en la cama donde ella le había permitió tocarla y besarla, se había sentido más feliz que nunca en toda su vida. Había esperado en Cloud Nine, hasta que se encontró con Zane para que lo ponga al corriente en detalle sobre sus investigaciones.

Los resultados que Zane había presentado, eran sombríos. De todos los hombres vampiros posibles que podrían ser responsables del ataque a Maya, algunos de los propios empleados de Scanguards estaban en la lista. Un ceño fruncido cruzó la cara de Gabriel, al recordar los nombres de la lista: los nombres de los vampiros, cuyo paradero no podía confirmarse en el momento del ataque. Hombres que había conocido durante mucho tiempo: tres guardias excelentes de Scanguards, e incluso Ricky y Zane estaban en la lista.

Zane, directo como era, había admitido que él tampoco tenía una coartada, al menos no una que pudiera verificarse… al parecer, había estado en algunos bares cogiendo todo lo que estuviera a la vista. Y fiel a su modus operandi, había borrado de su memoria todo recuerdo respecto a él. Al parecer, Ricky había hecho lo mismo en un club nocturno diferente. Teniendo en cuenta su reciente ruptura con Holly, era de esperarse, y ciertamente no era inusual.

Gabriel se tragó sus dudas. No, nadie tan cerca de ellos podría ser responsable de esto. Si no podía confiar en su propia gente, ¿en quién podría confiar? Pero, aun así, ¿podía simplemente descartar la posibilidad, porque eran uno de ellos? Zane había estado en la habitación de Maya cuando se había despertado, pero no había hecho ningún intento de acercarse a ella desde entonces. ¿Era deliberadamente? ¿Estaba él manteniéndose alejado de ella, para no atraer ninguna atención?

Y Ricky… había aparecido en la casa, y su mirada lujuriosa cuando había estrechado la mano de Maya no había pasado desapercibida para Gabriel. Él no podía culpar a los demás tampoco. Maya era hermosa. ¿Quién no la codiciaría?

El ruido de dos motocicletas deteniéndose frente a la casa, interrumpió sus oscuros pensamientos. Gabriel corrió hacia la puerta y la abrió, sólo para ver a Maya bajarse de la parte trasera de la Ducati de Thomas. Eddie manejaba la segunda moto. Gabriel sabía instintivamente que, si alguien podía encontrar a Thomas, ese sería Eddie. Después de todo, pasaba la mayor parte del tiempo con él.

Todavía hirviendo de ira por la acción irresponsable de Thomas, reprimió sus impulsos de correr hasta Maya y tomarla en sus brazos. Tenía que hacer frente a Thomas primero y dejarle claro que no toleraría cualquier otra acción que pusiera a Maya en peligro, y sería castigado.

Cuando los tres se dirigieron hacia él, Gabriel se hizo a un lado para dejarlos entrar. Él cerró la puerta de un portazo, tan pronto como entraron en el vestíbulo.

—¿Tenías alguna idea de lo que estabas haciendo, Thomas? — Tronó Gabriel.

—Maya podría haber sido atacada por ahí.

—Gabriel, ella nunca estuvo en peligro.

Gabriel cruzó la distancia entre él y Thomas y se enfrentó nariz a nariz con él. —No tienes ningún derecho a sacarla de la casa y ponerla en riesgo. Te prohíbo que…

—Gabriel, ¡basta! — Lo cortó Maya. Él levantó la cabeza hacia ella y la encontró de pie con las manos en las caderas. —Es suficiente. Le pedí a Thomas que me sacara de la casa. He estado encerrada aquí durante varios días. No puedes mantenerme encerrada aquí para siempre.

—¿Es eso lo que piensas? ¿Qué te estoy manteniendo presa? — Todo lo que había hecho era protegerla. ¿No se daba cuenta de eso?

—Seguro que se siente así—, masculló en voz baja, pero Gabriel no tuvo problemas en escuchar sus palabras. Le dolían.

—Sólo estaba tratando de protegerte. El rufián está todavía por ahí. Podría atacar en cualquier momento… no estás segura fuera.

—¡No estoy segura en ninguna parte! Pero no puedes protegerme de todo.

—Yo puedo—, protestó Gabriel. —Y lo haré. Incluso si tengo que…

—¿Encerrarme y vigilarme las veinticuatro horas al día? — Maya inclinó su barbilla hacia arriba, con el desafío claramente escrito en su hermoso rostro.

—Eso no es lo que quise decir.

—Pero lo pensaste. He llevado una vida independiente hasta ahora. Y no voy a cambiar eso… ni por ti ni por ninguna otra persona. Nadie me va a controlar.

Dio un paso hacia ella, pero ella levantó la mano, haciéndolo parar en seco.

—Tengo que ser capaz de defenderme. No puedo confiar en que alguien más estará a mi lado todo el tiempo—. Se volvió.

—Maya, escucha.

Pero ella siguió subiendo las escaleras. —Me voy a dormir. Mi lección de control mental con Thomas me ha agotado.

¿Lección de control mental? Gabriel se dio la vuelta para hacer frente a Thomas, que todavía estaba en el pasillo junto a Eddie.

—¿Por qué no me dijiste que estabas enseñándole a usar su control de la mente?

—Porque no me dejaste decir una palabra.

Gabriel pasó los dedos por su pelo y dejó escapar un jadeo entrecortado. —Me está volviendo loco. Cuando no estoy con ella, me preocupo. ¿Entiendes eso?

Thomas se limitó a menear la cabeza. —Estás mal. Si no la sueltas, vas a perderla. Ella es una mujer fuerte.

—Maldición, ¿qué sé yo acerca de las relaciones? Todo lo que sé es que tengo que protegerla. El delincuente todavía anda por ahí—. Aparte de su breve matrimonio con Jane, nunca había tenido una relación con una mujer que no significara un intercambio de dinero por los servicios prestados. Se suponía que tenía que ir hacia ella y disculparse, y si era así, ¿cuándo? ¿O se suponía que debía esperar, hasta que ella le diera una señal de que estaba dispuesta a hablar?

¡Cómo demonios lo iba a saber! No podía preguntarle a nadie.

—Protegerla, pero no asfixiarla.

Gabriel miró a su colega. ¿Realmente había sido demasiado torpe? Todo lo que él estaba tratando de hacer era protegerla del peligro. Había tenido que proteger a otros durante toda su vida, en calidad de guardaespaldas, así que ¿por qué esto debía ser diferente? —Parece que no sé la diferencia.

—Entonces es mejor que la aprendas rápido. Maya es única… Ella no aceptará ninguna mierda de nadie. Y, por cierto, no va a aprender a controlar la mente.

—¿Qué?

Incluso Eddie se quedó perplejo ante la noticia. El control mental era una herramienta esencial para cualquier vampiro, tan importante como sus colmillos lo eran para alimentarse.

—Yo traté de enseñarle, pero no puede influir en ningún ser humano. No obstante, con los objetos inanimados… eso es otra historia —, Thomas lo tentó.

—Explícame.

—Ella puede mover objetos con su mente. Maya trató de plantar sugerencias en la mente de la gente, pero en su lugar movió las cosas. Gafas. Sillas. Ella tiene un don único.

—Pero, ¿qué va a hacer sin el control de la mente? — Interrumpió Eddie.

Thomas se encogió de hombros. —Tendremos que ver cómo se desarrollan las cosas. Ella podría ser capaz de compensarlo de alguna manera.

Gabriel sintió la preocupación atravesarlo. Sin el control de la mente, no tenía protección contra el mundo humano. En todo caso, tenía que redoblar sus esfuerzos para protegerla, no soltarle las riendas como Thomas le había sugerido. —Compensarlo, ¿cómo?

Thomas sonrió. —Ella necesita a alguien en quien pueda confiar. Y no un elefante en una cristalería que le da órdenes. A esta mujer… —señaló al segundo piso. —…No le gusta que le digan qué hacer. Si deseas permanecer a su lado, te sugiero que la veas como lo que es: una mujer independiente y fuerte. Ella no quiere una niñera o un guardaespaldas.

Gabriel asintió con la cabeza. Maya había tenido suficiente. Ella se enfrentaba a demasiados cambios ahora. Toda su vida había sido arrancada de raíz y su identidad puesta en duda. ¿Qué haría sin su dedicación a su profesión, sus amigos, su familia? Supuso que el hecho de que ella había respondido a él con tal abandono, iba a ser suficiente para ella. Había pensado que simplemente aceptaría su ayuda y su juicio, acatando sus órdenes.

Había olvidado que era un individuo, que necesitaba tomar sus propias decisiones. Y si quería mantenerla, tenía que darle libertad. Por difícil que eso fuera para él.

Gabriel recordó cuando le había tenido en sus brazos y le había dado placer... no cuando había estado delirando, sino después, cuando ella había estado despierta y plenamente consciente de lo que estaba haciendo. Ella había respondido a él, lo miraba con tal deseo en sus ojos que no podía pensar ni por un segundo, que no lo había querido entonces.

Tal vez él podría realmente reclamarle, una vez que fuera capaz de hacerle el amor, entonces las cosas serían diferentes. Pero no había sido capaz de hacerlo hasta el momento, y aunque él la siguiera ahora, y se disculpara por su rudeza, no podía llevarla a la cama como un hombre. No podía permitirse que ella lo viera desnudo. Ella se apartaría de él, y entonces la perdería para siempre. No, tenía que darse y darle el tiempo para resolver los obstáculos entre ellos. Necesitaba tiempo para calmarse y ver su reacción como lo que realmente era: una acción para protegerla en lugar de controlarla. Y él necesitaba tiempo para resolver su problema.

El teléfono celular de Eddie timbró de repente. Gabriel volvió la cabeza y vio que lo abría y leía el mensaje. —Excelente, los servidores de AT&T están nuevamente en línea.

Gabriel sintió un alivio al escuchar la noticia. —Vayan ambos, y tráiganme la información. Sólo envíame por fax la lista de teléfonos, una vez que la tengas. Ah, y llama a Yvette y pídele que te releve en el puesto aquí.

—Lo haré—, confirmó Thomas y abrió la puerta, Eddie lo siguió. Thomas se detuvo con un sobresalto, se echó hacia atrás y miró sobre su hombro. —Parece que tienes un visitante.

~ ~ ~

Maya se dejó caer sobre las sábanas de la cama. Cuando ella se volvió, todavía podía oler el persistente aroma de Gabriel en las almohadas. ¿Cómo se había vuelto de repente todo tan complicado? Sólo unas horas antes se había sentido feliz y satisfecha. Ahora las cosas eran un alboroto.

El hombre que se había puesto de pie en la puerta de la entrada cuando había vuelto de Castro, no era el mismo hombre que la había tenido en sus brazos y la había tocado casi con reverencia como adorándola. Ese no era el Gabriel que pensaba que conocía, no el tierno y cuidadoso amante del día anterior. Ese Gabriel era diferente: duro, inflexible, poderoso.

Y por el intercambio de palabras con Thomas, ella sabía que él realmente tenía el poder que ejercía con tanta facilidad ahora. Ese no era el hombre que la había besado con ternura y le había dicho que ansiaba la cena, como si él fuera a darse un festín de ella y no al revés. Como si pudiera alimentarse de él en ese momento. No podía hacerle frente ahora, no después de lo que le había dicho sólo unos minutos antes.

Ella sabía por qué había reaccionado con tanta dureza a su llamada de atención. Fue el destello que tuvo en su memoria que la había asaltado en el bar.

Control.

La palabra se extendió en su mente de nuevo. Algo sobre eso la llenaba de temor. Y cuando había visto a Gabriel parado en la puerta, lo había visto en sus ojos: él estaba acostumbrado a controlar a los que le rodeaban… tal vez no porque era su naturaleza, sino porque era el jefe. Y en ese momento, él la había asustado.

Tenía la extraña sensación de que había tenido una conversación similar con otra persona. Cuando ella acusó a Gabriel de querer verla las veinticuatro horas al día, no había estado hablando realmente de él. Las palabras habían llegado a ella, de un recuerdo que ya no tenía.

Maya se estremeció cuando su mente la llevó a conectar los puntos. Las palabras habían provenido de los recuerdos que el canalla había borrado… palabras que ella le había dicho al monstruo sin rostro que la había transformado. Había querido controlarla, poseerla. Instintivamente, ella sabía eso ahora, aunque ella no lo recordaba. Su recuerdo de esa vez aún estaba en blanco, pero su cuerpo había conservado la memoria sensorial. Cuando ella se oyó decir esas palabras a Gabriel, su cuerpo había recordado el miedo que había sentido cuando ella se había enfrentado al delincuente.

Tenía que explicarle a Gabriel que ella no había querido atacarlo. Que no se trataba de él, sino de sus propios miedos. Él lo entendería.

19

Gabriel dejó el vaso de sangre vacío que él mismo se había servido sobre la mesita de café, y luego miró a Francine, que se había puesto cómoda en el sofá.

La bruja le echó una mirada profunda. —Estoy preocupada.

La columna de Gabriel se tensó. —¿Acerca de?

—He tenido una larga conversación con Drake. Tengo algunas sospechas acerca de Maya.

—¿Sospechas? — Él se sentía a la defensiva.

—Relájate, vampiro. Cuando digo sospechas, no digo que está engañando a nadie. Ella realmente no sabe lo que ocurre con ella.

—No hay nada malo con ella—. De hecho, nunca había conocido a una mujer más perfecta.

La bruja sonrió con complicidad. —¿Alguna vez ustedes se desprenden de la testosterona, o siempre están así de saltones?

Cuando abrió la boca para replicar, ella simplemente le interrumpió con un movimiento de su mano. —Por suerte, yo no soy la que tendrá que lidiar con tu ego. Estoy mucho más interesada en la condición de Maya.

Gabriel exhaló bruscamente. —¿Por qué?

—Ella es un vampiro, pero bebe tu sangre y rechaza la de los humanos. Entró en celo cuando las mujeres vampiro, son conocidas por ser estériles.

—Sabes mucho acerca de los vampiros.

Ella se encogió de hombros. —Es importante conocer a tus enemigos: es mejor para luchar contra ellos. Pero vayamos al punto, ¿has considerado la posibilidad de que el darle de tu sangre a Maya haya provocado sus síntomas?

Gabriel se levantó de su asiento. —¿Estás sugiriendo que mi sangre no es buena para ella?

—Eres alguien que salta muy rápido a las conclusiones. No. Todo lo que estoy diciendo es que tu sangre podría haber despertado algunos genes latentes en ella. Tú mismo me dijiste, cuando hablamos acerca de tu problema, que tu transformación fue tan difícil como la de ella. ¿Qué pasa si tienen más que eso en común?

Él levantó una ceja. Le había dicho mucho a la bruja acerca de su situación, justo la noche antes que Maya fuera atacada. —No podríamos ser más diferentes el uno del otro—. Ella era perfecta, y él era todo lo contrario. Incluso la bruja tenía que saber eso.

—Ella anhela tu sangre… y solo la tuya, según lo entiendo. No es la sangre de un ser humano, ni la sangre de cualquier otro vampiro.

—Porque yo fui quien terminó la transformación.

—No. Porque hay algo en tu sangre que ella necesita. Tal vez algo que su cuerpo reconoce.

—Hablas como si yo fuera una droga para ella.

—En cierta manera lo eres. Pero no lo sabremos con seguridad hasta que haya analizado las muestras de sangre de ambos.

Gabriel entrecerró los ojos. —Si esto es un truco para conseguir sangre de vampiro, de modo que puedas…

Francine dejó escapar un exasperado soplido. —No creo que jamás haya conocido a un vampiro que tenga más sospechas que tú. Confía en mí vampiro: si yo quisiera hacerte daño, podría haberlo hecho hace mucho tiempo.

¿Confiar en ella? Tal vez lo tenía que hacer, si quería saber qué pasaba con Maya y con él. —Tal vez si me llamaras "Gabriel" en lugar de "vampiro", me resultaría más fácil confiar en tus buenas intenciones—. Hizo una pausa. —Francine.

Ella levantó una ceja. —Si eso es todo lo que necesitas, puedo hacerlo—. Hizo una pausa para el efecto. —Gabriel.

Gabriel se relajó y se volvió a sentar en el sillón junto a la chimenea. —¿Cuánto de mi sangre necesitas?

—Sólo un pequeño frasco. Me lo llevaré a mi laboratorio y lo analizaré. No será más de una hora.

—¿Tienes un laboratorio?

—No creerías que podía vivir de ser una bruja, ¿verdad? Trabajo en un laboratorio comercial en el centro de la ciudad. Vale la pena…— ella le guiñó un ojo. —…Gano lo suficiente para comprar las patas de gallo para mis pociones.

—Vamos arriba. Espero que no te importe si llevamos a cabo la extracción de sangre en el dormitorio. Prefiero no ser interrumpido. A mis compañeros les parecerá extraño, por no decir menos, si ven que le doy sangre a una bruja.

Se levantó y tomó su bolso, que presumiblemente, contenía todo tipo de cosas de bruja. —Normalmente, yo diría que, de ninguna manera, pero al ver cómo estás enamorado de Maya, me atrevo a decir que no eres un peligro para mí.

Por primera vez desde que la bruja había llegado, Gabriel soltó una risita. —Eres una mujer atractiva, pero sin ánimo de ofender… no tengo ningún interés en ti o cualquier otra mujer, además de Maya.

Una vez en el dormitorio principal, Gabriel cerró la puerta silenciosamente detrás de él. —Sólo una petición: estaremos en silencio. Maya está al lado, y no quiero que nos oiga.

—Bien.

Francine sacó un torniquete y una jeringa. Gabriel sólo lo miró y sacudió la cabeza.

—Eso no va a ser necesario. Dame el frasco.

Ella se lo entregó. Él deseó que sus dedos se convirtieran en garras e hizo un pequeño corte en su pulgar. La sangre emanó de la herida al instante. Gabriel sostenía el frasco por debajo de él y lo llenó con el líquido rojo. Un momento después, se lamió el dedo con la lengua para cerrar la incisión.

Francine tomó el frasco y lo cerró antes de ponerlo en su bolso. —Bueno. Te dejo uno para Maya. Llámame cuando lo hayas preparado para mí, y voy a mandar a alguien para que lo recoja. Ahora, vamos a ver tu problema. Creo que fuimos interrumpidos la última vez, justo cuando estaba a punto de examinarte.

Gabriel tragó. Esa era la parte que más temía. — ¿Puedo tener tu palabra de que lo que te muestre, no lo discutirás con nadie?

—¿Es necesario decir que hay una confidencialidad bruja-vampiro? —, bromeó, pero Gabriel no tenía ganas de reírse.

Con manos temblorosas, se aflojó el cinturón, abrió el botón de sus pantalones. El ruido del cierre mientras lo bajaba, parecía hacer eco en la habitación. ¿Podría todo el mundo en la casa haberlo escuchado? Cuando bajó sus pantalones a medio muslo, oyó la respiración de Francine, como un silbido de sus pulmones.

Mientras estaba de pie ante ella, se dejó caer en el diván, por lo que su cabeza quedo al nivel de su entrepierna. —Por Dios—, susurró.

~ ~ ~

El estómago de Maya gruñó, pero ella trató de aplacar su hambre. Se había paseado de un lado a otro por un buen tiempo, decidiendo qué hacer. Ahora, ella no podría esperar por más tiempo. Tenía que hacer frente a Gabriel y explicarle por qué había reaccionado con tanta dureza cuando había regresado. Por el bien de lo que estaba creciendo entre ellos, tenía que dar el primer paso y pedir disculpas por sus duras palabras.

Y luego, tenía que alimentarse. Por Dios, ella lo deseaba. No sólo su sangre, sus caricias, sus labios, sus besos. Sentía debilidad en las rodillas sólo de pensar en él, recordando cómo la había tocado y besado, cómo había hecho que terminara, con su lengua y sus manos. Pequeñas gotas de sudor, recorrieron por su cuello. Ella se sentía excitada sólo de pensar en estar en sus brazos.

Maya cerró la puerta del dormitorio detrás de ella y caminó por el pasillo. Se detuvo en las escaleras. Estaba claro que podía sentir la presencia de Gabriel. De hecho, podía oler su sangre. ¿Era más intenso ahora porque estaba muerta de hambre, o había sido siempre capaz de oler la sangre a tanta distancia? Cuando volvió la cabeza, se dio cuenta de que el olor era cada vez más intenso… no venía desde abajo, sino desde el dormitorio principal.

Maya sonrió para sí misma. Si Gabriel estaba en la cama, aún mejor. Ella primero podría beber de su sangre y luego devorarlo. En puntas de pie, caminó hacia la puerta. Lo más silenciosamente que pudo, dio vuelta al picaporte y abrió la puerta.

Tan pronto como dio un paso en la habitación, se quedó paralizada de horror.

Maya dejó de respirar.

Gabriel estaba junto a la chimenea, frente a ella. Pero él no la estaba mirando. Su mirada se centraba en la mujer que estaba sentada frente a él en el diván, de espaldas a Maya. Su cara se retorcía como si le doliera.

Pero eso no era lo peor de todo. Lo peor eran los pantalones de Gabriel que estaban abajo hasta las rodillas, sus muslos desnudos se mostraban, mientras que su entrepierna estaba bloqueada por la cabeza de la mujer.

Maya parpadeó, pero no se estaba imaginando esto. ¡La extraña mujer estaba dando a Gabriel una mamada! Y la mirada en el rostro de Gabriel no era de dolor. No, tenía que ser de placer.

¿Cómo podía hacerle esto a ella?

Un sollozo arrancó de su garganta.

La mirada de Gabriel saltó a ella, y al mismo tiempo volteó la mujer. Ambos la miraron, se veía sorpresa en sus rostros.

Gabriel tiró de sus pantalones, pero no pudo subírselos hasta arriba. —Maya, por favor, esto no es lo que parece—. La mujer giró completamente, aun bloqueando su visión de la entrepierna de Gabriel. Como si a Maya le fuera necesario ver su duro pene, para saber lo que estaban haciendo. Ella no necesitaba una prueba de ello. Todas las pruebas estaban escritas en sus rostros culpables.

Ella giró sobre sus talones y salió corriendo de la habitación.

—Maya, escúchame. Te lo puedo explicar.

Sus palabras eran una mala excusa. ¿Qué había que explicar? Él había traído a otra mujer a la casa justo después de que ella le había dicho que no quería ser controlada. ¿Era esa la respuesta a su enojo? ¿Qué no le importaba lo que ella pensara? Qué cruel.

Maya bajó corriendo la escalera, más rápido que nunca. ¿Así que esa era la velocidad de vampiro? Mejor. Ella tenía que huir, de él y de ese lugar. En la puerta de entrada, vio un juego de llaves sobre el aparador. Ella sabía que había un coche en el garaje… Gabriel lo había tomado cuando se había reunido con Zane antes.

Tomó las llaves y corrió hacia el garaje. Con un clic, las puertas del Audi R8, se desbloquearon. Nunca había conducido un coche deportivo antes, pero serviría. Maya se subió al coche, cerró la puerta y metió las llaves para encender el auto.

Un segundo después, el motor rugió a la vida. El control de la puerta del garaje estaba donde ella esperaba que estuviera… en la visera. Valiosos segundos pasaban, mientras la puerta del garaje se levantaba. Cuando iba a media altura, Maya golpeó el pedal del acelerador y salió corriendo.

Sus nuevos sentidos superiores de vampiro le ayudaron a evitar un accidente mientras salía hacia la calle. De reojo, vio a Yvette parando en la acera, mirándola. Maya no le hizo caso, apretó el acelerador más fuerte y corrió por el camino.

Sus ojos ardían, y sólo ahora se daba cuenta de que estaba llorando.

¡Maldito Gabriel!

Había dejado que llegara demasiado cerca, y todo lo que había conseguido era un infierno de mucho dolor. Él era tal como Yvette se lo había descrito, todo lo que quería era una mujer humana, no un vampiro infértil. No había dejado de notar que la mujer que tenía la cabeza enterrada en la entrepierna de Gabriel, era un ser humano. Su olor había sido definitivamente humano, aunque era sólo un poco diferente. Pero de seguro no era un vampiro. Maya lo olió. No le había tomado mucho tiempo en absoluto reemplazarla. Después de todas las cosas que le había dicho cuando había estado en su cama, las promesas de que él se ocuparía de ella, que siempre estaría allí para ella. ¿Había mentido cuando afirmó, que alimentar a Maya, era el paraíso para él?

Con el dorso de la mano, Maya se secó las lágrimas de la mejilla. Si eso significaba que hombres como Gabriel podían tratarla con tan poco respeto, con tal insensibilidad, entonces ella no quería ser un vampiro.

Ella frenó en un semáforo, dejando al motor en neutro, y respiró hondo. ¿Eran los vampiros en realidad tan diferentes de los humanos? Al recordar la situación en la habitación de Gabriel, se dio cuenta con asco de que incluso su "no es lo que parece", era decididamente humano… cualquier hombre hubiera dicho lo mismo para salir de ese lío. No, los vampiros no eran en realidad muy diferentes cuando se trataba de eso. Lo que reducía a Gabriel a ser otro tramposo hijo de puta más, al igual que cualquier otro ser humano.

Por lo que sólo tendría que hacer lo que habría hecho con cualquier otro hombre: olvidarlo. Y despotricar de él con sus amigas. Sí, eso es exactamente lo que necesitaba ahora.

Maya miró su reloj. Paulette estaría en casa y no le importaría si se presentara sin previo aviso. Tenía que abrir una botella de vino y compadecerse de ella. Por un momento, Maya se preguntó cuánto le diría, pero luego decidió que la honestidad era la mejor manera de llegar. Si quería mantener a Paulette como su amiga… y ella necesitaba con desesperación una amiga en cuyo hombro pudiera llorar… tenía que decirle la verdad. Poco a poco, y con suavidad.

20

Gabriel casi chocó con Yvette cuando corrió hacia el vestíbulo. Si no hubiera estado luchando para subir sus pantalones y no se hubiera atrapado el pelo de la bruja en su cierre, podría haber alcanzado a Maya antes de que lograra huir de la casa.

—¿Has visto a Maya? —, le preguntó con brusquedad.

Yvette levantó una ceja. —Ella se fue en el Audi de Samson—. Luego pasó tranquilamente por delante de él, como si no le importara.

La ira se agitaba en él. Se dio la vuelta y sujetó a Yvette de los hombros. —¿Y no la detuviste?

Ella se zafó de su control y le gruñó. —No tengo el hábito de saltar delante de los coches manejados por coléricas mujeres.

Él entrecerró los ojos. No permitiría ninguna falta de respeto de sus subordinados. —Es tu trabajo protegerla.

—¡Yo estaba FUERA DE SERVICIO! ¿Por qué no la protegiste tú? Ella debió haber tenido una razón para salir corriendo de aquí, así que quizás deberías mirarte a ti mismo, antes de culpar a alguien más—. Yvette plantó sus puños en las caderas y lo miró.

—No te cae bien—. Estaba muy claro para él.

—¿Y por qué habría de hacerlo? — Ella hizo una rabieta. —Es atacada y transformada, y todo el mundo se vuelve loco por ella, como si fuese alguien especial. ¿Y dónde quedo yo?

Gabriel dio un paso hacia atrás, al darse cuenta y asimilar las palabras. Yvette había tenido interés en él. —Con "todo el mundo", te refieres a mí, ¿no es cierto?

—¡Olvídalo! — escupió y se volteó.

~ ~ ~

Un fuerte apretón en su brazo la detuvo. Yvette se tragó las lágrimas… no le daría la satisfacción a Gabriel, de admitir que la había herido. Durante todos esos años que habían trabajado juntos, ella pensó que se habían acercado. Su relación había pasado de ser puramente profesional, a algo más que una amistad. Ella esperaba que, con el tiempo, Gabriel bajara la guardia y llegara a ella por algo más que trabajo y amistad. Le había dado suficientes señales mostrándole su voluntad para llevar las cosas un paso más adelante.

Le había dado tiempo para acostumbrarse a la idea, y después, Maya había aparecido. Y en cuestión de días, Gabriel se había convertido en un hombre ardiente, lujurioso como todos los demás. Sólo que, no deseándola a ella, sino a Maya. ¿Qué tenía Maya que ella no tuviera?

—Quita tu mano de mi brazo o lo voy a romper—, le advirtió.

Debió haber escuchado la gravedad en su voz, porque un momento después la soltó. —Creo que tenemos una conversación pendiente entre tú y yo, desde hace mucho tiempo.

Ella se volvió para mirarlo. —No hay nada que decir—. Si él pensaba que podía llegar a confesar sus sentimientos, estaría esperando a que el diablo se atara los patines de hielo y patinara en el infierno congelado.

¿Había compasión en la mirada de Gabriel? No, ella no quería compasión.

—Yvette, nunca te he dado ninguna razón para creer que yo tenía algún otro interés, que como una valiosa colega y amiga. No tengo otros sentimientos por ti. Si alguna vez te he dado la impresión de algo más, te pido disculpas.

¿Él se estaba disculpando con ella? ¡Qué emoción! —Ustedes los hombres son todos iguales. Nada va a cambiar eso, ¿verdad? Una mujer nueva se presenta, y de repente empiezan a babear. ¡Maldita sea, ni siquiera la conoces! — Sabía que ella estaba fuera de lugar hablando con él de esa manera, pero en ese momento no le importaba nada. Dejar que la despida. Tal vez sería lo mejor para todos ellos.

—No, yo no la conozco. Pero la amo.

Sus palabras fueron como una puñalada en el pecho con un cuchillo afilado. Ella le sostuvo la mirada y en sus ojos lo vio. Era cierto. Él la amaba. No pretendía nada, sin jactancia, sólo honestidad pura y simple. Algo en ella se apagó. Si tenía una esperanza, de que algún día podría haber algo entre ellos, que su encaprichamiento con Maya se desvanecería, el brillo de sus ojos le dijo que nunca sucedería. Había encontrado lo que estaba buscando.

—¿Ella es tu compañera? — Su voz se rompió.

—Si ella me acepta. Lamentablemente ella malinterpretó algo y me odia en este momento.

Yvette recordó la mirada que había notado en Maya. —No creo que odio sea la palabra correcta. Una mujer que odia no llora, no como Maya lo hizo—. Las lágrimas habían corrido por su rostro, el dolor tan claramente grabado en él. —Ella te quiere todavía.

Hubo un destello de esperanza en la mirada de Gabriel ahora, y algo dentro de Yvette se estremeció. Ella no era una mala persona, sólo estaba equivocada. Durante todos esos años que esperaba que Gabriel la buscara por algo más que sólo amistad, sin embargo, él estaba en lo cierto: nunca le había dado ninguna razón para creer que él estaba interesado en ella. Ella se lo había imaginado. Porque estaba sola. ¿Qué tan patético era eso?

Ella fue mejor que eso, más fuerte. —Yo te ayudaré a encontrarla.

—¿Lo harás? — Gabriel dio un paso hacia ella y abrió los brazos en un torpe intento de abrazarla, la emoción claramente lo abrumaba.

Yvette se retiró. —Sin abrazos.

Dejó caer los brazos y bajó los párpados, viéndose avergonzado por su euforia y su rechazo, pero aliviado al mismo tiempo. —Gracias.

—Se dirigió hacia el sur.

Gabriel parpadeó. —Su apartamento en Noe Valley. Vamos—. Miró hacia la puerta a su vez. — ¿Es tu perro?

Yvette volteó. En la acera, el perro que la había estado siguiendo las últimas cuadras y se había sentado a esperarla con paciencia. Antes de él había sido un perro diferente. Y antes de eso, un gato. —No tengo idea de por qué cada maldito gato y perro en esta ciudad, me sigue. Es como si me hubiera convertido en un maldito encantador de perros o algo así—. Le hizo un gesto al perro. —¡Fuera! — Ni siquiera le gustaban los animales.

—Creo que le gustas.

Ella suspiró y se dispuso a replicar, cuando el olor de algo completamente desagradable llegó hasta sus fosas nasales. En un abrir y cerrar de ojos, giró y miró hacia las escaleras, donde estaba una mujer que nunca había visto antes. —¿Qué diablos está haciendo una bruja en la casa de Samson?

~ ~ ~

Maya puso el Audi en la cochera y apagó el motor. Mientras salía del coche en la oscuridad de la noche, miró a sus alrededores. Nunca antes había estado tan consciente de sus sentidos. Al final de la calle residencial, un vecino paseaba a su Westie blanco. Cuando se concentraba, podía oír el alboroto de los platos en una cocina cercana. Las noticias se escuchaban desde un televisor en una casa cruzando la calle.

Nunca se había dado cuenta de esos ruidos antes y siempre había pensado que el barrio de Paulette era extrañamente silencioso. No lo era… ya no lo era de todos modos. Con sus sentidos mejorados, podía escuchar lo que estaba sucediendo dentro de las pequeñas casas situadas a lo largo de la colina. Desde su puesto ventajoso, podía ver el mar o podría haberlo visto, si no fuera por la niebla suspendida frente a la playa.

Midtown Terrace era un barrio de clase media, las casas fueron construidas a finales de los años 50, los planos de ellas eran esencialmente los mismos, con algunas pequeñas variaciones. La casa de Paulette no era diferente: tres dormitorios y un baño sobre un garaje para dos coches. Un pequeño patio en la parte trasera. Maya había pasado muchas noches ahí con Paulette y su amiga Barbara, bebiendo, comiendo, bromeando, y en última instancia, quejándose de las terribles citas que habían tenido. Como todas las amigas lo hacían.

Maya dudó mientras se acercaba a la puerta de entrada, deteniéndose al pie de la escalera de terrazo. ¿Paulette la vería diferente? Cuando Maya la abrazara, ¿la aplastaría con su fuerza superior, al igual que ella había roto la mesita de noche en la casa de Samson? Tal vez lo mejor era no abrazarla. Era más seguro para Paulette.

Ella levantó el pie y lo puso en el primer escalón. Se sentía una corriente fría en el aire de la noche, pero Maya no sentía frío. Su cuerpo de vampiro parecía protegerla del frío a pesar del hecho de que se había olvidado de ponerse una chaqueta. Y en junio en San Francisco, necesitaba una chaqueta, una gruesa. Era evidente que había algunas ventajas de ser un vampiro. Tal vez un día, lo aceptaría realmente y sería lo mejor para ella.

¿Se asustaría Paulette si se enterara de lo que era ahora? ¿Siquiera lo creería? Siempre se habían jugado bromas entre ellas. Era su manera de demostrar la amistad, y por lo tanto Paulette podría pensar que estaba bromeando. Luego, tendría que probarle lo que era. Y tendría que hacerlo sin causar miedo a su mejor amiga.

Ella no quería asustar a nadie.

Maya tomó aire para darse valor para subir las escaleras y encarar a su amiga. Algo le llegó a su nariz. Su estómago se revolvió. Sólo había tenido la misma sensación de asco, cuando había tratado de beber sangre humana embotellada. Un pensamiento golpeó su mente, ella no quería reconocerlo.

Su corazón latía con fuerza mientras corría por las escaleras y llegó a la puerta. Pero no tocó el timbre. No tuvo que hacerlo… la puerta principal estaba entreabierta.

A pesar de que el barrio era un lugar seguro y tranquilo, nadie dejaba la puerta abierta. Nadie. Menos Paulette, por supuesto.

Empujó la puerta para abrirla por completo. Un ataque de náuseas la abrumó mientras inhalaba.

—Oh Dios, no—, murmuró para sí misma.

El olor punzaba en sus fosas nasales y agredía a su sensible estómago, haciéndose más intenso cuando ella entró en la casa. Las luces estaban encendidas en la sala de estar, pero estaba vacía.

Las cuerdas vocales de Maya se apretaron. Ella no podía llamar a su amiga, porque en el fondo ya lo sabía, no haría ninguna diferencia. La casa estaba en silencio. No había ni un solo sonido, excepto el grifo que goteaba en el baño.

Sus zapatos de suela blanda, apenas hacían un sonido mientras se deslizaba por el pasillo hacia las habitaciones como un ladrón. La luz que derivaba hacia el pasillo, venía de debajo de una puerta de la habitación. El dormitorio de Paulette.

Maya se armó de valor en contra de lo que ya sabía que iba a encontrar y giró la manecilla. Empujó la puerta para abrirla, resultando inusualmente pesada. Crujió, pero apenas se escuchaba el sonido, porque la escena en el dormitorio hizo que su corazón latiera tan fuerte como un tambor, ahogando cualquier sonido.

La cama estaba echa un charco de sangre… seca, pero aún lo suficientemente fresca como para que su estómago se revolviera. Si hubiera tenido cualquier contenido en él, lo hubiera devuelto ahora, pero parecía que los vampiros no podían vomitar. A pesar de que ella lo quería, lo necesitaba para reducir las náuseas.

Las sábanas estaban enredadas, como si hubiera habido una lucha. Paulette no había muerto con facilidad, pero Maya sabía que estaba muerta, a pesar de que no había cuerpo. Ella alzó los ojos hacia la pared detrás de la cama y puso sus brazos alrededor de su torso.

Garabateado con sangre estaba un mensaje, y estaba destinado para ella.

La culpa es tuya, Maya.

Un sonido por fin salió de su garganta, pero no ascendió a nada más que un indefenso gorgoteo. Su amiga había muerto a causa de ella. Él lo había hecho. Ella lo sabía. El hombre que la había atacado: había matado a su amiga, para cubrir sus huellas.

Todo porque Maya le había contado a Paulette sobre él, a pesar de que no se acordaba de haberlo hecho. Paulette tenía que haber sabido acerca de él para que la atacara. Tal vez incluso, sabía su nombre y como lucía. Le había costado su vida.

Se sentía entumecida en todo su cuerpo. Todo era culpa de ella. Debió haber cuidado de su amiga. Ella debería haber sabido que vendría detrás de ella. ¿Por qué no había pensado en eso? ¿Por qué?

La puerta se cerró detrás de ella y la hizo girar con velocidad vampírica.

Un grito salió de su garganta.

¡Paulette!

Ella estaba colgando de la parte posterior de la puerta, su cuerpo inerte ensangrentado, su pijama destrozado por las garras. No había latidos del corazón… Maya los hubiera escuchado desde donde estaba. Ella estaba muerta. Hace mucho tiempo.

21

—No pude comunicarme con Thomas—, dijo Yvette, mientras cerraba su teléfono celular y miraba a Gabriel, quien estaba manejando mientras se disponía a marcar un número en su propio teléfono celular.

Gabriel escuchó la grabación en la otra línea y maldijo. —Zane no responde tampoco.

—Ya casi estamos allí—, trató de calmarlo Yvette.

Él le dio una mirada de reojo. Por lo menos ahora que las cosas se habían aclarado entre ellos, Yvette estaba un cien por ciento con él. Y necesitaba toda la ayuda posible. Maya andaba por ahí por su cuenta... y estaba a merced del rufián. El bastardo la encontraría y Gabriel la perdería para siempre. No podía permitirlo. Necesitaba protegerla.

—Zane. Maya se ha ido. Búscala. Es prioridad uno—. Gabriel cerró su teléfono celular.

Momentos después, se detuvo frente al apartamento de Maya y saltó fuera del coche. Subió corriendo las escaleras, e Yvette iba detrás de él.

La puerta estaba cerrada, pero a Gabriel no le importaba. Sin mucho esfuerzo, dio una patada contra la cerradura, astillando la madera. Tiró la puerta y corrió escaleras arriba.

Estando ya en el apartamento de Maya, hizo lo mismo... si ella estaba ahí, no respondería a una llamada amable de todas formas. Estaba demasiado enojada con él. Por ahora, no le importaba. Todo lo que necesitaba, era que regresara a la casa donde ella estaría segura. Entonces él le explicaría las cosas.

¿Cómo podría haberse imaginado que la bruja se la estaba mamando? Claro, la situación había parecido un poco rara, si tan sólo hubiera esperado, se habría dado cuenta que no había nada sexual en eso. La bruja se había limitado a examinarlo como un médico a un paciente y luego puso una poción de hierbas en él, para comprobar cómo reaccionaba la maldita cosa.

Por supuesto, la pieza inútil de carne, no había reaccionado para nada hasta que... Gabriel se detuvo en seco y dejó que el pensamiento se aclarara. Su colgajo adicional de carne se había movido al momento en que Maya entró en la habitación. Y cuando ella había escapado, se había ablandado una vez más y se había encogido a su estado original. Ahora que pensaba en ello, la bruja le había dado una mirada extraña, pero él había tenido demasiado pánico por la mala interpretación de Maya sobre la situación, como para darle mucha importancia hasta ahora. Ahora se preguntaba si...

—¿Vamos a entrar? — Yvette preguntó detrás de él.

Gabriel hizo a un lado sus pensamientos acerca de la deformidad y entró en el apartamento. Aspiró, tratando de averiguar si Maya había estado ahí. Su mirada recorrió el lugar. Todavía se veía de la misma forma en que lo habían dejado sólo dos noches antes. Nada había cambiado. No había olor fresco de Maya. No había estado ahí.

—¿Dónde más podría ir? —, preguntó Gabriel y se pasó las manos por el pelo.

Yvette iba a decir algo, pero justo sonó su teléfono celular. Ella lo contestó. —¿Thomas? ¿Recibiste mi mensaje?

Gabriel pudo escuchar la respuesta de Thomas. —*Sí, el GPS del Audi de Samson, me muestra que está en mi área. Espera... se está moviendo. Hacia el noroeste.*

—¿A dónde? — dijo Gabriel.

Yvette levantó la mano y escuchó a Thomas. —¿Dónde...

—*Lo escuché. Creo que va a Parnassus.*

—¿Parnassus? —, preguntó Yvette.

—*El hospital*

—Nos encontramos ahí—, ordenó Yvette y cerró la tapa del teléfono.

—Llama a Amaury. Yo llamaré a Ricky—. Gabriel salió corriendo por la puerta y volvió al coche nuevamente. Cuando entró la llamada con Ricky se conectó.

—Maya salió de la casa.

—Mierda, ¿qué pasó? — La voz preocupada de Ricky llegó a sus oídos.

—Ella está en camino al hospital, probablemente para ver a sus amigas allí. Tenemos que encontrarla y traerla de vuelta antes de que el rufián la encuentre. Reúnete con nosotros allí.

—Lo haré—. Ricky desconectó la llamada.

—Amaury está en camino también—, informó Yvette al llegar al asiento del pasajero.

Gabriel apretó el pedal del acelerador y corrió por la calle. La limusina que Carl normalmente conducía, no era tan rápida como el Audi de Samson, pero tenía GPS y le ayudaría a llegar hasta Maya, con suerte antes de que el rufián lo hiciera.

~ ~ ~

El corazón de Maya se aceleró, mientras estacionaba el Audi en una parada que estaba justo en frente del hospital, que decía: "prohibido estacionar, zona de hospital". Por mucho que le importara que pudiesen remolcar el coche de Samson, no tenía un segundo que perder. Si su acosador había matado a Paulette para silenciarla, Barbara sería la próxima. Si es que no lo había hecho ya... tragó saliva.

¿Cómo podría haber sabido acerca de Paulette y Barbara?, no estaba segura. A menos, claro, que en realidad lo hubiese presentado con sus amigas. Pero entonces, ¿no hubiera sido mejor remedio el borrar sus memorias también? Algo no tenía sentido en todo eso.

¿Estaba el delincuente tratando de enviarle algún mensaje? ¿Era esa la venganza por no ceder a sus peticiones? Estaba aún más convencida, que tenía que ser un amante despechado. Nadie más escupiría el tipo de odio que irradiaba el mensaje con sangre en el dormitorio de Paulette.

La culpa es tuya, Maya.

Las palabras resonaron en su mente como un disco rayado. ¿Podría haber salvado a Paulette? Si hubiera sólo pensado en las cosas, habría podido considerar ese peligro justo cuando el colega de Gabriel, Ricky, había llegado y se había ofrecido a ayudar. Tal vez él ya había hablado con Paulette... le había dado la información de cómo contactarla después de todo. Tal vez incluso él, llevó el acosador hacia ella. ¿Cómo podía saberlo?

No importaba. Al final, era su responsabilidad proteger a sus amigas. Tendría que haber ido con él y advertir a Paulette. Instarla a ir a un lugar seguro. Pero esa noche, ella había entrado en celo y su mente se había visto empañada. Sólo había pensado en ella misma entonces. Y debido a su egoísmo, su amiga había muerto. Era *su* culpa.

Maya se tragó el nudo en la garganta y se precipitó por las escaleras hasta la sala. Ella sabía que Barbara estaba en servicio durante toda la semana y lo más probable es que estuviera en la sala de guardia de su turno. Al llegar a la puerta de doble hoja que separaba el área pública del hospital de la zona restringida, se dio cuenta con horror que no tenía su tarjeta de acceso con ella.

Maldijo y miró a su alrededor, pero nadie estaba a la vista. El reloj en el pasillo, mostró unos minutos después de la una... el personal de planta se había ido hace mucho, y sólo los del turno de la noche estarían en las estaciones. La guardia de Barbara no estaba en la zona de cuidados críticos, por lo que el personal era poco y consistía básicamente en un par de enfermeras y un médico de guardia, Barbara. Ninguno de ellos estaba a la vista.

Maya presionó la puerta, pero no se movió. A través de las ventanas de cristal podía ver en el botón que permitía a la gente salir de la zona sin necesidad de utilizar sus tarjetas de acceso, pero no había manera de entrar. Si pudiera conseguir que alguien presionara el botón para ella, entonces tendría suerte, pero no había humanos alrededor para poder probar su habilidad de control mental. No es que hubiera funcionado de todas formas, a pesar de haber sido entrenada por Thomas. Todo en lo que había sido capaz de influir era en una silla, unos vasos y unos tazones.

Detuvo sus pensamientos en seco. ¡Eso era! Sólo tenía que mover algo y pulsar el botón con ello. Maya espió por la ventana y vio un cuadro de metal en uno de los depósitos en la pared. Funcionaría. Concentró su mente en el objeto de metal y deseó que se levantara de donde estaba en la pared. Miró con ansiedad mientras el elemento se movía y quedaba suspendido en el aire, como sostenido por hilos invisibles.

Maya no se atrevió a respirar para no perder la concentración. Unos segundos más tarde, se las arregló para mantener el cuadro en movimiento, llevándolo hacia el botón. Con su última gota de voluntad, estrelló el metal contra el botón, antes de que cayera al suelo con un ruido fuerte.

Mientras miraba el objeto caer en el suelo, sus pensamientos se aclararon, aunque: fácilmente podría haber deseado presionar sólo el botón, sin haber utilizado el objeto de metal. Estaba claro que todavía tenía mucho que aprender acerca de su nueva habilidad.

Las puertas dobles se abrieron, y ella se deslizó al interior.

Aliviada, corrió por el pasillo hasta la pequeña habitación donde el médico de guardia descansaba durante la noche. Barbara debería estar ahí, a menos que hubiese sido llamada a una cama del hospital.

Maya apretó el picaporte de la puerta hacia abajo y la abrió, tratando de no asustar a su amiga. La suave luz de una lámpara de mesa la recibió. La sala de guardia estaba escasamente amueblada: un escritorio y una silla, un pequeño armario, un lavabo y una cama individual. Dejó escapar un suspiro de alivio cuando vio a Barbara en un sueño reparador. Maya cerró la puerta detrás de ella, y Barbara se movió.

Un momento después, se estiró desde su posición encogida y sacó las piernas de la cama, los ojos aún estaban cerrados. Cuando los abrió y vio a Maya de pie a pocos metros de distancia de ella, Barbara se sobresaltó. —¡Mierda, Maya!

—Lo siento...— Pero Maya no podía ir más lejos.

—Todo el mundo te está buscando. ¿Dónde demonios has estado? El jefe está enfadado al igual que los otros médicos responsables… todos ellos tuvieron que relevarte.

Maya puso la mano en el brazo de Barbara. —No puedo explicarte ahora mismo. Necesito tu ayuda.

Barbara le dio una mirada de asombro. —¿Necesitas dinero? ¿Qué está pasando?

Una luz estroboscópica parpadeó en la pared, y un instante después se oyó una voz por el altavoz. —*Código azul, Código azul, Sala 748, todos los miembros del equipo, Código azul, Código azul.*

Barbara tomó la mano de Maya y la apretó. —Esa soy yo. Me tengo que ir. Espérame aquí. Estaré de vuelta en breve. Hablaremos cuando esté de regreso.

—No, yo voy contigo.

—Sólo espera. No pasará mucho tiempo.

—No, no es seguro. Iré contigo.

Barbara le dirigió una mirada curiosa —¿No es seguro?

—Por favor, déjame ir contigo.

Su amiga tomó una bata blanca que colgaba de un gancho. —Toma, al menos póntela, para que no te veas fuera de lugar. Y entonces será mejor que hables rápido.

Maya se puso la bata y estaba justo detrás de Barbara, cuando ésta abrió la puerta. Un segundo más tarde, ella la volvió a cerrar.

—Mierda, el jefe está ahí fuera. Si te ve, te detendrá.

Maya maldijo. —¡Maldita sea! — Esa era sólo su mala suerte.

—Yo ya vuelvo.

—¡No, espera! — Pero antes de que Maya pudiera detenerla, ella salió corriendo de la habitación. Sus pasos resonaron en el pasillo. La piel de Maya le picaba incómodamente. Ella no quería que Barbara anduviera sola por los pasillos. Abrió la puerta y miró por una pequeña ranura hacia afuera. El jefe estaba de pie ahí. No había manera de que pudiera pasar por delante de él, sin que la viera.

Maya frustrada, cerró la puerta.

Sólo podía esperar que Barbara supiera sobre su acosador. Así esa pesadilla terminaría pronto. Una vez que Maya supiera su nombre y cómo se veía, lo podrían encontrar. Le diría a Thomas, y se aseguraría que el rufián fuera atrapado. No quería pensar en hablar con Gabriel. No en ese momento.

Una vez que el rufián fuese capturado, estaría a salvo de nuevo y también Barbara. Entonces ella podría decirle a su amiga la verdad, y juntas enterrarían a Paulette. De alguna manera ella podría recuperar su vida, lo más que pudiera aún con la culpa que llevaba sobre sus hombros. La culpa de saber que ella era la responsable de la muerte violenta de Paulette.

22

Gabriel dio vuelta en una esquina en el hospital y casi chocó con Ricky. —¡Gracias a Dios! ¡Llegaste aquí muy rápido! —, dijo Gabriel. Junto a él, Yvette patinó hasta detenerse también.

—Has tenido suerte, estaba en el vecindario.

—¿Has visto a Thomas?

—No. ¿Se suponía que iba a estar aquí? —, preguntó Ricky.

Yvette asintió con la cabeza. —Tendría que haber llegado antes que todos nosotros. Venía directamente desde Twin Peaks.

—Vamos a dividirnos—, sugirió Gabriel. —Usen el control de la mente si lo necesitan para tener acceso a cualquier lugar. Tenemos que encontrarla.

Ricky asintió con entusiasmo. —Sí, lo haremos. Me quedo con el séptimo piso.

—Yvette, toma la quinta planta, que es donde una de sus amigas trabaja, tal vez está ahí. Voy a tomar esta. Si no la encuentran en sus respectivos pisos, muévanse tres pisos más arriba—. Gabriel emitió sus órdenes con una calma que no sentía. Lo que le ayudaba era su experiencia… sabía cómo localizar a alguien en una situación de crisis. Era lo que había hecho durante mucho tiempo, y lo había hecho bien… la vida de Maya dependía de eso ahora. Sólo había un obstáculo: los pasillos del hospital olían a cloro. Le picaba la nariz y obstaculizaba su capacidad para filtrar el olor de Maya. Su único consuelo era que, si el rufián estaba cerca, tendría el mismo problema... ello nivelaba el campo de juego.

Mientras Yvette y Ricky se iban, Gabriel buscó por los pasillos. Había buscado la oficina de Maya en el directorio, mientras subía. Si ella estaba en el hospital, probablemente tenía que ir ahí… ya sea para esconderse por un tiempo o para recuperar los objetos personales que tenía, tal vez una llave de repuesto de su apartamento o algunas tarjetas de crédito o dinero. Ella no había tomado ninguna de sus cosas mientras había huido de la casa, ni siquiera su bolso.

Se decía: ninguna mujer saldría de casa sin su bolso. Solo demostraba que Maya se encontraba en un estado extremadamente agitado, y lo más probable es que actuara de manera irracional. Tenía que llegar a ella antes de que se pusiera aún en más peligro del que ya se encontraba. Además, no se había alimentado de él desde antes de su salida de Castro. Tenía que estar muerta de hambre, lo que la haría débil y menos propensa a pensar con claridad.

Gabriel llegó a la oficina de Maya y presionó la manija de la puerta hacia abajo. La puerta no se movió. No importaba… con un fuerte empujón en contra de la cerradura, la madera se astilló. Se deslizó hacia dentro sin ser visto. Cuatro puertas de oficinas se mostraron ante él, cada una de ellas tenía el nombre de un médico estampado en ella. Abrió la puerta con el nombre de Maya, sin llamar. Si ella estaba ahí, ya lo habría escuchado, y si no estaba, no tenía sentido llamar.

La habitación estaba vacía. Respiró hondo y olió. Había un leve olor persistente de ella, pero no era nuevo. No había estado en su oficina en días. Su corazón dio un vuelco.

Con un suspiro, marcó el número de Thomas. Él respondió al instante.

—¿Dónde estás? —, preguntó Gabriel.

—Séptimo piso.

—Ve más arriba... Ricky ya está cubriendo ese piso. Voy a hacer otro barrido rápido del sexto y luego subiré. Yvette se encuentra en el quinto.

—Claro—, contestó Thomas. Una fracción de segundo más tarde, Gabriel oyó un grito lejano llegar a través de la línea.

Un choque recorrió su sistema. —¿Era Maya?

—No lo sé—. La línea se cortó.

—¡Mierda! —, dijo Gabriel avanzando por el pasillo. Vio el signo de la escalera y se precipitó por ella, dando tres pasos a la vez. Con una velocidad de vampiro, corrió hacia el siguiente piso antes que desacelerara nuevamente tratando de orientarse. Aspiró de nuevo. El olor de la sangre lo asaltaba. Corrió hacia ella.

Al doblar una esquina, vio a un grupo de personas reunidas alrededor de una persona en el suelo. Gabriel se concentró en el sitio. Un charco de sangre se extendía debajo de una persona con bata de doctor.

Un apretón en el antebrazo, le hizo girar a su derecha. —Thomas.

Thomas lo jaló hacia un pasillo lateral. —No es Maya. Es algún otro doctor... para mí, parece asesinato a sangre fría.

—¿Viste quién era?

—Su nombre es Dra. Barbara Silverstein.

El corazón de Gabriel se detuvo, mientras un frío miedo se apoderaba de él. —Esa es la amiga de Maya. Thomas, está aquí. El rufián está en el hospital.

~ ~ ~

La piel de Maya le picaba. Había pasado mucho tiempo desde que el Código Azul había sonado. Se estaba impacientando, y se sentía como un pato sentado esperando a Barbara en la sala de guardia. Tenía que ver cómo estaba.

Ella prestó atención para ver si escuchaba algún sonido desde el pasillo antes de abrir la puerta un poco, luego asomó la cabeza. El brillante pasillo estaba vacío ahora. Maya salió y cerró la puerta detrás de ella. Algo la obligó a no hacer ruido. Estaba agradecida de llevar zapatos de suela blanda, que no hacían ningún ruido en el piso de linóleo de color gris claro.

En algún lugar a lo lejos, se abrió una puerta. Maya corrió a lo largo del pasillo y se metió en una alcoba próxima, que albergaba un pequeño lavabo. Se pegó a la pared, cuando oyó unos pasos que se acercaban a ella. Sus ojos se movieron alrededor de su pequeño escondite, pero no había nada que pudiera utilizar como arma. Esperaba que el que se acercara no fuera un enemigo, y que no tuviera que probar sus habilidades de vampiro.

Aparte de usar sus colmillos en Gabriel, ella realmente nunca había usado su nueva fuerza con nadie. Sabía que tenía las garras… había arañado a Gabriel con ellas por accidente, aquella fatídica noche cuando ella se había alimentado de él por primera vez… y esperaba que aparecieran de la misma forma en que sus colmillos lo hicieron cuando los necesitó.

Los pasos se acercaban y casi estaban sobre ella, cuando un suave "ding" llegó hasta sus oídos. La persona se detuvo en seco. —Maldición—, la voz femenina se quejó en voz baja.

Maya reconoció el sonido, como un llamado a la estación de enfermeras… uno de los pacientes había presionado su botón de llamada. La enfermera giró sobre sus talones y se fue hacia la otra dirección. Maya se relajó cuando la escuchó entrar en una habitación y cerrar la puerta detrás de ella. Contó hasta tres y salió de su escondite.

Rápidamente, se dirigió a la estación de enfermeras que estaba vacía y miró a su alrededor para asegurarse de que nadie la viera. Luego se fue detrás del mostrador y se agachó cerca del escritorio. Tiró del cajón de abajo para abrirlo y metió la mano. Sabía que todas las enfermeras mantenían un par de tarjetas de acceso adicionales ocultas en sus escritorios, en caso de que algún médico hubiese olvidado la suya y tuviese que llegar a algún lugar, antes de que seguridad pudiera emitir una nueva.

Por suerte, esa estación de enfermeras no era diferente. Después de abrir un tercer cajón, se encontró con una tarjeta de repuesto de libre acceso y la metió en el bolsillo de sus jeans. Tenía que ser capaz de moverse por el hospital sin obstáculos, y ahora podía hacerlo.

Cuando se levantó de su posición en cuclillas, los pequeños pelos en la parte posterior de su cuello se erizaron. Un escalofrío recorrió su espina dorsal. Ella olfateó sin hacer ruido. Ningún ser humano se encontraba cerca. El débil olor parecía pertenecer a un vampiro, pero no estaba segura… había demasiado olor a cloro en los alrededores.

Maya se lanzó alrededor de la mesa y salió de la estación de enfermeras. Sus manos se sentían frías y húmedas, y su corazón se aceleró… señales que le decían que tenía que irse. Su instinto de huida o lucha, estaba vivo y alerta. Huir, ganó. No era tan estúpida como para tratar de luchar contra un vampiro que podría ser más fuerte que ella, más viejo y experimentado. Su ventaja era que conocía el hospital… cada rincón, cada habitación de suministro, cada atajo. El que estuviera en su camino no conocía el lugar, así como ella... eso esperaba. Esa era su única oportunidad.

Tenía que llegar hasta Barbara y protegerla. Nunca debió haberle permitido responder al Código Azul, pero sabiendo el juramento que habían hecho al ser médicos, se dio cuenta de que no podría haberle impedido el cumplir con su deber. Maya habría hecho lo mismo. Sin embargo, ella debería haber insistido en ir con ella e ignorar a su jefe. Demonios, ella podría haberle mostrado sus colmillos si hubiera sido necesario.

Maya corrió por el pasillo hasta llegar a la escalera de servicio. Eran más seguras que tomar el ascensor. En un ascensor quedaría atrapada, pero las escaleras la llevarían a salvo hasta el séptimo piso, para encontrar a Barbara. Se detuvo justo antes del corredor, cuando llegaron a sus sensibles oídos unos débiles pasos... era de alguien tratando de no ser escuchado. No podía filtrar el olor de la persona… el olor de amoníaco y cloro era demasiado abrumador. El corredor debía haberse limpiado recientemente. Frenéticamente, Maya echó una mirada a las puertas en el pasillo. Sólo había una opción. Abrió una puerta y se deslizó en el interior del oscuro cuarto. Sin hacer ruido, cerró la puerta detrás de ella y escuchó.

Sus ojos se acostumbraron a la oscuridad, y se dio cuenta de que no tenía problemas para ver a su alrededor. La habitación del conserje, era un poco más grande que un armario y estaba llena de artículos de limpieza, escobas, y baldes.

Un sonido en el pasillo la hizo contener la respiración. La persona se había detenido cerca de su escondite. ¿La habría visto? ¿La habría seguido por su olor? Tal vez sus sentidos eran mejores y no habían sido afectados por los materiales de limpieza del hospital, como su propio sentido del olfato lo estaba.

Con desesperación, Maya tomó la escoba y rompió el mango de madera. Se partió proporcionándole un arma efectiva: una estaca de madera. Se colocó a un lado de la pared junto a la puerta y esperó.

Su audición era tan sensible, que pudo escuchar cuando alguien tocó la manija de la puerta. La adrenalina se le disparó en el cuerpo... ¿o era su sangre de vampiro hirviendo? La luz entró en la pequeña habitación de madera, mientras la puerta se abría. Maya se abalanzó sobre el atacante, preparó la estaca improvisada para sumergirla en el corazón de la persona.

Una mano la agarró por la muñeca rápidamente y la apretó, haciéndola votar la estaca. ¡Oh Dios, no!

23

—Recibí tu mensaje—, llegaron las palabras de la voz, detrás de él. Gabriel se volvió y miró a su segundo al mando, Zane. Se veía como el infierno, dos veces más caliente.

—Ya era hora—, criticó Gabriel. —Necesito a todo hombre que pueda conseguir. La amiga de Maya ha sido asesinada y ella está en algún lugar del hospital. Tenemos que encontrarla. El delincuente está aquí.

El celular de Gabriel vibró. Él lo abrió. —¿Sí?

—Estoy en el hospital. ¿En qué piso estás? —, preguntó Amaury.

—Séptimo—. Desconectó la llamada sin esperar a que Amaury respondiera.

—Bueno, esto es lo que vamos a hacer. Thomas, quiero que trates de acercarte al médico asesinado y ver si puedes recoger las huellas del vampiro que hizo esto.

Thomas asintió con la cabeza.

—Utiliza todos los medios necesarios. Y busca a Ricky… él dijo que estaría en esta planta. Yo no lo veo por ninguna parte—. Luego se volvió hacia Zane. —Zane, toma los pisos del uno al cinco.

—Yo puedo revisar esos pisos—, dijo la voz de Amaury desde las escaleras. Se acercó a la vista, su amplia silueta de casi dos metros de altura cubría la puerta de la escalera en su totalidad.

Gabriel asintió con la cabeza hacia él, agradecido de que todo el mundo estuviera llegando a ayudarlo. —Bueno. Zane ve a los pisos doce y trece.

—Dalo por hecho—, respondió Zane y se dirigió a la escalera, saludando a Amaury con una palmada en el brazo cuando pasó.

—Vamos a hacerlo, Amaury.

Thomas levantó la mano despidiéndose y se dirigió hacia el otro extremo del corredor, donde los sonidos de las voces sorprendidas de los empleados del hospital, se hacían cada vez más fuertes. Gabriel y Amaury se fueron hacia el otro lado.

—¿Cómo te sientes? —, preguntó Amaury.

—Me está matando el no saber dónde está. Y saber si está a salvo—. Gabriel dio una mirada seria a Amaury. —Y con el olor del cloro en este hospital, no puedo ni siquiera sentir su olor.

—La encontraremos.

—Voy a ir a los pisos nueve, diez y once. Nadie ha estado en el ocho todavía.

—Yo me encargaré de ese, cuando haya terminado con el cuatro y el cinco—, prometió Amaury y le dio una seca sonrisa antes de que Gabriel pasara junto a él, y subiera las escaleras de enfrente.

En el décimo piso, salió de las escaleras y siguió por el pasillo, su nariz absorbía cada olor, pero el olor del hospital era muy fuerte. No había ningún indicio de Maya. Con cada minuto, la esperanza se desvanecía.

Gabriel pasó las manos por su pelo. No podía perderla. La acababa de encontrar. No era justo. ¿Cómo podría la vida ser tan cruel con él? ¿No se merecía un poco de felicidad? ¿Era mucho pedir?

Algo vibró contra su ingle. Gabriel se detuvo y sacó su celular de su bolsillo. Miró el mensaje de texto.

Tengo a Maya, cuarto 534C. Ten cuidado. Rufián está cerca.

Lanzó un suspiro de alivio al reconocer el número del emisario: Yvette. Con unos pocos clics en su teléfono, envió el mismo mensaje a sus amigos mientras corría hacia la escalera. Una vez que estuvieran juntos, el rufián no tendría ninguna posibilidad de derrotarlos.

~ ~ ~

Maya se apoyó contra la pared del armario del conserje. Yvette había cerrado la puerta, pero como medida de precaución, no había encendido la luz.

—Está en alguna parte. Lo sentí, lo juro—, insistió Maya y se quedó mirando a Yvette en la oscuridad. Ella no tenía ninguna dificultad para ver las bellas facciones en la tenue luz que se filtraba por la parte inferior de la puerta.

—No he sentido ningún vampiro extraño, pero con todo el cloro que hay aquí, no sé...— respondió Yvette. Sin embargo, ella no abrió la puerta, y había cumplido con los deseos de Maya enviándoles a los demás una advertencia por mensaje de texto. —Gabriel y los otros estarán aquí dentro de poco. Estarás a salvo.

Maya le tomó la mano y la apretó. —Gracias. Lo digo en serio. Lo siento, casi te mato.

Yvette se encogió de hombros. —Yo hubiera hecho lo mismo en tu situación—. Ella asintió mirando hacia la escoba quebrada. —Piensas rápido.

—Asumo que una estaca en el corazón puede matar a un vampiro, ¿verdad? — Maya esperaba que ella no hubiera estado completamente fuera de lugar.

—Eso, y algunas otras cosas. No te preocupes, una vez que esto termine, Gabriel te dará un curso intensivo de todo lo que necesitas saber. No podría haber un mejor maestro. Él ha vivido por un tiempo muy largo.

Maya apartó los ojos. —Prefiero que alguien más me enseñe. Tal vez: Thomas—. Sí, Thomas sería una apuesta mucho más segura: no había peligro para su corazón.

—Creí que tú y Gabriel...— Yvette dejó que su voz se apagara.

—Pensaste mal. Él no tiene ningún interés en mí.

Yvette rio entre dientes, como si supiera lo contrario. —Cariño, ¿quieres decírselo o lo hago yo? Porque el hombre tiene la impresión de que está enamorado de ti. Y por lo visto, yo diría que no está solo en sus sentimientos.

Maya miró a Yvette al instante.

—Oh, sí, no me mires como si fuera una sorpresa para ti. Estaba dispuesto a morder mi cabeza cuando se enteró de que te vi salir y no te detuve—. A pesar de la acalorada discusión, ambas mantuvieron sus voces en un mero susurro para evitar ser detectadas por el rufián, si todavía estaba vagando por los pasillos del hospital.

—Estás equivocada. Él no me ama. Tiene a alguien más—. Maya contuvo sus crecientes lágrimas. No era justo para Yvette cebarla de ese modo... aunque tal vez Gabriel la había engañado también.

—¿Gabriel? ¿Estamos hablando del mismo tipo? ¿El señor Solitario? En todos los años que lo conozco, nunca lo he visto con una mujer. Nunca ha tenido citas y por lo que he oído de los muchachos, ni siquiera iba a cualquiera de esos festivales de cogidas...

—¿Sus qué?

—Algunos de los muchachos son un poco revoltosos, y tienen la necesidad de desahogarse de vez en cuando. Ellos piensan que yo no lo sé, pero confía en mí... lo sé. Los vampiros que no están vinculados de sangre, pueden llegar a ser muy salvajes cuando deambulan por las ciudades y salen en busca de vaginas. Todo lo que te digo, es que Gabriel nunca participa.

Maya tragó su sorpresa. Las palabras francas de Yvette fueron inesperadas, pero ¿por qué los vampiros deberían ser diferentes de los demás hombres? Pero ese no era el punto. Incluso si Gabriel no participaba, no cambiaba en nada el hecho de que lo había atrapado mientras una mujer se la estaba mamando.

—Supongo que eso sólo significa que él es más reservado. No cambia en nada los hechos—, insistió Maya.

—¿Cuáles son? — preguntó Yvette.

—Había una mujer en la casa cuando me fui—. Eso fue todo lo que dijo. Yvette podría sacar sus propias conclusiones. Y por lo visto, ella era una mujer muy inteligente. Ella deduciría y sacaría sus propias conclusiones.

—¿La bruja? ¿Estamos hablando de la bruja? —Entonces ella tuvo la audacia de reírse. —¿Honestamente crees que ocurre algo con una bruja?

—Ella estaba en su habitación—, susurró Maya en voz baja, cuidando de no levantar la voz en caso de que el delincuente estuviese cerca.

—Estoy segura de que hay una explicación para eso.

Maya cruzó los brazos sobre su pecho. Ya había oído su explicación: *no es lo que parece.* Como si eso explicara por qué había tenido los pantalones abajo de los muslos, con la cabeza de la mujer en la entrepierna. No era más que el mismo tipo de mujeriego, como los vampiros a los que Yvette se refería, la única diferencia es que a Gabriel le gustaba llevar a cabo su libertinaje en privado. Y Maya no quería saber nada de eso.

—Yo...

Yvette puso un dedo en los labios de ella. —Shh.

Los oídos de Maya, la alertaron. Contuvo la respiración y no escuchó ningún sonido desde el pasillo exterior. A lo lejos, oyó pasos. Alguien se acercaba. Ella intercambió una mirada con Yvette, que asintió con la cabeza. Estaba tratando de averiguar de qué dirección provenían los pasos, cuando se dio cuenta de que había más de una persona que se aproximaba.

Maya ignoró el frío que se instalaba en su piel y que la apretaba como una soga en el cuello. Podía sentirlo... estaba cerca. Apretó la estaca que aún tenía en la mano. Quería hundirse más profundamente en el armario, pero al siguiente instante, la puerta estaba destrozada. La luz inundó la habitación, y por una milésima de segundo se sintió cegada.

—Gracias a Dios que eres tú—, exclamó Yvette y salió al pasillo. Maya alcanzó a ver el pelo rojo, antes de que Yvette bloqueara a la persona con su cuerpo. A continuación, otra serie de pasos pesados se precipitaban acercándose.

—¿Dónde está ella? — Se hizo eco de la voz frenética de Gabriel en el pasillo.

Un momento después, había empujado a Yvette y al otro vampiro que ahora reconocía como Ricky, a un lado. Él la tomó en sus brazos.

Maya no tuvo tiempo de protestar, antes de que él llegara a su boca y la besara. Ese no era el tierno beso que había infundido en ella antes: era intenso, exigente y desesperado. Estaba demasiado aturdida para hacer otra cosa, que reaccionar a él. Su cuerpo se fundió en él y le permitió invadir su boca, con su lengua buscándola.

Vagamente, oyó que otros venían detrás de él, pero todo estaba borroso. Gabriel exigía toda su atención. Le tomó un minuto entero ganar el control sobre sí misma y recordar lo que le había hecho. El hecho de que ella estuviera ahora a salvo, no quería decir que lo perdonaría por haberla traicionado.

Ella lo empujó contra su pecho y echó la mano hacia atrás para darle una bofetada. Pero su acción se vio interrumpida... había tomado su muñeca justo antes de que la palma de la mano, se conectara con su cara.

Hubo un destello de color rojo en sus ojos, pero cuando habló, su voz estaba tranquila. —Tal vez pienses que me merezco esto, pero no. Tú y yo tenemos que hablar—. Le soltó la muñeca.

Y justo en ese momento, el estómago de Maya gruñó. Maldita sea, se estaba muriendo de hambre, y el sabor de Gabriel en sus labios le recordaba mucho el sabor de su sangre. Alejó su hambre. Otra persona era más importante que ella. —Necesito encontrar a Barbara.

El silencio que siguió después de su declaración fue inquietante. Maya miró a los vampiros reunidos: Thomas, Zane, Ricky, Yvette y otro que no había conocido antes.

Tenía una espalda tan ancha y era tan grande como un jugador de fútbol americano, y su pelo era negro azabache y le llegaba hasta los hombros. Su lectura se vio interrumpida cuando Gabriel le puso la mano en el brazo. Ella le lanzó una mirada molesta, pero la ignoró.

—Barbara está muerta. Lo siento —, dijo Gabriel.

Si no se hubiese extendido hacia ella y la hubiera tomado con sus fuertes brazos al instante, Maya se hubiese caído cuando sus rodillas se doblaron con las terribles noticias. ¿Muerta?

—¡Oh, Dios, no! — Su voz se quebró.

—Me la llevo a casa—, informó Gabriel a sus colegas, mientras levantaba a Maya en sus brazos. —Zane, Amaury, ¿podrían acceder a las cintas de seguridad y ver si el asesino fue capturado por la cámara? —. Ambos asintieron.

Maya se sentía muy lejos, mientras Gabriel emitía sus órdenes. Todo en lo que podía pensar era en sus dos amigas: muertas. Y todo por culpa de ella.

—Yvette, Ricky, permanezcan juntos y vean qué pueden encontrar en el séptimo piso. Thomas, has que Eddie llegue aquí pronto. Quiero que trabajen solamente en parejas. Nadie se queda por su cuenta. ¿Entendido?

—Eddie ya se encuentra en camino—, confirmó Thomas. —¿No quieres que uno de nosotros vaya a la casa con ustedes?

Gabriel gruñó. —Al contrario de la evidencia, soy más que capaz de proteger a Maya por mí mismo. Ahora vayan, todos ustedes. Saben qué hacer. Encuentren a ese bastardo.

24

Gabriel estacionó el Audi de Samson en el garaje y apagó el motor. Miró hacia el asiento del pasajero y se encogió. Maya no había dicho una sola palabra desde que salieron del hospital. Cuando abrió la puerta y salió del coche, sus movimientos eran robóticos, como si estuviera sonámbula.

Gabriel la siguió escaleras arriba. En el pasillo, le tomó la mano y la llevó a la sala de estar. Carl apareció al instante. —¿Puedo traerle algo? — su voz fue suave, como si intuyera que Maya no estaba bien.

Gabriel negó con la cabeza. —Gracias, Carl. Sólo asegúrate que no seamos molestados.

Carl asintió con la cabeza y cerró la puerta detrás de él, dejándolo solo con Maya, que se había alejado de él y se quedó mirando el fuego.

—Es todo culpa mía.

Gabriel cruzó la distancia entre ellos y se detuvo detrás de ella. —No. La culpa es del rufián. Ni se te ocurra pensar que es tuya.

—¿Cómo no podría? Por mi culpa, mis dos amigas están muertas—. Un sollozo salió de su pecho.

—¿Tus *dos* amigas? — Una terrible sensación de malestar se revolvió en Gabriel.

Maya se volvió, sus ojos estaban llenos de lágrimas. —Paulette está muerta. La encontré… fue él. Él la mató.

Él la tomó en sus brazos y la abrazó. —Lo siento, nena. Me gustaría poder revertirlo.

Ella lo empujó, liberándose de su abrazo. —Él escribió con su sangre *"La culpa es tuya Maya"*.

Gabriel se estremeció ante la idea de que Maya hubiese visto el cadáver de su amiga, su sangre.

—Yo debí haber advertido a Barbara—, continuó culpándose a sí misma. —Sabía que Paulette estaba muerta cuando hablé con Barbara.

La tomó de la barbilla y la hizo mirarlo. —¿Hablaste con ella? ¿Qué te dijo?

—No tuve oportunidad de preguntarle acerca de él. La llamaron para un Código Azul. Nunca debí dejarla ir. Yo debí haber insistido.

—No es tu culpa. La mató porque ella sabía quién era. La culpa es mía. Deberíamos haber traído a tus amigas de inmediato. Yo debería haber sabido que no era seguro para ellas—. Gabriel se maldijo por su mala planificación. Dos vidas se podrían haber salvado, si sólo hubiera pensado bien las cosas. Pero cuando se trataba de Maya, él nunca pensaba las cosas apropiadamente. Estaba demasiado distraído cuando se trataba de ella.

—Ella aún está en su casa. La colgó en un gancho detrás de la puerta del dormitorio, como si fuera un trozo de carne. Y yo ni siquiera tuve las agallas para bajarla y darle un poco de dignidad. Sólo corrí.

Gabriel le acarició suavemente el pelo y la atrajo hacia sus brazos. Ella enterró la cabeza en su pecho, sus lágrimas empapaban su camisa. —Voy a mandar a alguien a la casa de Paulette.

Sin soltar a Maya, sacó su celular y llamó al número de Yvette con el botón de marcado rápido. Ella respondió de inmediato.

—Yvette, necesito que hagas algo por mí. Quiero que tú y Ricky vayan a la casa de Paulette. Es otra amiga de Maya. Ella está muerta también.

—Oh, mierda—, fue la respuesta de Yvette.

—Sí, lo sé. Revisen el lugar y encuentren todo tipo de pruebas. Ricky tiene la dirección... se suponía que debía encontrarla y preguntarle lo que sabía acerca del acosador de Maya. Supongo que es demasiado tarde para eso.

—Estoy en ello.

Terminó la llamada. Luego se volvió de nuevo a Maya y le dirigió una larga mirada. —Maya, yo sé que lo que pasó con tus amigas es doloroso para ti, y me gustaría poder darte un tiempo para llorar, pero no tenemos ese tiempo. Para mantener tu seguridad, tengo que estar seguro de que confías en mí al cien por ciento, y sé que no es así en este momento.

Ella se apartó de él. —No puedo hacer eso, Gabriel. No puedo pensar en mí misma, cuando sé que mis amigas han muerto por mi culpa.

—Tienes que dejar de decir eso. Es lo que él quiere que creas. Él quiere romper tu espíritu, y no lo voy a permitir. ¿Me escuchas? — Puso las manos en sus hombros y la sacudió con suavidad. —Vamos a vengar a tus amigas. Él va a pagar por sus muertes. Te prometo eso.

—No quiero hablar ahora. No contigo.

—Entonces no lo hagas. Sólo escúchame. Lo que viste en mi habitación no fue lo que pensaste.

Maya trató de zafarse de sus manos, pero él se mantuvo firme. Tenía que escucharlo. Necesitaba que confiara en él para mantenerla a salvo. Y estaba dispuesto a ganarse esa confianza, incluso si eso significaba desnudarse a sí mismo.

—La mujer que viste, no me estaba dando una mamada. No había nada sexual en ello. Ella es una curandera—. Hizo una pausa para darle tiempo de procesar lo que le había dicho.

Su mirada desafiante, finalmente se transformó en curiosidad. —¿Qué clase de curandera?

—Ella es una bruja, y tengo un problema que nadie ha sido capaz de resolver. Pero ella cree que puedo hacerlo.

La mirada de Maya cayó en sus jeans. —¿Qué tipo de problema?

Gabriel se aclaró la garganta. En realidad, no había forma sencilla de decir eso. ¿Cómo debería expresarse? —Es algo físico—. Sabía que eso no lo explicaría, por lo que lo intentó nuevamente. —Tiene que ver con mi...— se interrumpió de nuevo. Eso no era nada fácil de decir en absoluto. ¿Cómo era posible que alguna vez pensara que podía confesárselo y decirle lo que le aquejaba, cuando estaba muerto de miedo de que ella lo dejara si se enteraba?

—Gabriel. Si se trata de algo físico, puedes decírmelo. Soy un urólogo, trato los órganos reproductivos de los hombres todo el tiempo.

Gabriel se encogió, pero todavía no podía abrir la boca.

Maya puso su mano en la parte delantera de sus jeans y abrió el botón. —Bueno, si no puedes decirme nada al respecto, entonces voy a tener que examinarte.

Eso lo sobresaltó. Tomó su mano con la suya, impidiéndole abrir sus jeans. —No quiero que lo veas.

Apartó la mano de él y dio un paso atrás. —Bueno, Gabriel. Este es el trato: si no puedes decirme cuál es el problema, sólo voy a tener que creer, que mi primera suposición es correcta y que me engañaste. En cualquier caso, voy a seguir estando enojada contigo, y en cuanto todo esto termine, estaré fuera de tu vida. ¿Es eso lo que quieres?

—¡No! — La palabra llegó tan rápida y furiosa, que se sorprendió. No le permitiría dejarlo. Él la necesitaba. Ella era su pareja. Y, además, ¿Había olvidado ya, que todo lo que bebía era su sangre? Ella moriría de hambre sin él.

—Está bien—. Con manos temblorosas, abrió el botón de sus jeans. —Es lo que me ha atormentado. A causa de esto, las mujeres me han rechazado toda mi vida. He tenido esto incluso antes de convertirme en un vampiro. Nada que haya tratado de hacer para deshacerme de él, ha funcionado.

Gabriel buscó sus ojos antes de continuar, —Maya, quiero que sepas, sin importar lo que pase o lo que podrías pensar de mí cuando lo veas, que te amo. Tenía la esperanza de que la bruja fuera capaz de hacer algo al respecto, para que no pudieras verlo.

Así no me dejarías como las demás.

Lentamente bajó el cierre y empujó sus pantalones hacia abajo. Como siempre, cuando estaba en presencia de Maya, su pene estaba duro, y su bóxer estaba como tienda de campaña. La masa de carne por encima de él, se sentía hinchada también. Cerrando los ojos, él se bajó los calzoncillos y mostró toda su vulnerabilidad.

~ ~ ~

Maya tragó una bocanada de aire. Por un momento se sintió como si el tiempo se detuviera. Gabriel parado enfrente de ella, con su ingle desnuda expuesta a ella. Supo inmediatamente lo que a él le había costado hacerlo. Sin lugar a dudas, se sentía horrorizado en esos momentos. Volvió a mirarlo a la cara y notó que sus ojos aún estaban cerrados.

—Voy a tocarte—, anunció con calma. —No te haré daño.

Se dejó caer de rodillas. Mientras ella miraba lo que había ante sus ojos, sabía que había dicho la verdad. La bruja había estado ahí para ayudarlo con su problema. Ahora también entendía por qué no había querido tener sexo con ella. A pesar de que podría haber sido bastante... impresionante.

Su mirada se posó sobre su pene. Orgulloso y erguido, se curvaba ligeramente hacia arriba, casi veintiún centímetros de masculinidad dura, perfecta e impecable. Su cabeza era casi púrpura, sólo una prueba más de que bombeaba llena de sangre. Maya se acercó y deslizó su mano hacia la parte de abajo, acariciando la piel aterciopelada.

Un gemido escapó de los labios de Gabriel.

—No voy a hacerte daño—, susurró.

—Eso no es lo que me preocupa ahora mismo. ¿No has visto suficiente? ¿Puedo vestirme ahora?

Maya dejó curvarse una sonrisa en su boca. —Shh. Estoy examinando al paciente, y si me detienes, tendré que callarte. Y dejaré que te imagines cómo lograré hacerlo—. Ella dio a su pene un firme apretón con su mano alrededor de su dura longitud. Estaba segura de que él podía entender su significado.

Ahora que sabía cómo controlarlo, trasladó su mirada a la zona de alrededor de tres centímetros por encima de la raíz de su pene. —No te muevas—. Soltó su pene.

La masa de carne adherida a su pelvis, justo en el borde de su espesa mata de pelo púbico negro, lucía roja e inflamada. A primera vista, parecía un lunar de gran tamaño... uno de casi trece centímetros de largo. Maya estimó que el diámetro era de unos cuatro centímetros. Los casi cuatro centímetros, se adherían a la parte baja del vientre de Gabriel, justo como su pene estaba.

No era de extrañarse que tuviera miedo al rechazo: había tenido pacientes que se preocupaban por mucho menos de lo que a él le estaba pasando. Ella había tratado a un hombre que había tenido una verruga del tamaño de un maní en su pene y el pensamiento de una mujer viéndolo desnudo... lo había conmocionado tanto, que había empezado a sufrir de disfunción eréctil. Le había llevado meses y la ayuda profesional de un psiquiatra recuperar su confianza de nuevo. Sólo podía imaginarse cuánto afectaba esa deformidad a Gabriel. Su corazón le dolía por él.

—Voy a tocarlo.

—Maya, por favor. No tienes que hacer esto. Es...

Pero los dedos de Maya ya se habían conectado con la masa carnosa. Entonces ella se estremeció. ¿Se había movido por su propia cuenta? —Dije que no te movieras.

—No lo hice.

Ella volvió su mirada a la carne saliente y pasó sus dedos por ella. La piel parecía arrugada con pliegues sobre pliegues, pero también se sentía suave y tersa. De hecho, la textura era similar a la de su pene, que estaba totalmente erecto y por lo tanto no estaba arrugado.

—¿Alguna vez cambia de forma? — Le preguntó, y miró hacia arriba.

Los ojos de Gabriel estaban abiertos, mirándola durante su examen. —No. Solamente a...

Ella esperó, pero él miró hacia otro lado. —¿A qué?

—Ha crecido en la última semana. Es cada vez más grande. Incluso ahora se ve más grande que hace dos noches—. Chocaron sus miradas.

—¿Estás seguro?

Él asintió con la cabeza.

—¿Sabes cuál es la causa de su crecimiento? ¿Has hecho algo diferente en la última semana? ¿Cualquier cosa?

Él negó con la cabeza. —No. No hay nada diferente en mi vida. Me levanto, me alimento, trabajo, duermo. Eso es todo.

—¿Estás seguro?

—Sí, todo está como siempre, excepto que tú estás aquí, y estás alimentándote de mí.

Maya tragó. Ahora que él se lo había recordado, ella sintió que su hambre empujaba nuevamente. —¿Crees que el cambio podría tener algo que ver con que yo beba tu sangre?

Ella lo sintió encogerse de hombros, pero no quitó los ojos de la ingle. Algo sobre el crecimiento, se sentía extraño. Pero no podía dar en la tecla.

—No estoy seguro, pero la primera vez que me di cuenta de que había crecido fue después de que te alimentaste por primera vez de mí. ¿Te acuerdas, en el estudio?

Por supuesto que ella lo recordaba. ¿Cómo podría olvidar la forma en que la había besado y se había apretado contra ella? —¿También tuviste una erección al mismo tiempo?

Ella lo miró y vio que una tímida sonrisa se pintó alrededor de su boca. —Maya, tengo una erección cada vez que estoy cerca de ti.

Trató de no sentirse muy contenta con su declaración, pero no podía evitarlo. ¿Qué mujer no quería tener ese tipo de efecto sobre el hombre que quería? —Tal vez tenga algo que ver con que tú estés excitado.

—No. Cuando yo estuve con otras mujeres, nunca sucedió—. Él la miró como si hubiera dicho algo malo. —Mucho antes de que te conociera. Pero no he estado con nadie en mucho tiempo. Y no he mirado a nadie más que tú—, añadió.

Ella apretó la palma de la mano sobre su pecho y lo detuvo. —Gabriel, todos tenemos un pasado. No has estado con nadie desde que tú y yo... Ya que...— Ahora era ella la que no podía decir una palabra.

—¿Hiciéramos el amor? — La ayudó y colocó su palma sobre su mano.

Los ojos de Maya se quedaron fijos en él. —Sí. Ahora lo sé. No estaba pasando nada con la bruja. Siento no haber confiado en ti antes—. Ella se levantó. —Ahora puedes vestirte. A menos que...— Hizo una pausa. —...no quieras hacerlo.

Tenía que afirmar la vida, olvidarse de las cosas que había visto esa noche. La vida era tan corta que a veces lo único que se podía hacer era aferrarse a lo que estaba justo en frente. Tomar lo que estaba ahí mientras todavía estuviera. ¿Qué pasaría en unas horas, o en unos días? Se dio cuenta de que nada se debía posponer, porque puede que nunca tuviera otra oportunidad.

Gabriel la miró y le acarició la mejilla con la palma de su mano. —Por mucho que me encantaría que los dos nos desnudáramos en este momento, no sería correcto. Eres muy amable por no gritar o salir huyendo, pero ninguna mujer quiere ser cogida por mí, no, mientras tenga esto.

Maya apretó la mano contra la parte posterior de su cuello y lo atrajo más cerca, hasta que sus labios estuvieron a sólo centímetros el uno del otro. —Ahora tú me escucharás, Gabriel. Yo decido quién me coge, y no voy a dejar que tu erróneo sentido de la vergüenza se interponga en el camino. Sea lo que sea, trataremos con él.

—No entiendes. No se puede quitar. He tratado con cirugías. Vuelve a crecer.

Ella rozó los labios contra los suyos y sintió su erección empujar contra su estómago. —¿Me deseas?

—Por supuesto que te deseo.

—Entonces lo resolveremos. Si quieres esperar, eso está bien, pero cuidado con la espalda, porque un día te encontrarás en una posición tentadora y yo misma tomaré lo que quiero. Me imagino que, como un vampiro, soy lo suficientemente fuerte como para rasgarte la ropa y montarte hasta que termines. Y, francamente, no me importa si te brotó una cola, siempre y cuando tengas una erección con la cual atravesarme.

Sus últimas palabras fueron un susurro en los labios. Sintió su aliento escaparse, antes de que él acercara su boca y la besara. Un momento después, se encontró sin suelo bajo sus pies, suspendida en los fuertes brazos de Gabriel, presionándola contra su cuerpo todavía medio desnudo. Ella esperó que nadie entrara a la sala de estar o se darían con una imagen del trasero desnudo de Gabriel a la vista.

Maya deslizó sus manos hacia abajo, hacia dicho trasero. Cuando le clavó los dedos en su firme carne, él gimió con su boca e intensificó su beso. Ella nunca lo había visto con esa pasión, ni siquiera cuando él la había satisfecho después de que había estado en celo. Era casi como si cierta limitación en él, se hubiera hartado y finalmente se estaba permitiendo hacer lo que quería.

Alejó su boca lejos de él para respirar. —Te deseo ahora. No quiero esperar.

Sus ojos estaban oscuros, mirándola con incredulidad. —Maya, por favor no juegues conmigo.

Ella se liberó, pero sólo para abrir sus propios jeans y sacárselos. —No estoy jugando contigo—. Tan pronto como salió de sus jeans… lo cual fue rápido dada su velocidad de vampiro… lo acercó de nuevo. —Cógeme, ahora—. Sabía que si esperaba más tiempo ardería. Lo necesitaba dentro de ella, y no le importaba nada más.

—Bebé—, susurró Gabriel contra sus labios y los giró a ambos. Un momento después, él la apretó contra la pared. —La próxima vez, lo haremos como personas civilizadas. Pero en este momento…—, su mano se dirigió a su tanga y con un movimiento rápido, se la arrancó. —…te quiero rápido y fuerte.

~ ~ ~

Gabriel no le dio tiempo para que asimilara sus palabras, la cubrió con su cuerpo y separó sus piernas abriéndolas. Por un segundo, se mantuvo completamente inmóvil y miró hacia los ojos expresivos de Maya, donde vio brillar el deseo hacia él. Incluso después de lo que había visto, ella aún lo quería. No lo había rechazado, no se había marchado, y, sobre todo, confiaba en él.

Cómo era ello posible, no lo sabía. Reconoció la necesidad de olvidar el dolor que sentía, pero eso no podía ser todo. No podría ser la razón por la que le permitiera tomarla. No, mientras él la miraba a los ojos, vio algo más que deseo y pasión. Vio afecto.

—Te amo—, confesó, por lo que desnudó su corazón al igual que había descubierto su cuerpo. Y la bestia en él se hizo cargo, y la penetró con una ferocidad que nunca había conocido. Y en ese momento él estaba agradecido por el hecho de que ella fuera un vampiro también, porque la pasión que desató sobre ella, habría quebrado a un ser humano fácilmente. Sin embargo, Maya recibió sus empujes con tanta energía y determinación, como él se la daba.

Su estrecho canal estaba resbaladizo, y su aroma fustigaba su deseo al límite. Esta mujer era lo único que había querido y todo lo que desearía en el resto de su larga vida. Mientras sus piernas estaban alrededor de sus caderas, echó la cabeza hacia atrás y gruñó. Esa era la mujer que quería reclamar como su compañera, a toda costa.

Sintió las garras de Maya hundirse en su espalda y se dio cuenta que su lado vampiro estaba emergiendo. Su propio cuerpo se endureció. Cuando volvió a mirarla a la cara, vio sus colmillos sobresalir de sus labios, evidenciando que estaba perdiendo el control. Agradeció el saberlo con un gruñido. —Mía.

Con la posesiva palabra, sus miradas chocaron. Vio que sus sentimientos hacían eco en la profundidad de sus ojos. Ella jadeaba pesadamente, su pecho subía y bajaba en rápida sucesión. Sus labios separados, mostraban claramente sus colmillos. Le recordó el placer que había sentido cuando se había alimentado de él.

—Te deseo, Gabriel.

—Entonces tómame. Aliméntate de mí—, le ordenó.

—¿Ahora? — sus ojos se abrieron con sorpresa.

—Ahora—. Él retrocedió y empujó de nuevo, muy dentro de ella, acentuando su punto. Sus músculos se contrajeron alrededor de él, apretándolo como un puño. Gabriel trató de hacer caso omiso de la carne que golpeaba contra su pubis con cada empuje, pero se hacía más difícil con cada golpe. Se sentía como si la maldita cosa se alargara. Pero antes de que pudiera mirar hacia abajo para investigar, sintió los colmillos de Maya en su cuello.

Todo quedó en el olvido con el primer tirón en su vena. Su corazón bombeaba con fuerza para llevar la sangre hasta la vena de la cual ella succionaba. Podía sentir su hambre ahora, sentirla físicamente. Su corazón latía contra el suyo en un ritmo entrecortado tentador, y su propio latido se igualaba al de ella en cada palpitación.

Gabriel redujo sus embestidas, mientras una sensación de felicidad absoluta se levantaba en su pecho. En sus tantas décadas como vampiro, nunca se había sentido en la gloria que sentía ahora, mientras la mujer que amaba tomaba su sangre desde su interior, al mismo tiempo que le atravesaba una y otra vez con su duro pene. No importaba que no fuera esa la manera que él se había imaginado de hacerle el amor.

Había soñado con ella en una cama blanda, con velas iluminando la habitación, música suave de fondo. Adorándola, amándola. Esto era diferente. La intensidad con la que estaban haciendo el amor le sorprendió hasta la médula. Nunca había esperado que ella fuese tan salvaje y primitiva.

Pero ahí estaba ella, permitiéndole cogerla en la sala de la casa de su jefe, donde en cualquier momento alguien podría interrumpir. Sin embargo, él no podía parar. Todo lo que quería era que ella no se separara de sus brazos, que sintiera el amor que tenía en su corazón, que entendiera que él haría cualquier cosa por ella.

Su penetrante pene no quería terminar… se conducía inexorablemente a sentir la tensión de su vagina, lo resbaladizo de su concha temblando. Había encontrado su hogar. Sentía la presión de sus bolas crecer.

—Bebé, no puedo aguantar más—. Quería que ella acabara con él. No quería ser egoísta.

Maya dejó de lado su cuello y lo lamió sobre las incisiones. Entonces ella lo miró, y sus labios brillaban con su sangre. —Entonces termina.

Gabriel apretó la mandíbula, tratando de contenerse. —No antes que tú.

Una pequeña sonrisa curvó sus labios. —Por favor, termina.

Podía sentir sus músculos apretándose alrededor de su pene, y supo que ella lo había hecho deliberadamente. Su liberación era inevitable. Sintió la embestida de sensaciones, mientras su semen salía disparado a través de su pene, llenándola. —*¡Mierda!*

Retrocedió y se hundió profundamente una vez más, dejando que su orgasmo lo envolviera. Mientras se desplomaba encima de ella, el lamento lo siguió luego de la felicidad. Ella no había terminado. Había fallado.

—Lo siento—, susurró.

Sus manos en su cabello tiraron de su cabeza hacia atrás, donde él la había enterrado en contra de la parte interior del cuello. Ella le sonrió. —¿Lo siento por qué?

—No terminaste.

—Mi cuerpo no funciona de esa manera.

Gabriel se encogió. —Estuve demasiado duro contigo. No lo hice bien. Bebé, lo siento mucho—. Había dejado que sus instintos más bajos, se hicieran cargo.

Ella puso su dedo sobre sus labios. —No. Ese no es el problema. Me encantó cada segundo de esto. Pero yo no termino con la penetración. Ningún hombre me ha hecho terminar de esa manera.

—Terminaste cuando te lamí.

—Porque la única manera en que puedo acabar, es si estimulas mi clítoris.

Él deseaba saber más sobre el cuerpo de una mujer que la poca experiencia que tenía. Tenía que aprender… rápido. —Vamos a intentarlo de nuevo. Te prometo que terminarás cuando esté dentro de ti.

Le había sido entregado un reto, y por Dios que haría frente a ese reto, aunque le costara su último aliento. Necesitaba que terminara con él para que pudieran compartir ese éxtasis supremo y experimentar esa cercanía que sólo vendría, cuando ambos estuvieran en el punto máximo, dejando sus cuerpos caer y agarrándose uno al otro.

25

Gabriel puso a Maya delante de él en el sofá, con su cuerpo completamente desnudo ahora. La había tomado como un animal, sin embargo, ella le sonrió. Su cuerpo aún zumbaba con la increíble experiencia de estar dentro y golpeando su pene dentro de ella. Pero él se lamentaba, se lamentaba no poder haberle dado el mismo placer que ella le había dado.

Se prometió no perder el control otra vez, hasta que ella estuviese saciada. Un hombre que no podía satisfacer a su mujer, tenía mucho que perder. Si no podía darle lo que necesitaba, lo encontraría en otro lugar… y no habría manera en el infierno, que él permitiera que eso sucediera.

Aún no podía creer que ella no hubiese retrocedido de él, al ver la carne cerca de su pene. ¿Por qué era tan diferente de otras mujeres?

Cuando todo esto terminara, se aseguraría que ella entendiera lo que quería: un vínculo de sangre, una unión irrevocable más fuerte que cualquier matrimonio en el mundo humano. Mientras él tendría que seguir bebiendo sangre humana, él tomaría de ella sobre todo durante el sexo, primero para establecer el vínculo, luego para renovarlo y mantenerlo.

Y Maya sólo se alimentaría de él. El vínculo les permitirá conocer los pensamientos del otro y estar al tanto el uno del otro, incluso si estaban separados. Todo lo que le pertenecía a él, también le pertenecería a ella. Y siempre le sería fiel. Incluso ahora, ya ninguna otra mujer le interesaba, y el vínculo de sangre, haría que su amor entre ellos fuera aún más fuerte.

Ella no le había dicho que lo amaba, pero estaba casi seguro que lo sentía… sólo una mujer enamorada sería capaz de ver más allá de su deformidad y permitirle tocarla. Y la forma en que ella había acariciado el feo colgajo de carne... lo había hecho con tanta ternura, que estaba seguro de que no estaría asqueada. Ella se preocupaba por él, lo sabía. Y aunque ella no lo amara todavía, haría cualquier cosa que estuviese a su alcance para hacer que se enamorara de él.

—Enséñame—, le susurró.

Había una mirada curiosa en el rostro de Maya. —¿Enseñarte el qué?

—Cómo satisfacerte. Quiero saber cómo funciona tu cuerpo.

Ella se echó a reír. —Gabriel, creo que sabes muy bien cómo funciona mi cuerpo. ¿Ya has olvidado lo que hiciste ayer?

No lo había olvidado… ni un solo segundo de eso. Pero esto era diferente. —Nunca olvidaría eso, créeme—. Él dejó que sus dedos caminaran en la unión de sus muslos. Ella se abrió para él sin persuasión. —Pero quiero que te sientas de la misma manera cuando estoy dentro de ti.

Ella estaba mojada cuando resbaló un dedo en su interior. Sus párpados se cerraron a mitad del camino, con su acción. —Mm—, gimió ella.

El teléfono de Gabriel sonó. —¡Maldita sea! — Dejando que su dedo saliera de su estrecho canal, llegó hasta su teléfono y miró el número. Era un número que había memorizado durante los últimos días. —Lo siento, cariño, tengo que tomarla—. Se dio cuenta de la mirada de desilusión de Maya.

Abrió el teléfono. —Francine.

—Hey vamp... Gabriel—, se corrigió. —Tenemos que reunirnos.

—¿Ahora? — él dio una larga mirada sobre el cuerpo desnudo de Maya.

—Ahora. Lo he encontrado. Así que, si quieres saber lo que te pasa, lo mejor es que vengas ahora antes de que cambie de opinión.

La emoción corría por él. ¿Ella sabía lo que estaba mal con él? —¿Dónde estás?

—En el laboratorio—. Ella le dio una dirección en Laurel Heights, a sólo unos minutos de la casa de Samson.

—Voy a estar allí en breve.

Mientras cerraba el teléfono, miró a Maya. Ella no lo miró, y él sintió su frustración. De hecho, ahora que lo pensaba, podía sentir un montón de cosas sobre ella, no tan fuertes como lo que él conocía que haría un vínculo de sangre, pero sin embargo era una fuerte conexión. Se preguntó si era el hecho de que se había alimentado hace poco de él, y su propia sangre había creado la conexión, o si era el hecho de que habían tenido sexo.

—La bruja sabe lo que está mal en mí y quiere verme.

Un suspiro silencioso vino de Maya. —Tal vez no hay nada malo contigo. Gabriel, a mí realmente no me importa.

—Pero a mí sí. No quiero ser más un monstruo.

~ ~ ~

—No te ves como un monstruo para mí—. Quería mantenerlo, con la deformidad o sin ella. Sabía que no todas las mujeres serían tan acogedoras, especialmente no las humanas. Pero si él eliminara su deformidad, ¿qué le impediría salir y buscar una mujer humana? Maya cerró los ojos, se odiaba a sí misma por sus pensamientos egoístas. ¿Cómo podía siquiera considerar el detenerlo de encontrar una cura? ¿Había perdido todo lo bueno en ella? ¿Estaba dispuesta a hacer cualquier cosa sólo para que se quedara con ella y que no encontrara otra amante?

—¿Qué pasa?

Ella abrió los ojos y miró su cara confusa. Claro, él le había dicho que la amaba, pero estaba en el calor de la pasión. No contaba con eso. Los hombres decían un montón de cosas cuando su pene era el que estaba al control. Sin duda, los vampiros no eran diferentes a los demás hombres.

—Mira Gabriel, quiero que sepas que está bien. No tienes que removerlo por mí. Estoy de acuerdo con esto, de verdad. No me molesta. De hecho, yo preferiría que no hicieras nada al respecto.

Una mirada aturdida viajó más hacia sus rasgos. —Maya—, le instó. —¿Por qué no quieres esto para mí? Yo que pensaba que teníamos algo aquí.

Tragó saliva, pero no pudo detener las palabras que salieron de sus labios. —Una vez que seas normal, puedes tener a cualquier mujer que desees. Podrías tener a una mujer humana, no a un vampiro infértil. Así podrás tener hijos.

Gabriel maldijo. —¡Maldita sea! ¿Quién ha sido el que te ha metido esas ideas?

Maya apartó los ojos. Ella lo había hecho enojar. —Yvette.

—Me gustaría que Yvette mantuviera su gran bocota cerrada y no hablara de las cosas que ella no sabe—. Él corrió la mano por su largo pelo y suspiró. —Dios, Maya, Yvette no sabe lo que yo quiero. ¿Quiero un hijo? Por supuesto, pero... quiero decir, tú... — Él sacudió la cabeza. —Esta es una charla que va a tomar mucho más tiempo de un minuto. Hay tantas cosas que tengo que explicarte. Pero tengo que irme ahora. Te lo prometo, tan pronto como vuelva, vamos a hablar de esto. Sobre tú y yo. Acerca de nosotros. ¿Me das el tiempo que necesito para ver a la bruja antes de hablar?

—Está bien—, dijo rápidamente. —Vete—. Quería creer que él la amaba y que la quería, pero le había dicho que quería tener un hijo. Un niño que no podía darle.

Le dio un fuerte beso en los labios, antes de que él se apartara. —Haré que Yvette venga a protegerte mientras estoy fuera. Carl está aquí. Él se ocupará de ti mientras estés esperando a Yvette. Puedes confiar en ella, a pesar de las cosas que dice—. Luego se vistió más rápidamente de lo que nunca había visto a ningún hombre vestirse y se fue con la misma rapidez.

~ ~ ~

Los dedos de Thomas volaban sobre el teclado mientras ingresaba comandos en la computadora. Piratear los sistemas de cualquier empresa era un acto reflejo para él. Él y Eddie habían sido interrumpidos antes para buscar a Maya, pero ahora estaban de regreso en la computadora, finalmente, pirateando los sistemas de la compañía telefónica. El retraso les había costado.

—¿Puedes enseñarme eso? —, preguntó Eddie detrás de él, parado demasiado cerca. Durante las últimas semanas, el hábito de Eddie de estar tan cerca de él, había comenzado a ponerle los nervios de punta.

Thomas estaba seguro de que Eddie no era ni siquiera consciente de eso, ya que todo lo que parecía hacer, era admirarlo. Después de que Eddie se había transformado sólo unos pocos meses atrás, Thomas había sido asignado a convertirse en su mentor. Como medida práctica, había permitido al muchacho que viviera con él.

—Te voy a dar un curso intensivo después, pero creo que Gabriel quiere estos datos rápidamente.

La lista apareció en la pantalla. —Esos son los registros telefónicos de Maya. Gabriel cree que el delincuente puede haberla llamado, o que ella lo llamó.

El brazo de Eddie se estiró por encima del hombro y señaló hacia la pantalla. Su aroma penetró en la nariz de Thomas. —Pero esos sólo son números de teléfono. ¿Cómo vamos a saber quiénes son estas personas?

—Estoy buscando correlaciones de la lista con las guías telefónicas y listados de las empresas de telefonía celular—. Thomas escribió un comando y pulsó el botón *ENTER*. La pantalla destelló en respuesta y se dividió en dos mitades. Los nombres comenzaron a correr a lo largo de la parte derecha de la pantalla, muy rápido como para ser leídos. — Cada vez que encuentra un nombre que coincide, lo encuadra en la lista.

—¡Vaya!, eso está bien. Pero, ¿cómo vamos a encontrar quién es el hombre? Parece que ella tiene un montón de malditas llamadas.

Thomas se volteó hacia Eddie. —Nosotros no lo haremos. Maya lo hará. Tan pronto como la búsqueda termine dentro de una media hora, vamos a enviársela por fax. Ella señalará cualquier nombre que no le sea familiar. Ya que borró su memoria, no tiene ningún recuerdo de su nombre. Él va a estar entre los que Maya no reconozca. Entonces, haremos nuestro trabajo y lo comprobaremos.

Eddie sonrió y dio unas palmaditas en el hombro de Thomas. —Excelente plan.

Thomas le contestó con una sonrisa cansada. Sus otros amigos a menudo hacían lo mismo: darle palmaditas en la espalda, apretar su hombro en una muestra de amistad, pero cuando Eddie lo hacía, Thomas sentía algo que no debería permitirse sentir. Debido a que Eddie era heterosexual, y nada podría resultar de eso.

26

Yvette miró la horrible escena en el dormitorio de Paulette. El mensaje sangriento en la pared le hizo poner los pelos de punta y el olor de sangre humana seca le picó la nariz. Miró a Ricky, que hurgaba en la mesita de noche.

—Este tipo es un psicópata—, expresó.

Ricky no levantó la vista cuando respondió: —¿Quién diablos sabe lo que es?

—Definitivamente está enamorado de ella. Como todo el mundo—, ella se quejó. Seguía sintiendo una punzada de dolor al recordar cómo Gabriel había besado a Maya en el hospital. No había ninguna duda ahora en su mente que la amaba. Bueno, ella lo superaría, por lo menos Gabriel finalmente sería feliz. Un día, ella encontraría al hombre correcto también.

—Particularmente Gabriel. ¿Qué está pasando entre esos dos?

El tono sarcástico en la voz de Ricky la hizo mirar hacia arriba, pero antes de que pudiera responder, sonó su teléfono celular. Ella miró el número. —Es él el que llama.

Apretó el botón para contestar y se puso el teléfono en la oreja. —¿Gabriel?

—Necesito que vengas a la casa de Samson de inmediato.

—Pero estoy en la casa de Paulette con Ricky—. Y él había sido el que le había ordenado eso hace tan siquiera una hora.

—Esto tiene prioridad. Ricky puede continuar el trabajo en la casa por sí mismo. Te necesito aquí para proteger a Maya. Tengo que salir de la casa durante una hora. Y no quiero que Carl sea el que la proteja. Él no está entrenado para eso.

Por lo menos la orden significaba que Gabriel todavía confiaba en ella, y la pequeña conversación que habían tenido antes, había aclarado las cosas. —Claro, conduciré de regreso.

Estaba a punto de desconectar la llamada, cuando Gabriel agregó: —Y Yvette, hazme un favor, no llenes la cabeza de Maya con fragmentos de información sobre lo que los hombres vampiros pueden o no pueden querer… no soy como cualquier otro vampiro, y no quiero que Maya tenga una impresión equivocada.

—Yo no he dicho nada...

—Sé que le dijiste que los hombres vampiro, sólo quieren vincularse con mujeres humanas para que puedan tener hijos.

—Oh, *eso*—, admitió a regañadientes. Ya lo había olvidado. Y, además, eso fue antes, cuando estaba celosa de Maya. Ahora era diferente.

—Sí, *eso*. ¿Por favor?

Yvette se sorprendió por el tono suave de su voz. Había algo diferente en él. Parecía menos nervioso de lo habitual. —Te lo prometo. Voy a mantener mi boca cerrada.

—Gracias—. Un clic en la línea, le indicó que había desconectado la llamada.

Yvette giró sobre sus talones y casi chocó con Ricky.

—¿Qué está pasando? —, le preguntó.

—Gabriel me ha ordenado que vaya a la casa para proteger a Maya. Por lo que, estarás solo aquí.

—Yo pensé que *él* la estaba protegiendo.

—Él tiene que salir de la casa.

—¿No está Carl ahí?

—Tú sabes tan bien como yo, que no es un guardaespaldas entrenado. Apuesto a que el rufián fácilmente podría vencerlo.

—Apuesto a que incluso él podría vencerte a ti—, coincidió Ricky. —¿Por qué no voy yo a la casa y tú terminas aquí?

Yvette continuó por el pasillo, sin siquiera echarle una mirada. —Porque Gabriel me lo ha ordenado a mí, no a ti. Nos vemos más tarde.

Sus pasos le siguieron. —Vamos, no seas una plaga.

Los pelitos en la parte posterior de su cuello se levantaron mientras una sospecha se deslizaba por su espalda. Ricky nunca se había preocupado por cambiar de misión antes. Gabriel le había advertido hace unos días, que Ricky estaba un poco inestable en estos días, pero esto era francamente molesto. —Dije que no. ¿Qué parte del no, no pudiste entender?

El ataque la golpeó sin previo aviso. Sus garras se clavaron en su espalda y la arrojó contra la pared. A medida que se estrellaba contra ella, oyó un chasquido de sus costillas y sintió el dolor irradiando a través de su cuerpo. Ella aterrizó sobre sus pies, su cuerpo dejó un hueco en el tablero de yeso detrás de ella.

En respuesta a la agresión de Ricky, su cuerpo se endureció a la vez que sus colmillos descendían y sus dedos se convertían en garras. Antes de que pudiera defenderse, pasó las garras contra su estómago, cortando a través de su camiseta ajustada. El olor metálico de su propia sangre, la asaltó al instante.

—Maldito hijo de puta—, maldijo ella y tiró una patada con su pierna derecha, sacándole el aire. Se tambaleó contra una puerta detrás de él. —¿Qué mierda es esto? —, gritó ella mientras iba tras él.

Pero no había contado con que estuviera armado.

Cuando Ricky sacó una cadena con una bola en cada extremo del bolsillo de su chaqueta, no estaba preparada. Él la giró con precisión y astucia, su muñeca soltándola un instante después. La cadena se envolvió alrededor de sus rodillas y la hizo perder el equilibrio.

Yvette se estrelló contra la pared una vez más, la mano ya estaba llegando a la cadena y a las bolas. Siseó de dolor cuando la tocó el metal. Era de plata.

¿Cómo diablos la había balanceado sin quemarse? Ella le dio una rápida mirada y lo vio sonreír, luego saludarla con su mano derecha. Se quedó mirando ésta con cuidado, y sólo entonces se dio cuenta del guante color carne que llevaba en la mano. Debe de habérselo puesto cuando la siguió fuera de la habitación.

Cuando se inclinó sobre ella, tiró un golpe con sus garras, pero él saltó de su camino con una facilidad sobrenatural, y cayó sobre su pecho, las rodillas depositadas sobre sus hombros, deshabilitándola de mover sus brazos. Él era más pesado que ella y más fuerte. Yvette le mostró sus colmillos.

Él se limitó a reír. —Sólo me hubieras dejado ir a la casa, como te pedí. Pero no, eres una perra controladora que tiene que tener la última palabra en todo. Voy a mostrarle a ustedes las mujeres, quién es el jefe.

Las palabras penetraron profundamente en ella. —*Mujeres*—, había dicho. Al instante supo de qué se trataba todo esto. —Maya.

—Sí, Maya. Voy a atraparla ahora. Ella ha sido mía siempre. Y ni tú ni Gabriel, podrán mantenerme alejado de ella por más tiempo.

Yvette se estremeció. Ricky era el rufián. Todo el tiempo se había estado escondiendo en medio de ellos, y nadie había sospechado de él.

—¿Cómo lo hiciste? ¿Cómo nos evadiste durante tanto tiempo?

Se rio para sí mismo, entonces le dio una fría mirada. —Zane tenía sus dudas acerca de mí cuando controló mi coartada, pero incluso él no es lo suficientemente fuerte como para superar mi don.

Yvette maldijo.

—Sí, finalmente mi don ha resultado ser muy útil. Ustedes siempre me utilizaron para suavizar las cosas cuando había un problema. Los dejé. Pero finalmente, pensé en usarlo para mí. Zane cree firmemente que no tuve nada que ver con el ataque de Maya. Nadie sospechó de mí, porque en el momento en que sentí sus dudas, invadí y controlé sus mentes de esas dudas. ¡Puf! —, hizo un movimiento teatral con su mano.

Los había engañado a todos, y ahora que él sabía que Maya se encontraba sola en la casa con sólo Carl para protegerla, la atraparía. —Gabriel te atrapará—, escupió.

—En el momento en que Gabriel regrese a la casa, voy a haber desaparecido hace mucho tiempo, y Maya estará conmigo. Nadie nos verá de nuevo.

—Traidor.

—Llámame como quieras, no me importa—. Metió la mano en el bolsillo de su chaqueta.

Yvette se paralizó. Él la atravesaría con una estaca, ella lo sabía. Sus ojos se abrieron desmesuradamente. Cuando sus miradas chocaron, él se rio nuevamente, con una risa fría y sin emociones.

—Una estaca es demasiado buena para ti. No te mereces morir como un hombre. Las mujeres como tú, que juegan con los sentimientos de los hombres y nos llevan por nuestras narices, nos hacen pensar que nos aman, y después nos botan como una patata caliente cuando ya han tenido suficiente. Ya no será así—. Él le dio una bofetada, haciendo azotar su cabeza hacia un lado. El dolor quemaba a través de su cuello y mandíbula, pero sabía que su discurso no era para ella… era para Maya. Él estaba enojado con ella.

—No, tú, puta de mierda, te freirás en el sol.

Sacó otra cadena de su bolsillo y envolvió un extremo alrededor de su muñeca izquierda. El metal picaba y su piel chisporroteaba como si alguien hubiera derramado ácido en ella. El hijo de puta la estaba amarrando con plata... un metal que no podría romper.

Rápidamente, quitó la pierna de un hombro y puso sus brazos juntos, atándola por sobre su cabeza. Entonces él se levantó, la tomó de sus manos y la arrastró por el suelo hacia la sala de estar.

—¡Vas a pagar por esto! —, le prometió.

—Lo dudo mucho, especialmente teniendo en cuenta que serás polvo en un par de horas.

Ricky la levantó sobre sus pies. Cuando estuvo a la altura de los ojos con él, le escupió en la cara. Todo lo que le valió fue otro golpe con sus garras. Apenas sentía el dolor ahora.

Sin más, aseguró sus manos atadas en un gancho sobre la chimenea, suspendida a pocos centímetros en el aire. A continuación, aseguró sus piernas en contra de la red frente a la chimenea, inmovilizándola.

Con pocas zancadas, se dirigió a la ventana y corrió las cortinas. Una vez que el sol saliera, brillaría directamente sobre ella, y la freiría en pocos minutos. Sería una muerte dolorosa, no el alivio rápido que traería una estaca.

Tratando de entretenerlo, le dijo: —¿Qué pasó con Holly? ¿Fuiste detrás de Maya porque Holly te dejó?

Gruñó. —Nadie me ha dejado. Rompí con la estúpida retardada, cuando conocí a Maya. Yo le di de comer y de beber, le prometí el mundo, cualquier cosa que pudiera desear. ¿Y qué hizo Maya? Tirar todo hacia mí como si yo fuera un mendigo. Ahora voy a hacerla rogar.

La idea de lo que podría pasarle a Maya, la asustó. Si Ricky se la llevaba, Gabriel estaría devastado. —Me vengaré por esto.

Él le lanzó otra mirada rápida y se encogió de hombros. —Si te hace sentir mejor decirlo, adelante, pero la realidad es que no lo harás. Disfruta del amanecer. El informe del tiempo dijo que no habrá niebla mañana.

Su risa malévola hizo eco a través de la casa, mientras caminaba hacia fuera cerrando la puerta con tal fuerza, que rompió la cerradura y la puerta se abrió de nuevo hacia el interior, permaneciendo entreabierta.

27

Hubo un sonido de zumbido y Gabriel se apoyó contra la puerta. En el interior del edificio comercial moderno, se volvió hacia su izquierda, siguiendo las instrucciones de la bruja. Mientras caminaba por el pasillo con sus paredes blancas esterilizadas y el piso de linóleo verde claro, su corazón latía fuerte en su pecho. Quería reclamar a Maya como suya, pero quería hacerlo sin esa deformidad. A pesar de que le había permitido tener sexo con ella, no estaba convencido de que pudiera realmente verlo más allá de esa cosa tan fea. Tener sexo con un hombre que era un monstruo, era una cosa. Casarse... vincularse con sangre con tal monstruo... era otra cosa.

Empujó la puerta que decía: "Laboratorio 87", la abrió y entró en la iluminada habitación.

—Estoy en la parte de atrás—, la voz de Francine inmediatamente lo saludó. Siguió el sonido y pasó por delante de las mesas de trabajo, los fregaderos y las centrifugadoras, los grandes refrigeradores y congeladores que se alineaban en el camino hacia una pequeña oficina. En ella, se encontró con la bruja sentada detrás de un escritorio desordenado.

Ella levantó la vista cuando él entró y señaló la silla frente a ella. —Toma asiento.

A pesar de sentirse inquieto, se dejó caer en la silla y se echó hacia atrás. —¿Tienes alguna respuesta para mí?

Ella chasqueó la lengua. —No hay un: "buenas tardes, ¿cómo estás?"

Él frunció el ceño. —¿Aún estamos jugando?

—Alégrate, tengo buenas noticias para ti.

Gabriel se irguió en su silla y se inclinó hacia delante. —No me tengas en ascuas. Yo sé que te da placer el verme sufrir, pero por una sola vez ve al grano.

—Realmente deberías desarrollar el sentido del humor, Gabriel. La vida no es toda oscuridad y nada de diversión.

Se limitó a levantar una ceja, lo que indicaba que estaba perdiendo la paciencia.

—Bien, bien. Entonces la noticia. Tú no eres un vampiro de sangre pura. He hecho pruebas de tu sangre y resultaron con...

—¿Qué quieres decir con que: "no soy un vampiro de sangre pura"? Por supuesto que soy un vampiro.

—En apariencia, sí. Pero tienes otros genes también.

—¿Y qué tiene eso que ver con mi deformidad?

Ella sonrió. —Todo.

—¿Y cómo sería eso considerado como una buena noticia?

—Eres un "sátiro", Gabriel, y lo que tienes no es una deformidad. Es un segundo pene.

Gabriel se levantó de su silla. —¿Qué?

—Justo lo que te estoy diciendo.

—¿Quieres decir que soy una especie de bestia... medio hombre y medio toro? —, trató de entenderlo.

—No. Tú estás hablando de un minotauro. Un sátiro es un poco diferente. Un sátiro es una criatura mítica, eres hombre completo, sin embargo, también una criatura muy sexual, cuya necesidad de placer carnal, te ha dotado con un segundo accesorio para tener un doble de placer, por así decirlo—, explicó la bruja. Había una leve sonrisa en su voz.

Gabriel negó con la cabeza. —Si tienes razón en lo que estás diciendo, entonces, ¿cómo demonios explicas la deformidad? No se parece en nada a un pene. ¡Doble placer, mi culo! — Él se apartó de ella y oyó cómo su silla raspó contra el suelo, mientras ella la empujaba hacia atrás y se levantaba.

—Gabriel, escucha. Hay una razón por la que no se parece a un pene—. Hizo una pausa, —todavía.

Al escuchar su última palabra se volteó. —¿Todavía?

Ella asintió con la cabeza. —El segundo pene del sátiro no se desarrolla inmediatamente.

Gabriel soltó una risa amarga. ¿No era suficiente el choque de que era una especie de bestia? —Francine. ¿Tienes alguna idea de cuántos años tengo? Yo te lo diré. Tenía treinta y tres años cuando me convertí, y he sido un vampiro por más de ciento cincuenta años. ¿Sabes cuán viejo hace eso a mí llamado segundo pene? Yo diría que esa cosa es, una flor tardía. ¿Me estás diciendo que tengo que esperar otros cincuenta años para que se convierta en lo que se supone que sea?

Así que todavía era un bicho raro. Bueno, al menos ahora tenía un nombre para eso: sátiro. Ahora era mitad vampiro, mitad sátiro con una deformidad. ¿Y decía que eran buenas noticias?

—No. Yo diría que la transformación ya ha comenzado. Según la leyenda, una vez que un sátiro se encuentra con su compañero de vida, sus genes se ponen a trabajar y cambian el crecimiento. ¿No me dijiste que ya has visto un cambio, como si pareciera estar en crecimiento?

Él la miró. —Pero no se parece a un pene.

—Debido a que tu transformación final sólo llega una vez que hayas tenido sexo con tu compañera de vida, por primera vez. Pocas horas después de eso, se convertirá en un pene totalmente funcional… con erecciones y todo.

Gabriel dio un paso atrás. Había tenido sexo con Maya hace sólo poco más de una hora. ¿Podría ser que algo ya estuviera sucediéndole?

—¿Qué? — la bruja le preguntó.

—Maya y yo, nosotros...— Gabriel se detuvo. No podía decírselo. Eso era demasiado personal para revelárselo. Pero parecía que no tenía que decir una palabra más.

—Ah, ya veo. Bueno, entonces es sólo cuestión de tiempo.

—Perdóname por un segundo—, le dijo Gabriel y luego se giró. Desabrochó sus jeans y abrió el cierre, luego se bajó su bóxer y miró hacia su ingle. No podía creer lo que veían sus propios ojos. —¡Mierda!

Francine se movió detrás de él. —¿Puedo verlo?

Extendió el brazo hacia un lado, para evitar que viniera a su alrededor.

—¡No! — Miró con sus ojos nuevamente en el lugar donde su deformidad había vivido durante casi los últimos dos siglos.

Se había ido. En su lugar estaba un pene muy bien formado y perfecto, un poco más corto y más delgado que el otro, pero sin embargo perfecto. Se había retirado la piel y revelado la cabeza púrpura, el pequeño agujero en la punta indicaba que tenía un miembro en pleno funcionamiento.

Rápidamente se subió su bóxer y cerró el cierre, antes de que él se dirigiera a la bruja y sonriera por primera vez desde que había entrado en su oficina.

—Tal como lo has dicho.

Ella frunció el ceño. —Podrías haber dejado que mirara. Nunca he visto a un sátiro de verdad.

—Por mucho que aprecio tu ayuda, la respuesta es no—. La única persona que podría llegar a verlo así de ahora en adelante, sería Maya. Y de seguro esperaba que a ella le gustara lo que viera.

—Hay algo más que deberías saber.

—¿Qué?

—Los sátiros sólo toman a otros sátiros como compañeros de vida. Maya debe ser un sátiro también, ya que ustedes ya tuvieron sexo y dio lugar a que se desarrollara tu segundo pene. Creo que es una prueba suficiente. Eso explicaría muchas cosas.

Gabriel recordaba el expediente médico de Maya. —Ella tiene dos pares adicionales de cromosomas.

—Al igual que tú. Y entrar en celo podría haber sido una reacción a ti. Mientras que una hembra sátiro entra en celo varias veces al año, lo hace con más intensidad y más a menudo cuando está cerca de un macho sátiro. Y luego, por supuesto, está el hecho de que ella bebe tu sangre.

Se sintió abrumado por el conocimiento que Francine le impartió a él. —¿Qué pasa con eso?

—Bueno, normalmente los sátiros no beben sangre, pero ya que tú y Maya son también en parte vampiros, eso es natural. Pero lo que estoy pensando, es que, ya que le diste tu sangre para completar la transformación, sus genes sátiros latentes se despertaron y de inmediato se enfocaron en ti como una fuente para sostenerla.

—¿Eso significa que depende de mí y por eso no quiere beber sangre humana?

Francine negó con la cabeza. —Ella podría beber sangre humana y mantenerse con ella, pero sus genes sátiros están influyendo en sus papilas gustativas. Es por eso que ella la rechaza. A sus genes sátiros les gusta tu sangre, porque eres similar a ella. ¿Eso te molesta?

—Lo que me molesta es pensar que la única razón por la que Maya quería beber de mi sangre, es porque ambos somos sátiros—. Él todavía la quería más que a ninguna otra mujer en el mundo, ¿pero acaso *ella* tenía otra opción?

—Incluso los sátiros tienen libre albedrío. Sí, son más sexuales que las demás criaturas, y están más impulsados por sus necesidades carnales, pero su corazón todavía les dice quién es el correcto para ellos. No te preocupes. Si la amas, no es porque estás atraído hacia ella debido a sus genes sátiros, sino por lo que ella es en su corazón. Y lo mismo vale para ella.

Gabriel lanzó el aliento que no sabía que había estado conteniendo. Ahora todo lo que tenía que hacer era hablar con Maya y decirle todo y esperar que ella lo amara de la misma forma en que él la amaba.

Tomó la mano de Francine con sus grandes manos y la apretó. —Muchas gracias.

Cuando dio un paso hacia atrás para darse vuelta, ella lo detuvo. —¿No te olvidas de algo?

Él la miró. ¿Qué estaba diciendo? ¿Podría desear un abrazo? Cuando él se acercó para darle un abrazo amistoso, ella negó con la cabeza. —Tu don. Vas a dejarme utilizarlo.

Gabriel se sacudió hacia atrás y soltó una risa nerviosa. Se había olvidado por completo de eso. —Por supuesto. Seguro—. Hizo una pausa y miró a su alrededor. —¿Dónde podemos encontrar la persona a la que quieres que le haga esto? — Miró su reloj. —Tengo menos de tres horas hasta el amanecer.

—*Yo* soy esa persona.

—¿Tú?

—He perdido algo muy valioso. Te necesito para entrar en mi memoria y encontrarlo.

Gabriel se relajó, aliviado de que no tendría que violar la privacidad de alguna pobre alma sin su consentimiento. —No es problema. ¿Qué estás buscando y cuánto tiempo hace que lo perdiste? — Era toda la información que necesitaba para explorar sus recuerdos de forma rápida.

—Es un encanto para alejar el mal. Tengo que recuperarlo.

—Siempre y cuando no lo uses en mi contra... — Gabriel murmuró para sí mismo.

—Escuché eso... y no, no eres el mal que siento.

~ ~ ~

El golpe en la puerta, irrumpió a Maya de sus pensamientos. Ella se había vestido después de ducharse y aún se preguntaba cómo hacer que Gabriel la aceptara de la forma en que era, incluso si eso significaba que no podía tener, de acuerdo con Yvette, todo lo que los vampiros machos querían.

—Adelante.

La puerta se abrió y apareció Carl, con un montón de papeles en la mano. Ella ya lo había detectado. Había un olor hogareño en él a pesar de la cáscara externa formal que reflejaba.

—Un fax llegó. Es de Thomas... son los registros telefónicos—. Carl le entregó los papeles.

—Gracias, Carl, es muy amable de tu parte traérmelos.

—Si necesita cualquier otra cosa, simplemente llámeme.

Maya sonrió mientras él salía de la habitación. Revisó a través de las páginas. Había por lo menos, treinta o cuarenta de ellas. ¿Había realmente hecho y recibido tantas llamadas en seis semanas? En los últimos días, no había hecho ni una sola. Lo que le recordó... que no había llamado ni siquiera a sus padres todavía.

Pero no podía hacer eso ahora tampoco. Para empezar, era justo pasada las cuatro de la mañana, y, además, aún no sabía qué decirles.

Con un suspiro, se inclinó sobre los registros de su teléfono. Cada fila tenía un número de teléfono y nombre, junto con una fecha de cuándo se hizo la llamada. Ella comenzó a examinar los nombres y reconoció a muchos de los nombres de sus pacientes, de sus colegas, y de la clínica. Vio muchas veces el número de sus padres, así como los teléfonos celulares de Paulette y Barbara. A continuación, una variedad de amigos, la pizzería cerca de su casa cuando había pedido comida para llevar y el restaurante indio a la vuelta de la esquina. Su banco estaba en la lista, y también lo estaba la oficina de su dentista.

Leyó página tras página. En el momento en que ella estaba a medio camino a través de la pila de papeles y todavía no había visto ningún nombre desconocido, escuchó la puerta de la entrada abrirse. Maya miró el reloj sobre la chimenea. Por fin. Gabriel probablemente se enojaría si se enteraba cuánto tiempo le había tomado a Yvette llegar hasta ahí. Bueno, ella no iba a delatarla.

A medida que continuaba leyendo la lista de nombres, escuchó la voz de Carl. — No te esperaba a ti, Ricky.

¿Ricky? Estaba segura de que Gabriel le había ordenado a Yvette llegar a la casa. Maya agudizó los oídos para escuchar la conversación, su sensibilidad auditiva recogió la mayor parte de los sonidos.

—Sabes lo que pasa con las mujeres. Yvette no se lleva bien con Maya, por lo que me pidió que la cubriera, —fue la respuesta de Ricky.

Maya se sentó, una cierta inquietud la comenzó a invadir por dentro. Ella e Yvette se estaban llevando bien, sobre todo desde que Yvette la había protegido en el hospital. ¿Por qué de repente se quejaría de que no se llevaban bien?

Ella sacudió la cabeza con incredulidad y volvió a mirar el fax. Claramente, había juzgado mal a la otra mujer vampiro, justo cuando pensaba que había encontrado una amiga en quien podría confiar.

Sus ojos se movieron por las filas de los nombres. Como si el piloto automático los leyera: Bill Shaw... un paciente, Martha Myers… otro paciente, Richard O'Leary...

Ricky...

Con un pequeño jadeo, los papeles se deslizaron de su regazo y cayeron al suelo.

28

Ricky dio una falsa sonrisa a Carl, mientras la mentira salía de sus labios como sangre fresca. El mayordomo asintió con la cabeza. —Entiendo. Voy a llamar a Gabriel para hacerle saber sobre el cambio de planes.

—Yo no lo molestaría. Estoy seguro que tiene demasiadas cosas entre manos en este momento—. Ricky trató de sonar despreocupado, para que Carl no sospechara. Él no tenía necesidad de que Gabriel se apareciera ahí, cuando estaba tan cerca de su meta.

—Él dio instrucciones estrictas—. Dijo Carl mientras sacaba su teléfono celular del bolsillo de su chaqueta. —Será sólo un minuto.

Ricky nunca dejó que su falsa sonrisa desapareciera, ni siquiera cuando deslizó su mano en el bolsillo de la chaqueta y tomó la estaca de madera que mantenía allí para emergencias. Y esta, era una emergencia. —Oh, antes de que se me olvide—, interrumpió a Carl antes de que pudiera marcar el número de Gabriel.

El mayordomo le dio una mirada expectante. —¿Sí?

Con un movimiento rápido, Ricky sacó la estaca y la clavó en el corazón de Carl. —¿He mencionado que odio cuando la gente no me escucha?

Ante sus ojos, el cuerpo de Carl se desintegró en polvo. El teléfono celular y algunas monedas, cayeron al piso de madera, haciendo un sonido metálico. Mientras la capa de sustancia tipo cenizas se asentaba en el suelo de madera, Ricky puso nuevamente la estaca en su bolsillo y dio un paso atrás; no quería que el polvo ensuciara su ropa.

Deshacerse de Carl había sido aún más fácil de lo que había previsto. Gabriel había hecho lo correcto al llamar a alguien para proteger a Maya... ese alguien estaba ahí ahora. Él se haría cargo de Maya a partir de ahora, como se suponía que siempre sería.

Ricky inhaló profundamente. El aroma embriagador, penetró en su nariz. Levantó la vista hacia las escaleras. Ella estaba allí en el segundo piso, muy probablemente en la habitación de huéspedes. Cuánto tiempo había esperado ese momento. Finalmente, tendría su recompensa.

~ ~ ~

La sala de videos de vigilancia, estaba en un cuarto sin ventanas en el sótano del hospital. Amaury miró al oficial de seguridad que estaba sentado apoyándose contra la pared, mirando al vacío. Zane había utilizado el control mental sobre él, para darle ese estado catatónico, en el que no veía ni oía nada.

Él y Zane ya habían revisado varias cintas para ver quién había atacado y asesinado al médico. Hasta ahora, nada había aparecido en las cintas. Era casi como si el rufián supiera qué ángulos de cámara debía evitar. Amaury suspiró. —Esto es frustrante.

—Es frustrante, pero revelador—, respondió Zane.

—¿Cómo es eso?

—Ese fue un gran despliegue de emociones por parte de Gabriel.

Amaury le dio a su viejo amigo, una sonrisa indecisa. —Parece que le dio muy fuerte.

—Ella es bastante fogosa.

—Eso parece, aunque estoy seguro que Nina lo es más—. Su propia compañera era un infierno sobre ruedas, y él no lo quería de ninguna otra manera.

—De la forma en que la soportas, yo diría que eres un santo. Pero yo te conozco.

—Es justo lo que necesito.

—Aún en la fase de luna de miel, ¿eh?

—Estoy planeando nunca acabar. Ahora, vamos a asegurarnos de que Gabriel tenga su luna de miel propia—. Señaló Amaury de nuevo en la pantalla y aceleró la cinta.

El monitor mostró la entrada principal del hospital. —Ahí va Ricky entrando—. Asintió Zane. Pasaron varios minutos, pero la cinta no mostró a nadie entrando o saliendo. Luego una mujer entró con un niño pequeño. Se detuvo ante el mostrador de información. Otros minutos pasaron.

—Ahí, el R8 de Samson se está estacionando—, señaló Zane. Un momento después, Maya corrió al hospital por un pasillo, fuera del alcance de la cámara.

Amaury aceleró a través de la cinta de nuevo, hasta que finalmente entraron Gabriel e Yvette. Poco después, Zane entró por su cuenta. No pasó nada más. Amaury detuvo la cinta.

—Yo no los vi a ti o a Thomas entrar—, señaló Zane.

—Tomé la entrada lateral donde estacionamos el coche. Thomas probablemente hizo lo mismo. Él conocía bien la zona y, probablemente, se fue por la parte posterior, que es un acceso directo desde su casa.

—Así que todo el mundo estaba ahí, primero Ricky, a continuación, Maya, entonces…

Amaury puso su mano sobre el brazo de Zane. —Espera un minuto. ¡Mierda! ¿Primero Ricky? ¿Por qué Ricky estaría ahí antes que Maya?

Su amigo le devolvió la mirada. —Vamos a retroceder la cinta.

Encontraron el lugar exacto en el que Ricky entraba en el hospital y lo detuvieron. En la parte inferior de la pantalla, mostraba la hora: 12:49 pasada la medianoche.

—Mejor que esto no signifique lo que creo que significa—, maldijo Zane. —Yo tenía mis sospechas acerca de Ricky, pero luego pensé que yo estaba siendo el idiota usual, teniendo en cuenta que no me gusta la actitud alegre de Ricky. Su don. Lo debió haber usado contra nosotros. Creo que nos engañó a todos.

—Hay una manera de averiguarlo—. Amaury tomó el teléfono sobre el escritorio y marcó unos pocos números.

~ ~ ~

Gabriel alejó su atención de la bruja, y abrió los ojos. —He restaurado la memoria de dónde pusiste el encanto. ¿Lo recuerdas ahora?

Ella asintió con la cabeza. —Gracias. ¿Tengo tu palabra que no querrás ir ahí tú mismo para conseguirlo?

—No tengo ningún interés en encantos, no importa cuán poderosos sean. Todo lo que quiero es… — el timbre de su teléfono celular lo interrumpió. —Discúlpame.

Miró el número de San Francisco, pero no lo reconoció. —¿Sí?

—Es Amaury.

Al fin regresaba su llamada. La tensión inmediatamente se arrastró sobre sus huesos. —¿Hay noticias?

—Me temo que sí. Dime, ¿cuándo llamaste a Ricky para que te encontrara en el hospital?

—Cuando me di cuenta de que Maya no estaba en su apartamento.

—No, quiero decir, ¿en qué momento? Comprueba el registro en tu teléfono celular—. Algo en la voz de Amaury le obligó a cumplir con la solicitud, sin cuestionar.

—Un momento—, dijo a su amigo y sacó el teléfono de su oreja, presionó el botón de menú y navegó hacia la pantalla de registros de llamadas. Junto al nombre de Ricky, estaba la hora. —Lo llamé a la 1:03 de la madrugada ¿por qué?

—¿Qué te dijo cuándo lo llamaste? ¿Dónde se encontraba?

—Él no lo dijo. Sólo dijo que iría allí. ¿Qué es todo esto?

Oyó a Amaury exhalar fuertemente. —Ricky ya estaba en el hospital cuando lo llamaste. Llegó antes que Maya.

Los latidos del corazón de Gabriel se levantaron. —Mierda. Ricky sigue en la lista de los vampiros que no tienen una coartada de la noche en que Maya fue atacada.

—Lo sé. Zane acaba de decírmelo… y él también me dijo que ahora recuerda que tenía dudas acerca de Ricky, pero desaparecieron de alguna manera.

—¡El don de Ricky!

Amaury gruñó. —Él nos ha engañado. Será mejor que no dejes a Maya fuera de tu vista en este momento.

El cuerpo de Gabriel se llenó de miedo por su mujer. —Amaury, yo no estoy con Maya. Está en la casa con Carl. Envié a Yvette para protegerla. Tenemos que advertirle acerca de Ricky. Voy a llamar a Maya y a Carl, llama a Yvette, a continuación, envía a todos los guardaespaldas que estén disponibles a la casa. Envía otros a buscar a Ricky.

Que comiencen en la casa de Paulette en Midtown Terrace... si tenemos suerte, todavía está allí.

Él salió corriendo del laboratorio, sin siquiera mirar hacia atrás a la bruja y marcó el teléfono de la casa de Samson. Una grabación respondió. —*Ha marcado un número que está fuera de servicio...*

29

Maya tomó el teléfono inalámbrico al lado de la cama y apretó el botón de llamada para obtener línea. El silencio la saludó. Ella puso el teléfono en su oreja para verificar, pero su sospecha era correcta: el teléfono estaba muerto. Ricky había desactivado la línea de la casa.

Tiró el inútil receptor en la cama y giró. Sus ojos recorrieron la habitación con una gran velocidad… la velocidad de vampiro, por la cual estaba muy agradecida en ese momento. Su mirada se centró en su bolso. Dos grandes pasos y allí estaba, sacando con el siguiente movimiento su teléfono celular. Ella mantuvo pulsado el botón de *encendido* durante unos segundos con el corazón en la garganta, cuando escuchó unos pasos en la escalera.

Venía por ella.

Maya se quedó en silencio rogando que su batería no estuviera demasiado baja, por los días en que no había utilizado el teléfono, y se sintió aliviada al ver la pantalla encendida. Bueno. Unos segundos más y el teléfono habría iniciado por completo. Pero ella sólo podía mirarlo. ¡Esto no podía estar sucediendo, no ahora, no cuando tenía que llamar para pedir ayuda! Leyó en la pantalla: *Sin servicio.*

El sonido de la puerta que se abría le hizo levantar la cabeza, y entonces lo vio. Ricky se encontraba justo en la habitación, la puerta se cerró un momento después.

—Hice que desconectaran tu servicio—, dijo él, su acento irlandés un poco más pronunciado ahora. —No sirve de nada derrochar el dinero cuando no tendrás que hacer más llamadas de teléfono hacia dónde vamos.

Maya se congeló. Su mente trabajaba frenéticamente para evaluar sus posibilidades de conseguir escapar e irse de la casa, pero él estaba bloqueando la puerta con eficacia y para que ella lo derribara, se quedaría corta. Su piel le picaba incómodamente, y se dio cuenta de que era la misma sensación que había tenido en el hospital y también aquella vez que había conocido a Ricky en la cocina. Aquella vez la había descartado atribuyendo la sensación a su enfermedad, la fiebre que tenía, pero si hubiera estado bien, ella habría sido capaz de conectar la sensación de peligro en el aire con Ricky.

Era demasiado tarde ahora.

—Quiero que te vayas—, dijo con toda la calma que pudo. —Yvette llegará muy pronto—. A pesar de las sospechas que tenía, necesitaba retrasarlo de cualquier cosa que estuviera planeando. Su sospecha fue confirmada con sus siguientes palabras.

—Temo que Yvette esté un poco atada en estos momentos—. Rio entre dientes con su propia broma de mal gusto.

—¿Está muerta?

—Lo estará pronto. Pero no hablemos de otras personas. Hablemos sobre nosotros.

Gabriel estaría de vuelta pronto. A pesar de que ella no quería hablar con Ricky, sabía que tenía que seguir hablando, pero no sobre ella misma. —¿Qué hiciste con ella?

Hizo caso omiso de su pregunta. —Te gusté al principio. Sé que sí. ¿Sabías que por ti dejé a mi novia? ¿Y qué fue lo que recibí en agradecimiento?

—Estoy segura de que no te pedí que hicieras eso por mí. Nunca voy tras hombres que están en alguna relación—. Y seguramente ella no hubiera ido tras él… sólo el verlo le daba repugnancia.

—Nos conocimos la noche que tu coche se había ahogado. Te ayudé a solucionarlo. Estabas agradecida, muy agradecida—, él insinuó.

Ella no lo podía creer. No, ella nunca hubiera permitido que él la tocara. —No.

—Oh, sí. ¿Quieres que te diga más sobre lo que había entre nosotros?

El asco se erizó en su estómago y se instaló incómodamente en su plexo solar. —No hay *nosotros*. Nunca ha habido un *nosotros*, y nunca habrá un *nosotros*—. A pesar de que todavía no recordaba nada de él, sabía instintivamente que nunca habría tenido sexo con Ricky. Su cuerpo le decía lo mismo. Retrocedió ante su presencia.

—Ves, ahí es donde te equivocas—. Dio varios pasos en el cuarto, acercándose a ella.

—Gabriel te va a matar si me pones una mano encima—, le advirtió y dio un paso atrás.

—Habremos desaparecido ya por mucho tiempo, cuando Gabriel descifre las cosas y regrese aquí—. Él sacó un pequeño aparato plano de su bolsillo y lo giró hacia ella. Maya miró lo que parecía ser un iPhone con un mapa. En el centro, un punto rojo parpadeaba. —Yo sé exactamente dónde está ahora, así que no te preocupes por Gabriel.

Maya maldijo. —¡Desgraciado!

—Vaya, vaya, ¿son esas las palabras para un amante? — La sonrisa enferma de su boca, le dio náuseas. Ella nunca sería su amante. Prefería suicidarse antes de que él la tocase.

—No es posible que creas que alguna vez me convertiría en tu amante.

—A mi modo de ver no tienes muchas opciones, al ver que estarás atada pronto. Y luego tomaré lo que quiero, cuando quiera y con la frecuencia que quiera. Es tu culpa. Podría haber sido diferente entre nosotros. Pero no, tenías que engañarme, hacerme desearte, y luego simplemente te alejaste, como si yo no fuera nadie. Y yo, tan generoso como soy, incluso te di una segunda oportunidad. Empezamos todo de nuevo, y tú pequeña perra, hiciste lo mismo otra vez. Hay días en los que realmente me encantan mis dones—. Entonces gruñó.

—Y hay días en los que reconozco sus limitaciones. Por desgracia, ahora que tus dudas acerca de mí se han confirmado, no puedo disiparlas, ni borrar tus recuerdos. Era más fácil cuando eras humana, por lo menos podía hacer borrón y cuenta nueva. Pero no me dejaste otra opción.

El gruñido alrededor de su boca hizo que su rostro común se volviera feo. Ella casi podía ver la fealdad en su interior, el mal que vivía dentro de él. Su piel se estremecía al concientizarse de las malas vibraciones que su cuerpo estaba proyectando. Las sentía con mayor intensidad ahora que estaba a sólo unos pocos metros de ella. Los pequeños vellos en sus brazos se le erizaban como si se prepararan para un ataque. Y ella sabía que tenía que atacar. Todo lo que podía hacer era distraerlo hasta que llegara la ayuda.

El silencio en la planta baja le dijo que Carl no llegaría a defenderla. Maya temía lo peor para el dulce mayordomo, que sólo la había tratado con un gran respeto. —¿Qué hiciste con Carl?

Su sonrisa burlona confirmó sus peores sospechas. —Polvo eres y en polvo te convertirás.

Maya tragó saliva. Estaba sola en la casa con él. Yvette, la única persona que sabía que estaba sola, estaba atada en algún lugar, Carl estaba muerto, y Gabriel estaba con la bruja. Ricky instantáneamente sabría cuando Gabriel se acercará a la casa, así que no podía esperar ninguna ayuda de él tampoco.

Estaba sola. Por su cuenta con un loco, no, un vampiro loco. Un loco que podría derrotar con su nueva fuerza como un vampiro, pero mirando el fuerte físico de Ricky, apostaría su último cheque de pago a que él le ganaría en una pelea.

Maya dejó que sus ojos recorrieran la habitación, tratando de encontrar algo que pudiera usar para su ventaja.

—¿Qué estabas tratando de obtener convirtiéndome en un vampiro? — Ella tenía que asegurarse de seguir hablando mientras trataba de encontrar la manera de cómo escapar de él.

—Tu eterno amor y devoción, por supuesto—, bromeó ligeramente —, pero voy a ser feliz con sólo tu cuerpo, tus piernas permanentemente abiertas para mí.

—Eres un cabrón enfermo. ¿De verdad crees que abriría mis piernas para ti?

—Lo hiciste por Gabriel—, le respondió, el odio de repente inundaba su voz. —Qué tiene él que no tenga yo, ¿eh? Seguro que no ganó ningún concurso en el departamento de belleza. Y no es más encantador que yo. Soy tan rico como lo es él, y tengo mucho mejor aspecto. ¿Es porque te permitió beber de su sangre?

Maya se quedó sin aliento. No se había dado cuenta de que él lo sabía.

—Oh, sí, no te veas tan sorprendida. ¿De verdad crees que no sabía lo que estaba pasando aquí? Puedo olerlo a él en ti. Estás positivamente apestando a él. Pero no te preocupes, un par de días conmigo y su olor habrá desaparecido. Me aseguraré de eso, incluso si tengo que sacarte la última gota de sangre y reemplazarla con la mía.

—¡No te atreverías!

Dio un salto y se paró a sólo unos centímetros de ella ahora. Su aliento se cernía como un fantasma sobre su cara, y ella sintió la bilis elevarse. —¿No lo haría?

—Él te matará—. Sabía que Gabriel lo haría... si es que ella aún estaba viva para entonces, no estaba segura, pero sabía que Gabriel no se detendría hasta que Ricky estuviera muerto.

—Nunca nos encontrarán. Nos habremos ido fuera del país por mucho tiempo, para cuando se entere que te has ido. Y entonces empezaremos nuestra vida juntos, al igual que la hubiéramos tenido si esos idiotas no nos hubieran interrumpido cuando te transformé. Habrías despertado en mis brazos y me hubieras visto como tu protector. Pero voy a rectificar esa situación. Serás mía, y nada en este mundo, me impedirá que lo haga. Nunca lo olvides.

La amenaza se sentía pesada en la sala, envenenando la atmósfera a su alrededor. Ella entendía muy bien lo serio que era. Ni siquiera la violación estaba descartada. Podía ver la locura en sus ojos. No, él no se detendría ante nada.

Es por eso que *ella* tenía que *detenerlo*.

La determinación se propagó dentro de ella, y su mente despejó todo lo demás con la idea de alejarse de él. De la misma manera en que trataba cualquier problema de investigación, evaluaría sus opciones una por una y determinaría las probabilidades de éxito. Su mente corría de un escenario a otro, su corazón latía con rapidez ofreciéndole a su cerebro el oxígeno necesario.

El sudor se juntó en su frente, pero ella lo ignoró. Hacerlo pensar que ella tenía miedo: sólo serviría a su propósito. Estaba más allá del miedo ahora… estaba en modo de supervivencia, y el instinto y la lógica eran sus mejores aliados. El saber que Ricky había matado a sus dos mejores amigas, disparó su resolución.

—Tú mataste a mis amigas.

—Seres humanos inútiles. Sabían demasiado. Les chismeaste sobre mí. La sangre de ellas está en tus manos.

Maya empujó la culpa. Ricky era el culpable, y ella no se dejaría caer en su trampa. Él era el malo, y ella se aseguraría de que pagara por sus actos. —Voy a hacerte pagar.

Él sólo se rio de su amenaza. Luego se puso serio otra vez y sujetó sus brazos. —Me gustaría verte intentarlo, pero más tarde. Ahora, nos vamos.

Escuchó el discreto sonido procedente del iPhone en el bolsillo de Ricky, y sabía que Gabriel estaba en marcha. Y él también lo sabía. El tiempo de retrasarlo se había terminado. Maya trató de empujarlo y maniobró para soltarse de su control, pero él sólo aumentó la presión en las muñecas. Las rompería si le daba más resistencia.

—Soy más fuerte que tú—, presumió.

Ya sabía eso. Pero ella era más inteligente. Su mirada se desvió hacia la chimenea, donde un atizador se apoyaba contra el manto. Se concentró en el largo palo de metal que tenía a cada lado filosas puntas.

Luego canalizó todo su dolor y odio a Ricky con sus pensamientos y los dirigió hacia el atizador, deseando que se moviera. Pero no se movió. La frente se surcaba mientras más se concentraba. Tenía que hacerlo. Había funcionado en el bar, cuando estuvo con Thomas. Sabía que podía hacerlo, si tan sólo pudiera concentrarse lo suficiente.

Ricky tiró de sus brazos. —¡Muévete!

Maya no obedeció la orden y se puso rígida. Un destello de ira se apoderó de su rostro, antes de ver una sonrisa maliciosa en su rostro. —Bien, entonces ¿qué te parece esto?

Antes de que ella supiera lo que estaba por hacer, había apretado los labios contra los suyos. La bilis se elevó y la ira se agitó en su vientre. Apretó la mandíbula, manteniendo los labios firmemente apretados, mientras trataba de alejarlo. Pero incluso su fuerza de vampiro no era rival para él.

La desesperación y el odio se mezclaban en su cabeza, mientras el asco por él, la hacía sentir náuseas. Cuando él tiró de ella acercándola contra su cuerpo y apretó sus caderas contra ella, era como si hubiera accionado un interruptor en su cerebro. De pronto se acordó de él.

Durante semanas la había perseguido, primero con regalos y cenas de lujo, y luego con amenazas. De inmediato lo había visto en él, el hecho de que fuera obsesivo. Y en ese entonces la había asustado. Recordó la noche en que había regresado del hospital, la noche en que casi la había violado. Él habría tenido éxito si no hubiese sido por su paciente inconsciente que de repente se había muerto. El monitor que estaba conectado a él, había alertado al equipo de Código Azul, quienes habían llegado en cuestión de segundos.

En su lugar había borrado su memoria en ese instante. Sin embargo, sus recuerdos estaban de regreso, y ella no lo dejaría tener éxito ahora. Él nunca la tocaría de nuevo.

Se concentró más, recordando el atizador cerca de la chimenea. Puso toda su energía en ese único punto. Su cuerpo se tensó por el esfuerzo.

Con un gruñido de sorpresa, de repente Ricky la soltó y se apartó. Su rostro se distorsionaba por el dolor y la incredulidad, mientras giraba la cabeza y miraba hacia su costado. Maya siguió su mirada y vio el atizador clavado en su costado, con la sangre goteando desde la abertura.

—¡Perra!

Sabía que no lo mataría, pero le daría un poco de tiempo.

Maya salió corriendo de la habitación y bajó las escaleras. Abrió la puerta principal y corrió hacia la noche. Sus ojos se movían frenéticamente hacia arriba y abajo de la calle, sin saber hacia dónde correr. Dejó que su instinto asumiera el control y viró hacia el oeste hacia la parte de la ciudad que mejor conocía.

En el siguiente semáforo, vio a un camión que transportaba cajas de cartón aplastadas. Se subió a la parte posterior de la misma, refugiándose detrás de la carga, asegurándose de que el conductor no la viera. Cuando las luces se pusieron en verde, el camión se puso en movimiento.

30

Gabriel salió del coche abruptamente, sus largas piernas devoraron la distancia hacia la puerta de la casa de Samson. Estaba completamente abierta, y la luz llegaba hasta las escaleras. No era una buena señal.

El pánico que ya se había apoderado de él antes, sólo se intensificaba al ver el vestíbulo vacío y el silencio en la casa. Al instante vio el polvo en el suelo, junto con un teléfono celular, algunas monedas, y un anillo... el anillo de Carl. ¡Oh, Dios, no! Ricky había estado ahí.

El dolor por su amigo y fiel servidor de Samson, estuvo a punto de hacer que sus rodillas se doblaran. Pero no podía… no sería... débil ahora. No cuando Maya... —¡Maya! ¡Maya! —, él gritó, sin esperar ninguna respuesta. Sabía lo que iba a encontrar.

Dando tres pasos a la vez, corrió por las escaleras e irrumpió en la habitación de huéspedes que Maya había estado ocupando. El hedor de sangre al instante le asaltó. Sus ojos se centraron en un atizador de metal, que estaba sobre la alfombra, con una de las puntas cubierta de sangre.

Gabriel inhaló y por un instante, se sintió aliviado. La sangre no era de Maya. Ella había luchado contra él. Un sentimiento de orgullo se extendió dentro de él, sólo para ser inmediatamente sustituido por otro, miedo. Reconoció la sangre como la de Ricky. ¿Estaba muerto o sólo lo había herido antes de que él pudiera llevársela con él? No había indicios de polvo sobre la alfombra por lo que tenía que asumir que los dos estaban vivos.

Se quedó mirando el palo de metal cubierto de sangre y cerró los ojos por un momento, tratando de reunir sus fuerzas. No podía perderla, no ahora, no cuando había allanado el camino para que estén juntos.

A su vez, antes de que pudiera abandonar la sala con el fin de buscarlos, sintió una punzada en la cabeza. Una fracción de segundo después, sus ojos miraron la escena delante de él, una escena que había sucedido en esa misma sala unos minutos antes. Había entrado en los recuerdos de Maya. Cómo, no lo sabía. Esto nunca había sucedido antes. Nunca había sido capaz de acceder a los recuerdos de otra persona, a menos que estuviera físicamente cerca. Tal vez su conexión con Maya era tan fuerte, que no tenía necesidad de estar cerca de ella para acceder a lo que había visto.

Gabriel se concentró y vio que Ricky la besaba con brutalidad. Vio cómo ella utilizaba su nueva habilidad, deshabilitándolo para poder alejarse de él. Mientras corría hacia la puerta, lo vio todo a través de sus ojos, las calles que veía, el camión en el que había saltado.

Sus pies lo llevaron hacia las escaleras y salió por la puerta. Él la cerró con fuerza y se dirigió al Audi. Mientras se concentraba en el tráfico con un solo ojo, su ojo interior mantenía la conexión con los recuerdos de Maya. Reconoció las calles y las casas por las que había pasado, cuando el camión en que estaba sentada conducía más y más hacia el oeste.

Ella se había escapado de él, pero Gabriel no se engañaba ni por un segundo que Ricky no estuviera sobre sus talones ya. Tenía que llegar a ella primero y asegurarse de que estuviera a salvo.

~ ~ ~

El camión se detuvo en un semáforo en rojo, y Maya saltó. Habían llegado al extremo este del Parque Golden Gate. Se dio cuenta de que el sol saldría pronto, y que tenía que encontrar un refugio antes de que fuera demasiado tarde. Si bien era tentador entrar en el hospital que estaba a sólo cuadras del parque, Maya sabía que Ricky esperaría que ella se escondiera ahí y la encontraría. No, tenía que ir a algún lugar donde él no sospechara y esconderse hasta que pudiera pedir ayuda.

Cruzó la pradera y pasó por el patio de juegos con su carrusel. Las canchas de tenis estaban a su derecha. Si bien había una casa club donde pudiera encontrar un refugio contra el sol, estaría aglomerado de gente tan pronto como saliera el sol y los primeros jugadores de tenis llegarían para un partido temprano por la mañana. Ella no estaría segura por mucho tiempo.

Maya se adentró en la zona arbolada. Había un lugar que ella conocía, había escuchado a uno de los médicos hablando de cuando se había encontrado con un vagabundo. Había escuchado la historia de dónde exactamente lo habían encontrado, y sabía que sería capaz de recordar el camino. Había estado ahí antes. La curiosidad la había llevado ahí, en uno de sus paseos dominicales, por una parte, para comprobar si el paramédico había dicho la verdad, y por otra parte porque no había tenido nada mejor que hacer esa tarde.

Encontró el camino que estaba buscando y se fue corriendo a ritmo acelerado. A cada sonido, se daba la vuelta, lista para acelerar si Ricky estaba detrás de ella. Él nunca se daría por vencido hasta que la tuviera, lo había visto en sus ojos. El mal que emanaba de él era fuerte, y ahora que sabía lo que era capaz de hacer, se sorprendió a sí misma que ella no lo hubiese sentido en el momento en que Gabriel se lo presentó en la cocina.

¿Cómo había sido capaz Ricky de enmascarar sus verdaderas intenciones de sus amigos y colegas durante tanto tiempo? ¿Tenía algo que ver con el don especial de Ricky que Gabriel le había mencionado? Que podía disipar las dudas de la gente. Había confesado que él lo había hecho con ella. Ahora recordaba que su piel le había picado incómodamente esa noche que lo conoció en la cocina, pero ella lo había atribuido a la fiebre que le estaba empezando. Ahora sabía que había usado sus habilidades en ella en ese momento.

Incluso Gabriel había confiado en él, lo suficiente como para enviarlo a hablar con Barbara y Paulette. Y ella sin saberlo, había entregado a sus dos amigas en bandeja de plata. Todo lo que tenía que hacer era matarlas. El estómago de Maya se tambaleó ante la idea. No, ella no podía permitirse pensar de esa manera ahora. Tenía que permanecer fuerte. Ricky era un malvado, y las habría encontrado de cualquier manera, incluso sin su ayuda. Y se hubiera asegurado de que nadie fuera capaz de encontrar ni siquiera un rastro de lo que había hecho.

Maya se detuvo al percibir un sonido detrás de ella. Contuvo la respiración y se quedó quieta, con miedo de hacer un movimiento y delatar su posición. Ahí, otra rama se rompió. Alguien estaba caminando hacia su dirección. El corazón le latía en la garganta y el sudor apareció en sus palmas y en su cuello. Sentía la humedad corriendo como pequeños riachuelos por la espalda y el pecho. ¿La había encontrado ya?

El gran árbol detrás del cual se había escondido bloqueaba su vista. Pero ella sabía que él estaba ahí. Escuchó el crujido de las hojas y el sonido de sus botas sobre el terreno. Buscó en el suelo bajo sus pies, todo lo que pudiera servirle como arma, y descubrió un palo corto de madera. Sin hacer ruido, se agachó y lo agarró. Esperaba que fuera una buena estaca.

Maya tomó un muy necesario respiro… y se quedó inmóvil mientras el olor llenaba sus pulmones.

Ella dio un paso alrededor del árbol y saltó hacia el hombre que estaba parado frente a ella. —Gabriel.

Sus brazos la envolvían mientras la apretaba contra él y enterraba la cabeza en su pelo. —Oh, Maya... pensé que te había perdido.

Antes de que pudiera contestarle, su boca la reclamó en un feroz beso, borrando el recuerdo del toque de Ricky. Cuando se separaron para tomar aire, Gabriel pasó su mano acariciándole la cara.

—Ricky, él me persigue. Es él. Él es el rufián—. Las palabras salían desparramándose por su boca.

—Lo sabemos. Amaury y Zane lo descubrieron. Me alertaron, pero llegué a la casa demasiado tarde.

—Conseguí herirlo, pero no creo que vaya a darse por vencido.

Gabriel asintió con la cabeza. —Voy a alertar a los demás de donde estamos. Estarás a salvo en unos pocos minutos.

Sacó su teléfono celular y comenzó a marcar.

Maya lo miró, recordando al instante el propio teléfono de Ricky. —¡Mierda! — Ella le arrebató el celular de sus manos antes de que pudiera reaccionar y lo estrelló contra un árbol con tal fuerza, que se dividió en cientos de pedazos pequeños.

—Pero qué…

~ ~ ~

Gabriel la miró fijamente, mientras ella destruía el único medio de comunicación con sus colegas. ¿Qué diablos se le había metido?

—Lo llevaste derecho hacia nosotros—. No había ninguna acusación en sus ojos, sólo el horror sombrío.

—¿Cómo?

—Él tiene un rastreador en ti. Lo vi en su iPhone. Sabe dónde te encuentras. Tenemos que correr.

Gabriel se maldijo. En lugar de protegerla, la había puesto en mayor peligro. La había encontrado a causa de su conexión única con ella y el hecho de que pudiera entrar a sus recuerdos. Ricky no tenía esas habilidades y probablemente lo siguió desde el principio. Y él, idiota que era, lo había llevado a donde estaba ella. Él no podía estar muy lejos detrás de ellos.

—Dios, lo siento.

—Por aquí. Conozco un lugar donde podremos escondernos.

Sin dudarlo, él la siguió mientras corría para adentrarse en el bosque. Sólo esperaba que Ricky estuviera lo suficientemente lejos detrás de ellos, para tener una oportunidad de escapar.

Zigzaguearon a través de la zona boscosa, antes de llegar a la orilla de un pequeño prado. En lugar de cruzarlo, Maya continuó abrazando la línea de árboles, permaneciendo ocultos en las sombras. Gabriel estaba a sólo unos pasos detrás de ella. Pero no hablaba, a pesar de las muchas preguntas que tenía. Si Ricky estaba cerca, cualquier sonido podría llevarlo hacia donde estaban. Aunque estaba seguro de que podría derrotarlo en caso de enfrentarse, estaban demasiado cerca de la salida del sol para combatir. A pesar de que odiaba la idea de esconderse, por razones de seguridad de Maya, él sabía que tenía que hacerlo.

Cuando ella se volvió y lo miró a los ojos, sabía que no estaba enojada con él, más bien tenía miedo. Y le gustaría poder borrar ese miedo de su rostro, pero no había tiempo para eso ahora. Él hizo un gesto tranquilizador y la siguió por una curva en el sendero apenas reconocible, que ella parecía conocer.

Al llegar a un montículo de tierra, se detuvo.

Gabriel se puso a la par y vio lo que ella estaba viendo. Enterrado en la pequeña loma que parecía una loma de topo de gran tamaño, había una puerta de metal. Estaba cerrada con un candado.

—¿Puedes abrir esto? — Le preguntó ella.

—¿Qué es esto?

—Un refugio antiaéreo antiguo.

—¿En San Francisco?

—Se construyó muchos años atrás, durante la Crisis de los misiles en Cuba. ¿Puedes romper el candado?

Él asintió con la cabeza y sacó el cuchillo de su bota. Por suerte, nunca salía de casa sin él. Puso el candado en una mano, y con la otra metió el cuchillo en él y lo retorció.

—Rápido. Puedo sentir mi piel erizándose. Está cerca—, susurró.

Gabriel no cuestionó lo que ella sentía. Si lo sentía cerca, él no iba a dudar de ella. Redobló sus esfuerzos y lo retorció más fuerte. Un momento después, oyó un clic, y el candado se abrió. Lo quitó de la puerta, y presionó el picaporte. La puerta se abrió hacia el interior.

La oscuridad lo saludó. —¿Estás segura?

Maya ya estaba detrás de él y entrando hacia el interior. —El sol está saliendo. ¡Rápido!

Entró jalando a Maya detrás de él, antes de que se cerrara la puerta nuevamente. Todo lo que podía escuchar era su respiración pesada.

31

Yvette escuchó el ladrido vacilante de un perro en las afueras de la puerta de la entrada. Podía sentir su confusión mientras olía, preguntándose si era seguro entrar. Cómo era capaz de conectarse con un animal, no tenía ni idea, pero había tenido la misma sensación extraña cuando había vagado por las calles de San Francisco un par de noches antes, y había notado que los perros habían empezado de repente a seguirla. Uno de ellos, había llegado más lejos siguiéndola hasta la casa de Samson. Tal vez ella tenía un don, que no sabía que tenía.

—Aquí, perrito, perrito—, lo persuadía desde su posición en la chimenea, todavía colgada por las muñecas, el metal de plata quemaba dolorosamente su piel. Si llegara a salir de esto, pondría la cadena alrededor de los huevos de Ricky y lo dejaría sufrir hasta que se friera con los rayos del sol naciente.

Un vistazo por la ventana, le dijo que no tenía más de quince minutos hasta el amanecer. Estaba poniéndose demasiado peligroso.

Las garras del perro raspaban contra el piso de madera, mientras entraba en la casa. —Buen perrito—, elogió ella. Al doblar la esquina, lo vio, un labrador de color claro con grandes ojos marrones. La cabeza se le inclinaba hacia un lado, como si estuviera tratando de averiguar lo que estaba mal con ella.

—Sí, muchacho, ven aquí.

La bestia de buen carácter, se acercó y movió la cola. Vio un collar alrededor de su cuello. Bien. Él tenía un dueño, y era de esperarse que el dueño no estuviera demasiado lejos. —¿Dónde está tu papi? —, le preguntó, con la misma voz cantada que había usado antes. Sólo esperaba que nadie la viera así. Era seguro que todos se burlarían de ella.

—Hey muchacho, ¿qué tal si actúas como Lassie para mí? — Si un perro de la TV podía llamar a su dueño, sin duda ese labrador podría hacerlo también. Sus ojos parecían inteligentes, sus orejas reaccionaron como si escuchara atentamente.

—Buen perrito, ve a buscar a tu dueño—, le ordenó. —Ve a buscar a papi.

El perrito movió la cola de nuevo. ¿Le había comprendido? Yvette sintió el sudor cayendo sobre la frente. —Vamos perrito, haz esto por mí, y te daré un gran hueso carnoso—. Sí, cortar un pedazo de Ricky sería justo lo que quería hacer.

El perro dio unos pasos más hacia ella, y le empujó ligeramente las piernas.

—Hazlo, perrito, ve.

—¿Qué quieres que haga? ¿Qué te quite las cadenas a lamidas?

La voz desde la puerta, hizo que Yvette girara la cabeza hacia ella. —¡Deja de bromear y desátame, Zane! — Nunca había estado tan feliz de ver a su desagradable colega, como en ese momento.

Zane entró en la sala de estar, con su andar tranquilo, casi aburrido. —Nunca pensé que te vería así. Parece que finalmente me tendrás que rogar por algo.

Yvette apretó la mandíbula. —Pequeña mierda, desátame ahora.

Se echó a reír, y ella se paralizó. Nunca lo había escuchado reír. De hecho, ella siempre había asumido que era incapaz de hacerlo. Pero lo que salió de su pecho, definitivamente era una risa.

—Supongo que eso es lo más cerca que estaré a que me ruegues por algo, ¿eh? —, se aventuró a decir mientras se acercaba. Sacó los guantes de cuero de su bolsillo y se los puso. Por un momento, le recordó los guantes que había usado Ricky y de inmediato se puso tensa cuando llegó hasta ella.

—Ahora *eso*—, comentó él, mientras ella sostenía el aliento, lo cual sabía que él reconocería como miedo, —*eso,* acaba de alegrar mi día—. Amplió su sonrisa.

—¿Quién hubiera pensado que alguna vez tendrías miedo de mí?

Sí, y por un instante había tenido miedo de él, pero en el momento en que aflojó las cadenas de plata y la liberó, el miedo se desvaneció. —Eres un bastardo enfermo.

—¿No es grandioso?

Yvette decidió no hacer comentarios. Cualquier forma en la que Zane se excitara, a ella no le importaba. Lo único que le importaba, era que le había salvado la vida. Y por eso, le debía. En un impulso, llevó su cabeza hacia él y le dio un beso en la mejilla.

—Gracias, amigo.

Ella se rio cuando él se alejó, sus labios se detuvieron en un gruñido. Zane odiaba cualquier muestra de afecto, y más aún cuando era dirigida hacia él… e Yvette lo sabía. Ella sonrió.

—¡Perra! Vámonos. Tengo la camioneta con lunas negras afuera.

—Primero, tenemos que advertir a Gabriel. Ricky es el rufián.

—Ya lo sabemos. Te pondré al tanto en el camino. Estamos estableciendo un puesto de mando en la casa de Thomas.

En el momento en que estacionó la camioneta en el garaje de Thomas, que se encontraba debajo de su casa, Zane le había contado en su mayoría los detalles. Detrás de ellos, Yvette escuchó la puerta del garaje cerrándose. Ella esperó un par de segundos antes de abrir la puerta de la camioneta y se bajó. Zane apagó el motor y la siguió.

Yvette se frotó las irritadas muñecas. En la camioneta oscura, se sirvió de los suministros de sangre embotellada que había, pero tendrían que pasar varias horas para que las heridas se curaran. La cadena de plata había carcomido dolorosamente las capas exteriores de su piel, dejando al descubierto la carne viva y de color rosa por debajo de ella. Pero podía lidiar con eso. El dolor en su interior, sin embargo, era más difícil de alejar. Uno de los suyos había intentado matarla. Una traición tal, afectaba en lo más vivo.

Ella miró hacia atrás mientras subían a la planta superior de la casa de Thomas. Zane tenía una expresión sombría en su rostro, en sus labios se dibujaba una fina línea. Cuando vio su mirada, le gruñó. El besarlo en la mejilla para darle las gracias por su rescate, claramente lo había puesto nervioso. Le hizo reír.

Tirano.

—Una palabra sobre lo que ocurrió allí, y yo mismo te colgaré.

Ella sacudió la cabeza y giró la perilla de la puerta al llegar a la parte superior de las escaleras, sin molestarse en responder. Mientras ella abría la puerta y dio un paso hacia el vestíbulo, retrocedió.

—¡Mierda!

Yvette cerró la puerta y chocó con Zane detrás de ella.

—¿Qué pasa?

—Luz del día—, dijo entre dientes. —Él tiene las persianas abiertas.

Un momento después se abrió la puerta y la silueta de Thomas recortaba contra la luz detrás de él. —Está bien, adelante.

—Estás bromeando conmigo—. Yvette retrocedió más en las sombras.

Thomas le tendió la mano. —No es luz natural. Ven, deja que te enseñe.

Vacilante, le siguió hasta la sala de estar de la planta abierta. La gran sala se inundaba de luz. A medida que sus ojos se acostumbraban, vio la habitación. Instintivamente, se escondió detrás de Thomas... la habitación tenía desde el suelo hasta el techo, ventanas en ambos lados, y a través de ellos veía el mundo exterior.

—¿Qué...?

Thomas hizo una seña para que se acercara más a las ventanas. No parecía preocupado. Afuera estaba claramente de día, y la luz que inundaba a través de las ventanas debería dejarlo frito en cuestión de segundos, pero ahí estaba, justo en frente de uno de los grandes ventanales, admirando las vistas de la ciudad a sus pies.

—No es real—, afirmó mientras se volvía hacia ella.

Zane se acercó más, su boca abierta por semejante vista. —No es una foto—, dijo Zane. —Hay coches en movimiento. ¿Imagen en vivo?

Thomas asintió con la cabeza. —La casa está equipada con cámaras por todas partes que filman lo que está pasando fuera justo en este momento. Proyecta las imágenes en las persianas especiales que he diseñado. Bloquean la luz solar como persianas regulares, pero pueden proyectar la película sobre ellas. Lo que se ve en ellas, es lo que se vería si las ventanas estuviesen abiertas. Las proyecciones representan exactamente lo que está pasando afuera.

—Ingenioso—, dijo Zane asintiendo con aprobación. —¿Y la luz?

—Un nuevo tipo de foco que imita la luz del día. Bastante realista, por el aspecto de tu reacción—. Thomas le sonrió a ella, quien finalmente exhaló.

—Yo diría—. Recién ahora se dio cuenta que no estaban solos. En una esquina, Eddie estaba hablando por su teléfono celular. Y a la izquierda, donde Thomas tenía varias pantallas conectadas de computadoras, Amaury estaba sentado con el teléfono pegado a la oreja.

—Ricky trató de matarme.

Thomas asintió con la cabeza, con su solemne estado de ánimo. Él pareció darse cuenta de sus muñecas dañadas en ese momento. —Nos lo imaginamos. ¿Quieres sangre?

—Estoy bien. Tomé un poco en la camioneta. Lo que quiero es la cabeza de Ricky en un palo.

Amaury se dirigió a ellos. —Me alegro de verte, Yvette—. El sonido de su voz le dijo que lo decía en serio. No habían estado siempre en los mejores términos, pero al menos ahora sabía en quién podía confiar.

—¿Qué hay de nuevo? —, preguntó Zane.

—Gabriel y Maya han desaparecido. No podemos rastrear sus señales de celulares tampoco—. Amaury miró a Thomas y señaló el teléfono. —Ese fue el equipo humano que enviaste a la casa de Samson. No hay nadie—. Por un momento, cerró los ojos. Cuando los abrió nuevamente, el dolor era evidente en el azul brillante de su iris. —Tenemos razones para creer que Carl está muerto.

—Oh, mierda—, murmuró Thomas.

—¿Qué pasó con Ricky? —, preguntó Yvette.

—Tenemos nuestro personal de guardaespaldas humanos, buscándolo—, dijo Amaury.

—Es peligroso.

—Sabemos ahora que sí.

—Maldita sea, debí haberlo sabido antes—, dijo la voz de Eddie desde la esquina, mientras de un golpe cerraba su teléfono. —Era Holly, la ex novia de Ricky.

—¿Lo ha visto? —, preguntó Amaury.

—No. Pero me dijo que ella lo había seguido una noche. Supongo que estaba celosa y quería saber de quién Ricky estaba enamorado. Dijo que lo había seguido hasta un apartamento en Noe Valley.

—La casa de Maya—, dijo Yvette en voz baja. —¿Qué más te dijo?

—Ella me dio algunos de sus lugares favoritos.

—Hagan que los guardias de día vayan a ver si lo podemos atrapar—, ordenó Amaury. —Sus movimientos están limitados en estos momentos, por lo que éste es nuestro mejor momento para encontrarlo. Esta noche, una vez que sea capaz de moverse de nuevo, podrá escabullirse de nuestras manos.

Eddie asintió con la cabeza. —Estoy en ello.

Yvette miró por la ventana a la ciudad bajo sus pies. En algún lugar ahí abajo, Ricky estaba escondido, al igual que Gabriel y Maya... sólo esperaba que Gabriel hubiese llegado a Maya, antes de que Ricky pudiera poner sus sucias garras en ella. Por más que hubiera querido a Gabriel para ella, nunca se perdonaría no detener a Ricky si le hubiera causado daño a Maya. Gabriel se merecía tener la mujer que amaba. Y ella haría cualquier cosa para asegurarse de que así fuera.

—Ricky tiene que estar escondido en algún lugar—. Apretó la mandíbula y miró alrededor, donde la acompañaban cuatro grandes vampiros. —Y cuando lo encontremos, él será mío.

Nadie la contradijo.

32

Gabriel pasó la mano a lo largo de la puerta y encontró un interruptor. Él lo apretó. Un segundo después, una luz de neón parpadeó y zumbó antes de que se estabilizara y se iluminara toda la habitación. Él cerró la puerta desde el interior antes de volverse para ver su entorno.

La habitación de casi unos cuarenta y siete metros cuadrados, estaba bastante vacía. Había varios catres apilados a un lado, un gabinete de suministros junto a ellos. En la parte de atrás había un baño rudimentario y un pequeño lavabo. Un pequeño escritorio y una silla, complementaban el mobiliario. Si bien no era mucho, el lugar estaba sorprendentemente limpio, y sobre todo, no tenía ventanas por donde la luz del sol pudiese penetrar. Por el momento, estaban a salvo.

Junto a él, Maya parecía haber llegado a la misma conclusión. Ella asintió con la cabeza a sí misma.

—¿Cómo sabías de este lugar? —, preguntó volviéndose hacia ella y buscando sus manos.

—Un paramédico me dijo hace mucho tiempo... que habían encontrado a un hombre vagabundo que estaba enfermo y había irrumpido en éste lugar—. Se volvió hacia el pesado cerrojo en el interior de la puerta. —Ricky no podrá entrar, ¿verdad?

Gabriel la abrazó, buscando el contacto con su cuerpo para calmar la preocupación que había sentido por ella. —No. Estamos a salvo. Por lo menos hasta el atardecer—. Él la tomó de la barbilla levantándola para mirarla a los ojos. —Tenía mucho miedo. Pensé que te había atrapado.

—¿Cómo siquiera me encontraste?

—No estoy del todo seguro, pero por alguna razón pude ver en tus recuerdos, mientras huías de Ricky. Seguí las calles que viste cuando estabas en la parte trasera del camión.

Ella sacudió la cabeza. —¿Cómo es eso posible? Pensé que sólo podías entrar en los recuerdos de alguien cuando estabas cerca de ellos.

Se encogió de hombros. —Así es como siempre fue, pero tal vez mi conexión contigo es tan fuerte, que no necesito estar físicamente cerca.

—¿Quieres decir que has visto todo?

Él prácticamente había sentido el disgusto de Maya, cuando Ricky la había besado. No era un recuerdo que hubiese querido ver en realidad, sin embargo, sólo reafirmaba lo que pensaba hacerle cuando lo atrapara. —Nunca voy a dejar que otro hombre te vuelva a tocar nunca más, te prometo eso. Encontraremos a Ricky, lo mataré.

—No, si yo lo mato primero—, respondió ella.

Había tanto desprecio en su voz, que Gabriel se retiró un momento para poderla mirar a los ojos. Fue entonces cuando se dio cuenta. —Ya recuerdas.

Ella asintió con la cabeza. —Todo regresó cuando me tocó. Gabriel, él nunca dejará de perseguirme. Está obsesionado. Y no se detendrá ante nada. Si tú supieras las cosas que ha hecho.

La rabia hervía en Gabriel. —Dime lo que hizo—, su voz salió entre sus apretados dientes. Si ese hijo de puta le había hecho daño a un solo pelo de su cabeza, lo arrastraría y lo descuartizaría. Lo torturaría al infeliz hasta que Ricky le rogara que lo matara.

Maya parpadeó, mantuvo por un instante sus ojos cerrados y luego los volvió a abrir. —Él estuvo a punto de violarme cuando lo interrumpieron. Fue entonces cuando borró mi memoria la primera vez.

Gabriel se quedó sin aliento, mientras expresaba su indignación. Tan suavemente como pudo, acarició la espalda de Maya. —Oh, bebé, lo siento mucho. Hubiera deseado que tu memoria no hubiese vuelto.

—Francamente, me alegro de que lo hiciera. Por lo menos ahora sé que una cosa es segura—. Ella se echó hacia atrás y cruzó su mirada con la de él. —A pesar de lo que él diga, nunca dejé que me tocara. Nunca tuve relaciones sexuales con él.

Sintió regocijo al saber que Ricky nunca la había poseído. —Bebé, estoy muy contento por tu propio bien. Pero aun así lo voy a matar.

—No estoy muy segura de cómo se las arregló para mantener oculto todo esto de ti y tus amigos. ¿Acaso nadie sospechó nada?

Gabriel se había preguntado lo mismo, pero ahora sabía con certeza lo que Ricky debió haber hecho.

—Él usó su don, el don de disipar las dudas. Cuando vi la lista de hombres vampiro que no tenían coartada de la hora del ataque, Zane insistió en que Ricky estaba fuera de sospechas, aunque él no tenía coartadas concluyentes. Yo sospechaba de él, pero de alguna manera mis dudas se disiparon tan pronto como aparecieron. Ricky debió haber estado cerca. Él debió haberme estado mirando y también a Zane, e interfirió con su don mental.

Maya asintió con la cabeza. —Creo que hizo lo mismo conmigo. Tuve una sensación de intranquilidad cuando me lo presentaste en la cocina, pero la sensación se fue. Y entonces estaba tan distraída por la fiebre, que no pude pensar con claridad de todos modos.

—Jugó con todos nosotros. Pero eso se acabó. Te puedo garantizar que Amaury ya ha movilizado a las tropas. Ellos lo estarán buscando.

—¿Durante el día? — Maya le dirigió una mirada de duda.

—Sí. Tenemos un montón de guardaespaldas humanos que son leales a nosotros. Ellos estarán buscándolo ahora. No va a ser capaz de moverse.

—Esperemos que así sea—. Lo rodeó con sus brazos y se acurrucó en su pecho.

Gabriel le tomó la barbilla en su mano y bajó su cabeza. Maya lo encontró a mitad de camino. En el momento en que sus labios se encontraron, el calor se inundó a través de él. Por primera vez en la última hora se sentía a gusto. Él capturó sus labios y deslizó su lengua en su boca, acariciándola contra la suya con un suave barrido. Cuando su cuerpo se apretó contra él, de la forma más confiable de la que nunca había sentido a una mujer, se sintió endurecerse... y esta vez, claramente pudo sentir sus dos penes. Al sentirlos, recordó lo que tenía que decirle.

Él cortó el beso y miró su cara sorprendida. —Tengo que decirte algo.

Una pequeña mueca, se formó entre las cejas, casi como si tuviera miedo de lo que él quería decirle. —¿Sí?

—Acerca de lo que la bruja se enteró—. Vaciló. ¿Aceptaría la noticia? Él esperaba que lo hiciera, porque si no, no habría nada que pudiera hacer para cambiarlo. Su cuerpo era lo que era: el de un sátiro, y como tal, estaba dotado con dos penes. Sólo podía confiar que, si realmente ella era un sátiro también, su instinto le diría que lo aceptara.

Maya se separó y se giró un poco, evitando mirarlo. La curiosidad se levantó en él. —Te dije que no me importaba si no podías quitártelo. Estoy bien con eso.

Gabriel puso la mano en su brazo y la giró para que lo mirara nuevamente. Ya era hora de que hablaran de lo que había pospuesto, porque había estado perdido de cómo explicarle todo a ella en dos frases. Ahora que tenía todo el tiempo del mundo. —Yo sé lo que me dijiste. Y ya habíamos hablado que quieres que me quede así, porque tienes miedo. Vamos a hablar de esto.

~ ~ ~

Maya sintió su cálida mano y miró hacia arriba para encontrarse con su mirada. —Una vez que seas normal otra vez, querrás a alguien más, no a mí.

—¿No escuchaste lo que te dije antes? Que te amo.

Las palabras se sentían bien, pero todavía no podía creer en ellas. —Sí, tú dijiste eso, pero también dijiste que querías un hijo. Una vez que te des cuenta que puedes tener a cualquiera cuando tu deformidad se haya ido, ¿por qué no querrías estar con alguien que te pudiese dar hijos?

Antes de que ella supiera lo que estaba sucediendo, Gabriel la tomó en sus brazos. —No me importa eso—, dijo con brusquedad. —Todo lo que siempre quise de la vida, es una mujer que me ame y me acepte como soy. Ser padre hubiese sido un regalo extra, pero no me importa, no lo suficiente. ¿De verdad crees que podría renunciar a esta oportunidad de ser feliz, simplemente porque no podremos tener hijos?

—¿Lo dices en serio? — El corazón le latía en su garganta.

—Lo digo en serio. Pero...

Así que había un, *pero*. Ella no debería haberse alegrado demasiado pronto. Sus hombros se cayeron en derrota.

—Tienes que aceptarme, y una vez que te diga de lo que se enteró la bruja, te tocará a ti tomar una decisión. Te amo. Quiero que sepas eso, pero no puedo pedirte que seas mía, hasta que tú sepas lo que soy. No sería justo.

Ahora había cierta confusión. Había un titubeo en su voz que ella no había escuchado antes, casi como si él no estuviera seguro de cómo abordar el tema. —¿Qué eres? ¿Qué quieres decir?

—Yo no soy un vampiro de sangre pura.

La noticia no significaba nada para ella. ¿Cómo no iba a ser un vampiro de sangre pura? Por todo lo que había visto hasta ahora, era sin duda un vampiro, y uno muy potente. Había visto sus colmillos, sintió su fuerza. Ella le había visto beber sangre.

—¿Cómo puede ser que no seas un vampiro?

—Lo soy, pero no lo soy, al menos no completamente. Yo no era un ser humano cuando me transformé. Nunca me di cuenta de eso hasta ahora. Mi transformación fue muy parecida a la tuya, y ahora entiendo por qué. Al igual que tú, casi me muero por segunda vez, como si mi cuerpo estuviera rechazando el convertirse en un vampiro. Pero logré sobrepasar eso, al igual que lo hiciste tú.

Ella recordó muy bien lo doloroso que había sido. —Yo vivo debido a ti.

Presionó la frente contra la suya. —Pero yo no quiero que pienses que me debes algo por ello. Lo hice por una razón muy egoísta: quería que vivieras, porque yo quería que fueras mía. Justo ahí, en ese momento cuando te vi por primera vez acostada sobre esa cama en la casa de Samson, yo sabía que te amaría.

—¿Cómo lo supiste? No sabías nada de mí—. Sin embargo, había tanta seguridad en sus palabras.

—Mi cuerpo lo reconoció. Somos iguales Maya, mucho más de lo que jamás hubiera imaginado. Soy parte sátiro, y tú también.

La noticia la impactó como un tren de carga estrellándose contra una pared de ladrillos. ¿Sátiro? —¿Una bestia con pezuñas?

Gabriel negó con la cabeza. —Quieres decir un Minotauro. Los sátiros son diferentes. Son criaturas míticas, parte hombre, parte animal, pero la parte animal sólo se manifiesta en su fuerza y sed de placeres carnales y el macho de esa especie, lleva otra pieza en su anatomía. De lo contrario el aspecto de nuestros cuerpos es totalmente humano. Todo eso sobre cuernos y pezuñas llegó después a la mitología. De todos modos, es por eso que nunca supe. No conocí a mi padre, por lo que no hubo nadie que me explicara lo que era.

—Y dices que yo soy un sátiro también. Pero, ¿cómo? — No tenía ningún sentido. Ella siempre se había sentido humana.

—¿Sabes que te adoptaron?

Ella se sorprendió de que él lo supiera. —Por supuesto. Mis padres nunca lo mantuvieron en secreto. Además, son rubios y de piel blanca, y yo soy todo lo contrario.

—Tus padres biológicos, o por lo menos tu padre, debió haber sido un sátiro.

—¿Cómo puede la bruja estar segura? Ella no ha hecho ninguna prueba en mí—. La afirmación de la bruja era demasiado extravagante para creerle.

—Ella no tiene que hacerlo por lo que me pasó a mí. He pasado por un cambio—. Tragó saliva. Maya pudo ver su manzana de Adán moverse arriba y abajo.

—¿Qué clase de cambio?

—Después de que tuvimos sexo.

—Maldita sea, Gabriel, podrías sólo terminar de decirlo—. Ella se puso las manos en la cintura, pero en lugar de liberarla, sólo la atrajo más hacia sí.

—Este cambio—. Apretó sus caderas contra las suyas. —La masa de carne que viste. Ha cambiado. Sólo después que un sátiro tiene relaciones sexuales con su compañero sátiro por primera vez. Maya, se ha convertido en un segundo pene porque tú y yo tuvimos sexo.

Ella abrió la boca, aspirando aire en sus pulmones con rapidez para proveer a su cerebro de oxígeno. ¿Él tenía dos penes? Ella se apartó de él y de inmediato notó el ceño decepcionado. Pero ella no podía preocuparse por eso en esos momentos. Llevó la mano al lugar donde sus jeans estaban abultados. Cuando la palma se conectó con la dureza por debajo, él se sacudió por un momento antes de presionar en contra de ella.

Entonces ella lo sintió. No era sólo el contorno de un pene erecto palpitante bajo su mano, ella podía sentir claramente un segundo, igual de duro, pero una fracción más pequeña. Se tensó contra el confinamiento de sus jeans.

—Quiero verlo—. Se lamió los labios y se fue hacia el cierre de sus jeans.

La mano de él detuvo a la suya, dejándola inmóvil. —Maya—. Su voz estaba entrecortada, y cuando lo miró, ella vio el deseo apenas contenido en sus ojos. Él parecía como si quisiera devorarla, y teniendo en cuenta lo que ella sentía por debajo de su mano, tenía una idea bastante clara de con qué quería devorarla.

Los latidos de su corazón se aceleraron, mientras su cuerpo respondía de la misma forma. No había nada que deseara más que poner sus manos sobre sus penes dobles y tocarlos, tenerlos en su boca uno por uno y chuparlos hasta que él le pidiera detenerse.

—Esto no es una lección de ciencias.

¿Era eso lo que pensaba que quería hacer, simplemente examinarlo? —Si no te quitas los jeans en este momento y haces el amor conmigo, te juro que en el momento en que el sol se ponga, saldré de aquí y nunca me verás de nuevo.

Su cómica mirada no tenía precio. —¿Quieres que te haga el amor, y de verdad crees que me negaría a hacerlo? Maya, yo soy un vampiro, soy un sátiro, pero sobre todo... soy un hombre.

33

El cerebro de Gabriel dio un salto mortal. Maya lo aceptó por lo que era. Una pequeña sonrisa confiada se curvó en sus labios rojos, y el brillo de sus ojos era el mismo que había visto antes en ella, en la sala donde habían hecho el amor como locos. —¿Me deseas?

—Sí, y dado que no podremos salir de aquí hasta el atardecer de todos modos, no puedo pensar en nada mejor que tener sexo, ¿verdad? —, preguntó y le dio un guiño coqueto.

Él tampoco. Gabriel la envolvió en sus brazos, su boca se cernía sobre la de ella. Levantó la cabeza y le ofreció los labios a él. —Bésame.

Le dio una pequeña sonrisa. —Me encanta besarte—. Luego puso sus labios en los suyos y le dio un suave beso en la boca. Un bajo suspiro fue la respuesta de Maya. Su respiración rebotó contra la suya, y separó sus labios para beberla. Sus sentidos se inundaron con su aroma y sabor.

Gabriel dejó que sus manos recorrieran su espalda. Una mano llegó hasta su trasero, acunándola con su gran palma y apretándola más cerca hacia sus caderas. Sintió presionar sus erecciones dobles contra la suave piel de su estómago, mientras que sus grandes pechos se aplastaban contra su duro pecho. Todo se sentía tan bien. Ella era la mujer perfecta, el yin para su yang.

Él clavó su lengua y la sumergió en ella, batiéndose en duelo, acariciándola, mordisqueándola y chupándola. Sus suaves gemidos eran música para sus oídos, sus manos sobre él, lo animaban para continuar con lo que estaba haciendo. Maya ya había sacado la camisa de sus jeans y estaba deslizando sus manos sobre su pecho desnudo, lo que lo hizo recuperar el aliento que tanto necesitaba.

—Ahora enséñame lo que tienes—, le susurró contra sus labios, respirando tan fuertemente como él lo hacía.

—¿Impaciente? — Besó el borde de su boca.

—Curiosa.

—¿Con miedo? — Sus labios siguieron por su cuello, donde sentía palpitar su vena debajo de sus labios.

—Deseosa—, dejó salir entre suaves gemidos.

—Tenía la esperanza de que esta vez pudiera haberte ofrecido una cama blanda—. La primera vez la había tomado contra la pared en la sala de estar, ¿y ahora? Le hubiera gustado hacer esto más especial para ella.

—No me importa.

—No va a ser muy cómodo para ti.

Sacó la cabeza y lo miró. —No quiero comodidad. Te quiero a ti.

Se perdió en sus ojos oscuros. —Y yo te quiero a ti. Pero esta vez, terminarás conmigo, así sea lo último que haga.

—¿Orgullo masculino?

No tenía nada que ver con el orgullo. —Instinto de supervivencia.

Ella levantó una ceja, sin entender, así que él le explicó, —no haré que me dejes por no poder satisfacerte.

Sus labios se curvaron, y apretó sus caderas provocativamente contra su ingle. —Es posible que tengas lo que necesito.

—Espera un momento—. Se separó de su abrazo y se fue hacia el armario de suministros.

—¿Qué estás haciendo?

Gabriel abrió el armario y examinó el contenido. —Tratando de ponernos más cómodos. No puedo conseguir una cama, pero por lo menos podré ofrecerte algo de esto—. Él tiró un par de mantas gruesas que habían sido empaquetadas para protegerlas del polvo y la humedad. Arrancó el plástico abriéndolo y las sacó de su funda protectora.

Avanzó unos pocos pasos y llegó a la esquina, donde se apilaban varios catres. Él llevó a un lado uno de los catres y extendió las mantas sobre él para proporcionar mayor amortiguación.

—Eres un hombre muy práctico—, comentó Maya.

Gabriel se volvió hacia ella y sonrió. —Te darás cuenta con el paso del tiempo, que tengo muchas cualidades útiles.

Tarareó. —Mmm, mmm. Dos en particular—. Bajó los ojos a su entrepierna. Al instante el calor se disparó por su cuerpo. Ella fue directa, y él apreciaba eso en ella. No había rodeos acerca de lo que quería. Y lo que claramente quería Maya en esos momentos, era a él… o mejor dicho, sus dos ansiosos penes muy erguidos. Y no la privaría de ese placer, o a él mismo, si vamos al caso. Incluso si él estaba un poco aprensivo acerca de sus propios deseos en ese momento... sus propios deseos muy oscuros y prohibidos. Porque seguro que una mujer como ella nunca estaría de acuerdo en...

—¿Has cambiado de opinión? —, preguntó y se acercó más, su atractivo aroma al instante lo drogó.

—Ni pensarlo—. Gabriel alcanzó su mano y la atrajo. —¿Puedo desnudarte? — Por alguna razón, se sentía nervioso. Este era un gran paso. Si no le gustaba lo que estaba a punto de hacer, todavía lo podía dejar. Y no dejaría que eso sucediera. No, tenía que mantener su propio deseo oscuro escondido, para no espantarla. A pesar de que sabía exactamente lo que quería. La idea de tomar a Maya por detrás con dos penes en su empuje, uno en su dulce concha y el otro en el pasaje oscuro y prohibido que de repente ansiaba, hizo palpitar sus erecciones sin control.

—Si puedo desnudarte al mismo tiempo—, ella respondió, interrumpiendo sus pervertidos pensamientos.

Sus manos se dirigieron a su camiseta, y poco a poco la sacó de sus jeans. Cuando tiró de ella, levantó sus manos sobre su cabeza y le permitió liberarla. No llevaba sostén.

~ ~ ~

Maya sintió un silbido de aire frío contra su pecho desnudo, y sintió que sus pezones se endurecían. Sin embargo, ella sabía que no era el aire frío lo que la excitaba, era la forma en que Gabriel la miraba: el deseo apenas contenido. Tenía hambre de ella, la misma hambre que ella sentía por él. Las cosas que él le había dicho sobre él y sobre sí misma, de repente todo tenía sentido.

Su fiebre inexplicable, su necesidad insaciable de sexo, y su incapacidad para sentirse satisfecha con los hombres con quien ella había estado. ¿Podría ser todo diferente ahora? ¿Gabriel la podría satisfacer?

Maya llegó a los botones de su camisa y abrió uno por uno, exponiendo su pecho musculoso. Tan pronto como lo despojó de ella, se fue hacia sus jeans. Debajo de sus jeans, el bulto había crecido hasta alcanzar proporciones masivas.

Dos penes. Sabía instintivamente lo que eso significaba. Qué tenía que suceder. Él la tomaría con ambos. Los deseos que nunca había sido capaz de poner en palabras y expresar, finalmente se ponían a su alcance. Ella sabía lo que su cuerpo había deseado siempre, pero al mismo tiempo, su cerebro había tratado de alejar. Sentir dos penes en ella, al mismo tiempo. Aquí estaba Gabriel, mitad vampiro y mitad sátiro, que podría darle lo que ella nunca se había atrevido a soñar: la satisfacción sexual que siempre había anhelado, los oscuros deseos que nunca se había permitido escuchar.

Cuando abrió el primer botón de sus pantalones y deslizó el cierre, Gabriel exhaló bruscamente. Con ambas manos bajó los jeans hasta sus caderas, y luego por sus piernas donde rápidamente, quitó sus botas y salió de ellos.

La mirada de Maya regresó a su bóxer, el cual tenía una tienda de campaña en el frente. Ella deslizó sus manos entre la piel y la cintura y empujó la tela hacia abajo, por fin expondría lo que había deseado durante tanto tiempo. Apenas notó cuando se liberó de los calzoncillos y los calcetines, porque estaba fascinada con lo que tenía a la vista delante de ella.

Incluso cuando él la ayudó a salir de sus propios jeans y zapatos, no pudo apartar los ojos.

—Gabriel eres precioso—, susurró ella, con las manos llegando hacia sus penes. Cada una de sus manos agarró un pene erecto, sentía la suave y dura piel por debajo. Las cabezas eran púrpuras bombeaban llenas de sangre, preparadas para explotar, señalando hacia ella, pidiendo mucha atención.

—¡Mierda! — Jadeó sin aliento. —Bebé, me estás haciendo perder el control.

Dejó curvarse una maliciosa sonrisa alrededor de sus labios, mientras lo miraba a la cara. —¿No es ese el punto?

—No, el punto es que yo te tengo que satisfacer primero.

Antes de que pudiera reaccionar, él la levantó en sus brazos y la llevó a la cama improvisada. La bajó suavemente sobre ella. Estiró su cuerpo desnudo, apreciando la suavidad que le proporcionaban las dos mantas por debajo de ella.

Con una pierna apoyada en el suelo, Gabriel bajó su cuerpo, con una rodilla encajada entre sus piernas. Él empezó a besarle el cuello. Sus labios besaron a lo largo de la delicada piel justo debajo de su oreja, y luego más abajo, cerniéndose sobre su pulso donde su cuello se conectaba con su hombro. Él succionó el lugar.

Luego sus labios viajaron hacia el sur, llegando hasta sus pechos, donde sus duros pezones los adornaban. Tocó uno de ellos y chupó la punta con su boca, su gemido le dijo lo mucho que disfrutaba de la acción. Su cuerpo se calentó bajo su caricia, su centro derritiéndose y acumulándose en el ápice de su entrepierna.

Maya se movió, abriendo más las piernas para permitir que sus dos duros penes se frotaran contra ella mientras se movía.

—¿Perdiendo la paciencia? — le susurró mientras lamía tranquilamente su pecho.

—Te quiero dentro de mí.

—No he terminado aquí—, aseguró, y continuó torturando sus pechos de la manera más deliciosa que jamás habían sido torturados por un hombre. Sus manos amasaban un pezón, mientras que su boca se amamantaba por el otro casi con avidez, como si él no pudiera saciarse de ella.

—Puedes tener más de eso más tarde—, le convenció, —pero en este momento, sólo dame lo que quiero.

Él la miró y sus ojos parpadearon con afirmación. —Sólo porque me lo estás pidiendo tan bien—, bromeó.

Gabriel movió su cuerpo, y de repente puso a su pene inferior justo en la entrada de su canal húmedo, mientras que su otro pene se posaba sobre su triángulo rizado. Con su dedo tocaba sus pliegues. —Estás tan húmeda, bebé—. Luego se sumergió en su humedad y la extendió sobre su clítoris, provocando un gemido ahogado desde su garganta.

Pero antes de que ella pudiera presionarse contra su dedo, había retirado su mano. En su lugar, dirigió su pene superior a su clítoris y lo frotó sobre el botón ahora húmedo. —Ahora estoy listo—. Su voz era un grave rumor, procedente de una profundidad desde el interior de su pecho.

En el momento en que él empujó, llevó a su pene profundamente en ella, mientras que el segundo se deslizaba sobre su clítoris, acariciándola con presión perfecta. Él la llenó, estirándola para poder adaptarse a su tamaño. Se sintió más grande de lo que se había sentido cuando estuvieron en la sala de estar, pero tal vez era sólo la posición en que se encontraba: encarcelada por debajo de su gran cuerpo, los muslos rozándole, sus penes empujando, en concierto entre sí.

Nunca había sentido algo tan perfecto. Maravillada, sintió que su cuerpo se unía a él en perfecta sincronía. Sus gemidos se mezclaban con su aliento, sus cuerpos se retorcían uno contra el otro, bailando en una nube de ingravidez. Se sentía como si cayera, sin embargo, sabía que estaba a salvo en sus brazos, a salvo debajo de su cuerpo fuerte, mientras sus golpes se intensificaban y se convertían en un ritmo más rápido.

Con cada golpe y cada roce, su núcleo se calentaba, los latidos del corazón corrían en un ritmo frenético hacia lo inevitable. Gabriel en ningún momento rompió el contacto visual, pero mantenía su mirada cruzada con ella como si quisiera asegurarse de poder leer lo que ella quería, lo que necesitaba de él. Su piel brillaba por el sudor, y su mano se acercó a acariciarle la cara. —Maya, bebé—. Se veía como si quisiera decir algo más, pero no lo hizo.

Maya sintió que su clítoris se hinchaba aún más con todos los roces de su pene sobre ella. Ella sintió el comienzo de su clímax en las plantas de los pies. Y a medida que las ondas viajaban hacia arriba, su respiración salía en jadeos cortos. Ella vio la sonrisa de Gabriel, un momento antes de sentir las olas del orgasmo golpeándola. Inesperadamente, un grito salió de su garganta. Ella nunca antes había gritado durante el sexo. Y nunca había terminado con el pene de un hombre dentro de ella. —Oh, Dios.

En la última oleada de su orgasmo, ella lo sintió rígido, y un momento después el pene dentro de ella, pulsó violentamente disparando su semen en ella. Al mismo tiempo, sintió una humedad en su estómago y vio que su segundo pene había estallado al mismo tiempo.

—¡Oh, Dios, bebé! — él cayó, sus ojos reflejaban la incredulidad en su voz. A pesar que se derrumbó encima de ella, tuvo cuidado en no llevar todo su peso.

Apoyó la frente en ella y respiró con dificultad. —No tenía ni idea. Maya, nunca había terminado así. Nunca con tanta intensidad.

Ella sonrió y le dio un suave beso en los labios. —Yo tampoco.

Gabriel la besó profundamente, con su lengua devorando la de ella con pases largos y demandantes. Cuando dejó sus labios, su boca continuó hacia abajo de su cuello de nuevo, succionando el mismo lugar donde la había chupado antes. Pero esa vez, sus dientes rozaron suavemente contra su piel. De la nada una visión entró en su mente: la de él hundiendo sus colmillos en ella y bebiendo de su sangre.

Ella abrió la boca y sintió que él se hacía hacia atrás. —¿Te he hecho daño?

Maya miró sus ojos nublados de pasión y tragó saliva fuertemente. Y antes de que pudiera evitarlo, ella expresó su deseo más profundo. —Muérdeme.

~ ~ ~

Gabriel gimió. ¿Ella quería que él la mordiera? Estaba poniendo su mayor tentación en frente de él, cuando no tenía derecho a tomar tanto de ella. No con lo que estaba pasando dentro de él ahora mismo, no con el impulso que había comenzado a hervir en él, y con las ganas de hacerle cosas indecibles a ella. Cosas que ninguna mujer decente permitiría que un hombre hiciera, las cosas que aún las más putas se negarían.

—Oh, Maya, no tienes idea de lo que me estás ofreciendo—. Emociones contradictorias luchaban en su mente: el deseo, por un lado, la cautela por el otro. No podía atarla a él, cuando ella podría huir de él, apartarse de él cuando se enterará de lo que quería hacerle. Cogerla de la forma más bestial. Ella no podría querer eso.

—¿Qué pasa?

—Si te muerdo mientras tenemos sexo y tomas de mi sangre, al mismo tiempo crearemos un vínculo de sangre... Maya, un vínculo de sangre es para siempre. No hay salida.

Su respuesta llegó más rápido de lo que esperaba. —¿Tú no lo quieres para siempre?

Él reconoció la decepción en sus ojos, el dolor. No podía dejar que creyera eso, ni siquiera por un segundo. —Yo te quiero para siempre, pero hay algo que tienes que saber acerca de mí primero—. Hizo una pausa y cerró los ojos antes de hablar otra vez. Desnudar sus deseos más profundos de sí mismo, era la cosa más dura que jamás había hecho, pero ella se merecía eso, se merecía honestidad de lo más oscuro dentro de él.

—Quiero tomarte de la manera más bestial que puedas imaginar, y no creo que pueda suprimir ese tipo de lujuria por mucho tiempo. Ahora que sé lo que soy, ahora que me doy cuenta de lo que mi cuerpo quiere, no puedo mantenerlo por mucho tiempo—. Abrió los ojos. —Maya, quiero cogerte con mis dos penes al mismo tiempo, uno llevarlo a tu concha y el otro a tu...— Se interrumpió y miró hacia otro lado, no queriendo ver el disgusto que pronto inundaría sus ojos. —Y el otro en tu trasero. ¿No ves? Es depravado. No debería querer algo así para ti, pero lo quiero. Si te vinculas conmigo, no te escaparás de eso, tendrías que soportarlo.

Su corazón latía frenéticamente en su pecho. ¿Y si ella se alejaba de él ahora?

—¿Soportarlo? — Con la mano en la barbilla, lo obligó a mirarla. —Gabriel, quiero todo lo que tienes que ofrecerme. Los dos somos sátiros. ¿Qué te hace pensar que no tengo el mismo exacto deseo? ¿Qué te hace pensar que no siento un deseo vehemente de ser tomada de esa manera?

Sus ojos se abrieron por la sorpresa. —¿Quieres esto? — Él buscó sus ojos y no podía ver nada que le pareciera ni remotamente como un disgusto.

—¿Por qué un sátiro tendría dos penes, sino fuera para usarlos en satisfacer a su pareja?

En primer lugar, ella lo había llamado perfecto, y ahora Maya se ofrecía a cumplir sus más oscuros deseos. En ese momento, Gabriel supo que sí existía la divina providencia, o algo muy semejante a eso. Era la personificación de todo lo que había deseado: un hogar, una esposa cariñosa, una vida sexual completa. Y mientras que la vida sería aún más perfecta si pudieran tener hijos, no era lo suficientemente importante para él como para renunciar a ella. Su decisión estaba tomada, de hecho, siempre había sido así.

—Comprometo mi corazón y mi vida a ti—. Su voz casi quebrada, continuó, —yo quiero un lazo de sangre contigo, pero no aquí. Quiero que tengas un recuerdo que siempre mirarás hacia atrás como algo especial—. Él miró a su alrededor para indicar que esto no era el lugar. —Cuando nos vinculemos, será en una habitación llena de velas rojas. Vamos a estar en sábanas blancas mientras hacemos el amor, y todo será perfecto. Te lo prometo.

Ella le sonrió. —¿Podría ser que tú eres un romántico empedernido?

—No empedernido... lleno de esperanza—. Dijo él rozando sus labios contra los de ella. —Prométeme que no le dirás a nadie. De lo contrario, podría afectar mi puesto.

Ella rodó sus ojos. —¡Hombres! — y entonces se echó a reír. El sonido llegó a través de él y dio calidez a su corazón. Maya se veía feliz, y se prometió que haría todo lo posible para asegurarse de que siempre estuviera así.

Ella pareció darse cuenta de que él la estaba mirando, y dejó de reírse. Tenía los ojos clavados en los suyos, y él sintió como si viera su alma. —Te amo.

Él contuvo las lágrimas que amenazaban hacerlo menos hombre con su declaración inesperada. —Mi corazón es tuyo.

El beso que siguió se convirtió de dulce y suave, a caliente y exigente en un abrir y cerrar de ojos. Todavía estaba dentro de ella, y habiendo permanecido semi-duro casi todo el tiempo en el que habían hablado, se estaba poniendo duro otra vez.

Él se salió fuera de su tibia envoltura y cortó el beso.

—¿Pasa algo? —, preguntó su voz suave, casi somnolienta. La reconoció como la de una mujer muy satisfecha. Y le satisfacía saber que había sido capaz de hacer que terminara.

—No me pasa nada, cariño. Quiero hacerte el amor de la manera sátiro, pero no quiero hacerte daño.

Él se levantó de la cama improvisada y se dirigió al gabinete de los suministros. Anteriormente, había visto suministros médicos allí, y si no se había equivocado, había un frasco de vaselina entre ellos. Tendría que bastar con eso. Cuando se giró hacia ella con el lubricante en sus manos, Maya se había girado sobre su estómago. Gabriel contuvo el aliento. Ella sería su perdición, ¿cómo saldría alguna vez de la cama en los próximos cientos de años teniéndola a ella a su lado como compañera?

Dejó que su mirada viajara sobre las curvas de su espalda, luego sobre las olas suaves de su redondo trasero, antes de seguir por sus piernas bien torneadas. Ella las había separado un poco, lo que le permitía ver los rizos oscuros en la cima, rizos que brillaban con la humedad. Sus labios inferiores de color rosa rezumaban humedad con el semen que había dejado en ella, y él sintió la necesidad de deslizar su pene nuevamente dentro de su atractivo canal, para que se mantuviera en su interior. Era un pensamiento estúpido porque sabía que su semen nunca quedaría fijo en ella. A pesar de que... ¿no había dicho algo la bruja acerca de que las mujeres sátiro eran fértiles? Pero tenía tanto material para comprender que no estaba seguro de haber escuchado bien.

Sin prisa, se acercó a la cama y se sentó en el borde. Él no había terminado de admirar su belleza y de contar sus bendiciones. Había sido agraciado con el regalo más increíble de su vida: una mujer que lo quería a pesar de todo, a pesar de la cicatriz en la cara, a pesar de sus dos penes y los oscuros deseos que tenía.

—Eres hermosa—, susurró, y acarició la palma de la mano a lo largo de su espalda desnuda. —Me gustaría ser un pintor. Me gustaría pintarte en la forma en que estás.

Giró la cabeza y le sonrió. —Prefiero que me hagas el amor a que me pintes—. Entonces sus ojos se centraron en el frasco en sus manos. —Tócame.

Gabriel inhaló profundamente y mojó su dedo en el lubricante. —Te prometo que lo haré tan suave como sea posible.

Maya cerró los ojos y suspiró. Cuando deslizó la mano por su abertura, su trasero se arqueó y se abrió hacia él. Con la ayuda del lubricante, el dedo entró a la perfección por la pendiente hasta llegar al apretado anillo del músculo que protegía la entrada a su portal oscuro. La oyó aspirar una bocanada de aire cuando el dedo se quedó ahí. Poco a poco acarició el brote en círculos, esparciendo el lubricante.

La idea de romper la puerta de esta cueva oscura, hizo que su cuerpo bombeara más sangre a sus penes. Se miró hacia abajo, donde ambos penes se erguían, ansiosos por atravesarla. Por delante se asomaban placeres desconocidos, y sentía el nerviosismo metiéndose en su piel. No quería hacerle daño. —Nunca he hecho esto antes.

—Yo tampoco—, confesó ella.

Con presión casi imperceptible, sondeó su agujero oscuro y sintió que cedía a él. La punta de su dedo se deslizó más allá del músculo contraído, apretándolo con fuerza.

Un gemido salió de Maya, y él sólo podía hacerle eco. Nunca en su vida había sentido algo tan apretado. La concha de Maya se había apoderado de él como un guante ajustado, pero el saber que pronto lo apretaría con más fuerza, lo dejó sin aliento. Él no duraría. Su pene no iba a sobrevivir a esa delicia, más de diez segundos. Y tal vez estaba bien así... no la sometería a esa horrible prueba durante mucho tiempo. Todavía no creía que ella realmente quería eso tanto como él. Lo más probable es que le permitía esta oscura travesura porque le quería y no se lo negaría.

Cuando su dedo penetró más profundamente en ella, le dio tiempo para adaptarse a la invasión.

—Más—, susurró, su voz ronca nublada por la pasión. Su aliento erradicó su preocupación de dolor, y su dedo se deslizó más profundo hasta que estuvo completamente dentro de ella. Luego, lentamente sacó su dedo, tomó otro poco de lubricación y entró de nuevo.

Ahora Maya jadeaba, flexionando las caderas, obligándolo a entrar más rápido que antes. —¡Sí!

Su entusiasmo no se perdió. ¿Realmente le gustaba esto a ella? Su corazón se hinchaba mientras caía en el ritmo, de forma alternativa empujaba su trasero hacia atrás, después tirando hacia delante, de modo que sus dedos se empujaban hacia atrás y adelante dentro de ella. Cuando se dio cuenta de que quería más, se hizo cargo y cogió su trasero con el dedo de la forma en que ella lo exigía: con movimientos largos y profundos aumentando la velocidad mientras su respiración se agitaba.

Cuando demandó más, metió un segundo dedo dentro de ella, estirándola más ampliamente. No podía separar su mirada de esa visión erótica. Mientras sus dedos desaparecían dentro de su oscuro portal, su corazón llegó a un punto crítico, de sus penes brotaba humedad en anticipación, y todo su cuerpo entró en un agradable cosquilleo.

Pero él no podía esperar más. Cambió de posición y se arrodilló detrás de ella entre sus muslos separados. —Ponte de rodillas—, le convenció y sacó los dedos antes de apretar su trasero con la ingle.

Gabriel una vez más, se sirvió del lubricante y lo extendió sobre su pene superior, antes de colocarlo en su entrada. Su otro pene estaba apuntando más abajo, hacia su concha, listo para entrar en ella. Su miel tentaba la cabeza de su duro pene, prometiéndole placer más allá de su imaginación.

Con una mano sostenía su cadera, con la otra guio su pene mientras seguía adelante. Casi sin esfuerzo su punta desapareció en su interior, empujándolo más allá del anillo apretado.

—Oh Dios—, jadeó.

—¿Demasiado? — estaba dispuesto a retirarse si le causaba algún dolor.

Ella se limitó a mover la cabeza y retrocedió hacia él, llevándolo más profundo. Su pene inferior se deslizaba más dentro de su concha sin resistencia, mientras que el superior seguía adelante. Ya dentro de ella, podía sentir sus dos penes rozando la delgada membrana entre sus dos canales.

—¡Oh, mierda! — no podía dejar de maldecir con el intenso placer que se extendía en su cuerpo. Antes de que él supiera lo que estaba haciendo, empujó hacia adelante, asentándose en ella al máximo. La forma en que su cuerpo se aferraba a él, lo apretaba, casi le hizo perder el control ahí mismo. —Oh maldición, oh maldición, oh maldición...— Nunca nada se había sentido tan perfecto en su larga vida. No había otro placer que hubiese sentido así, tan intensamente. Si moría ahora, moriría siendo un hombre feliz.

Cuando Maya se movió debajo de él, obviamente para atraerlo a moverse, se aferró a sus caderas. —Bebé, dame un segundo, o se me escapará.

Ella se echó a reír.

—Adelante, búrlate de mí—, bromeó. —Espera a que tú estés en el extremo receptor.

—*Estoy* en el extremo receptor—, señaló.

La distracción que creó su pequeña broma, lo ayudó a recuperar su compostura. —Vamos a ver después—. Gabriel se hizo hacia atrás, desenterrando sus penes excepto por su cabeza, antes de sumergirse nuevamente encontrando su ritmo y montándola con fuerza, se maravilló con el ajuste perfecto de sus cuerpos. Ella estaba hecha realmente para él, su concha lo acomodaba de la manera más perfecta, y su trasero le apretaba de tal manera, que lo mantenía justo al borde.

Los sonidos de placer que provenían de sus labios, daban calidez a su corazón y lo llenaban de orgullo. Él estaba haciendo eso. *Él* le estaba dando placer. Era todo lo que podía pensar. Nunca había montado a una mujer tan fuerte, tan rápido, tan ferozmente. Pero ya no tenía miedo de hacerle daño. Maya era también un sátiro y un vampiro, con un cuerpo casi tan fuerte como el suyo, un cuerpo construido para acomodarlo y saciarlo hasta el extremo.

Por primera vez, en silencio dio gracias por las circunstancias que los habían unido. A pesar de que lo que le había sucedido era horrible, Gabriel sabía que era el destino. Y haría cualquier cosa que estuviera a su alcance para hacerla feliz, y nunca más tendría que lamentar su nueva vida. Le daría todo lo que ella pudiera desear.

—Te amo—, le susurró y se hundió más profundo. —Mi esposa, mi compañera, mi amor.

En sus ojos ella ya era suya. El ritual de unión sería sólo una formalidad… aunque un trámite muy agradable y estimulante.

—Gabriel—, dijo en voz alta antes de que su cuerpo de repente sufriera un espasmo, los músculos ajustándose a su alrededor. Sintió su orgasmo como si estuviera vinculado de sangre ya con ella, sintió las ondas viajando a través de cada célula de su cuerpo, hasta que lo golpearon y se lo llevaron con ella. Sus penes se sacudieron al unísono, bombeando chorros calientes de semen en ella, mientras él terminaba como un volcán en erupción, sintiendo su clímax por todo su cuerpo, enviando ondas de choque a través de él que no podría producir ni siquiera una bomba atómica. Su visión era borrosa, y su mente se quedó en blanco, mientras sentía su cuerpo tornarse sin peso, como si estuviera flotando en el espacio.

Cuando se derrumbó sobre ella, apenas tuvo suficientes fuerzas para hacerse rodar a sí mismo a un lado y llevarla con él, para que ella no sufriera bajo su peso. Por unos instantes no pudo hablar, sólo podía recuperar el aliento.

Deslizó la mano sobre su pecho y sintió que su corazón latía frenéticamente como el suyo. La mano de Maya se acercó, y sus dedos se entrelazaron con los suyos. Giró la cabeza y miró los ojos de una mujer realmente saciada. Era una mirada que él quería que ella tuviera, durante todos los días de sus vidas juntos.

Un suave roce de sus labios contra los suyos, fue todo lo que podía manejar. No tenía palabras para describir lo que sentía, pero cuando miró a los ojos de ella, sabía que lo entendía. Eran uno solo.

34

Maya se despertó para encontrar que Gabriel la miraba con la cabeza apoyada en su mano. —¿Por qué no me despertaste?

—Necesitabas descansar.

—Lo que necesito es un beso—, bromeó y acercó la cabeza hacia él. Él se lo dio y capturó sus labios con los suyos. Deslizó la lengua sobre la orilla de sus labios, y él los abrió con un suspiro. Su lengua se encontró con la suya, y bailaron.

—Mm, si me besas así todos los días, seré un hombre muy feliz.

Ella sonrió y le pasó los dedos por la cicatriz. —Y si me haces el amor todos los días como lo hiciste, seré una mujer muy feliz.

—¿Así que estás de acuerdo con hacer el amor de la forma sátiro?

—¿Estás buscando algún cumplido?

Se rio, y ella nunca lo había visto tan despreocupado. —¿Qué si lo estoy?

—Supongo que tendré que decirte la verdad—. Maya lo sintió rígido, como si estuviera esperando una mala noticia. —Ahora entiendo por qué siempre hubo algo que faltaba en mi vida sexual. Nunca estaba totalmente satisfecha. Algo siempre faltaba. Como un sátiro, necesitaba lo que me estás dando. Ningún otro hombre más que tú, pudo hacerme sentir completa.

Le encantaba la sonrisa que se extendió sobre su rostro, mientras escuchaba sus palabras.

Sus labios eran firmes y cálidos cuando los presionó contra su boca. Pero antes de que pudiera apoyarse en él, se había retirado. —Y hablando de lo que puedo dar, necesitas alimentarte.

Maya se sentó. Tenía hambre, pero no podía alimentarse de él, no ahora. —No, Gabriel. No tenemos sangre humana aquí, y si yo bebo de ti, te debilitaría.

—Está bien—, insistió y la acercó hacia él.

—No. No lo está. Cuando salgamos de aquí, tendrás que ser fuerte. No sabemos qué esperar. Si te debilito ahora, podría ponernos en peligro.

Él asintió con la cabeza y se sentó a su lado. Podría decirse que no le gustaba lo que escuchaba, pero también reconocía que entendió su razonamiento.

Le tocó la mejilla. —Me encanta alimentarme de ti. No tienes idea de cuánto. Es como si me uniera contigo.

El calor que había en sus ojos le dijo que sentía lo mismo. —Pronto, entonces, porque lo extraño.

Su corazón dio un salto mortal con sus palabras.

Los ojos de Gabriel se alejaron de ella y se dirigieron hacia el reloj encima de la mesa. Ella siguió su mirada. —Pronto el sol se pondrá. Tenemos que prepararnos.

~ ~ ~

La niebla cubría la zona boscosa al dejar atrás la seguridad de su refugio. Maya se estremeció cuando el aire frío de la noche tocó su piel caliente. Ella no se había dado cuenta de lo mucho que su cuerpo se había calentado en los brazos de Gabriel, pero el contraste era evidente ahora.

Ellos no hablaban para no atraer la atención, por si Ricky estuviera cerca. Su mano se apoyó en la gran palma de Gabriel, a medida que se alejaban del refugio antiaéreo, tuvieron cuidado de no pisar ninguna rama que pudiera quebrarse y revelar su posición.

Si no hubiera estado tan tensa y preocupada por la situación, Maya se hubiera maravillado de su visión nocturna. Podía ver todo tan claro como en el día… excepto que ni siquiera su visión nocturna podía penetrar la densa niebla de San Francisco. Esperaba que esto significara que ningún otro vampiro podría detectarlos tampoco a través de la espesa niebla. Por una vez se alegraba por la niebla que afectaba a San Francisco en el verano. Por lo menos los cubriría si la noche no lo hacía.

Respiraba en forma pareja, diciéndose que el lugar donde había estrellado el teléfono de Gabriel estaba lo suficientemente lejos para que Ricky hubiera perdido su rastro unas catorce horas antes. Y, además, también tenía que haber buscado refugio durante el día y con suerte había tenido que abandonar la zona a toda prisa.

Maya escuchó los sonidos de la noche, pero lo único que podía oír era sus propios latidos del corazón y la respiración de Gabriel. Ella lo miró de costado y se dio cuenta de las fuertes líneas en torno a su boca, sus ojos exploraban el área alrededor de ellos constantemente. Recordó que él le había dicho una vez que había comenzado como un guardaespaldas, y se alegraba de ese conocimiento ahora. Le daba confianza. No es que pensara que Gabriel no haría todo lo posible para mantenerla a salvo, pero el saber que tenía las habilidades adecuadas para ello, ponía su mente más tranquila.

Un apretón de su mano y un movimiento de cabeza, le indicó que quería cambiar de dirección. Ella lo siguió sin vacilar, de hecho, le seguiría a cualquier parte, incluso a Nueva York, una ciudad que detestaba. Pero si tuviera que volver ahí, se iría con él.

Maya trató de mantener los ojos enfocados en el camino hacia delante, pero su mente vagaba. Eran demasiadas cosas las que le habían sucedido en las últimas horas. La revelación de Gabriel de que ambos eran sátiros le había asombrado, pero no lo cuestionaba. En la última semana, había aprendido que no importa cuán atroz fuera una afirmación, si se trataba de Gabriel, podía confiar en que era cierto. Y todo tenía sentido ahora. El vacío que siempre había sentido durante el acto sexual, había sido arrebatado por la satisfacción total y absoluta, cuando Gabriel la había tomado como un sátiro.

Nunca se había sentido más completa en su vida. Si alguna vez había tenido dudas sobre si era un sátiro, ese único acto las había borrado de su mente.

El bosque parecía hacerse más denso a medida que avanzaba la marcha. Sabía que iban en dirección Este, hacia los jardines botánicos y las canchas de tenis, pero su sentido de la distancia era deficiente. Se dio cuenta que Gabriel evitaba los senderos más usados y había optado más bien seguir a través de las áreas boscosas donde los árboles les proporcionaban alguna cobertura.

A lo lejos, Maya vio una estructura blanca, y a medida que se acercaban, lo reconoció como el Conservatorio de Flores de la Época Victoriana que albergaba a un gran número de plantas exóticas. Una pequeña tienda de regalos y la cabaña de los cajeros, estaban a varios metros, separando la estructura principal. Todo estaba en silencio.

Gabriel señaló hacia la cabaña de los cajeros, lo que indicaba que era su destino. Ella asintió con la cabeza. Cruzaron el espacio abierto, y se sintió tensa. A pesar de la espesa niebla, ellos estarían a la vista, y sus sombras serían visibles. Maya no podía dejar de mirar por encima del hombro, y se dio cuenta que Gabriel hacía lo mismo. Sus manos se sentían frías y húmedas, y su corazón latía más rápido que antes.

En la cabaña, Gabriel apretó la cara contra el cristal y se asomó. —Hay un teléfono—, dijo en voz baja. —¿Puedes abrir la puerta desde el interior?

Ella entendió. Podrían haber roto el cristal, pero el ruido atraería a Ricky si estaba cerca, o a cualquier ser humano que estuviera paseando a su perro. Maya se concentró, cerró los ojos e imaginó girar la perilla. Oyó un clic. Estaba volviéndose buena en esto.

Un momento después, Gabriel intentó abrir la puerta, y ésta se abrió. Entró a la pequeña estructura y la llevó con él, cerrando la puerta silenciosamente detrás de ellos.

Cuando levantó el auricular y marcó, cada tecla parecía hacer eco en voz alta en el pequeño espacio. Esperaba que fueran sólo sus propios sentidos, los que amplificaban el sonido. Oyó sonar una vez, y luego una voz débil en el otro extremo.

—*¿Sí?*

—Amaury, es Gabriel—. La voz de Gabriel era apenas audible.

—*Gracias a Dios.*

—Estamos en el Conservatorio de Flores en el Parque Golden Gate. Maya está conmigo. Vengan por nosotros. Tengan cuidado, Ricky nos siguió hasta el parque.

—*Dentro de cinco minutos.*

La llamada se desconectó y Gabriel giró hacia ella, atrayéndola hacia sus brazos, antes de bajar sus labios a la oreja. —¿Puedes meternos en el Conservatorio? Tendremos más lugares donde escondernos allí.

Ella asintió con la cabeza.

El Conservatorio era una gran estructura hecha de vidrio y acero. El acero había sido pintado de blanco y se curvaba para crear una cúpula, como la longitud de un campo de béisbol. Una cúpula adornaba el centro del edificio, recordándole de la cúpula del Ayuntamiento que era de una forma similar.

Lograron entrar fácilmente como lo había sido abrir la puerta de la cabaña. Maya estaba agradecida por la habilidad que le había sido concedida, y aunque el control de la mente hubiera sido una grandiosa habilidad de haberla tenido, ésta resultaba ser más práctica y útil en ese momento.

Aspiró el aroma de las plantas del cálido invernadero tropical. Los olores dominaban sus sentidos, el polen era tan fuerte y fragante, que pudo apenas sentir el olor de Gabriel a su lado. Era como si las flores bloquearan todo lo demás.

Los cristales de las ventanas, habían dejado que el sol entrara durante el día y los grandes salones se habían calentado. Incluso ahora, en la noche, la estructura conservaba la mayor parte de su calor. Maya miró a su alrededor, dándose cuenta de los senderos que se habían construido entre los lechos de plantas de gran tamaño. Había carteles al lado de cada especie de planta, explicando su nombre y su origen.

Los brazos de Gabriel serpenteaban alrededor de ella por la espalda, y por un segundo la sobresaltó. Pero él la apretó contra su pecho y simplemente le besó el cuello. —Estoy ansioso de hacerte mi esposa—, murmuró contra su piel. Le mordió el lóbulo de la oreja y Maya se derritió en él.

Ella gimió con el placer que le daba un simple toque de él. —No me hagas esperar demasiado tiempo. Nunca me ha gustado la idea de un compromiso de largo plazo.

—Dos, tres días máximo—, él estuvo de acuerdo. —Una vez que todo esto termine y atrapemos a Ricky.

—No deberías hacer promesas que no puedas cumplir.

La voz la atravesó como un cuchillo. Gabriel la soltó y la empujó a mitad de camino detrás de su gran silueta. Ella nunca lo había visto moverse tan rápido. Ricky salió de entre las sombras de un gran helecho. Ella no había escuchado ningún ruido de él entrando en el invernadero. Ni lo había olido. Incluso ahora que se centraba en él, todo lo que podía oler eran las flores exóticas a su alrededor.

La postura de Gabriel cambió de inmediato, y pudo ver cómo se preparaba para una pelea. De repente en su mano, tenía una estaca. Ella ni siquiera había visto cuando él la había sacado de su abrigo, en el que debió tenerla escondida.

—Yo siempre cumplo mis promesas—, dijo Gabriel con voz tensa. —La que hice anoche fue que te iba a matar.

Antes de que ella pudiera detener a Gabriel, se lanzó contra Ricky. Su gran cuerpo se estrelló contra el vampiro un poco más bajo, haciendo a Ricky perder el equilibrio. Pero antes de que Gabriel pudiera enterrarle la estaca, Ricky había rodado hacia un lado y se había puesto de pie. No había imaginado que fuera así de ágil.

Gabriel giró en un abrir y cerrar de ojos, y gruñó bajo y fuerte. En su furia, sus colmillos habían emergido a través de las encías, y Maya con claridad podía ver casi como si brillaran en la oscuridad. Su cicatriz parecía palpitar.

Con un paso, Gabriel volvió a embestir a su oponente, sus poderosos brazos le asestaron un golpe en su costado. Pero no fue suficiente. La pierna de Ricky pateó un segundo más tarde, golpeando el muslo izquierdo de Gabriel, desequilibrándolo. Por un instante, Gabriel cayó de lado, pero la rama de un arbusto al lado de él, le dio el apoyo suficiente para enderezarse de nuevo.

Sin embargo, el golpe le había costado. La siguiente patada de Ricky aterrizó en el estómago de Gabriel y lo dejó en el suelo detrás de él. Gabriel rodó y se levantó en el segundo en que había golpeado la tierra llena de flores. Para ser un hombre tan grande, era sorprendentemente flexible.

—¡Mierda! — Maldijo Gabriel, y un segundo después ella se dio cuenta de que había perdido su estaca. Maya quedó sin aliento cuando vio a Ricky abalanzarse hacia él.

La cabeza de Ricky se volvió hacia su dirección, y en una fracción de segundo, cambió de dirección y se subió a una baranda que rodeaba el macizo de flores.

Fue entonces cuando ella vio la cuerda. Colgaba de una de las vigas sobre el lecho de plantas. Ricky la había visto también y entonces la agarró. Mientras se aferraba a la cuerda, Ricky pateó contra el tronco de una palmera pequeña detrás de él y se catapultó a sí mismo hacia su dirección. Maya trató de esquivarlo, pero no fue lo suficientemente rápida. El brazo de Ricky se extendió a medida que se acercó a ella. Él la botó de un solo golpe.

Cayó de cara en el suelo. Sabiendo que él estaba detrás de ella, rodó hacia un lado, evitándolo por un pelo. De reojo vio a Gabriel correr hacia ellos. Maya se paró, tratando de estabilizar sus pies, pero se resbaló en el suelo fangoso.

Una mano la agarró, y el escalofrío que recorrió por su piel, le avisó que se trataba de Ricky. Le torció el brazo hacia atrás y la atrajo hacia él.

Un instante después, vio a Gabriel quedarse quieto, con el rostro horrorizado. Ella no entendía por qué no se acercaba. Sólo cuando respiró hondo y amplió sus pulmones, se dio cuenta del por qué: Ricky estaba presionando una estaca de madera en su pecho.

—Un paso más, y la haré polvo.

Maya tragó. Los ojos de Gabriel se inundaron en agonía. Podía ver su mente funcionando, tratando de ver todos los escenarios posibles de cómo sacarla de esa situación, pero se dio cuenta de que Ricky tenía todas las cartas a su favor, y Gabriel nunca pondría en riesgo su vida.

—Eres tan predecible, Gabriel. Supongo que eso te pasa por pensar con el pene—, espetó Ricky.

—Deja que se vaya.

—Tenía que haber sido mía. Yo la vi primero. Si no hubieras intervenido, hubiera sido mía.

Maya sintió cómo la bilis aumentaba en su estómago. —Nunca.

Ricky la jaló con más fuerza, torciendo su brazo más arriba. Ella ignoró el dolor y en su lugar se concentró en su disgusto por él. —No te engañes, mi dulce. Todavía serás mía. Una vez que nos hayamos ido de aquí, sólo seremos tú y yo, no tendrás ninguna opción.

—Te cazaré—, advirtió Gabriel.

Ricky se echó a reír, mientras caminaba hacia atrás, llevándola con él. Como un escudo, estaba pegada a él, y no había manera de que Gabriel fuera capaz de atacarlo sin correr el riesgo de hacerle daño. Ella sabía instintivamente que tendría que liberarse por sí misma. Pero Ricky era fuerte. Ella sabía exactamente cuán fuerte por su encuentro en la casa de Samson. Por lo menos había sido capaz de utilizar sus habilidades para derrotarlo. Ella podría volver a hacerlo.

Los ojos de Maya recorrieron todo el pasillo oscuro, tratando de encontrar algo que pudiera usar para liberarse. No encontró nada. A excepción de algunos cubos de agua, no había nada cercano que pudiese ser un arma adecuada.

Llegaron a la parte de atrás de la sala, y ella sintió a Ricky abrir la puerta para avanzar a la siguiente parte de la estructura. Ella le dio una última mirada a Gabriel, entrelazando su mirada con él, diciéndole que lo amaba, antes de cerrar la puerta y encontrarse a solas con Ricky.

No le quitó la estaca de su corazón. Claramente, él ya había aprendido de su primer encuentro. —¿Qué estás tratando de ganar con esto? Tú sabes que él te matará cuando te alcance.

—Sí, pero para entonces, ya te habré tomado, y tú serás un bien dañado. Habré usado tu cuerpo con tanta frecuencia y tan violentamente que incluso *él*, no te querrá de regreso.

La sangre de Maya se congeló por el veneno de su voz. Trató de quitarse de encima el sentimiento de desesperación que la golpeaba. No, aunque Ricky lograra hacer con ella lo que amenazaba, Gabriel todavía la amaría.

Sus oídos se agudizaron. En la distancia, unos vidrios se rompieron. ¿Era Gabriel?

Ricky lo había escuchado también. —Es hora de irnos.

La empujó delante de él, la estaca de madera ahora apuntaba hacia su espalda. Lo que probablemente significaba que él podría matarla desde ese ángulo también, él no tenía que sumergírsela en el pecho, ya que por la parte de atrás también podría hacerlo.

Maya tomó en cuenta su entorno y había una pala en el suelo cerca de uno de los lechos de plantas. Alguien se había olvidado de guardar sus herramientas después de haber hecho su trabajo. Se enfocó en el objeto, cuando pasó por el lugar. Se concentró y visualizó la pala levantándose de la tierra, flotando en el aire.

Un sonido metálico sobre una superficie de metal, rompió su concentración. Sintió a Ricky girándola, a continuación, tiró de ella con fuerza por los brazos. —¡Perra!

Ella volvió la cabeza y vio que la pala había golpeado una barandilla que no había visto.

—Si lo intentas una vez más, aquí mismo te enterraré la estaca.

De alguna manera dudaba de su amenaza. La había buscado por tanto tiempo, que ella no creía que la mataría ahora, cuando ni siquiera la había forzado todavía. Pensó que por lo menos trataría de violarla. El bastardo enfermo seguramente no renunciaría a ese perverso placer.

Ricky la empujó a través de la puerta siguiente. Un movimiento a su izquierda, le llamó la atención y la detuvo en seco. Ricky se tropezó con ella, y la estaca de madera rebotó en la espalda. Al instante se movió hacia adelante, el contacto con el objeto de madera, había hecho que su ritmo cardíaco se incrementara.

Ella usó ese impulso para soltarse del agarre de Ricky. Una de las muñecas se soltó, y ella se retorció en un medio círculo.

Otra sombra en silencio entró en su visión periférica, la silueta era demasiado pequeña para ser Gabriel. Tal vez era sólo una alucinación.

Sus pies de repente perdieron tracción, y cayó hacia un lado. Una sombra saltó sobre ella en el mismo instante. Alguien la había agarrado por los pies y le hizo perder el equilibrio. Y no había sido Ricky.

Mientras se encontraba una vez más boca abajo, rodó rápidamente. Los gruñidos detrás de ella le avisaron de una pelea. Centró la mirada en las dos figuras. El ágil cuerpo de Yvette resaltaba contra el musculoso cuerpo de Ricky, pero lo que no tenía de masa corporal, lo compensaba con agilidad. Ella esquivó todos y cada uno de sus golpes y se retorcía como una serpiente, con movimientos más rápidos, que incluso la vista mejorada de Maya podía seguir.

—Gabriel—, gritó ella, tratando de alertar su ubicación.

Pasos apresurados llegaron a donde estaba. Primero, reconoció a Zane. Nunca había estado tan aliviada en su vida, de ver al vampiro calvo correr hacia ella. Detrás de él surgió otra figura: Amaury, y finalmente Gabriel, quien corrió hacia ella de un sendero a su izquierda.

Mientras Zane y Amaury se lanzaban a pelear con Ricky, Maya dio un salto y se arrojó en los brazos de Gabriel.

—Oh, Dios, nena, lo siento no te pude proteger—. Apretó sus brazos alrededor de ella.

—Estás aquí ahora.

Girando la cabeza, vio a Amaury y a Zane conteniendo a Ricky. Frente a él estaba Yvette, con los pies separados y con sus brazos a los costados. En una mano tenía una estaca.

—Debería hacerte lo mismo que tú trataste de hacerme sufrir a mí—. Yvette escupió en la cara de él, y Ricky trató de sacudirse la escupida, pero sin éxito. Sin obstáculos, corría por su barbilla.

Entonces Yvette volvió la cabeza hacia ella y Gabriel. —Él me ató a la chimenea en la casa de la enfermera muerta y me dejó ahí para esperar el amanecer.

Maya sintió que un escalofrío la recorría al pensar en la crueldad de Ricky.

—¿Tengo tu permiso? — Yvette levantó su mano que sostenía la estaca, para que Gabriel la pudiera ver.

—Que sea rápido—, respondió Gabriel y se alejó, tomando a Maya con él para que no pudiera ver lo que estaba sucediendo.

—Vas a estar a salvo ahora—, susurró y la besó.

35

El cementerio estaba en la oscuridad. Antorchas iluminaban únicamente el área alrededor de la tumba que había sido excavada. El ataúd que no contenía un cuerpo, estaba suspendido sobre él, cubierto con calas blancas.

Maya miró la pequeña asamblea. La noche anterior, Samson y Delilah habían regresado, y ella los había conocido por primera vez. De inmediato le había agradado Delilah, la dulce esposa del vampiro más poderoso de San Francisco. Ella y Samson le habían extendido su hospitalidad y le preguntaron a Gabriel si quería quedarse, hasta que hubiera decidido dónde vivir. Ella no podría haber imaginado una bienvenida más cálida.

Oliver, asistente de día de Samson, un ser humano, estaba de pie junto a ellos, sus ojos estaban mirando hacia el suelo. Había perdido a un buen amigo, Carl.

Maya miró a Amaury y la hermosa mujer rubia a su lado. Hacían una pareja sorprendente, y parecía que, al estar en presencia de Nina, Amaury estaba más relajado y dócil que cuando estaba solo. A pesar de que Nina era una mujer alta, su compañero vinculado de sangre, la hacía verse más pequeña, y parecía frágil, a pesar de que Nina no tenía nada de eso. Las historias que los otros vampiros le habían contado sugerían que ella no era nada fácil de tratar… y que Amaury disfrutaba cada segundo de ello.

Maya ahora también entendía la relación entre Nina y Eddie. Ella se sorprendió al descubrir que Eddie era su hermano. El parecido familiar era ciertamente evidente, pero no esperaba que su hermano fuese un vampiro y ella fuese un ser humano. Pero cuando Thomas le contó la historia de cómo Eddie se transformó, ella entendió.

Incluso el Dr. Drake y la bruja, Francine, estaban entre los dolientes. Había habido una gran conmoción al principio, cuando se habían enterado de que Francine quería asistir al funeral de Carl, pero después de que Gabriel les había explicado cuán importante había sido para la supervivencia de Maya, los vampiros habían votado para permitir que una bruja estuviera en medio de ellos. Seguramente, era la primera vez.

Zane e Yvette estaban con un grupo de vampiros que Maya no reconocía. Los colegas de Scanguards, asumió. Cuando vio que Yvette la estaba mirando, se sorprendió al verla sonreír a ella y Gabriel, quien sostenía la mano de Maya. Maya le devolvió la sonrisa y sintió que su corazón se hinchaba. Estas personas eran su familia ahora. Todos la habían aceptado y luchado para que ella pudiera vivir. Carl había dado su vida protegiéndola.

Maya volvió su atención a Samson, cuyo discurso llegó a su fin.

—Mi amigo, estés donde estés ahora, nunca olvidaré los años que pasamos juntos.

Dos vampiros bajaron el ataúd en el agujero. Nadie se movió hasta que desapareció por completo, luego Samson tomó la pala y echó la tierra sobre el ataúd. Pero él no se detuvo con la pala llena de tierra que era lo habitual. Él continuó.

Maya miró a su costado, y Gabriel bajó la cabeza hacia ella. —Él engendró a Carl. Es su deber velar para que descanse en paz. Cavó la tumba, y la va a llenar—, susurró.

Una lágrima rodó por la mejilla de Maya, mientras entendía el significado de las acciones de Samson.

Cuando el último grano de tierra había llenado la tumba, Samson puso la pala a un lado y le habló. —Buenas noches, mi amigo.

Luego se alejó del grupo. Delilah se quedó atrás, sin hacer ningún intento de seguirlo. Cuando ella se acercó a Maya, ella simplemente dijo: —Él necesita estar solo ahora. Va a reunirse con nosotros en casa.

—Parece que lo entiendes, sin muchas palabras—, respondió Maya.

Delilah sonrió y enganchó su brazo bajo el de Maya. —Gabriel, no te importa si me robo a Maya durante unos minutos, ¿verdad? — Pero ella no espero su respuesta y se la llevó.

—¿Te importa si caminamos por el cementerio un rato? —, preguntó Delilah.

—No, en absoluto—. Maya siguió el ritmo de su nueva amiga.

Por un momento, Delilah estuvo en silencio. Pero luego sacó lo que ella quería decir. —Yo sé que no es tu especialidad, pero yo tenía la esperanza que consideraras continuar con la medicina en un campo diferente.

Maya levantó una ceja sorprendida. —¿Qué tienes en mente?

—Gineco-obstetricia—, confesó Delilah. —Es que yo no puedo ir más a un médico humano. Una vez que hagan pruebas en el feto, se darán cuenta de que no es del todo humano. Y este no será nuestro único hijo. Planeamos tener muchos. Y luego está Nina, por supuesto.

—¿Está ella embarazada también? —, preguntó Maya.

—Amaury lo desea—. Ella rodó sus ojos y se echó a reír. —No han terminado de pelear sobre esto todavía.

—¿Nina y Amaury pelean?

—Todo el tiempo.

—Lamento escuchar eso. Yo pensaba que les iba bien juntos.

Delilah volvió a reír. —No lo querrían de ninguna otra manera. Es lo que Amaury necesita, una mujer que no le permita salirse con la suya. Además, el sexo de reconciliación debe ser espectacular.

Ahora Maya tuvo que reírse. —¿Así que crees que finalmente ella cederá y tendrá hijos con él?

—No sé. Sólo ellos dos lo saben. De cualquier manera, lo que decidan, va a funcionar para ellos.

—He oído hablar de hijos—, dijo una voz detrás de ellas.

Las dos se volvieron a Francine, que las había seguido. —Lamento interrumpir, pero esperaba encontrarme contigo, sin que Gabriel escuchara.

—Voy a dejarlas solas entonces—, ofreció Delilah.

Francine alzó la mano. —No, por favor, no. Es sólo Gabriel el que no quiero que sepa todavía, de lo contrario, podría albergar esperanzas y luego tenerlas que olvidar.

La curiosidad aumentó en Maya. —¿Sobre qué es esto?

—He analizado tu sangre, y está confirmado. Eres un sátiro, no es que ya no lo supiéramos. Pero me llevó a otra cosa. Las hembras sátiro son fértiles. Ellas entran en celo, al igual como lo hiciste.

Maya contuvo el aliento. ¿Era posible?

—No estoy cien por ciento segura, pero creo que debido a que continuaste en celo, incluso después de que te habías vuelto un vampiro, creo que todavía podrías ser fértil.

—¿Crees que eso es posible? —, preguntó Maya a la bruja, tratando de entenderlo.

Delilah la codeó con sutileza por el costado. —Sólo hay una manera de averiguarlo—. Una sonrisa curvó sus labios cuando le guiñó un ojo.

Francine ensanchó la boca en una sonrisa. —Estoy de acuerdo.

Maya tomó la mano de la mujer y la apretó. Su corazón estaba demasiado henchido para decir algo, pero los ojos de Francine le dijeron que ella entendía. Maya sabía exactamente lo que quería hacer en ese momento.

~ ~ ~

Gabriel miró a su alrededor, la gente seguía reunida en torno a la tumba. Grupos pequeños se habían formado, mientras todo el mundo estaba hablando de Carl y las cosas que habían sucedido en los últimos días. Maya no estaba por ningún lado.

Detuvo a Zane cuando caminó junto a él. —¿Has visto a Maya?

—Estaba hablando con Thomas antes.

Gabriel asintió con la cabeza y buscó a Thomas. Él lo vio parado con Eddie. Gabriel se acercó a él. —¿Sabes dónde está Maya? No la he visto la última media hora.

¿Había escuchado Thomas algún tono de desesperación en su voz? Dios, era realmente patético. Estar separado de ella incluso por unos minutos lo llenaba de preocupación y añoranza. Sólo cuando ella estaba cerca de él se sentía en paz.

Thomas le dio una mirada de complicidad. —Si esa no es la mirada de un hombre enamorado.

—Bueno, ¿sabes a dónde se ha ido? —, repitió su pregunta.

—La puedes encontrar en mi casa.

La sorpresa lo inundó. —¿Qué está haciendo en tu casa?

—Se la he ofrecido por los próximos tres días. Se supone que Eddie y yo nos vayamos a Seattle para un ejercicio de capacitación, por lo que la casa estará vacía. La casa de Samson está demasiado llena de gente en estos momentos. Me imaginé que los dos querrían un poco de intimidad, pero si no…

—No, por supuesto—, respondió Gabriel apresuradamente. —Queremos privacidad—. Él ya se había preguntado dónde podría encontrar un lugar para que estuvieran solos, para la ceremonia del vínculo. A diferencia de una boda de humanos, un vínculo de sangre se realizaba en privado, con sólo los dos interesados que se unían.

Thomas sacó una llave y se la entregó. —Toma. Disfruta.

Gabriel sonrió. Le diría a Maya que quería que esa noche hicieran el vínculo. No había ninguna razón para esperar más tiempo.

~ ~ ~

Gabriel cerró la puerta detrás de él. La casa de Thomas estaba en silencio y por un momento se preguntó si realmente estaba Maya ahí, pero luego inhaló y percibió su aroma. Siguió el olor delicioso hasta la zona privada de la casa. Cuando empujó la puerta de la habitación principal para abrirla, los ojos que lo saludaron eran un sueño hecho realidad.

La habitación resplandecía con la luz de docenas de velas. La cama estaba cubierta con sábanas blancas, y en ella estaba Maya, vestida con un babydoll de color rojo sangre con un escote hasta el ombligo. La imagen empapó a Gabriel y sabía que ya estaba duro por debajo de sus pantalones negros.

Maya había anticipado sus pensamientos. Sabía instintivamente lo que significaba la escena: ella estaba dispuesta a hacer el vínculo de sangre con él.

—Te estaba esperando.

Dejó que la puerta detrás de él se cerrara, antes de cruzar la distancia hacia la cama.

—Estaba preocupado cuando desapareciste del funeral.

—Te quería dar una sorpresa—, respondió ella y le dio una mirada llena de deseo por debajo de sus pestañas.

Lentamente, abrió el primer botón de su camisa. —Lo hiciste.

Maya se incorporó y se acercó a él. —Deja que te ayude con eso.

Gabriel trató de tragarse de nuevo su entusiasmo. No quería apresurarse y terminar cogiéndola frenéticamente como lo había hecho en la sala de Samson. Pero cuando la mano de Maya se acercó para abrir los botones de su camisa y raspó su piel en el proceso, dejó escapar un resoplido frustrado.

—¡Ah, carajo! — Se arrancó la camisa de su cuerpo con un golpe de sus garras y la dejó caer al suelo.

—Alguien está impaciente—, susurró ella y se lamió los labios.

—¿Es ese un problema?

Sus ojos seguían sus manos mientras él tiraba de sus jeans arrancándolos de su cuerpo con la misma rapidez que su camisa, quitando su bóxer con el mismo movimiento.

La dilatación de sus pupilas le dijo que ella estaba mirando a sus dos erecciones en ese momento. El olor de la excitación de Maya llegó hasta sus fosas nasales.

—No, no hay problema—, respondió ella lentamente reteniendo el aliento en su garganta. A él le gustaba la forma en que lo miraba, mientras se ponía de pie frente a ella completamente desnudo. Él no recordaba haberse quitado su ropa de forma tan rápida.

Gabriel llenó sus pulmones con su olor. —Sí, no pensé que sería—. Deliberadamente, bajó la mirada al triángulo de rizos oscuros que podía ver a través de la tela transparente.

Cuando llegó hasta ella, ella lo encontró a mitad de camino. —Es hora—, fue lo único que dijo mientras la miraba a los ojos.

—Sí—, respondió antes de que ella ofreciera sus labios para un beso. Los tomó, hundiendo su boca sobre la de ella, llevando su lengua a sus labios entreabiertos para saborearla.

La acostó sobre la cama, cubriendo su cuerpo con el suyo. Sus manos empujaron a un lado la tela que apenas cubría sus pechos, y él le acarició la piel desnuda. Le encantaba la forma en que el color rojo contrastaba con su piel y cabello oscuros. Con las sábanas blancas debajo de ella, se veía como un cuadro hermoso.

—Me gusta lo que llevas puesto—, le susurró contra sus labios. Su mano se deslizó hacia abajo a lo largo de su torso hasta la cadera, donde recogió la tela en su mano y tiró de ella hacia arriba. —No voy a desnudarte—. De hecho, quería vincularse con ella puesta.

Maya abrió sus muslos y le permitió ubicarse en su núcleo. La tibia sonrisa que le dio, indicaba su aprobación. —Lo quiero ahora, Gabriel.

Colocó su pene inferior en su núcleo húmedo y empujó hacia delante. Su pene superior se deslizó sobre su clítoris en el mismo instante en que se sumergía en su calor.

Un gemido escapó de sus labios. —Me encanta la forma en que haces eso.

Gabriel la miró a los ojos. —Eso es bueno, porque me encanta hacerlo—. Para probar su punto, se echó hacia atrás y repitió el movimiento. Y en buena medida, lo hizo de nuevo. Entonces cayó en un ritmo tranquilo. Su cuerpo se movía en sintonía con el suyo, o quizá era al revés. Tal vez *él* se movía en sintonía con el cuerpo de *ella*. Pero, ¿realmente importaba? Todo lo que importaba era que estaban juntos.

Se encontró con sus labios de nuevo y los tomó, reclamando su boca con su lengua, de la misma forma que su pene reclamaba su concha. Él nunca se saciaría de ella, pero sabía que iba a disfrutar el hambre constante que sentía por ella. Un hambre que ya no podía negar.

Cuando él soltó sus labios, sintió la picazón en sus colmillos. —Vincúlate conmigo.

Un brillo en sus ojos le dijo que había esperado por su demanda. Cuando sus colmillos se abrieron pasando entre sus labios, apenas podía contener su emoción.

—Eres hermosa—, murmuró antes de que hundiera sus colmillos en su cuello. Entonces sintió los suyos perforar la piel de su hombro. Su sangre era todo lo que había soñado y más. Espesa y rica, revistiendo su lengua. Nutriendo su corazón y su alma. Maya era de él, y él era de ella.

Antes de perderse en los sentimientos de euforia que su sangre, su calor y su húmedo canal le daban, él se acercó con su mente y se conectó a ella.

Mía para la eternidad.

Mío por siempre, su mente le respondió, lo cual le dio calidez a su corazón.

Epílogo

Maya organizó el calendario en su nuevo escritorio y miró a su alrededor. Su pequeño consultorio propio. Claro, sus horas de oficina eran poco ortodoxas, pero también lo eran sus pacientes. Ella ahora era oficialmente, el primer vampiro médico en San Francisco.

Gabriel le había comprado una hermosa casa victoriana cerca a la de Samson, y ahora su consultorio médico se encontraba en el sótano de ella. La había animado a continuar con su carrera de medicina, a pesar de que significaba que tenía que empezar todo de nuevo y aprender todo lo que podía acerca de la forma física de un vampiro. No es que le importara. Gabriel siempre estaba dispuesto a dejarla que experimentara en él. Se sintió sonreír ante la idea.

—Te ves feliz—, dijo una voz desde la puerta.

Maya levantó la vista.

—Toqué—, dijo Yvette y entró, —pero no me escuchaste.

—Soñaba despierta, supongo.

La mirada de Yvette se trasladó por la habitación, apreciándola. —Te deseo mucho éxito con tu consultorio.

—Gracias. Estoy sorprendida de verte aquí. Pensé que querías regresar a Nueva York.

Podía ver duda en Yvette. —Es por eso que quiero hablar contigo. Con Ricky muerto y Gabriel con las riendas de la oficina de San Francisco, ha habido algunos cambios.

Maya levantó una ceja. Gabriel no había dicho mucho sobre el futuro de la empresa, y lo que él y Samson pensaban hacer después de la muerte de Ricky, además del hecho de que Gabriel tomaría el puesto de Ricky y abandonaría su cargo en Nueva York.

—Gabriel me preguntó si quería quedarme en San Francisco. Creo que él siente que tiene que darme algo a cambio por salvarte de Ricky, cuando en realidad fue un esfuerzo de equipo.

Maya dio dos pasos hacia Yvette y puso su mano sobre el brazo de la mujer. —Estuviste allí primero. Tú lo enfrentaste. Estoy muy agradecida por eso. Nunca pensé que arriesgarías tu propia vida por mí, no creí que te cayera tan bien.

Yvette sonrió. —Ricky me caía peor.

—Gracias.

—Pero volviendo a la oferta de Gabriel... yo no quería aceptarla a menos que estuvieras de acuerdo con eso.

—¿Por qué no lo estaría?

—No se te puede haber escapado de que yo quería a Gabriel para mí.

—No puedo culparte por eso. Él es un hombre increíble. Pero tú has aceptado que él es mío. No tengo ninguna pelea contigo. Si Gabriel quiere que trabajes con él en San Francisco, no deberías dejar que esperara mucho más tiempo por una respuesta.

Yvette puso su mano sobre Maya y la apretó. —Me alegro de que te sientas así. Lo hace más fácil para que te pida otra cosa.

¿Qué otra cosa podría ser? Ella e Yvette no eran precisamente amigas, a pesar de que esperaba que eso cambiara con los años. —¿Sí?

—Drake me ha dicho que eres una buena investigadora.

—Lo era—, admitió Maya, una punzada de pesar recorrió su cuerpo.

—Puedes volver a serlo. Hay algo...— Yvette se detuvo.

—¿Qué es? — La preocupación se reveló en el rostro de Maya.

—Yo quiero un hijo. Pero como tú sabes, las mujeres vampiro son infértiles—. Maya escuchó la desesperación en la voz de Yvette. Si Yvette sabía de la propia capacidad de Maya para concebir, Yvette sólo se sentiría más devastada. No podía decírselo, pero lo sentía por ella. Comprendía su desesperación, su anhelo.

—Yvette.

Yvette levantó la vista.

—Voy a hacer todo lo posible... me dará un propósito. No puedo prometerte que encontraré una cura, pero haré mi mejor esfuerzo.

—Cariño, ¿vas a venir para que podamos...—, dijo Gabriel desde la puerta. —Oh, hola, Yvette.

Maya miró a su hombre. Parecía más apuesto cada día que pasaba. —Gabriel, Yvette ha venido a darte su respuesta.

—Excelente, vamos a hablar.

Yvette se dirigió hacia él, pero luego volvió a mirarla. —Gracias, lo digo en serio.

Gabriel estaba casi afuera de la puerta cuando Maya lo llamó. —Bebé, ¿qué era lo que querías?

Se dio vuelta y le dio una mirada hambrienta sobre su cuerpo, haciéndola estremecerse de placer. Él podía hacerle eso a ella con sólo una mirada. Su voz era ronca cuando dijo: —No contestes. Creo que tengo una idea. Estaré esperando por ti.

~ ~ ~

Sobre el Autor

Tina Folsom es miembro de los Escritores de Romance de América y escribe principalmente romance paranormal y erótico. Ella vive con su esposo en el norte de California, donde disfruta de buena comida, el clima cambiante, y tolera los terremotos ocasionales.

Las ideas para sus libros vienen de sus muchas carreras diferentes: CPA / Contadora, Corredora de Bienes Raíces, Chef, Secretaria, Au-pair, entre otros, así como los muchos países diferentes en los que ha vivido y la gente que ha conocido con el pasar de los años. ¿Y los vampiros? Bueno, atribúyanle eso a su tan activa imaginación.

Para más información sobre Tina Folsom, por favor visite su sitio Web:

www.tinawritesromance.com
YouTube: https://www.youtube.com/c/TinaFolsomAuthor
Instagram: https://www.instagram.com/authortinafolsom/
Facebook: http://facebook.com/TinaFolsomFans

www.ingramcontent.com/pod-product-compliance
Lightning Source LLC
Chambersburg PA
CBHW051307210726
48287CB00002B/710